JEMANDES TOCHTER

WEITERE TITEL VON CAROL WYER

DETECTIVE-NATALIE-WARD-SERIE

Der Geburtstag

Das letzte Wiegenlied

Die Mutprobe

Die Verabredung

Die Blütenzwillinge

Die Bewunderten

Jemandes Tochter

DETECTIVE-ROBYN-CARTER-SERIE

Das verschwundene Mädchen

Die Geheimnisse der Toten

Ich kann dich sehen

Die stummen Kinder

Die Auserwählten

IN ENGLISCHER SPRACHE

DETECTIVE-NATALIE-WARD-SERIE

The Birthday

Last Lullaby

The Dare

The Sleepover

The Blossom Twins

The Secret Admirer

Somebody's Daughter

CAROL WYER

JEMANDES TOCHTER

Übersetzt von Jessica Joerdel

bookouture

Die fünfzehnjährige Katie Bray kreischte vor Wut. Sie hatte das Gefühl, ihre Haarwurzeln würden brennen und ihr aus der Kopfhaut gerissen werden.

»Lass mich *los*!«

Vor Schmerz und Wut trat sie um sich und traf mit dem Absatz ihres Stiefels das Schienbein ihrer Schwester, die daraufhin fluchte, aber gleichzeitig ihren Griff lockerte.

»Du kleine Schlampe!«

Sophias Stimme war ein Knurren, ihre Augen zwei glühende Kohlen. Was als Streit begonnen hatte, eskalierte schnell zu etwas Ursprünglicherem, und beide Mädchen grunzten und knurrten wie wilde Tiere, während sie sich umkreisten. Katie war fast so groß wie ihre siebzehnjährige Schwester und scheute nicht vor Auseinandersetzungen zurück. In der Schule hatte sie es mit Mädchen zu tun gehabt, die sich auf der Straße viel besser auskannten als Sophia, und diese Tatsache machte ihr Mut. Sie wartete ab und schlug dann zu. Die Arme schossen gleichzeitig hervor, trafen Sophia genau an beiden Schlüsselbeinen und schleuderten sie mit aller Kraft, die Katie aufbringen konnte, gegen die Wand. Ihre Schwester prallte dagegen, schlug mit dem Hinterkopf auf und sackte zu Boden. Katie erstarrte.

»Sophia?«

Ihre Schwester antwortete nicht.

»Sophia, es tut mir leid.« Entsetzt über das, was sie getan hatte, beugte sie sich vor. Ihre Schwester hatte die Augen geschlossen, die Arme hingen schlaff am Körper herunter. »Geht es dir gut?« Nicht mal ein Zucken im Augenlid.

»Was ist los?« Olivia, mit ihren neun Jahren die jüngste der Schwestern, stand in der Tür, ein Malbuch unter dem Arm.

»Nichts. Geh weg.«

»Geht es Sophia gut?«

»Ja. Raus hier!«

»Warum schläft sie?«

»Sie schläft nicht.«

»Ist sie tot?«

»Nein! Und jetzt raus hier! Verschwinde, bevor ich dir auch noch eine Tracht Prügel verpasse!«

Olivia lief blitzschnell davon und Katie richtete ihre Aufmerksamkeit wieder auf Sophia, die reglos am Boden lag. Da war nichts. Nicht eine Bewegung. Ihr Herz pochte wie wild. Was hatte sie getan? Der Dämon, der ständig in ihrem Kopf wohnte, gähnte faul und sagte ihr, dass Sophia es so gewollt hatte. Ihre Schwester war selbst schuld, dass sie wie ein Häufchen Elend auf dem Boden lag. Wäre sie nicht so unvernünftig gewesen, hätte keine von ihnen über die andere herfallen müssen. Sie kam zu dem Schluss, dass die Stimme recht hatte. Sophia hätte sie nicht dazu zwingen sollen, sich an ihr zu rächen; schließlich kannte sie Katies Fähigkeiten. Sie hatte sie beim Roller Derby unterstützt, als Katie Gegnerinnen, die viel größer waren als sie selbst, mit heftigen Schulter- oder Hüftchecks zu Boden gerungen oder sogar in die Zuschauermenge geschleudert hatte. Sie kannte die Dunkelheit in Katies Seele und ihre vollkommene Furchtlosigkeit. Katie hatte vor niemandem Angst, und wenn sie in die Enge getrieben wurde, benahm sie sich wie eine Ratte und kämpfte sich den Weg frei. Außerdem, so argumentierte der böse Geist in ihr, was war schon dabei? Es war ja nicht so, dass sie Sophia absichtlich den Freund ausgespannt hatte. Er war von Sophia gelangweilt gewesen und hatte sich an *sie* rangemacht.

Sophia rührte sich nicht und Katie kniete sich vor ihr hin. Sie hatte Angst davor, die Wahrheit herauszufinden. Manchmal konnte sie ihre eigene Stärke nicht einschätzen. Genau wie damals, als sie Martha Eggleston auf dem Schulhof eine Kopfnuss verpasst hatte und das Mädchen ins Krankenhaus musste, weil ihre Nase nicht aufgehört hatte zu bluten. »Soph, bitte ... Es tut mir wirklich leid.«

Ehe sie sich versah, lag Katie auf dem Rücken, Sophia saß auf ihr, schlug ihr ins Gesicht, sodass ihre Wangen brannten, und schrie sie an: »Du Schlampe! Schlampe! Flittchen!« Wieder kochte die Wut in Katie hoch. Die dumme Kuh hatte eine Verletzung vorgetäuscht, um sie zu überrumpeln. Sie drehte sich nach links und rechts, um Sophia abzuschütteln, aber das Mädchen rammte ihre Knie fester in Katies Rippen, quetschte sie zusammen und ließ sich nicht abwehren. Sophias Gesicht war eine vor Wut verzerrte Maske. Noch nie hatte Katie sie so aufgebracht und außer sich erlebt.

»Hör auf! Es tut mir leid, okay?«

»Gar nichts ist okay. Du wusstest, dass ich in Tommy verliebt war. Ich habe es dir gesagt. Du wusstest genau, was ich für ihn empfunden habe, und hast ihn dazu verleitet!«

Während sie sprach, hatte Sophia aufgehört zu kämpfen, und in diesem Augenblick reagierte Katie. Das Monster in ihr war nicht bereit, sich zu ergeben. Sie bog ihren muskulösen Körper und drehte sich zur Seite, sodass das Mädchen gegen den Holztisch fiel, auf dem sich die Zeitschriften stapelten. Sie stieß einen Schrei aus und presste sich die Hände vors Gesicht. Katie würde nicht zweimal auf denselben Trick hereinfallen. Als Sophia sich auf die Seite rollte und zu weinen begann, rappelte sich Katie auf und stellte sich über ihre Schwester.

»Du kannst jetzt mit der Schauspielerei aufhören. Mir reicht's. Du bist echt armselig.«

Ihre Schwester stürzte sich nicht auf sie, und statt wegzugehen, wartete Katie einen kurzen Moment.

»Sophia?« Sie trat leicht gegen den Fuß ihrer Schwester, und als sich das Mädchen nicht bewegte, ging sie in die Hocke, bereit, sich notfalls mit einem Sprung in Sicherheit zu bringen. »Du kannst dich nicht schwer verletzt haben. Das war doch nur ein kleiner Sturz.«

Sophia nahm die Hände von ihrem Gesicht. Ihr Auge war bereits zugeschwollen und ihr Wangenknochen hatte sich knallrot verfärbt. Katie war sprachlos. Wie war das nur passiert? Die Verletzung sah schlimm aus; der Wangenknochen könnte gebrochen sein. Sie wollte gerade vorschlagen, im Krankenhaus oder beim Arzt anzurufen und die Verletzung untersuchen zu lassen, als Sophia zischte: »Ich hasse dich. Du hast mein Leben zerstört. Ich wünschte, du würdest verschwinden und sterben. Warte nur, bis Mum und Dad mich sehen. Olivia wird bestätigen, dass alles deine Schuld war.«

Katie erhob sich mit einer raschen Bewegung. »Verdammt, Sophia.« Sie hatte genug von ihrer Hysterie und ihrer fordernden Art. Sie war siebzehn, aber man hätte sie auch für eine Siebenjährige halten können, eine richtige Heulsuse, und zweifellos würde sie das ausnutzen, so sehr es ging. Mum und Dad waren stets auf der Seite ihrer ach so braven Schwestern, und Katie war immer diejenige, die Ärger hatte. Diesmal würden sie bestimmt ausflippen und Katie zu wochenlangem Hausarrest verdonnern – und wenn sie erst einmal erfuhren, was der Grund für den Streit gewesen war, würden sie dafür sorgen, dass sie mit Tommy Schluss machte. Nun, das würde nie passieren. Sie überließ es Sophia, ihr Gesicht selbst zu verarzten, und stürmte die Treppe hinauf. Sie würde nicht lange brauchen, um ihre Sachen zu packen. Scheiß doch auf sie alle. Sie hatte es satt, immer diejenige zu sein, die hier im Unrecht war. Sie würde auch allein bestens zurechtkommen.

EINS

FREITAG, 1. NOVEMBER – NACHMITTAG

Detective chief inspector Natalie Ward legte den letzten Liebesapfel auf den Teller und bestaunte ihr Werk. Sie sahen köstlich aus, sogar besser als die, die man im Laden kaufen konnte. Sie war nicht die weltbeste Köchin, aber sie hatte sich Zeit für die Äpfel genommen und sie am Vortag zubereitet, damit die Glasur rechtzeitig für die vorgezogene Bonfire Night-Party fest wurde. Josh war beeindruckt gewesen …

»Mensch, Mum. Warst du in einem Kochkurs oder so?«, fragt Josh und mustert die Äpfel, während sie einen am Holzstiel anhebt und in Liebesperlen rollt.

»Frechheit! Ich habe dir immer Leckereien für die Bonfire Night gemacht«, erwidert sie.

»Du hast immer Würstchen mit Kartoffelbrei gekocht und uns weismachen wollen, das sei ein traditionelles Abendessen für die Bonfire Night«, antwortet er, während ein Grinsen sein hübsches Gesicht erhellt, das schon so ernst aussieht wie das seines Vaters.

»Würstchen mit Kartoffelbrei ist ein traditionelles Abendessen für die Bonfire Night.«

Er lächelt sie an. »Klar. Spielt aber auch keine Rolle. Es war lecker und eines meiner Lieblingsgerichte. Und die sehen köstlich aus.«

»Willst du einen probieren?«

»Immer her damit.«

Sie schüttelt eine kleine Dose mit winzigen rosa und weißen Zuckerstreuseln. »Möchtest du Liebesperlen auf deinem?«

»Danke, ich verzichte auf die Streusel.«

»Vorsicht, sie sind noch heiß«, warnt sie, als er den nächstgelegenen kandierten Apfel zum Mund führt. Er pustet, leckt vorsichtig daran und knabbert an der knusprigen Karamellschicht, die laut knirscht.

»Und?«

»Die sind wirklich köstlich.«

»Da bin ich aber erleichtert.«

»Du musst dich nicht so sehr anstrengen, weißt du.«

Sie wischt seine Bedenken mit einem lässigen Winken beiseite. »Ich strenge mich nicht an.«

»Doch, das tust du.« Er beißt in den Apfel und kaut, bevor er fortfährt. »Sie ist ein kleines Kind. Ihr ist es doch völlig egal, ob du die selbstgemacht hast oder nicht.«

Das Kind, um das es geht, ist Mikes siebenjährige Tochter Thea, und Josh hat bei seiner Mutter einen Nerv getroffen. Natalie versucht, Eindruck zu schinden. Sie hofft, das Beisammensein würde dazu beitragen, das kleine Mädchen für sich zu gewinnen. Theas Widerwillen, Natalie als Lebensgefährtin ihres Vaters zu akzeptieren, hatte sich in den letzten Monaten als ein großer Stolperstein erwiesen. Natalie ist sich nicht sicher, ob Mikes Ex-Frau Nicole daran schuld ist oder ob das Mädchen sich in den Kopf gesetzt hat, Natalie würde ihnen jeweils den Vater wegnehmen, aber Thea ist stur wie ein Esel und macht nicht die geringsten Anstalten, nett zu Natalie zu sein.

»*Du bist viel zu weise für dein Alter*«, sagt sie mit echter *Zuneigung in der Stimme.*

»*Das muss ich wohl von dir haben*«, *antwortet er.*

»*Du bist heute sehr zuvorkommend. Gibt es einen bestimmten Grund dafür?*«

Er zieht die Augenbrauen hoch und legt die Stirn in Falten, ein Gesichtsausdruck, der sie schon wieder an David erinnert. »Du hast mich durchschaut. Ich habe mich nämlich gefragt, ob es okay wäre, wenn ich die Party schwänze. Pippa hat Karten für das Feuerwerk in Chatsworth House und, bei allem Respekt, die werden ein viel besseres Feuerwerk veranstalten als du.«

Das ist ein Tiefschlag. Ohne Josh wird sie sich angreifbar fühlen. Thea scheint Josh zu mögen und Natalie hatte gehofft, das zu ihrem Vorteil nutzen zu können. Ihr Sohn kaut auf seinem Apfel herum und wartet auf eine Antwort. Sie seufzt innerlich. Sie kann sich in dieser Angelegenheit nicht auf seine Unterstützung verlassen. Thea wird schon zur Vernunft kommen, ob Josh nun dabei ist oder nicht.

»*Klar. Geh ruhig*«, *sagt sie.*

»*Cool. Danke. Die sind wirklich gut*«, *sagt er, als er den Raum verlässt. »Dann hoffen wir mal, dass sie ihren Zweck erfüllen.*«

Die vorgezogene Bonfire Night-Party würde das Ende von zwölf Monaten voller Höhen und Tiefen einläuten. Zu den Höhen zählten ihre Beförderung zum DCI, das Zusammenziehen mit Mike Sullivan, der immer noch die Forensik im Polizeipräsidium von Samford leitete, und der Waffenstillstand, der zwischen ihr und ihrem Ex-Mann David geschlossen worden war. Sie redeten wieder miteinander, alles war zwischen ihnen geklärt, und obwohl es sich immer noch seltsam anfühlte, ihn von Zeit zu Zeit zu treffen, war sie froh, dass sie sich nicht völlig auseinandergelebt hatten. Besonders freute sie sich für Mike, der viele Jahre lang sein bester Freund gewesen war. Die Tatsache, dass sie immer noch zusammen etwas trinken gehen und sich unterhalten konnten, bedeutete ihm sehr viel. Das Leben war kurz und es gab keinen Platz für Bitterkeit. Die Ermordung ihrer fünfzehnjährigen Tochter Leigh hatte ihre Sicht auf das Universum verändert. Anstatt es zu verachten, weil es ihr ihr geliebtes Kind gestohlen hatte, akzeptierte sie nun, dass sie zu einem bestimmten Zweck hier war und das Glück genießen musste, das sich ihr bot.

Thea würde jeden Augenblick eintreffen. Es war eines von Mikes Wochenenden, und er stand oben unter der Dusche, um sich auf die kleine Party vorzubereiten, die Natalie geplant hatte. Sie hatte ein paar von Theas Freundinnen und deren Eltern eingeladen, um sich das Feuerwerk anzusehen, das Mike im Garten zünden würde, gemeinsam zu essen und Schwarzlichtspiele wie Ringwerfen und Kegeln sowie traditionellere Spiele wie das Apfeltauchen zu veranstalten. So etwas hatte sie schon seit einigen Jahren nicht mehr organisiert, nicht mehr, seit Leigh zehn Jahre alt geworden war und erklärt hatte, zu alt für solchen Kinderkram zu sein. Die Erinnerungen an ihre Tochter brannten jedes Mal neue Löcher in ihr Herz, wenn sie an sie dachte. Aber es gab auch Momente, in denen Natalie über die kostbaren Augenblicke lächelte und sich in jene Zeit zurückversetzt fühlte, bevor die Realität ihres Verlustes sie wieder einholte und sie sich danach sehnte, Leigh über das Haar zu streichen oder sie in die Arme zu schließen. Diese Sehnsucht war wahrscheinlich mit ein Grund für ihre Bemühungen. Sie sehnte sich danach, dass Thea ihre Deckung fallen ließ und Natalie ihr die Zuneigung schenken durfte, die sie zu geben hatte.

Sie schaute in den Garten, wo die Lichterketten in den Hecken ein warmes Licht verbreiteten. Josh hatte sie geduldig in große Gläser und um die Terrassenpfosten gewickelt, um eine magische Szenerie zu erschaffen. Sie wünschte sich, er wäre noch geblieben, aber für solche Gedanken war keine Zeit, denn ein Türklingeln kündigte die Ankunft von Nicole und Thea an.

»Sie sind da!«, rief sie vom Fuße der Treppe nach oben und lauschte angestrengt auf die gedämpfte Antwort. Mike war fast fertig. Natalie öffnete die Tür mit einem überschwänglichen »Hi!«.

Nicole, die in einen dicken Wollmantel gehüllt war, der sie gegen die Kälte schützen sollte, trat über die Schwelle und reichte Natalie einen Rucksack mit Motiven aus *Frozen*. »Hi, Natalie. Wie läuft's?«

»Es ist alles fertig.«

»Ist es nicht nett von Natalie, dass sie eine Party für dich veranstaltet?«, fragte Nicole das kleine Mädchen, das einen großen Spielzeughund in den Armen hielt. »Sie hat sich schon darauf gefreut, nicht wahr, Thea?«

Thea antwortete nicht, sondern warf Natalie einen kühlen Blick zu. Ihre Augen hatten genau den gleichen Blauton wie die von Mike.

»Und wer ist das?«, fragte Natalie begeistert und tätschelte den Kopf des Hundes.

»Hund.«

»Der ist aber süß. Hast du ihn zum Geburtstag bekommen?«

Thea nickte kurz. »Hund will mit mir Zeichentrickfilme gucken.«

»Okay, warum zeigst du ihm nicht den Weg zum Fernseher?«

Das Mädchen ging davon, ohne sich von ihrer Mutter zu verabschieden, die ihr nachrief: »Hey, bekommt Mummy heute kein Abschiedsküsschen?«

Thea kam zurück, die Arme locker an der Seite herunterhängend, und ließ sich von Nicole umarmen. Natalie wandte sich ab. Es tat ihr jedes Mal weh, dass sie nie wieder einen ähnlich innigen Augenblick mit ihrer eigenen Tochter würde teilen können. Sie zwang das Lächeln zurück auf ihr Gesicht und streckte Thea ihre freie Hand hin. Das Mädchen ignorierte sie und ging mit hängendem Kopf ins Haus.

Als sie außer Hörweite war, erklärte Nicole mit leiser Stimme: »Sie ist nicht gut auf mich zu sprechen. Sie hat sich zum Geburtstag einen richtigen Hund gewünscht, aber ich kann mich nicht um einen Welpen kümmern, das geht neben der Arbeit nicht. Das arme Tier wäre den ganzen Tag allein. Also habe ich ihr stattdessen einen Plüschhund gekauft, aber der ist ein schlechter Ersatz.«

»Aber kein so schlechter. Sie will mit ihm zusammen Fernsehen und hat ihn hierher mitgebracht, um ihn herumzuzeigen. Sie muss ihn mögen.«

Nicole lächelte traurig. »Ich glaube, sie versucht, mir ein schlechtes Gewissen zu machen.«

»Unsinn. Sie freut sich darüber«, erwiderte Natalie freundlich.

»Das will ich hoffen. Er war schließlich teuer genug. Wahrscheinlich teurer als ein richtiger Hund.«

»Aber die Unkosten sind deutlich niedriger: kein Futter, keine Tierarztrechnungen und man muss auch nicht jeden Tag mit ihm Gassi gehen, auch nicht im strömenden Regen«, scherzte Natalie.

Nicole sah immer noch niedergeschlagen aus. »Ich werde wahrscheinlich klein beigeben und ihr zu Weihnachten einen Welpen schenken.« Sie seufzte. »Wie auch immer, ich sollte jetzt gehen. Ich hoffe, die Party läuft gut. Mike ist wohl immer noch auf der Arbeit?«

»Nein, er ist extra früher nach Hause gekommen. Er zieht sich gerade um. Er kommt jeden Moment runter.«

»Ich kann nicht auf ihn warten. Ich habe eine Verabredung. Grüß ihn von mir und sag ihm bitte, er soll sie nicht zu sehr verwöhnen. Es ist zum Teil seine Schuld, dass sie den verdammten Hund will. Du weißt, wie enthusiastisch er wird, wenn er mit ihr zusammen ist. Er hat von einem Haustier gesprochen und damit den Gedanken in ihren Kopf gepflanzt. Er muss ja auch nicht mit den Folgen leben. Erinnere ihn daran, sich ein bisschen zurückzuhalten, okay?«

Natalie lächelte verkniffen. Sie hatte nicht vor, die Vermittlerin zu spielen. Wenn Nicole Probleme mit Mike hatte, konnte sie sie selbst mit ihm besprechen.

»Und sag ihm, er soll darauf achten, dass sie nicht zu viel Zucker isst. Dank der riesigen Ladung Süßigkeiten, die sie bei ihrem letzten Besuch bei ihm bekommen hat, war sie eine Ewigkeit lang völlig high«, fügte Nicole hinzu. Mit diesen Worten machte sie auf dem Absatz kehrt und setzte sich wieder in ihr warmes Auto.

Natalie schloss die Tür, lehnte ihren Rücken dagegen und atmete aus. Nicole schien kein Problem damit zu haben, dass sie mit Mike zusammenlebte, aber eine gewisse Feindseligkeit zwischen Mike und seiner Ex war offensichtlich. Thea war ebenso seine Tochter, und da er sie nur alle zwei Wochen sah, je nach Dienstplan manchmal sogar noch seltener, war es verständlich, dass er das Kind bei den wenigen Gelegenheiten, bei denen er Zeit mit ihr verbrachte, verwöhnen wollte.

Thea erschien im Flur, noch immer den Plüschhund im Arm.

»Wir haben für die Party Verschiedenes geplant und sogar ein paar Preise für die Spiele vorbereitet. Willst du sehen, was wir haben?«, fragte Natalie fröhlich.

Thea schüttelte den Kopf.

»Wie wäre es dann, wenn du mir hilfst, den Tisch zu decken? Wenn du möchtest, kannst du sogar einen von meinen ganz besonderen Liebesäpfeln probieren.«

»Mir ist schlecht.«

»Willst du deine Tasche auspacken und dich ein bisschen ausruhen?«

Das Mädchen schob die Unterlippe vor.

»In deinem Zimmer wartet eine ganz besondere Überraschung auf dich.« Da sie wusste, dass Thea verrückt nach *Frozen* war, hatten sie und Mike neue Bettwäsche mit den Figuren und Motiven aus dem Disney-Film gekauft und Natalie hatte ein sprechendes Olaf-Spielzeug für das Mädchen ausgesucht. Als sie nun sah, wie sie den Hund umarmte, wurde ihr klar, dass das eine schlechte Wahl gewesen war. Sie hätte lieber etwas Weiches und Kuscheliges nehmen sollen.

Das Mädchen ließ die Schultern hängen. Natalie verstand durchaus, dass es für Thea schwierig war. Auch, wenn sie wusste, dass Natalie und Josh jetzt hier wohnten, musste es sich für sie immer noch seltsam anfühlen. Sie war es gewohnt, mit Mike allein zu sein, wenn sie zu Besuch war. Jetzt musste sie ihre kostbare Vater-Tochter-Zeit mit Josh und Natalie teilen. So sehr Natalie das Mädchen auch in alles einbezog und sich bemühte, nett zu ihr zu sein, war das Kind immer noch eifersüchtig und wollte ihren Vater für sich allein haben.

»Hey!« Mikes Stimme lockerte die Stimmung auf und Thea ließ den Hund fallen. Sie stürmte auf ihn zu und sprang, damit er sie auffangen konnte. Dann schlang sie ihre Arme um seinen Hals wie ein kleines Äffchen. Mike lachte. »Wow, da ist aber jemand ganz schön überschwänglich heute.«

»Sie sagt, dass sie sich krank fühlt«, sagte Natalie.

Mike begriff den Unterton sofort, warf Thea einen gespielt ernsten Blick zu, fühlte ihre Stirn und sagte kopfschüttelnd: »Oh je! Sie ist krank, Natalie. Du solltest besser den Arzt rufen!«

»Oh nein, was glaubst du denn, was ihr fehlt?«, fragte Natalie und stieg in sein Spiel ein.

»Ich glaube, Thea hat ... Bonfire-itis. Das ist eine sehr schlimme Krankheit. Erst wird dir schlecht, dann wirst du grün im Gesicht und dann ... verwandelt sich deine Nase in einen riesigen Apfel!«

Thea kicherte und Mike zwickte sie mit seinem Daumen in die Nase und machte ein pfeifendes Geräusch. »Es passiert schon. Schnell, ruf den Arzt. Oh, arme Thea! Sie wird zu krank sein, um Kuchen zu essen, zu krank, um das besondere Feuerwerk ihres Vaters zu sehen, und zu krank, um mit ihren Freundinnen zu spielen. Sie könnten denken, ihre Nase sei einer der Äpfel beim Apfeltauchen! Oh nein!« Das Kind kicherte laut, ihre Arme fest um seinen Hals geschlungen. »So ein Pech. Ich bringe sie nach oben ins Bett und dann essen wir den Schokoladenkuchen ganz allein auf, während sie schläft.«

»Nein, Daddy. Ich will Kuchen essen und das Feuerwerk sehen.«

»Nein, tut mir leid, Kleines. Kinder mit Bonfire-itis gehören ins Bett und müssen kalten ... kalten grünen Tee trinken!«

»Ich fühle mich nicht krank!«

Er lachte, es klang wie ein fröhlicher Riese. »Hurra! Sie ist geheilt.« Er zwinkerte Natalie zu und trug das Mädchen in die Küche.

Natalie blies die Wangen auf und atmete geräuschvoll aus. Es war nie leicht mit Thea. Sie war eine harte Nuss, die es zu knacken galt, aber Natalie wollte nicht aufgeben und heute Abend für Thea eine großartige Party veranstalten.

Ihr Handy klingelte, beinahe übertönt durch das Quietschen von Thea, die die Lichterketten entdeckt hatte und Mike überreden wollte, sie nach draußen zu tragen. Natalie ging in den Flur, um den Anruf entgegenzunehmen. Es war Lucy Carmichael, die kürzlich zur DI befördert worden war. »Hallo, Natalie. Entschuldige, dass ich dich störe, aber wir wurden zu einem Tatort gerufen – eine junge Frau wurde auf dem Parkplatz in der Nähe des Einkaufszentrums von Samford tot aufgefunden. Wir haben das Gebiet abgesperrt, aber die Presse ist schon da. Superintendent Tasker ist in London, daher rufe ich dich an.«

Natalie verzog das Gesicht. Ausgerechnet heute Abend! Sie

konnte doch nicht einfach abhauen und Mike mit allem allein lassen.

Lucy fuhr fort: »Das Opfer ist ein Mädchen, wahrscheinlich im Teenageralter. Es sieht so aus, als wäre sie angegriffen und erdrosselt worden.«

Natalie gefror das Blut in den Adern. Ein Teenager, erdrosselt. Bilder von Leigh und ihrer besten Freundin Zoe zogen wie ein Film vor ihrem inneren Auge vorbei.

»Natalie?«

»Ich komme so schnell wie möglich.«

»Wohin?« Mike war wieder da. Thea stand neben ihm, eine winzige Hand in seine gelegt und einen Liebesapfel in der anderen.

Natalie schüttelte den Kopf. »Das war Lucy.« Vor Thea durfte sie nicht zu viel sagen.

»Aha.«

»Ich komme zurück, so schnell ich kann. Kommst du mit der Party klar oder soll ich alle anrufen und absagen?«

»Nein. Ist schon gut. Ich habe ja meine kleine Assistentin hier. Du hilfst Daddy mit der Party, nicht wahr, Mäuschen?«, fragte er Thea, deren Augen bei dieser Aussicht plötzlich aufleuchteten.

»Es tut mir wirklich leid. Dan ist nicht da und Lucy braucht mich.«

»Kein Problem. Ich verstehe das. Ist mir ja selbst schon oft genug passiert.«

Sie rannte nach oben, um ihre Tasche zu holen, die alles enthielt, was sie am Tatort brauchen würde. Schnell zog sie angemessene Kleidung an, für den Fall, dass die Presse mit ihr sprechen wollte. Als neue DCI musste sie adäquat aussehen und sich entsprechend verhalten. Von unten hörte sie Gelächter. Mike spielte mit Thea gerade ein lustiges Spiel, bei dem sie lauthals grölten. Ihr wurde warm ums Herz, doch gleichzeitig stieg Trauer in ihr auf. So war es immer, wenn Thea zu Besuch war. Natalie musste an früher denken, als sie und David Eltern zweier wunderbarer Kinder gewesen waren und ihre Zeit damit verbracht hatten, sich genauso zu verhalten, zu spielen, sich zu necken und das Leben zu genießen. Sie hatte gehofft, der heutige Abend würde dazu beitragen, dass sie und Thea sich näherkamen, aber jetzt würde ein weiterer Vater-Tochter-Abend daraus werden.

Nachdem sie sich von den beiden verabschiedet hatte und in ihr Auto gestiegen war, fragte sie sich, ob ein Teil von ihr nicht froh war, dass es so gekommen war. Wenigstens wurde sie jetzt nicht mehr ständig an die Vergangenheit erinnert.

ZWEI

FREITAG, 1. NOVEMBER – SPÄTER NACHMITTAG

Der Parkplatz am West Gate bot Stellfläche für achtzig Fahrzeuge, wurde aber nur selten genutzt, da die meisten Kunden und Besucher der Stadt das neuere, mehrstöckige Parkhaus mit Aufzügen bevorzugten, die die Kunden direkt ins Einkaufszentrum von Samford brachten. Der West Gate-Parkplatz wurde nun hauptsächlich während der Haupteinkaufszeiten im Dezember in Anspruch genommen, wenn es in anderen Parkhäusern keine freien Plätze mehr gab, oder von Auswärtigen, die sich in der Stadt nicht auskannten und nicht wussten, dass es von dort ein strammer fünfzehnminütiger Fußmarsch bis zu den nächsten Geschäften war.

Die Zufahrtsstraße zum Parkplatz wurde von einem Streifenwagen und Polizeibeamten blockiert, die die anschwellende Menschenmenge in Schach hielten. Sie winkten Natalies Auto durch, vorbei an eifrigen Reportern, die um die beste Position kämpften, und an Kameras, die auf ihre Fenster gerichtet waren. Sie gesellte sich zu den anderen Einsatz- und Dienstfahrzeugen, die an der niedrigen Mauer standen. Als Natalie sich dem Eingang des West Gate näherte, konnte sie weder das provisorische Zelt, das auf der anderen Seite errichtet worden war, noch die Beamten in weißen Uniformen übersehen, die den schwarzen Asphalt absuchten. Sie parkte hinter dem Jeep Renegade von DS Murray Anderson, und DI Lucy Carmichael, und duckte sich unter dem Absperrband hindurch, das über den Eingang gespannt war, um Natalie zu begrüßen, als sie aus ihrem Auto stieg.

Von dort, wo sie standen, konnte sie die Schreie und Rufe hören.

»Wie hat die Presse so schnell Wind von der Sache bekommen?«

»Ein ›besorgter Bürger‹ hat getwittert, dass es einen Mord auf dem Parkplatz gab, und ehe wir uns versahen, wurde der Tweet weiß der Himmel wie oft geteilt und die Presse war hier. Dem verflixten Internet haben wir echt einiges zu verdanken.«

»Wir können nicht zulassen, dass Spekulationen nach außen dringen. Gib mir mal eine Minute. Ich muss mit ihnen sprechen.« Sie ging zurück zur Straßensperre zu den neugierigen Journalisten.

»DCI Ward, was können Sie uns zu dem Fall sagen?«

»War es ein Einzeltäter?«

»Können Sie bestätigen, dass es Mord war?«

Die Schreie und Rufe verschmolzen zu einem einzigen Stimmengewirr. Natalie hob eine Hand und wartete darauf, dass sie verstummten.

»Guten Tag. Ich verstehe, dass Sie wissen möchten, was hier passiert ist, aber bitte geben Sie mir einen Moment Zeit, um mit meinen Beamten zu sprechen und den Tatort zu untersuchen. Erst dann kann ich Ihre Fragen beantworten. Für Spekulationen jeglicher Art ist es noch viel zu früh, und ich werde Sie auf den neuesten Stand bringen, sobald ich mehr weiß.«

Die Reporter wussten von der Tragödie, die ihrer Familie vor etwas mehr als einem Jahr, im August 2018, widerfahren war, und respektierten ihre Wünsche. Sie beruhigten sich augenblicklich und wichen zurück, um ihr Platz zu machen, sodass sie Lucy zurück durch die Absperrung und zum Zelt begleiten konnte. Lucy wirkte gefasst. Sie hatte die Position der DI erst seit zwei Wochen inne, aber sie wuchs bereits in ihre neue Rolle hinein. Natalie war von ihrem Einsatz beeindruckt gewesen.

Beide ihrer Detective Sergeants hatten eine Beförderung verdient, und sie hatte für jeden von ihnen gute Argumente vorgebracht. Letztendlich war es die Entscheidung von Superintendent Dan Tasker gewesen, wer von ihnen die freigewordene Position von Natalie übernehmen und DI einer neuen, größeren Kriminaleinheit werden sollte. Murray hatte dieses Mal das Nachsehen gehabt, aber die Einheit wuchs, und es würde nicht mehr lange dauern, bis auch er seine Chance bekam.

Natalie ging über den Parkplatz, der Wind peitschte ihr in den Nacken. Sie steckte die Hände in die Taschen, während sie neben Lucy herlief.

»Danke, dass du gekommen bist. Ich hätte dich nicht damit behelligt, aber die Presse hat so schnell davon erfahren, und wir müssen Präsenz zeigen und uns als proaktiv erweisen.«

Das klang ganz nach Dan. Zweifellos hatte er Lucy einen Vortrag darüber gehalten, wie wichtig es war, dass die Polizei mit der Presse kooperierte, um die Öffentlichkeit zu beruhigen. Alle Augen waren auf sie gerichtet. Es handelte sich um eine Sondereinheit, die speziell für solche Verbrechen ausgebildet worden war, und Lucy musste sich beweisen.

»Was kannst du mir bisher sagen?«, fragte Natalie.

Lucy seufzte. »Nicht genug. Es gibt keinen Identitätsnachweis an der Leiche – sie trug weder eine Handtasche noch Geldbörse, Brieftasche, Schlüssel oder irgendwas bei sich, das Rückschlüsse auf ihre Identität liefert -, und abgesehen davon, dass sie aussieht, als wäre sie mittleren bis späten Teenageralters und höchstwahrscheinlich erwürgt worden, tappen wir im

Dunkeln. Vielleicht war sie zu Besuch in Samford, sie könnte aber auch eine Einheimische sein. Eine Theorie ist, dass sie überfallen und ausgeraubt wurde, aber wir können auch nicht ausschließen, dass sie möglicherweise eine Prostituierte war. Der Parkplatz war Tag und Nacht ein beliebter Treffpunkt für solche Aktivitäten.«

»Irgendwelche besonderen Merkmale?«

»Im Moment nur Piercings, es sei denn, Pinkney entdeckt noch etwas anderes.« Ihr kalter Atem stieg als kleine weiße Wölkchen in den dunklen Himmel auf, während sie sprach. Sie blieben stehen. Murray stand wie ein Koloss vor dem Zelt, seine riesige Gestalt verdeckte den Eingang. Er begrüßte Natalie und wandte sich dann an beide Frauen.

»Ich habe mit einem Verkäufer namens Benjamin Swinton gesprochen, der ihre Leiche entdeckt hat. Er kommt nicht aus der Gegend und hat nur zufällig hier geparkt, weil er bei einem Geschäftstermin im Kaufhaus Hardy's war und versucht hat, denen irgendwelche Plastikflaschen zu verkaufen. Als er sein Auto holen wollte, bemerkte er ihre Leiche in dieser Ecke des Parkplatzes.«

»Im Hardy's?« Natalie kannte das kleine Kaufhaus. Das Familienunternehmen war 1897 von Benjamin Thomas Hardy, einem ehemaligen Landwirt, in einem der ältesten Gebäude der Stadt eröffnet worden. Einst galt es als das Harrods von Staffordshire, aber heute wurden dort nur noch Billigramsch und B-Ware angeboten, ein weiteres Geschäft in der Einkaufsstraße, das der Konkurrenz der großen Handelsketten durch das Einkaufszentrum zum Opfer fiel.

»Ja, genau.«

»Ist Mr Swinton noch da?«, fragte Natalie.

»Nein, er musste abreisen. Er wird heute Abend in Reading erwartet. Morgen hat er noch drei weitere Termine, alle im Süden.«

»Ich nehme an, du hast seine Geschichte überprüft?«

Murray nickte. »Ja. Es stimmt alles. Er hatte ein Meeting in Solihull bis 13.30 Uhr. Dann fuhr er nach Samford, wo er fünf Minuten zu früh für seinen Termin um 14.30 Uhr mit Rachel Hardy, der Vertriebsleiterin, eintraf. Ihr Termin dauerte bis 16.25 Uhr, und wir wissen, dass Benjamin Swinton die Polizei um 16.42 Uhr anrief. Zwischen dem Verlassen des Kaufhauses, dem Weg zum Parkplatz und dem Notruf hätte er also nicht genug Zeit gehabt, das Opfer anzugreifen.«

Benjamin hatte für die Strecke von Solihull nach Samford mindestens fünfzig Minuten gebraucht und somit auch keine Gelegenheit gehabt, das Mädchen vor seinem Treffen mit Rachel zu töten. Natalie nickte. »Und niemand sonst hat das Opfer gesehen oder den Vorfall beobachtet?«

»Wir haben noch niemanden gefunden. Die meisten Leute parken im mehrstöckigen Parkhaus. Dieser Parkplatz ist nicht besonders beliebt, vor allem, weil er ziemlich weit vom Einkaufszentrum entfernt ist und es hier keine Straßenbeleuchtung gibt. Zu dieser Jahreszeit, wenn es früher dunkel wird, ist er besonders unattraktiv.«

Natalie konnte verstehen, warum die Leute nicht gerne hier parkten. Sie selbst hätte auch wenig Lust darauf, ihr Auto hier abzustellen und sich durch die schummrigen Straßen mit den vernagelten Schaufenstern zum Einkaufszentrum durchzuschlagen.

»Willst du das Opfer sehen?«, fragte Lucy.

»Ja.« Natalie wappnete sich für den Anblick. Seit jenem schrecklichen Tag im August letzten Jahres konnte sie keine Leiche mehr ansehen, ohne dass Leigh und Zoe an ihrer Stelle vor ihren inneren Augen auftauchten. Ihr Tod würde sie für immer verfolgen, aber sie war vorbereitet auf das, was sie erwarten würde, und folgte Lucy ins Zelt. Pinkney Watson, der Rechtsmediziner, hockte auf dem Boden und schaute Natalie über seine Halbmondbrille hinweg an.

»Hallo, DCI Ward.« Er salutierte kurz, um sie zu begrüßen.

»Ich habe mich schon darauf gefreut, dir zu gratulieren, auch wenn es schon etwas verspätet ist.«

Sie erwiderte die Geste und brachte ihn damit zum Lächeln. Dann breitete er seine Arme aus und gab den Blick frei auf das blasse Mädchen mit kastanienbraunem, schulterlangem Haar, hellbraunen Augen und blassrosa, bläulich gefärbten Lippen, die eine kleine Lücke zwischen den Vorderzähnen offenbarten. Natalies Blick wanderte über den dunkelorangefarbenen Pullover, der nur bis knapp über die Brüste reichte und eine blasse, flache Taille sowie einen gepiercten Bauchnabel zum Vorschein brachte. Er glitt weiter über den kurzen Jeansrock, der sich über die nackten, schlanken Oberschenkel spannte, und landete schließlich auf einem Paar hochhackiger Stiefeletten. Neben dem Leichnam lag ein Trenchcoat auf dem Boden, und Natalie fragte sich, warum er an einem so kalten Nachmittag ausgezogen worden war.

»Irgendwelche Hinweise auf sexuellen Missbrauch?«, fragte sie Pinkney.

Er räusperte sich, bevor er zu sprechen begann. »Es gibt eindeutig Spermaspuren auf ihrer Unterwäsche. Ich muss sie noch gründlicher untersuchen, bevor ich mir ein genaueres Bild machen kann.«

Das starke, provisorische Licht, das auf den zerbrechlichen Körper der jungen Frau fiel, gab ein paar Sommersprossen auf ihren Wangen zu erkennen, die den Eindruck von Jugend und Unschuld verstärkten und Natalie daran erinnerten, dass dieses Mädchen jemandes Tochter war. Ihr Tod würde die Eltern hart treffen. »Was kannst du mir bisher sagen?«

»Also, zunächst einmal wurde das Opfer erwürgt. Du wirst feststellen, dass die Einblutungen in die Bindehaut ziemlich groß sind. Das kommt häufig vor, wenn sich das Opfer wehrt und der Angreifer den Druck auf den Hals erhöht«, erklärte Pinkney.

Natalie konnte sich nicht dazu durchringen, dem Mädchen

noch einmal in die Augen zu schauen, und betrachtete stattdessen die kreisrunden, ein bis zwei Zentimeter großen, dunkelroten Flecken auf ihrem weißen Hals.

»Die Blutergüsse deuten auf eine manuelle Strangulierung oder Erdrosselung hin, und der Position und Form dieser Abdrücke nach zu urteilen, hat der Täter sie frontal angegriffen. Hier kannst du sehen, wie sie sich ausdehnen.« Pinkney deutete auf zwei blaue Flecken auf beiden Seiten ihres Halses. »Die stammen von den Fingern, die über die Haut gerutscht sind. Und hier haben wir Kratzer, die wahrscheinlich vom Opfer selbst stammen, das versucht hat, sich aus dem Griff zu befreien.«

»Sie wiegt sicher nicht mehr als fünfzig Kilo. Es hätte nicht viel Druck gebraucht, um sie zu erdrosseln«, sagte Lucy leise.

»Sie war eine Kämpferin«, sagte Pinkney, und Natalie verstand die Andeutung, dass diese junge Frau keinen schnellen Tod gestorben war. Sie suchte nach einem Anhaltspunkt, der ihr helfen würde, etwas über die Identität des Opfers in Erfahrung zu bringen. Die Kleidung war nicht teuer, und der Absatz ihres rechten Stiefels wies Abnutzungserscheinungen auf. Keinen Schmuck, bis auf die Piercings: ein Bauchstab, ein Barbell-Ring in der Nasenscheidewand, mehrere silberne Ringe im rechten Ohrläppchen und im linken ein silberner Pfeil, der das Ohr an zwei Stellen durchstieß, am äußeren Knorpelrand des oberen Ohrs, der sogenannten Helix, und am parallel dazu verlaufenden gebogenen inneren Rand, der Anti-Helix.

»Ist ihre Zunge gepierct?«, fragte sie.

»Wenn ja, hat sie den Schmuck rausgenommen, und wie du wahrscheinlich weißt, heilen Zungen schnell und es bleibt kein Narbengewebe zurück.«

Natalie ging in die Hocke, um den Bauch des Opfers genauer betrachten zu können. Das Piercing sah frisch gestochen aus, es war immer noch leicht gerötet, und der aquamarineblaue, tränenförmige Bauchstab war auffällig. Ihr Blick fiel auf die Nägel des Mädchens, die ungleich lang waren und leichte weiße horizontale Rillen aufwiesen, ein mögliches Zeichen von Proteinmangel oder Stress. »Was hältst du von diesem Bauchnabelpiercing? Es sieht so aus, als wäre es erst kürzlich gemacht worden.«

»Manche heilen schnell, aber bei einem Piercing wie diesem kann es zwischen neun Monaten bis zu einem Jahr oder sogar länger dauern, bis es verheilt ist, weil der Bauch ständig in Bewegung ist.«

»Was ist mit dem ungefähren Todeszeitpunkt?«

»Die Körpertemperatur deutet darauf hin, dass sie erst vor ein paar Stunden ermordet wurde. Wahrscheinlich zwischen drei und halb fünf heute Nachmittag.«

»Okay, wir müssen sie so schnell wie möglich identifizieren«, sagte sie zu Lucy und erhob sich.

Lucy erwiderte: »Ich habe ein Team, das die Gegend durchkämmt. Ohne ein Handy oder irgendetwas anderes, das uns hilft, herauszufinden, wer sie ist, klammern wir uns im wahrsten Sinne des Wortes an Strohhalme.«

Natalie verstand. Es war extrem schwierig, mit den Ermittlungen anzufangen, wenn die Identität des Opfers noch ungeklärt war und sie keine Hinweise darauf hatten, warum sie sich in der Gegend aufgehalten hatte und was mit ihr passiert sein könnte.

Lucy fuhr kopfschüttelnd fort: »Wenn sie keinen Ausweis bei sich trug, ist die Wahrscheinlichkeit groß, dass irgendjemand, vermutlich der Täter, ihre Tasche oder ihr Handy mitgenommen hat, oder auch beides.«

»Wir werden schon herausfinden, wer sie ist«, sagte Pinkney. »Es gibt immer zahnärztliche Befunde, und wer weiß, was ich noch herausfinde, wenn ich sie erst einmal auf dem Untersuchungstisch habe.«

Lucy schenkte ihm ein schwaches Lächeln. »Danke, Pinkney. Wenn sie nicht aus der Gegend stammt, sind wir aufge-schmissen.«

»Gib nicht auf, bevor du losgelegt hast«, ermahnte er sie.

Lucy streckte ihr Kinn vor. »Nein, mache ich nicht. Auf keinen Fall! Ich denke schon über meine Optionen nach. Ich schaffe das schon.«

»Ich kümmere mich darum, dass sie ins Institut gebracht wird. Wir haben im Moment ziemlich viel zu tun, aber ich werde versuchen, sie in der Warteschlange vorzuziehen«, sagte er und wurde mit einem weiteren Lächeln von Lucy belohnt.

Sie und Natalie verabschiedeten sich und gingen wieder nach draußen zu Murray. »Noch nichts gefunden«, sagte er über die Köpfe der Beamten hinweg, die den Parkplatz absuchten.

Lucy sah Natalie an. »Es ist reine Spekulation, aber wir werden es in den Piercingstudios in Samford versuchen, vielleicht hat sie ihr Piercing ja hier stechen lassen. Vielleicht erkennt jemand sie oder ihren Schmuck wieder. Der Pfeil in ihrem Ohr sah für mich ziemlich frisch aus.«

»Das klingt nach einem guten Ausgangspunkt.«

»Murray, könntest du dich darum kümmern? Vielleicht sind ein paar Studios noch geöffnet.«

»Bin schon unterwegs«, sagte er und ging mit schwingenden Armen zielstrebig davon.

»Was glaubst du, ist mit ihr passiert?«, fragte Lucy Natalie.

»Es wurden Spermaspuren in ihrer Unterwäsche gefunden. Es könnte ein Angriff nach einem Sexualkontakt gewesen sein, oder der Angreifer hat sie vergewaltigt, getötet und ausgeraubt. Ich bin mir sicher, dass du diese beiden Szenarien bereits in Betracht gezogen hast.«

Lucy nickte eifrig. »Ja, das habe ich. Es ist gut zu wissen, dass wir gleicher Meinung sind. Ich wollte nichts übersehen.«

»Im Moment fallen mir keine anderen Erklärungen ein und

ich denke, du bist auf dem richtigen Weg. Aber wenn es darum geht, den Fall zu lösen, solltest du nichts überstürzen, Lucy.«

»Aber Superintendent Tasker ...«

Natalie seufzte. »Superintendent Tasker vergisst manchmal, dass echte Polizeiarbeit etwas anderes ist als der Stoff, aus dem Fernsehserien gemacht sind. Er möchte, dass diese neue Abteilung Erfolg hat und sich bewährt, und das wird sie auch. Aber nur, wenn wir uns an die Regeln halten. Ich werde jetzt gehen und den Journalisten dort drüben genau das Gleiche sagen.«

DREI

FREITAG, 1. NOVEMBER – FRÜHER ABEND

Murrays Recherche hatte ergeben, dass es in der Stadt sechs Piercingstudios gab. Die meisten waren geschlossen, aber eines, India Ink, hatte noch geöffnet und die Besitzerin, India, war bereit, mit ihm zu sprechen. Er legte den ersten Gang ein und fuhr zurück auf die Straße. Dies war die erste große Ermittlung des Kriminalteams und er wollte sich beweisen.

Nicht weil er neidisch darauf war, dass Lucy vor ihm befördert worden war, aber er empfand eine unglaubliche Leere, seit er erfahren hatte, dass er gegen seine beste Freundin verloren hatte. Seine Frau Yolande hatte das verstanden, und ein Gespräch mit ihr war der Auslöser für seinen heutigen Alleingang gewesen. Er hatte mit dem Verkäufer gesprochen, der die Leiche gefunden hatte, und festgestellt, dass der Typ nicht der Mörder sein konnte. Und jetzt war er fest entschlossen, die junge Frau auf dem Parkplatz zu identifizieren. Er hatte die übrigen Teammitglieder losgeschickt, um Nachforschungen anzustellen, und sich, soweit es ihn betraf, an den üblichen Ablauf gehalten. Sobald sie den Mörder gefunden und angeklagt hatten, würde Lucy vielleicht die Lorbeeren ernten, aber sein Name würde in vielen Berichten auftauchen. Er würde sicherstellen, dass der Superintendent genau erfuhr, welche Rolle er bei der Ergreifung des Täters gespielt hatte. Er hatte keinen Streit mit Lucy, aber er musste beweisen, dass er genauso gut war wie sie, und das würde er tun.

Er erreichte die Castle Street, eine heruntergekommene Straße, die hauptsächlich aus zweigeschossigen Wohnblocks bestand, und hielt neben einem Friseursalon, der schon so lange nicht mehr in Betrieb war, dass sich hinter der Glastür ein Haufen ungeöffneter Post auf dem Boden angesammelt hatte. Neben dem leerstehenden Haarstudio befand sich ein Fish- und Chipsladen und noch weiter entfernt ein indischer Imbiss, eine billige Spirituosenhandlung sowie ein Tattoo- und Piercing-Studio, über dem ein kunstvoll verziertes Schild in kräftigem Lila angebracht war. India Ink bot Tattoos und Piercings an. Das Schaufenster war über und über mit Postern von Models mit verschiedenen Tintenmotiven beklebt. Ein Schild mit der Aufschrift »Du weißt, dass du eins willst, also komm rein« hing an der Tür, die er nun aufstieß, um sich gleich darauf in einem kleinen Eingangsbereich wiederzufinden. Eine Frau Anfang dreißig in Lederhose und Weste, die ihre bunt tätowierten Arme zur Schau stellte, saß auf einem hohen Hocker hinter dem Empfangstresen. Sie legte die Zeitschrift beiseite, in der sie gerade geblättert hatte, und erhob sich mit einem breiten Lächeln.

»Hi. Ich bin DS Anderson.« Er hielt seinen Dienstausweis hoch.

»Ich bin India. Sie sind also nicht wegen eines Tattoos hier?«

»Nein.«

»Schade eigentlich. Hier ist im Moment nicht viel los - ich könnte ein neues Projekt gebrauchen. Haben Sie schon mal darüber nachgedacht, sich eines stechen zu lassen?«

»Ist nicht mein Ding.«

Ihr Blick wanderte über seinen Körper. »Schade. Ich hätte gerne an Ihnen gearbeitet.«

Murray zuckte nicht mit der Wimper. Er war nicht interessiert, auch wenn sie zweifellos mit ihm flirtete. Er blieb professionell. »Ich fürchte, ich bin dienstlich hier. Wir haben ein nicht identifiziertes Opfer auf dem West Gate-Parkplatz und ich habe mich gefragt, ob Sie in letzter Zeit eine junge Frau hier hatten, die sich ein Bauchnabelpiercing hat stechen lassen oder einen Ohrring mit Silberpfeil gekauft hat.«

»Puh! Jetzt stellen Sie mich aber echt auf die Probe. Ja, ich habe Bauchnabelpiercings gemacht, und ja, ich habe Ohrringe mit Silberpfeil verkauft. Können Sie mir weitere Einzelheiten verraten?«

»Das Opfer ist etwa ein Meter siebzig groß, schlank, hat langes kastanienbraunes Haar, braune Augen und ist vermutlich zwischen fünfzehn und neunzehn Jahre alt. Sie hatte das hier in ihrem Bauchnabel.« Er zückte sein Handy und zeigte ihr das Foto des aquamarinfarbenen Bauchnabelpiercings in Tränenform.

»Hört sich nach Amelia an.«

»Amelia?«

»Ich kenne ihren Nachnamen nicht, aber wenn Sie kurz warten, kann ich ihn herausfinden. Sie hat eine Einverständniserklärung unterschrieben, als ich ihre Piercings gemacht habe. Ich lasse alle meine Kunden eine unterschreiben, falls sie hinterher Probleme mit ihren Piercings haben. Das liegt in vielen Fällen an mangelnder Hygiene. Wenn die Kunden die Stellen nicht sauber halten, bekommen sie Komplikationen und geben dann der Person, die das Piercing gemacht hat, die Schuld und nicht sich selbst. Amelia hatte ein paar Probleme mit ihrem. Ich habe ihr gesagt, das sei normal. Bei Bauchnabelpiercings kann es manchmal dauern, bis sich die Dinge beruhigt haben. Der Bauch ist immer in Bewegung - nicht wie ein Ohr, eine Augenbraue oder eine Nase, die meistens unbeweglich bleiben. Sie hatte noch ein paar andere Piercings. Ich habe sie für sie gemacht und ... sie hat sich vor ein paar Wochen einen Pfeil gekauft. Ist sie tot?«

»Ich fürchte ja.«

»Scheiße! Wie furchtbar. Sie war ganz nett. Schüchtern, aber nett. Warten Sie kurz. Ich hole meine Formulare.«

Sie verschwand durch einen Vorhang im hinteren Teil des Raumes. Murray wartete. Auf dem Empfangstisch lag ein Buch mit Entwürfen. Er blätterte darin herum und stellte erstaunt fest, wie kompliziert einige davon waren. India tauchte wieder auf. »Ach, Sie haben wohl Ihre Meinung geändert, was?«

Er schüttelte den Kopf. »Meine Frau würde mich umbringen, wenn ich mit sowas nach Hause käme.«

»Wirklich? Ist sie so kleinkariert?«

»Nein, sie mag mich einfach so, wie ich bin.«

»Hier hab ich es«, sagte sie, wedelte mit einem Formular und reichte es ihm. Der Name war in sauberer, geschwungener Handschrift geschrieben: Amelia Saunders.

»Hat sie Ihnen etwas über sich erzählt, wo sie wohnt oder sonst irgendwas?«

»Die Kunden sind meist eher schweigsam, während ich an ihnen arbeite. Amelia war da keine Ausnahme. Sie erwähnte, dass sie früher in Nottingham gelebt hat, bis ihre beste Freundin starb. Ich glaube, ihr Name war Tabitha. Amelia sagte, dass Tabitha gerne Piercings gehabt hätte. Sie war die Draufgängerische der beiden. Amelia ließ sich das Bauchnabelpiercing als Erinnerung an ihre Freundin stechen, obwohl ihr Freund von der Idee nicht begeistert war.«

»Sie war also mit jemandem zusammen?«

»Ja, ein ziemlich zurückhaltender Typ. Sein Name war Tommy. Er bestand darauf, im Studio zu bleiben, während ich arbeitete, und er bezahlte all ihre Piercings - in bar.«

»Wissen Sie, wo die beiden gewohnt haben?«

»Tut mir leid, nein.«

»Sie haben nicht zufällig Tommys Nachnamen aufge-
schnappt?«

Sie zuckte leicht mit den Schultern und schüttelte den
Kopf.

»Wie wirkten die beiden auf Sie?«

»Glücklich. Also die ersten paar Male, als sie kamen,
schienen sie glücklich zu sein, aber beim letzten Mal wirkte er
eher ... abwesend. Er war nicht besonders gesprächig.«

»Können Sie ihn beschreiben?«

»Dünn, groß, nicht so groß wie Sie ... wahrscheinlich würde
er Ihnen bis zum Kinn reichen, graue oder blassblaue Augen,
glaube ich, und wirres Haar, das irgendwie hochgesteckt war.
Er trug es ein paarmal im Dutt, aber es war wirklich dick und
kraus. Mir fiel auf, dass er einen Ohrendehner trug – ein Piercing, das das Ohrläppchen so dehnt, dass ein großer Ring rein-
passt«, erklärte sie, als sie seinen verwirrten Gesichtsausdruck
bemerkte. »Er hatte ein großes Loch. Im linken Ohr. Abgesehen
davon habe ich ihm nicht allzu viel Aufmerksamkeit geschenkt,
weil ich nicht an ihm gearbeitet habe. Tut mir leid.«

»Nein, Sie haben mir sehr geholfen. Falls Ihnen noch
irgendetwas einfällt, lassen Sie es mich bitte wissen. Meine
Nummer steht auf der Karte.« Er reichte ihr eine Visitenkarte.

»Natürlich, DS Murray Anderson, und wenn Sie Ihre
Meinung über ein Tattoo ändern, wissen Sie ja, wo Sie mich
finden.«

Er verließ das Studio gut gelaunt, nicht, weil eine attraktive
Frau offen mit ihm geflirtet hatte, sondern, weil er eine Spur
hatte. Er war schlau. Er befolgte den Rat von Yolande und das
mit Erfolg.

»Ich kann bestätigen, dass die Leiche einer nicht identifizierten
jungen Frau auf dem West Gate-Parkplatz gefunden wurde.

Wir sind der Auffassung, dass sie eines unnatürlichen Todes gestorben ist, und bitten alle, die sich heute Nachmittag, am Freitag, den ersten November, in der Gegend aufgehalten haben, sich zu melden, falls sie ungewöhnliche Aktivitäten beobachtet haben. Zum jetzigen Zeitpunkt kann ich nicht mehr sagen, aber wir werden Sie auf dem Laufenden halten, sobald es weitere Entwicklungen gibt.«

»DCI Ward, wie alt ist das Opfer?«

»Wie gesagt, wir werden Sie so schnell wie möglich auf den neuesten Stand bringen.«

»Wird der Fall von der neuen Einheit der Kriminalpolizei untersucht?«

»DI Lucy Carmichael wird diese Ermittlung leiten.«

»Finden Sie nicht, dass jemand mit *etwas mehr Erfahrung* eine so wichtige Ermittlung leiten sollte?« Natalie erkannte die Stimme wieder: Bev Gardner, die Reporterin, die in der Vergangenheit versucht hatte, Natalie aufs Glatteis zu führen. Sie musterte die Journalistin kühl. Bev trug einen weinroten Filzhut, der farblich perfekt zu ihrem Wollmantel passte.

»DI Carmichael wurde aufgrund ihrer langjährigen Erfahrung und ihrer vorbildlichen Arbeit mit der Leitung dieser Ermittlungen beauftragt. Ich danke Ihnen. Das wäre im Moment alles.« Sie marschierte davon, bevor noch jemand Fragen stellen konnte, und verfluchte Bev leise. Sie hätte nicht antworten sollen, aber die Frau hatte bei Natalie einen Nerv getroffen und verdiente es, dass sie ihr Konter gegeben hatte. Sie stieg in ihr Auto und sah auf die Uhr. Sie könnte wenigstens zum Ende des Feuerwerks zu Hause sein, aber sie hatte es nicht eilig. Ein Teil von ihr sehnte sich danach, mit dem Team zusammenzuarbeiten und die Person zu jagen, die dieses Mädchen getötet hatte. Sie war so viele Jahre lang selbst im Außendienst gewesen, dass es sich seltsam anfühlte, einen Schritt zurücktreten zu müssen. Sie seufzte. Sie hatte die Beförderung zum DCI angenommen, und musste die damit einhergehenden

Veränderungen akzeptieren. Sie würde sich auf den Weg nach Hause machen und sich der Party anschließen. Mike würde sich freuen, sie zu sehen, auch wenn Thea es nicht tat.

Als sie den Tatort verließ, war der späte Nachmittag bereits in den Abend übergegangen und Frost begann in den Vorgärten und entlang der Grünstreifen zu glitzern, die von den Scheinwerfern ihres Autos erfasst wurden. Inzwischen würde Mike das Feuerwerk gezündet haben und einige der Gäste würden aufbrechen, wenn sie nicht schon gegangen waren. Thea würde die »Daddy-Zeit« genießen. Wenn Natalie jetzt zurückkäme, würde sie wahrscheinlich nur allein vor dem Fernseher sitzen, während Mike seiner Tochter etwas vorlas. *Das ist Blödsinn und das weißt du auch. Die Gäste sind mit Sicherheit noch da. Es ist noch nicht spät genug, um aufzubrechen.*

Sie ignorierte die Stimme der Vernunft, blinkte am Kreisverkehr, machte eine volle 180-Grad-Wende und fuhr zurück, dieses Mal in Richtung des neuen Polizeipräsidiums. Lucy und das Team würden bald dorthin zurückkehren und Natalies Unterstützung zu schätzen wissen.

Sie fuhr an hell erleuchteten Schaufenstern vorbei, deren Auslagen bereits mit weihnachtlichen Verlockungen gefüllt waren. Sie konnte sich mit diesem Fest nicht anfreunden. Es würde das zweite ohne Leigh sein. Dieses Jahr würde sie sich etwas mehr Mühe geben müssen – vielleicht sogar David und Joshs Freundin einladen. Thea würde den Tag mit ihrer Mutter verbringen, aber am zweiten Weihnachtsfeiertag würde sie für eine ganze Woche anreisen, während Nicole mit Freunden auf die Kanarischen Inseln flog. Sie blinzelte die Ängste weg, die leise an ihr nagten, und war froh, dass sie sich auf etwas anderes konzentrieren konnte als auf ihre schlechte Beziehung zu Thea. Wer könnte dieses Mädchen getötet haben und warum? Ein riesiger Schwall roter Funken explodierte hinter einem Haus. Jemand anderes feierte ebenfalls eine Party mit Feuerwerk. Sie sollte nach Hause fahren. *Nein.* Bis Holborn House, dem neuen Sitz der Kriminalpolizei, war es nicht mehr weit. Sie würde in ihr Büro gehen, für eine Stunde ihrer Arbeit nachgehen und zur Stelle sein, falls sie gebraucht wurde.

Natalie musste nicht lange warten, bis es an ihrer Bürotür klopfte und Lucy erschien.

»Natalie, wir haben das Opfer identifiziert. Ihr Name lautet Amelia Saunders.«

»Das ging aber schnell.«

»Haben wir Murray zu verdanken. Er hat die Person gefunden, die ihre Piercings gestochen hat. Die Frau hat sie anhand von Murrays Beschreibung und einem Fotos ihres Bauchstabs wiedererkannt. Sie bewahrt von all ihren Kunden unterschriebene Einverständniserklärungen auf und auf einer war die Unterschrift des Mädchens. Sie hat Murray auch erzählt, dass Amelia aus Nottingham stammte. Also habe ich mit der Polizei von Nottinghamshire gesprochen, die bestätigte, dass vor achtzehn Monaten eine Sechzehnjährige namens Amelia Saunders als vermisst gemeldet wurde. Sie haben mir ein Foto von ihr gemailt und es besteht kaum ein Zweifel daran, dass es sich um ein und dasselbe Mädchen handelt.«

»Dann kann sie nicht älter als siebzehn oder achtzehn sein.«

»Ja. Ich möchte die Eltern aufsuchen, um ihnen die Nachricht von ihrem Tod persönlich zu überbringen und möglichst viel über sie herauszufinden, warum sie weggelaufen ist; alles, was uns einen Hinweis darauf gibt, warum sie in Samford war.«

Natalie nickte zustimmend. Das war auf jeden Fall der nächste Schritt bei den Ermittlungen.

Lucy betrachtete ihre glänzenden Schuhe und suchte nach unsichtbaren Staubkörnern. »Ich habe mich gefragt, ob du mich begleiten könntest.«

Lucy hätte einen ihrer Ermittlungsbeamten mitnehmen sollen, nicht Natalie, das wussten sie beide. Da es Lucy sichtlich unangenehm war, Natalie um ihre Unterstützung zu bitten, lehnte sie nicht rundheraus ab. Sie wartete, bis Lucy ihre Aufmerksamkeit wieder von ihren Schuhen auf Natalie lenkte. »Das ist meine erste große Ermittlung, seit ich diese Position übernommen habe, und ich würde mich sicherer fühlen, wenn du dich mehr daran beteiligen würdest.«

Natalie war nicht überzeugt. Lucy hatte vor diesem Fall schon oft bewiesen, dass sie in der Lage war, allein zu handeln und sich nicht vor der Verantwortung zu drücken. Ihrer Körpersprache nach zu urteilen – breitbeinig und mit hoch erhobenem Kopf –, schien Lucy ihren eigenen Worten ebenfalls nicht zu glauben. Es gab nur eine mögliche Erklärung dafür, warum sie Natalie aufforderte, sich aktiv zu beteiligen: Dan.

»Superintendent Tasker hat dich gebeten, mich hinzuzuziehen, stimmt's?«

Lucy stieß einen langen Seufzer aus und die Anspannung wich aus ihren Schultern. »Er hat mich angerufen, um zu betonen, wie wichtig es sei, schnell zu einem Ergebnis zu kommen, da die neue Einheit erst vor Kurzem gegründet wurde. Er wollte, dass ich dich mit ins Boot hole, um sicherzustellen, dass alles reibungslos verläuft.«

Natalie war empört über das Verhalten ihres Vorgesetzten. Er hätte mehr Vertrauen in Lucy und das Team haben müssen. »Nein. Ich habe volles Vertrauen in dich und das Team. Ihr schafft das auch ohne meine Hilfe.«

Lucys Miene hellte sich augenblicklich auf. »Danke. Übrigens habe ich ihm eine ganz ähnliche Antwort gegeben.«

»Gut gemacht.«

»Aber Tatsache ist, dass die Aasgeier von der Presse schon über mir kreisen und nur darauf warten, dass ich es verbocke. Die Menschen sind sehr empfindlich, wenn es um Mordfälle geht, an denen Kinder oder jugendliche Opfer beteiligt sind, und wenn die Zeitungen unbedingt darüber berichten wollen ... die Folgen ... nun ja ... du verstehst schon. Ich würde es wirklich zu schätzen wissen, wenn du mitkommen und mit den Eltern sprechen könntest. Nicht, um dich einzumischen oder zu übernehmen, sondern in beratender Funktion ... als meine Verstärkung. Sobald ich den Fall unter Kontrolle habe, wird die Presse sich beruhigen und die Einheit weniger im Rampenlicht stehen.«

Natalie verstand die Logik hinter ihrer Argumentation. Lucy würde nicht fragen, wenn sie nicht das Gefühl hätte, dass es das Richtige war. »Okay. Ich bin dabei, aber ich bleibe bei dem, was ich vorhin gesagt habe – du bist mehr als in der Lage, das auch ohne mich zu schaffen.«

Lucys Mundwinkel zuckten. »Ich weiß.«

Familie Saunders wohnte in einem zweistöckigen Reihenmittelhaus in einem Viertel namens The Meadows in Nottingham, etwa eine Autostunde nordöstlich von Samford. Die schmale Fassade wurde von einem großen, weiß gerahmten Erker und einer schwarzen Tür dominiert, eine Kopie davon zu beiden Seiten des Hauses. Ein muskulöser junger Mann in T-Shirt und Jeans öffnete mit einer Bierflasche in der Hand die Tür.

Lucy hielt ihm ihren Dienstausweis hin. »Ich bin DI Carmichael und das ist DCI Ward. Wir würden gerne mit Mr und Mrs Saunders sprechen, wenn das möglich ist.«

Der Mann schüttelte den Kopf. »Mit Ray können Sie nicht sprechen. Er ist tot.«

»Tut mir leid, das zu hören. Das haben wir nicht gewusst.«

Er zuckte mit den Schultern. »Ist schon eine Weile her. Sie hätten das überprüfen sollen, bevor Sie an diese Tür klopfen.«

Der Sarkasmus war unangebracht, aber Lucy ließ ihn durchgehen. »Was ist mit Mrs Saunders? Ist sie da?«

»Vicki ist oben im Bad.«

»Könnten Sie sie vielleicht holen?«

Er musterte die Frauen mit halbgeschlossenen Augen, hob die Flasche an die Lippen und trank einen Schluck, bevor er antwortete. »Sie mag es gar nicht, wenn man sie stört. Worum geht es hier eigentlich?« Er blickte sie unverhohlen an.

»Wir müssen wirklich mit ihr sprechen.«

»Vielleicht sollten Sie dann später wiederkommen.« Er war schon dabei, die Tür wieder zu schließen, doch Lucy stellte ihren Fuß zwischen Tür und Rahmen. Er sah ihr in die Augen, aber sie wich nicht zurück.

»Ich weiß nicht, was Sie für ein Problem haben. Wir bitten lediglich höflich darum, mit dem Eigentümer dieses Hauses zu sprechen, und soweit ich weiß, sind das nicht Sie, Mr ...?« Sie wartete auf eine Antwort.

»Dylan Frogmore.«

»Mr Frogmore, wir müssen mit Vicki sprechen. Könnten Sie sie jetzt bitten, nach unten zu kommen?«

Er reckte sein Kinn vor und wollte die Tür mit aller Kraft zudrücken, doch eine Stimme hielt ihn auf.

»Dylan, was zum Teufel ist da unten los?«

»Noch ein paar Bullen, die hier sind, um Ärger zu machen. Wahrscheinlich die verdammten Nachbarn, die sich wieder über die Musik beschweren.«

»Lass mich mit ihnen reden.«

Dylan trat zur Seite und eine kleine Frau in den Vierzigern mit schwarzem Bubikopf und einem runden, freundlichen Gesicht nahm seinen Platz ein. »Ich habe Ihnen schon beim letzten Mal gesagt, dass wir keine laute Musik hören. Es liegt nur an den verdammten Wänden. Sie sind hauchdünn und die neuen Nachbarn sind echte Querulanten. Ich habe zwanzig Jahre lang in diesem Haus gelebt, ohne dass es irgendwelche Probleme gab, bis sie hier eingezogen sind ...«

»Mrs Saunders, wir sind nicht wegen irgendwelcher Beschwerden hier. Dürfen wir reinkommen?«

»Nun, wenn es nicht um Lärm geht, warum sind Sie dann

hier?« Plötzlich flogen ihre Hände zu ihrem Mund. »Oh Gott! Es geht um Amelia, nicht wahr? Haben Sie sie gefunden?«

»Macht es Ihnen etwas aus, wenn wir ins Haus gehen?«, insistierte Lucy.

Vicki bewegte sich nicht von der Tür weg. Ihr Gesicht wurde länger und ihre Schultern sackten nach unten. »Oh Gott. Nein! Sie ist tot, stimmt's? Sie sind gekommen, um mir zu sagen, dass sie tot ist. Sie kann nicht tot sein. Nein! Nicht Amelia. Nein!« Ihre Worte gingen in unverständliche Schreie über, sie sackte gegen den Türrahmen und sank langsam zu Boden.

Lucy blickte zu dem Mann, der mit offenem Mund hinter ihr stand. Er warf seine inzwischen leere Bierflasche auf den Teppich und versuchte, Vicki auf die Beine zu helfen. Sie fuchtelte wütend mit den Händen, um ihn abzuwehren, und schrie: »Lass mich! Lass mich einfach in Ruhe!«

Das Klopfen gegen die Wand in der Nachbarwohnung begleitete ihre Schreie, von drüben hörte man ein gedämpftes »Halt endlich dein Maul!«.

Dylan schlug mit der geballten Faust gegen die Wand und brüllte Obszönitäten zurück.

»Das reicht«, sagte Lucy energisch. »Wir sollten uns alle wieder beruhigen und ins Haus gehen. Dylan, könnten Sie Vicki bitte eine Tasse Tee machen?« Sie ging neben der Frau in die Hocke. »Vicki, Sie können nicht hierbleiben. Lassen Sie uns das drinnen besprechen. Kommen Sie.«

Vicki schluchzte, wischte sich die Augen und richtete sich mithilfe von Lucy auf.

Die Tür führte direkt in ein Wohnzimmer, das aufgrund seiner Einrichtung sehr beengt war: ein großes Sofa, zwei Sessel, Tische, Lampen, Regale mit DVDs und PlayStation-Spielen, Eichenschränke voller Nippes und Fotos in schlichten Rahmen. Natalie studierte jedes einzelne von ihnen, während Lucy sich vor die verzweifelte Frau hockte und beruhigend auf sie einredete. Die Bilder zeigten Amelias Entwicklung vom Baby zum Teenager. Das letzte war ein Schulfoto des Mädchens mit den kastanienbraunen Haaren, auf dem sie mit leuchtenden Augen in die Kamera blickte. Sie müsste darauf etwa fünfzehn gewesen sein. *Genauso alt wie Leigh.*

Dylan tauchte mit einer dampfenden Tasse auf und murmelte etwas Unverständliches, während er einen Stapel Zeitschriften beiseiteschob und die Tasse auf einen Beistelltisch vor dem Sofa abstellte. Er trat zurück, sah Lucy an und fragte: »Soll ich gehen?«

»Kannten Sie Amelia?«

»Mehr oder weniger.«

»Dann möchte ich, dass Sie noch bleiben.«

Vicki jammerte vor sich hin und hörte kurz auf, um zu fragen: »Was ist mit meinem Mädchen passiert?«

»Es tut mir wirklich leid, Vicki«, sagte Lucy.

»Ich muss wissen, wie sie gestorben ist!«

Natalies Herzschlag beschleunigte sich, als sie die kehligen Laute wiedererkannte, die darauffolgten. Sie selbst hatte ähnliche Geräusche von sich gegeben, als sie ihr eigenes Kind tot aufgefunden hatte. Vicki schaute sie direkt an, als spürte sie ihr Mitgefühl, und sie antwortete ihr: »Wir glauben, dass sie erdrosselt wurde, aber das ist noch nicht bestätigt.«

»Sie wurde also angegriffen?«

»Wir versuchen herauszufinden, was genau passiert ist, und deshalb müssen wir so viel wie möglich über sie in Erfahrung bringen.« Natalie trat einen Schritt zurück, damit Lucy wieder die Führung des Gesprächs übernehmen konnte.

»Wo genau wurde sie gefunden?«, wollte Vicki wissen.

»Auf einem Parkplatz in Samford«, antwortete Lucy.

»Hat sie in der Nähe gewohnt oder gearbeitet?«

»Wir kennen noch keine genaueren Einzelheiten.«

»Wurde sie vergewaltigt?«

»Wie ich schon sagte, über die genaueren Einzelheiten

wissen wir noch nichts.«

Vicki schüttelte den Kopf. »Bitte sagen Sie es mir. Ich weiß nicht, wohin sie gegangen ist, nachdem sie uns verlassen hat. Achtzehn Monate lang hatte ich alle möglichen Fantasien, dass es ihr gut ging und sie glücklich mit jemandem zusammenlebte, der ihr etwas bedeutete. An anderen Tagen hatte ich Albträume von ihr, wie sie auf der Straße lebte, obdachlos und verzweifelt. Ich habe mich verrückt gemacht, war voller Sorge, wo sie sein könnte und was sie tat, also ... Ich *muss* es wissen. Ich muss alles wissen ...« Sie verstummte.

»Sobald wir etwas herausfinden, werden wir Sie informieren.«

Vickis Augen füllten sich mit Tränen und sie schnäuzte sich. Lucy wandte ihre Aufmerksamkeit Dylan zu, um der Frau Zeit zu geben, ihre Fassung wiederzuerlangen.

»Wie gut kannten Sie Amelia?«

»Nur flüchtig. Ich arbeite in einer kleinen Spirituosenhandlung. Amelia und ihre Freundin Tabitha kamen ab und zu rein und versuchten, Alkohol und Kippen zu kaufen, aber ich wusste, dass sie minderjährig waren. Sie haben versucht, mich zu überreden ... Ich habe sie nach einem Lachen und einem Witz weggeschickt. Es war eine Art Spiel ... Ich glaube, sie kamen in Wirklichkeit nur, weil Tabitha für mich geschwärmt hat.«

»Wie hieß Tabitha mit Nachnamen?«

»Rogers.« Vicki sah Lucy mit glasigen Augen an. »Tabitha Rogers. Sie waren beste Freundinnen. Sie ist im Februar letzten Jahres gestorben ... Ein plötzlicher Tod durch einen unentdeckten Gendefekt am Herzen. Nach ihrem Tod hat sich Amelia verändert.«

»Inwiefern?«

Vickis Lippen zitterten, als sie sprach. »Sie wurde wegen allem sofort sehr pampig. Schon bei der kleinsten Kritik oder Anregung bekam sie einen Wutanfall. Sie tat Dinge, die nicht zu ihrem Charakter passten, zum Beispiel, als sie sich ein Zungenpiercing stechen ließ. Ray wurde wütend und zwang sie, den Ring zu entfernen. Bald darauf zog sie sich noch weiter zurück, war sogar in Schlägereien mit anderen Mädchen in der Schule verwickelt, und ihre Noten wurden immer schlechter. Sie war nicht gerade das, was man eine Einserschülerin nennt, aber sie kam klar, bis Tabitha starb.«

»Und Amelia ist kurz nach dem Tod ihrer Freundin weggelaufen?«, fragte Lucy.

Vicki nickte. »Fast auf den Tag genau drei Monate nach Tabithas Tod, am zehnten Mai ... «

Amelia streift ihre Schuhe auf der Matte vor der Haustür ab und versucht zum dritten Mal, den Schlüssel ins Schloss zu stecken. Die Mischung aus Wein und Wodka, die sie getrunken hat, hat sie benebelt, und jedes Mal, wenn sie versucht, den Schlüssel in das Schloss zu schieben, verfehlt er sein Ziel. Tabitha würde sich totlachen, wenn sie ihre Freundin in diesem Zustand sehen könnte. Das Grinsen, das eben noch ihre Lippen umspielte, verschwindet und das vertraute Gefühl der Leere kehrt in ihre Seele zurück.

Sie war heute Abend glücklicher - nicht überglücklich, aber zum ersten Mal seit Tabithas Tod fühlte sie sich wohl, hat gelacht und sich ... geliebt oder zumindest gewollt gefühlt. Die Begegnung mit Tommy war das Beste, was ihr in letzter Zeit passiert ist, und heute Abend hat er bewiesen, wie wichtig sie ihm ist. Sie konzentriert sich auf diese wunderbaren Erinnerungen, während sie einen weiteren Versuch unternimmt, das Schlüsselloch zu finden. Gut, dass Mum Nachtschicht hat, sonst wäre sie schon längst unten und würde fragen, was zum Teufel hier los ist. Das Problem ist, dass Amelia so gerne ihre Gefühle rauslassen und in den Armen ihrer Mutter weinen würde, aber sie kann es einfach nicht. Es ist, als könnte sie nicht mehr sie selbst sein. Sie möchte, dass die Menschen sie verstehen, doch sie baut eine Mauer auf und versteckt sich dahinter. Und in letzter Zeit hat sie eine Menge Dummheiten gemacht und weiß nicht mal, warum. Sich ein Zungenpiercing stechen zu lassen, war eine der verrücktesten Sachen, aber ihr Dad ist ausgeflippt und hat sie gezwungen, es wieder herauszunehmen. Sie wird sich noch mehr Piercings stechen lassen – auf jeden Fall ein Bauchnabelpiercing. Sie werden nicht einmal merken, dass sie es hat machen lassen.

Mum versteht sie nicht, und obwohl sie die richtigen Worte findet und versucht, Amelia zu helfen, gelingt es ihr nicht. Niemand kann ihr den Schmerz nehmen, den Tabithas Tod verursacht hat, geschweige denn verstehen, warum Amelia ihr Leben jetzt hasst. Dad versucht nicht mal, zu begreifen, was mit ihr passiert. Er rastet sofort aus. Tabitha hatte ihm den Spitznamen Killjoy Ray gegeben – Spielverderber-Ray; sie hatte mit dieser Beschreibung genau ins Schwarze getroffen. Dieses Mal lächelt sie nicht. Sie vermisst Tabitha so sehr.

Plötzlich öffnet sich die Tür. Damit hat sie nicht gerechnet. Ihr Vater trägt noch immer das Hemd und die Hose, die er im Büro anhatte. Sein Mund ist ein schmaler Strich. Es ist sinnlos, ihm etwas zu erklären. Sie presst ihre Lippen zusammen, damit er den Alkohol in ihrem Atem nicht riechen kann, wenn sie an ihm vorbeigeht. Sie hat nicht erwartet, dass er noch wach ist. Normalerweise fällt er in den meisten Nächten in einen todesähnlichen Schlaf, erschöpft von seiner Arbeit und dem zweistündigen Weg, den er jeden Tag zum Büro zurücklegt. Er sieht zu, wie sie ihre Schultasche schultert und versucht, sich durch das Wohnzimmer zur hinteren Tür zu schlängeln, die zu ihrem Zimmer führt, ohne mit einem der Möbelstücke zu kollidieren. Seine eisige Stimme stoppt sie.

»Es ist halb elf.«

»Ich weiß. Wir sind später fertig geworden als erwartet und ich habe den ersten Bus verpasst.«

»Ich kann mich nicht erinnern, dass du uns erzählt hast, dass du ausgehen willst.«

»Ich habe Mum gesagt, dass ich nach der Schule zu einer Freundin gehe, um Hausaufgaben zu machen.«

»Zu welcher Freundin?«

Sie versucht es mit dem ersten Namen, der ihr einfällt, ein Mädchen aus ihrer Klasse, das ihre Geschichte bestätigen könnte: »Kimberley.« Sie atmet erleichtert aus, als er nickt.

»Dein Handy war ausgeschaltet.«

»Der Akku ist leer.« Sie will jetzt unbedingt in ihr Zimmer. Wenn er nachsieht, wird er herausfinden, dass sie lügt.

»Dein Schulleiter hat mich angerufen.«

Verdammt! Dabei hat sie gehofft, die rührselige Geschichte, die sie ihrer Klassenlehrerin aufgetischt hat, würde ausreichen, um sie für den Tag zu befreien.

»Du hast schon wieder den Unterricht geschwänzt, obwohl du versprochen hast, dich anzustrengen. Außerdem macht er sich Sorgen wegen deiner Noten. Du bist diese Woche bei einem wichtigen Test durchgefallen und hast den Mathelehrer beschimpft. Was um Himmels willen ist nur los mit dir? Das ist doch kein Benehmen. Du musst an deine Abschlussprüfungen denken. Was für eine Zukunft erwartet dich, wenn du dabei durchfällst?«

Das ist seine übliche Leier. Er interessiert sich nur für ihre schulischen Leistungen. Was in ihrem Kopf vor sich geht, ist ihm völlig egal. Sie ballt ihre Hände zu Fäusten, bereit, sich erneut mit ihrem herrischen Vater anzulegen, aber die Wut verfliegt so schnell, wie sie gekommen ist. Das wird sie nicht weiterbringen. Sie will, dass er begreift, warum sie den Unterricht oder die anderen Kinder nicht erträgt, es nicht aushält, Tag für Tag auf den leeren Tisch zu schauen, an dem früher Tabitha saß. Sie will, dass er sie in den Arm nimmt und ihr etwas Nettes sagt. Sie muss ihm erklären, wie schrecklich es ohne ihre Freundin ist. Sie öffnet den Mund, um zu sagen, dass es ihr wirklich leidtut, aber er redet weiter, seine Stimme ist so belegt, als würden ihm die Worte im Hals steckenbleiben.

»Ich habe genug von deinem Benehmen. Ich habe versucht, verständnisvoll zu sein, und wir haben beide unter deinen kindischen, unverschämten Ausbrüchen und deiner mürrischen Art gelitten, aber ich will nicht, dass meine Tochter mich anlügt, die Schule schwänzt und sich bis spät in der Nacht davonschleicht, um ... wer weiß was zu machen.«

Seine Schimpftirade entfacht Flammen der Wut, die in ihrer Brust auflodern und brennen. Was zum Teufel wirft er ihr denn vor? »Ich habe überhaupt nichts gemacht!«, schreit sie.

»Ach wirklich? Und warum stinkst du dann nach Alkohol und Zigarettenqualm?«

»Ich habe nichts getrunken. Kimberleys Mutter raucht.« Die Lüge kommt ihr leicht über die Lippen, aber sie weiß, dass er sie durchschaut.

Seine Augenlider senken sich und er analysiert ihre Reaktion. Bevor sie wieder sprechen kann, liest er etwas in ihrem Gesicht und fragt dann drohend: »Wo warst du den ganzen Tag und den ganzen Abend über?«

Sie kann ihm nicht die Wahrheit sagen, nämlich, dass sie die Zeit mit einem Jungen verbracht hat, dass sie geredet und gelebt hat und sich wieder normal fühlt.

»Gib mir dein Handy.«

»Nein!«

»Her damit!«, brüllt er.

Sie schnieft wütend und kramt nach dem Mobiltelefon.

Er nimmt es, drückt den Einschaltknopf und sieht zu, wie das Display aufleuchtet.

»Mit dem Akku ist alles in Ordnung.«

Sie kann ihm nicht in die Augen sehen. Sie hofft, dass er ihr das Handy zurückgibt, aber das tut er nicht. Stattdessen macht er das Unvorstellbare und liest ihre WhatsApp-Nachrichten, wobei er bei einer innehält und die Nasenflügel aufbläht. Sie weiß, *welche Nachricht es ist. Es ist das Oben-ohne-Selfie, das sie Tommy geschickt hat. Die Stille ist schlimmer als der Zorn ihres Vaters. Sie fühlt sich krank, was zum Teil am Alkohol liegt und zum Teil an der Angst, die jetzt langsam in ihr aufsteigt. Er hebt eine Hand und verpasst ihr eine schallende Ohrfeige.*

Sie hält sich die brennende Wange und der Kummer verdrängt alle anderen Gefühle. »Es ist nicht so, wie du denkst«, murmelt sie.

Er hält ihr das Display hin und sie sieht sich nackt in einer Pose, die sie für sexy gehalten hat, aber plötzlich erscheint ihr das alles sehr vulgär. »Ach nein?« Er steckt das Handy in seine Tasche. »Wir reden morgen darüber. Geh jetzt ins Bett.« Seine Stimme klingt bedrohlich.

Diesmal hat sie es wirklich vermasselt. Dad wird es Mum erzählen, und sie wird zu ihm halten, ganz gleich, was er beschließt. Sie werden ihr wochenlang Stubenarrest verpassen. Sie werden sie zwingen, zur Schule zu gehen, zurück in ein Klassenzimmer, wo sie sich nicht auf den Unterricht konzentrieren kann, sondern dasitzt und Tabitha vermisst. Sie kann den Gedanken nicht ertragen. Hier kann sie nicht bleiben. Tabitha flüstert ihr ins Ohr: »Es ist Zeit, weiterzuziehen, Süße. Ich bin hier. Ich halte zu dir. Du bist nicht allein.« Ihr Vater starrt sie immer noch an. Sie reibt sich das schmerzende Gesicht und weicht zurück. Ihre Mutter wird nicht vor morgen früh nach Hause kommen. Sie wird heute Abend von hier verschwinden.

Vickis Gesicht war fleckig und geschwollen. Schniefend sagte sie: »Ich habe es erst am nächsten Morgen gemerkt, als ich sie für die Schule wecken wollte und einen Zettel in ihrem Zimmer fand. Sie war verschwunden.«

»Haben Sie den Zettel noch?«

»Er liegt in einem Schmuckkästchen in ihrem Zimmer.«

Dylan erhob sich. »Ich weiß, wo ich suchen muss. Ich

werde ihn holen.«

Als er weg war, herrschte Stille im Raum. Vicki schniefte laut und murmelte dann: »Er ist mein Untermieter. Ich brauche das Geld, um die Hypothek zu bezahlen ... nachdem Ray ... gestorben ist.«

»Es muss für Sie beide schwer gewesen sein, nachdem Amelia weggelaufen ist«, sagte Lucy und erhielt ein Nicken als Antwort.

»Ich war wütend auf Ray, weil er ihr gegenüber die Beherrschung verloren hatte. Ich habe ihm immer wieder gesagt, dass sie sich nur danebenbenommen hat, weil sie über den Tod von Tabitha traurig war, aber er ist immer wieder auf ihrer Einstellung und ihrem Verhalten herumgeritten. In der Nacht, in der sie sich so richtig zerstritten haben, habe ich bis spät in die Nacht im Pflegeheim gearbeitet und wusste nichts davon. Ray hatte vor, es mir am Morgen zu erzählen, aber bevor er die Gelegenheit dazu hatte, fand ich den Zettel und wusste, dass sie für immer fort war. Es tat ihm so leid, dass er krank vor Sorge wurde, und als sie nicht zurückkam, wurde es noch schlimmer. Er wusste, dass es seine Schuld war, und schließlich konnte er die Schuldgefühle nicht mehr ertragen und ... hat sich das Leben genommen.« Sie wischte sich über die tränennassen Wangen.

Dylan tauchte mit einem Umschlag in der Hand wieder auf. Er reichte ihn Lucy, die ihn an sich nahm.

»Haben Sie Amelia nach Tabithas Tod noch einmal gesehen?«

»Sie kam nicht mehr in die Spirituosenhandlung. Ich habe sie ein paarmal auf der Straße herumhängen sehen. Einmal bin ich sogar nach draußen gegangen, um mit ihr zu reden. Sie lehnte an der Wand und sah ... irgendwie verloren aus, sie tat mir leid. Sie gab zu, dass sie Tabitha vermisste. Ich musste wieder reingehen, um zu kassieren, und als ich fertig war, war sie verschwunden.«

»Welche Veränderungen sind *Ihnen* an ihr aufgefallen?«

»Wie ich schon sagte, ich kannte sie eigentlich gar nicht. Ich habe nur ein paarmal mit ihr geredet. Tabitha war die Mutigere, Impulsivere von beiden. Amelia war viel ruhiger. Ich kann nicht behaupten, dass ich irgendwelche Veränderungen bemerkt habe.«

»Und wie lange wohnen Sie schon hier?«

»Seit sechs Monaten, stimmt's, Vicki?«

Sie wischte sich mit einer Hand über das Gesicht und schniefte erneut. Ihre Stimme war heiser vom Weinen. »Dylan hatte sich von seinem Partner getrennt und suchte eine neue Bleibe. Ich brauchte einen Untermieter. Er ist ein angenehmer Mitbewohner.«

Natalie beobachtete die beiden, um Hinweise darauf zu finden, dass mehr hinter ihrer Beziehung steckte, konnte aber nichts Ungewöhnliches feststellen. Lucy hatte in der Zwischenzeit den Zettel aus dem Umschlag gezogen, ihn gelesen und reichte ihn nun Natalie.

Mum und Dad,

macht euch nicht die Mühe, mich als vermisst zu melden oder nach mir zu suchen. Ich werde nicht zurückkommen, und falls die Polizei mich findet, werde ich nur immer wieder weglaufen. Ich habe mitgenommen, was ich brauche, und ich will nichts von dem, was ich in meinem Zimmer zurückgelassen habe. Ihr könnt damit machen, was ihr wollt.

Ich kann nicht mit euch zusammenleben – mit keinem von euch. Dad hat mich ständig auf dem Kieker und du, Mum, siehst immer so aus, als hättest du zu viel Angst, mit mir zu reden. Keiner von euch versteht, wie ich mich fühle, und es ist euch völlig egal, was ich denke oder wie es mir geht. Ihr versucht nicht mal, es zu verstehen, also mache ich es euch leicht und gehe.

Ich habe mein Erspartes mitgenommen und werde schon klarkommen.

Macht's gut. Amelia

Natalie verspürte plötzlich einen dicken Kloß im Hals. Das Mädchen hatte einsam und verlassen geklungen. Wenn die Vermisstenfahndung sie tatsächlich ausfindig gemacht hätte, wäre sie dann wirklich wieder weggelaufen, oder war das nur die Verzweiflungstat eines unglücklichen Teenagers? Sie faltete den Zettel sorgfältig zusammen und legte ihn in Lucys ausgestreckte Hand.

Lucy wandte sich wieder an Vicki. »Fällt Ihnen irgendein Grund ein, warum Amelia ausgerechnet nach Samford gehen sollte und nicht irgendwo anders hin?«

Vicki schüttelte den Kopf.

»Hat sie irgendwelche Freunde erwähnt, die dort leben?«

»Sie hatte nicht viele Freunde. Tabitha war ihre beste Freundin und sie hat ihr ganzes Leben lang in Nottingham gewohnt.« Wieder kamen ihr die Tränen, diesmal konnte sie nicht mehr sprechen.

Natalie verstand den schrecklichen Schmerz, den sie durchlitt. Ihr eigener Schmerz über den Verlust von Leigh war manchmal noch sehr präsent. Dylan warf ihr einen Blick zu und nickte kurz in Richtung des hinteren Teils des Raumes. Natalie folgte ihm durch eine Tür in einen kleinen Flur mit einer Treppe. Er ging durch eine weitere Tür in eine schmale Küche, kaute an einem Daumennagel und begann dann leise zu sprechen.

»Ich wollte vor Vicki nichts sagen, nicht, solange sie so aufgebracht ist, aber Amelia und Tabitha hingen immer mit älteren Jungs ab und versuchten, sie dazu zu bringen, ihnen Alkohol zu kaufen. Nachdem Tabitha gestorben war, sah ich Amelia mit einem Kerl, den ich vorher noch nie gesehen hatte.

Er kam in den Laden, um Wodka und Zigaretten zu kaufen, und ich fragte ihn nach seinem Ausweis, um sicherzugehen, dass er über achtzehn war. Er hieß Tommy, da bin ich mir sicher. Seinen Nachnamen weiß ich allerdings nicht mehr.«

»Haben Sie dem Beamten, der für ihren Vermisstenfall zuständig war, davon erzählt?«

Er nickte. »Sie haben alle, die Amelia kannten, gefragt, ob sie eine Ahnung hätten, wo sie hingegangen sein könnte. Ich erwähnte, dass ich sie mit diesem Mann gesehen hatte.«

»Wie alt war er?«

»Vierundzwanzig, sah aber deutlich jünger aus. Wie gesagt, ich habe seinen Ausweis kontrolliert.«

»Können Sie beschreiben, wie er aussah?«

»Er war so groß wie ich, aber sehr dünn, hatte langes, dunkles, krauses Haar und ein großes Loch im Ohr. Ich weiß nicht mehr, in welchem. Er wirkte ein bisschen ... ungepflegt, als hätte er auf einer Baustelle oder im Garten oder vielleicht in einer Werkstatt gearbeitet. War ziemlich von sich eingenommen. Er hat mich die ganze Zeit angestarrt, als wollte er, dass ich ihn herausfordere, und nachdem er das Zeug gekauft und den Laden verlassen hatte, drehte er sich um und starrte mich durch das Fenster an. Ich hatte den Eindruck, dass er mich fertig machen wollte.«

»Sie meinen, er wollte Sie verprügeln?«

»Ja. Manche Männer haben einfach so eine Ausstrahlung, nicht wahr? Er war einer von denen, die auf einen Kampf aus waren. Vielleicht hätte er tatsächlich einen angefangen, wenn nicht gerade ein anderer Kunde hereingekommen wäre. Mir ist aufgefallen, dass Amelia ihn umschwärmte – sie war schon übermäßig zugetan.«

»Wie äußerte sich das?«

»Sie legte ihre Arme um seinen Hals und küsste ihn auf die Wange.«

»Haben Sie ihn später noch einmal gesehen?«

»Ein paarmal, aber da war er nicht mit Amelia zusammen. Er kam allein rein, um Zigaretten zu kaufen.«

»Können Sie sich erinnern, ob sie ihn nochmal gesehen haben, nachdem Amelia weggelaufen war?«

»Nein. Er ist nie wieder in der Spirituosenhandlung aufgetaucht.«

Natalie sah sich in der Küche um. Ein eingeschalteter Dampfgarer, der hinten an der Wand stand, verströmte einen köstlichen Rosmarinduft. »Wie kam es, dass Sie bei Vicki eingezogen sind?«

»Sie hat eine Anzeige bei der örtlichen Postfiliale aufgegeben und ich habe mich darauf gemeldet. Ich brauchte ein bezahlbares Zimmer in der Nähe der Arbeit. Sie war wirklich nett zu mir.«

»Sie kommen also gut miteinander aus?«

»Sie hat mir nach der Trennung von meinem Partner sehr geholfen. Sie kümmert sich um mich, kocht für mich und wir haben viele gemeinsame Interessen und reden viel miteinander. Ja, wir kommen gut miteinander aus. Ich wusste nicht, dass sie Amelias Mutter war, als ich das erste Mal wegen des Zimmers vorbeikam. Sie hat es mir gesagt, nachdem ich eingezogen war. Wissen Sie, sie redet viel von ihr. Sie hatte immer gehofft, Amelia würde eines Tages nach Hause kommen. Der Polizeibeamte, der die Suche leitete, sagte ihr, dass viele Ausreißer zurückkommen, und sie hat sich an den Glauben geklammert, dass Amelia dies auch tun würde. Sie hat dafür gesorgt, dass ihr Zimmer jederzeit bereit war. Sie reinigt es jede Woche, wenn sie in meinem putzt.«

»Sie wohnen also nicht in Amelias Zimmer?«

»Nein, ich wohne oben im ehemaligen Schlafzimmer von Vicki und Ray, und Vicki schläft im Zimmer nebenan. Das war früher das Esszimmer.« Er deutete mit dem Daumen auf die Wand, um zu zeigen, dass sich dahinter das Schlafzimmer befand.

»Sie haben nie daran gedacht, diesen jungen Mann ihr gegenüber zu erwähnen?«

»Ich dachte nicht, dass es hilfreich wäre. Ich dachte nicht einmal, dass es relevant sei. Ich dachte, sie wäre weggelaufen, weil ihr Vater sie geschlagen hat, nicht wegen irgendeines Kerls. Sie hat in ihrem Brief niemanden erwähnt. Vicki hat ihn mir vorgelesen«, fügte er hinzu, in der Annahme, dass Natalie fragen würde, woher er wusste, was in dem Brief stand.

»Haben Sie geglaubt, dass Amelia zurückkommen würde?«

Er zuckte mit den Schultern. »Nein. Ich hatte gehofft, sie würde nach Hause kommen ... um Vickis willen.«

»Können Sie mir sonst noch irgendetwas sagen?«

»Mehr fällt mir nicht ein.«

»Ich muss Sie fragen, wo Sie heute gewesen sind.«

»Ich war bei der Arbeit. Wir haben heute Morgen eine große Bestellung erhalten und ich habe den ganzen Tag damit verbracht, sie auszupacken und die Regale einzuräumen. Mein Vorgesetzter kann Ihnen das bestätigen.« Er gab ihr die Kontaktdaten, an die sie sich wenden konnte. »Soll ich Sie jetzt allein lassen, damit Sie mit Vicki sprechen können?«

»Ja, aber bitte verlassen Sie das Haus noch nicht.«

»Ich bin in meinem Zimmer.«

Natalie machte sich auf den Weg zurück ins Wohnzimmer, wo beide Frauen jetzt nebeneinander auf dem Sofa saßen. Vicki hatte sich ein wenig beruhigt und tupfte sich mit einem Taschentuch das Gesicht ab. Lucy reichte ihr den Becher mit Tee. »Hier, trinken Sie das.«

Vicki gehorchte, schlang ihre Hände um die Tasse und starrte Lucy mit weit aufgerissenen Augen an. Nachdem sie die Flüssigkeit geschluckt hatte, sagte sie: »Ich wünschte, sie hätte mit mir geredet, mich angerufen oder mich sogar im Pflegeheim aufgesucht. Dann hätte ich sie aufgehalten. Sie brauchte Hilfe, keine Bestrafung, und jetzt ... ist es zu spät.«

»Hat sie ihr Handy mitgenommen?«, fragte Natalie.

»Nein. Ray hat es mit einem Hammer zertrümmert und weggeworfen. Er war außer sich über ein Nackt-Selfie, das sie einem Jungen geschickt hatte.«

»Welchem Jungen?«

»Es gab keinen Namen, nur einen dummen Spitznamen – der *harte Kerl*. Es war eine Kurzschlussreaktion, die sich im Nachhinein als dumm herausstellte. Die Fragen, die er hätte stellen sollen, das Gespräch, das er mit ihr hätte führen sollen, haben an ihm genagt und nicht der Wutausbruch an diesem Tag.«

»Hat das Team, das sich mit dem Verschwinden ihrer Tochter befasst hat, nach dem Handy gefragt?«

»Sie haben es zur Untersuchung mitgenommen, konnten aber keine Daten daraus extrahieren. Hätten wir Zugang zu den Informationen auf dem Handy gehabt, hätten wir vielleicht gewusst, wo sie sich aufhielt oder was sie vorhatte. Ray wusste ja nicht, dass sie weglaufen würde. Er dachte, wir würden uns am nächsten Tag um die Situation kümmern, und wollte ihr nur eine Lektion erteilen ...«

»Hat Amelia jemals einen Typen namens Tommy erwähnt?«, fragte Natalie.

»Nein.«

»War dieser Typ, also der *harte Kerl*, ihr fester Freund?«

»Ich weiß es ehrlich gesagt nicht. Ray wusste es auch nicht. Ich war überrascht, dass sie Kontakt mit einem Jungen hatte, vor allem, dass sie ihm Fotos von sich geschickt hat. Nach Tabithas Tod hat sie sich für nichts und niemanden interessiert.«

Natalie nickte kurz. »Wäre es möglich, dass wir einen Blick in Amelias Zimmer werfen?«

»Es liegt hinter dieser Tür. Das zweite Zimmer auf der rechten Seite.«

Als Lucy und Natalie das Wohnzimmer verließen und einen Korridor betraten, kommentierte Lucy Rays Verhalten.

»Ich finde es übertrieben, ihr Handy zu zertrümmern. Ich hätte es beschlagnahmt und weggeschlossen.«

»Menschen tun alles Mögliche, wenn sie wütend sind. Offensichtlich hat es ihn innerlich zerfressen und furchtbar unglücklich gemacht - so unglücklich, dass er sich das Leben genommen hat. Dylan hat mir erzählt, dass er Amelia vor der Spirituosenhandlung mit einem vierundzwanzigjährigen Typen namens Tommy gesehen hat – groß, dünn, wildes Haar, Ohrendehner. Sie hat ihn auf die Wange geküsst.«

»Klingt wie der Typ, den die Tätowiererin India Murray beschrieben hat. Derjenige, der für Amelias Piercings bezahlt hat. Vielleicht ist sie nicht nur deshalb weggelaufen, weil ihr Vater sie geschlagen hat. Jetzt ist es zu spät, Ray zu sagen, dass er keine Schuld trägt, nicht wahr?«

Natalie nickte. Das Leben konnte manchmal beschissen sein. Die zweite Tür auf der rechten Seite war angelehnt. Sie standen in Amelias Zimmer und versuchten herauszufinden, was für ein Mädchen sie gewesen war. Das Zimmer wirkte kunstvoll eingerichtet und erwachsen: eine blaue sternförmige Leuchte über einem kleinen Doppelbett, das direkt vor einem mit einer Jalousie verdeckten Fenster stand. Die Einrichtung war eher düster: dunkelviolette Wände, die Tagesdecke braun und cremefarben mit passenden Kissen und ein gemusterter Vorhang mit tiefroten Kreisen und braunen Kritzeleien an der linken Wand. Auf der rechten Seite des Zimmers eine Reihe von Kommoden, sodass nur wenig Platz für Kunstwerke blieb, aber Amelia hatte ein Gemälde aufgehängt, das oben in Pfauenblau begann und unten in Indigo überging. Porzellantöpfe und eine Porzellankatze mit großen Augen standen auf der langen Vitrine, zusammen mit einer Stumpenkerze in einem Glasgefäß und einem Leuchtkasten, auf dem die Worte »Sweet Dreams Baby« aufleuchteten. Daneben lag ein Teppich auf dem Boden, auf dem ein Paar flauschiger Grumpy Cat-Hausschuhe standen. Auf dem Nachttisch befand sich eine Nachttischlampe zusammen mit ein paar Zeitschriften. Es war aufgeräumt – für Natalies Geschmack zu aufgeräumt. Sie konnte sich nicht vorstellen, dass irgendein Teenager ein so aufgeräumtes Zimmer haben könnte – Leighs Zimmer hatte jedenfalls immer ausgesehen, als wäre ein Wirbelsturm hindurchgefegt. Zweifellos hatte Vicki es aufgeräumt, um es auf die Rückkehr ihrer Tochter vorzubereiten.

Lucy zog die Vorhänge zurück und gab den Blick auf die offenen Schränke frei, die Kleider auf Kleiderbügeln, Schuhe und Pullover enthielten, die zu Stapeln gefaltet in den Regalen lagen. Ein eingebauter Arbeitsplatz nahm die Hälfte des Zimmers ein. Amelias Schulbücher und Mappen waren auf einem Regal angeordnet und ihre Schultasche stand unter dem Schreibtisch. Natalie warf einen Blick in die oberen Schubladen, in denen Socken, BHs und Unterhosen gefaltet waren - zweifellos Vickis Werk. Andere Schubladen enthielten Stifte, persönlichen Krimskrams, Schmuck, Nagellack, Parfüm, Make-up, Haargummis und anderen Haarschmuck. Natalie hatte genug gesehen. Es war sehr wahrscheinlich, dass Amelia mit Tommy nach Samford gegangen war. Mehr konnten sie und Lucy hier nicht herausfinden. »Hatte sie ein Laptop?«

»Nein. Sie besaßen weder einen Computer noch ein iPad. Ich habe den Eindruck, dass das Geld knapp war und sie die Geräte in der Schule benutzt hat. Ich werde versuchen, die Namen einiger ihrer Freundinnen herauszufinden und zu sehen, ob sie etwas darüber sagen können, warum sie nach Samford gegangen ist«, sagte Lucy und sah sich die Outfits auf den Bügeln an. Es klingelte an der Tür und Lucy spähte aus dem Fenster. »Ich glaube, die Polizeipsychologin ist da. Wir werden sie jetzt allein lassen.«

Natalie sah sich ein letztes Mal im Zimmer um. Ihr Blick fiel auf einen weichen Plüschelefanten mit einer rosafarbenen Schleife. Offensichtlich ein geliebtes Stofftier, das Amelia nicht mitgenommen hatte. Der Gedanke stimmte Natalie traurig.

VIER

FREITAG, 1. NOVEMBER – ABEND

Es war viertel nach neun, als Natalie und Lucy wieder im Holborn House eintrafen. Sie machten sich direkt auf den Weg zu Lucys gläsernem Büro mit Blick auf den Hauptraum, von dem aus Lucy ihr Team bei der Arbeit an den einzelnen Plätzen beobachten konnte. Im Vergleich zu ihrem früheren Arbeitsplatz war es eine eigene Welt. Dieser Raum war geräumig, quadratisch und hatte zwei große Fenster mit jeweils sechzehn einzelnen Scheiben, die den Blick auf einen eingezäunten Garten freigaben. Das Farbschema war sorgfältig durchdacht – die Wände waren in einem hellen Olivton gestrichen, die Hängeschränke, Schubladen und ergonomisch geformten Drehstühle alle in Anthrazit gehalten –, lediglich die orangefarbenen Holzoberflächen der Tische stachen etwas hervor. Sechs Einzelarbeitsplätze mit Flachbildschirmen waren an drei der vier Wände positioniert. In der Mitte des Raumes standen ein ovaler grauer Schreibtisch mit orangefarbener Tischplatte und zwei breite Stühle, die sich gegenüberstanden. In Lucys Büro fanden sich ähnliche graue und orangefarbene Möbel, eine kleinere Version des Hauptraums, aber sie ging nicht hinein. Stattdessen bot sie Natalie einen der Stühle in der Mitte des Hauptraumes an und wandte sich an Murray und PC Ian Jarvis, die an den Schreibtischen vor den Fenstern arbeiteten – den beiden besten Plätzen.

»Wo sind die anderen?«

Murray drehte sich um, um zu antworten. Ein Becher Tee dampfte auf seinem Schreibtisch. »Sie sind noch unterwegs und ermitteln. Die Mitarbeiter im Obergeschoss widmen sich ihren technischen Zauberkünsten. Sie durchforsten das Videomaterial der Überwachungskameras.«

Die technischen Berater und Unterstützer der Einheit, Experten auf ihrem Gebiet, hielten sich in der Regel in den Büros im obersten Stockwerk auf, umgeben von hochmoderner Ausrüstung.

Ian drehte sich um. »Ich habe Amelias Konten in den sozialen Netzwerken durchsucht und konnte nur Aktivitäten auf Facebook finden.« Natalie war erfreut zu sehen, dass er nicht mehr so mager und gezeichnet aussah. Die Trennung von seiner schwierigen Partnerin, die ihn unter Druck gesetzt hatte, den Dienst zu quittieren, hatte ihren Tribut gefordert. Doch seine Entscheidung, seine Karriere über sie zu stellen, zahlte sich aus und er schien wieder der Alte zu sein – enthusiastisch und gründlich.

»Hast du auf ihrer Facebook-Seite irgendetwas gefunden, das uns weiterhilft?«, fragte Lucy.

»Nein, seit dem Tod ihrer Freundin Tabitha hat sie nichts mehr gepostet. Schau mal.« Er trat zur Seite, damit Lucy Amelias Account sehen konnte: in der Kopfzeile ein Foto der beiden Freundinnen und das letzte Status-Update von Februar 2018, nach dem plötzlichen Tod von Tabitha.

Lucy las: »»Ich kann nicht glauben, dass du von uns gegangen bist. Du hattest es nicht verdient zu sterben. Die Welt wird ein leerer, einsamer Ort ohne dich sein, meine wunderschöne Freundin. Ich werde dich immer lieben.‹ Sonst hat sie nichts geschrieben?«

»Das war der letzte Eintrag, den sie gepostet hat.«

»Kein Hinweis auf einen Freund?«

»Im Beziehungsstatus steht Single.«

»Lebt einer ihrer Online-Freunde in Samford?«

»Ich habe nach Verbindungen gesucht, aber keine gefunden. Die meisten ihrer Freunde kamen aus Nottinghamshire.«

»Irgendjemand namens Tommy, Thomas oder Tom?«, fragte Lucy. Ian gab einen Namen nach dem anderen in das Feld »Freunde« ein und schüttelte den Kopf. »Nein.«

»Ich werde den Beamten kontaktieren, der die Ermittlungen zu ihrem Verschwinden geleitet hat. Vielleicht kann er uns mehr sagen und vielleicht hat er die Zugangsdaten zu ihrem E-Mail-Account.«

Murrays Stuhl gab ein lautes Quietschen von sich, als er sich umdrehte. »Nicht nötig. Das war DI Bletchley und ich habe ihn bereits kontaktiert. Er wird mir alle Informationen per E-Mail schicken.«

»Super, danke.«

»Gern geschehen, Chefin.« Murray machte eine unauffällige Verbeugung.

Lucy erzählte von dem Treffen mit Vicki Saunders und Dylan Frogmore und berichtete, was sie und Natalie herausgefunden hatten.

»Wir haben versucht, Tabithas Eltern zu erreichen, aber sie sind im Urlaub in Goa und die Zeitverschiebung beträgt fünfeinhalb Stunden, also ist es dort etwa drei Uhr morgens. Wir werden sie morgen früh anrufen und fragen, ob sie Kontakt zu Amelia hatten. Könntest du Dylans Hintergrund überprüfen und seinen Vorgesetzten bitten, zu bestätigen, wo er sich heute aufgehalten hat?« Sie gab die Daten, die sie von Vickis Untermieter erhalten hatte, an Ian weiter.

Ein Klingeln unterbrach sie und sie ging an ihr Handy.

»Warte mal kurz, Pinkney, ich stelle das Telefon auf Lautsprecher«. Sie drückte die Lautsprechertaste und die tiefe Stimme des Rechtsmediziners war deutlich zu hören.

»Wie ich schon sagte, ist es mir gelungen, Amelia Saunders in der Warteschlange vorzuziehen, und ich habe ein paar erste Ergebnisse für euch. Der Mageninhalt deutet darauf hin, dass sie Drogen genommen hat. Ich habe Haar- und Blutproben zur toxikologischen Untersuchung eingeschickt, um das zu bestätigen und uns einen nachträglichen Überblick über ihren Drogenkonsum zu geben.« Bei der Autopsie war es üblich, Haare vom Kopf zu entnehmen und sie zur weiteren Untersuchung einzusenden, um festzustellen, ob beim Tod des Opfers Gift oder Drogen eine Rolle gespielt hatten; die Substanzen zirkulierten im Blutkreislauf und lagerten sich an den Haarfollikeln an, verschmolzen während des Wachstums mit dem Haar und setzten sich dort fest. Pinkney erklärte, Amelia hätte um die Mittagszeit ein Käsesandwich gegessen, und der Mageninhalt bestätigte den Todeszeitpunkt gegen 16 Uhr. Er fuhr fort: »Der chemische Nachweis von Sperma wurde mit Phosphatesmo-Kits durchgeführt und ergab, dass sowohl in der Vagina als auch im Mund Spermaspuren nachgewiesen wurden. Ich habe Abstriche genommen und sie für einen DNA-Test eingeschickt, um festzustellen, ob sie sexuelle Beziehungen zu einem oder mehreren Männern hatte. Ich würde Letzteres vermuten, da ich Schamhaare und Hautzellen gesammelt habe, die von mehr als einer Person zu stammen scheinen. Was die Todesursache angeht, so deuten die inneren Schäden an ihrem Kehlkopf und den inneren Strukturen in ihrem Hals eindeutig auf eine manuelle Strangulation hin. Ich habe die Untersuchung noch nicht vollständig abgeschlossen, aber das sind die wichtigsten Punkte.«

»Du hast uns sehr geholfen. Danke, Pinkney.«

»Gern geschehen, und vergiss nicht, dass du mir eine

Flasche Châteaux Margaux dafür schuldest, dass ich sie in der Schlange der Verstorbenen vorgezogen habe.«

»Châteaux Margaux«, spottete Murray. »Was ist aus einer ›schönen Flasche Rotwein‹ geworden? Er hat seinen Preis erhöht.«

Lucys Augen funkelten. »Egal, was er verlangt, normalerweise halte ich mich nicht an die Abmachung, obwohl ich ihm etwas dafür schulde, weil er sie so schnell durchgewunken hat. Gut, ihr habt ja gehört, was er gesagt hat. Klingt, als hätte sie mit mehr als einem Mann Sex gehabt.«

Murray machte eine Pause, bevor er fragte: »Denkt ihr, sie ist anschaffen gegangen? Der West Gate-Parkplatz ist ein bekannter Treffpunkt für Prostituierte.«

Lucy zuckte mit den Schultern. »Könnte schon sein, oder sie wurde von einer Gruppe vergewaltigt.«

»Oder sie hatte eine einvernehmliche Beziehung mit zwei oder mehr Männern. Sie könnte Sex mit ihrem Partner und einem Liebhaber gehabt haben«, sagte Ian.

Murray verdrehte die Augen. »Liest du je Liebesromane? Sie war auf einem Parkplatz, der als Treffpunkt für Nutten bekannt ist, und sie war praktisch halb nackt. Sie ist anschaffen gegangen. Darauf würde ich wetten. Wir müssen der Sache nachgehen.«

Ian gab nicht nach. »Du kannst nicht einfach Vermutungen anstellen ...«

»Weil es dich und mich zu Arschlöchern macht. Ja, ja. Ich weiß.« Murray drehte sich zu seinem Bildschirm um und wandte seinem Kollegen den Rücken zu, der seinen Mittelfinger hob und Murray damit zum Grinsen brachte. »Kindisch. Du weißt schon, dass ich dein Spiegelbild in meinem Bildschirm sehen kann?«

Lucy drehte sich zu Natalie um. »Ich würde dem gerne nachgehen. Sie könnte von einem ihrer Kunden angegriffen worden sein.«

»Ich denke, es ist sinnvoll, dass du das weiterverfolgst.« Natalie erhob sich von ihrem Stuhl. Im Moment konnte sie nicht viel tun, um zu helfen. Lucy hatte alles im Griff, und so ungern Natalie auch nach Hause fahren wollte, sie sollte es tun. Thea würde inzwischen im Bett liegen und schlafen.

Lucys Telefon klingelte erneut. Diesmal war es ihr anderer DS, Andy Foxton, der von einer Kriminaleinheit in Bristol zum Team gestoßen war. Sie nahm den Anruf entgegen und wandte sich dann an alle.

»Andy hat einen Obdachlosen gefunden, der beobachtet haben will, wie sich Amelia mit einem Mann gestritten hat. Er bringt ihn jetzt zu uns.«

Murray klatschte begeistert in die Hände und rieb sich dann geräuschvoll die Handflächen. »Das läuft gut, Boss.«

»Man sollte den Tag nicht vor dem Abend loben.«

Murrays Gesichtsausdruck veränderte sich und sein Lächeln verschwand. »Was soll das nur mit den ganzen Redewendungen heute - ›keine Vermutungen anstellen‹, ›den Tag nicht vor dem Abend loben‹? Wir haben das Opfer identifiziert, wir kennen die Todesursache und wir haben einen Zeugen. Ich würde sagen, das ist nicht schlecht für ein paar Stunden Arbeit. Sei nicht so negativ. Wir reißen uns hier den Arsch auf, um schnelle Ergebnisse zu erzielen.«

Lucy quittierte seinen Ausbruch mit einem strengen Blick. »Wir haben einen *Zeugen* gefunden, keinen Verdächtigen oder Mörder. Ich will dich nicht runterziehen, Murray, ich sorge lediglich dafür, dass wir konzentriert bleiben.«

»Ich bin konzentriert. Ich bin sogar verdammt konzentriert ... okay?« Er schaute ihr in die Augen und sie hob ihr Kinn als Antwort.

»Gut. Freut mich zu hören.«

Murray wandte sich wieder seinem Bildschirm zu und griff nach seiner Tasse. Die Raumtemperatur war gerade um ein paar Grad gesunken und Natalie entging die Spannung nicht, die aus dem Nichts aufgetaucht war. Es war nicht ungewöhnlich, dass während der Ermittlungen, wenn die Beamten müde und überfordert waren, die Gemüter hochkochten, aber dieser Streit war untypisch für die beiden. Sie erinnerte sich daran, dass es immer mal wieder Streit gab und dass es auch diesmal vorübergehen würde; zumindest hoffte sie das.

Ungewaschen und zerzaust, in verblichener, muffiger Kleidung, die ihm zu groß war, beugte sich Rob Yeomans über den Schreibtisch, um mit Lucy zu sprechen. Seine Gesichtsbehaarung verdunkelte seine Haut, betonte aber die azurblauen Augen, die im Schein der Deckenbeleuchtung funkelten und sich in Lucys Augen bohrten. Eine Alkoholfahne umwehte sie, während er sprach.

»Ich war auf dem Weg zu meinem üblichen Nachmittagsplatz in der Nähe vom Hardy's und ging den Bürgersteig am West Gate-Parkplatz entlang, als ich einen Schrei hörte.«

»Was genau haben Sie gehört?«, fragte Lucy.

»Ich bin mir ziemlich sicher, dass sie ›Lass mich los!‹ geschrien hat. Er nahm die Tasse Tee, die Lucy ihm hingestellt hatte, legte die Hände darum, die in fingerlosen Handschuhen steckten, und nahm schlürfend einen Schluck. »Ich nehme an, Sie haben nicht zufällig ein paar Kekse dazu, oder?«

Lucy schüttelte den Kopf. »Tut mir leid, nein. Bitte erzählen Sie mir, was Sie gesehen haben.«

»Nicht viel. Es wurde schon dunkel.« Seine Aufmerksamkeit galt eher dem Getränk als Lucy. »Gar keine Kekse?«

Natalie zog einen Energieriegel aus ihrer Tasche und schob ihn über den Tisch. Er schnappte ihn sich, riss das Papier ab und aß gierig, bevor er sich bei ihr bedankte. Nachdem er ihn verzehrt hatte, versuchte Lucy es erneut. »Was genau haben Sie gesehen?«

»Zwei Personen auf der anderen Seite des Parkplatzes. Zuerst dachte ich, es wären zwei Frauen, die sich stritten. Die eine hatte krauses Haar, wie eine Löwenmähne, die andere trug es schulterlang. Die mit der Löwenmähne packte die andere am Handgelenk und ich hörte: ›Wage es ja nicht, vor mir wegzulaufen, du Schlampe!‹ Da wurde mir klar, dass die Person ein Mann war. Die Frau sagte ihm, er solle sich verpissen, und ich hörte nichts weiter. Ich dachte nicht, dass es etwas Ernstes war. Nur ein Streit.«

»Können Sie den Mann beschreiben?«

Rob rieb sich mit einem Finger unter der Nase, der Nagel war schmutzig, und schniefte, bevor er sprach. »Er war etwa einen Meter achtzig oder einen Meter neunzig groß. Schlank. Ich konnte seine Gesichtszüge nicht erkennen ... dafür war es zu dieser Tageszeit zu dunkel.«

»Hatten Sie ihn zuvor schon einmal gesehen?«

»Nein. Ich glaube nicht.« Wieder führte er die Teetasse zum Mund und trank.

»Was ist mit dem Mädchen?«

»Ich weiß es nicht. Ich konnte nicht erkennen, wie sie aussah. Vielleicht habe ich sie schon einmal gesehen. Ich sehe eine ganze Menge Leute.«

»Nehmen Sie normalerweise immer denselben Weg zum Einkaufszentrum?«

»Meistens schon. Das hängt davon ab, wo ich morgens bin.«

»Ich zeige Ihnen jetzt ein Foto des Opfers. Können Sie mir sagen, ob Sie sie schon einmal gesehen haben?« Lucy zeigte Rob ein Bild, das von Amelias Facebook-Seite stammte.

»Ist das die, die ermordet wurde?«

»Ja.«

»Dann habe ich sie schon einmal gesehen, drüben auf dem West Gate-Parkplatz. Dort hängen einige der *hiesigen Mädchen* ab. Sie ist eine von ihnen.«

»Meinen Sie Prostituierte?«, fragte Lucy.

Der Mann nickte.

»Haben Sie jemals …?«

Sie kam nicht dazu, ihren Satz zu beenden. Er schüttelte den Kopf und sagte energisch: »Nein, nie. Ich hatte nie Sex mit ihr. Unmöglich. Außerdem konnte ich es mir nicht leisten, für Sex zu bezahlen.«

»Haben Sie jemals mit ihr gesprochen?«

»Nur, um Hallo zu sagen. Mehr nicht.« Er wandte seine Aufmerksamkeit wieder der Teetasse zu. »Ich nehme nicht an, dass ich noch einen Tee bekommen kann, oder?«

»Doch, gleich. Sagen Sie mir bitte noch einmal, wo genau Sie Amelia gesehen haben?«

»Auf dem West Gate-Parkplatz.«

»Noch irgendwo anders?«

»Nicht, dass ich wüsste.«

»War sie immer allein dort?«

»Normalerweise ja, aber ich habe sie auch schon mit Männern reden sehen. Die habe ich aber nicht beachtet. Ich vermute, es waren Männer, die ihre Dienste in Anspruch nehmen wollten.« Er schob die leere Tasse in Lucys Richtung. Sie ignorierte die Andeutung.

»Haben Sie gehört, ob sie den Namen der Person gerufen hat, die sich zuvor mit ihr gestritten hatte?«

»Nein.«

»Sie haben nicht gehört, ob sie den Namen Tommy gerufen hat?«

»Nein.«

»Kam Ihnen der Typ, der bei ihr war, bekannt vor?« Lucys

Finger glitten über die Tastatur, um mit seinen Worten Schritt zu halten.

»Ich kann mich nicht erinnern, ihn schon einmal gesehen zu haben. Könnte aber sein. Ich sehe jeden Tag eine Menge Leute. Unmöglich, sich an jeden Einzelnen zu erinnern.«

»Aber an Amelia erinnern Sie sich?«

»Das ist was anderes. Sie war oft zur gleichen Zeit am selben Ort, deshalb ist mir ihr Gesicht im Gedächtnis geblieben.«

»Aber dieser Mann war unverwechselbar mit seinem langen Haar.«

»Ja.«

»Und Sie können sich immer noch nicht daran erinnern, ihn vorher schon einmal gesehen zu haben?«

Rob zuckte mit den Schultern. »Nein.«

»Haben Sie eine Ahnung, um wie viel Uhr der Streit stattgefunden hat?«

»Ich glaube, es war so gegen vier. Ich erinnere mich, dass ich die Kirchturmuhr in der Ferne schlagen hörte, ein paar Minuten, nachdem ich sie gesehen hatte. Ich war später dran als sonst. Normalerweise bin ich um diese Zeit in der Stadt. Nach vier ist viel los und die Leute sind auf dem Heimweg von der Arbeit meist großzügig. Ich erhalte oft Spenden, manchmal kaufen sie mir sogar was zu Essen.«

»Haben Sie um diese Zeit noch jemanden in der Nähe des Parkplatzes gesehen?«

»Nein. Es war sonst niemand da. Ich glaube, es standen nur ein paar Autos und ein Lieferwagen auf dem Parkplatz, aber ich habe niemanden aussteigen sehen. Nur den dünnen Kerl mit den dicken Haaren.«

Natalie, die neben Lucy saß, hatte das Gespräch schweigend verfolgt. Rob nickte ihr zu, als wolle er seine Aussage bekräftigen. Das klang vielversprechend. Anscheinend war Rob Zeuge einer Auseinandersetzung zwischen Amelia und dem

Mann geworden, mit dem sie kurz vor ihrer Flucht von zu Hause gesehen worden war. Tommy.

Lucy hatte noch Fragen. »Fällt Ihnen noch etwas zu den Fahrzeugen ein? Irgendwelche besonderen Merkmale? Marken oder Modelle?«

Vor lauter Konzentration zog Rob eine Grimasse. »Der Lieferwagen war schlicht, ohne Aufschrift auf der Seite, und hatte eine helle Farbe, vielleicht weiß oder cremefarben. Die Autos hatten eine dunkle Farbe. Ich glaube, einer war ein Kombi, der andere, nein ... tut mir leid, ich kann Ihnen nicht helfen.«

»Fällt Ihnen noch irgendetwas ein, das uns helfen könnte, diesen Mann zu identifizieren?«

»Nein, das ist alles.«

Lucy tippte das Gesagte zu Ende. »Ich muss Ihre Aussage ausdrucken und Sie müssen sie selbst durchlesen, bevor Sie sie unterschreiben. Haben Sie noch ein paar Minuten Zeit?«

»Ich habe nichts Besonderes vor und hier ist es viel wärmer als auf der Straße«, antwortete er und lehnte sich mit ausgestreckten Beinen im Stuhl zurück.

»Ich hole Ihnen noch einen Tee. Zum Mitnehmen.«

»Danke!«

Lucy ging ins Hauptbüro und ließ Natalie mit Rob allein, der anfing, den Schmutz unter einem Fingernagel hervorzukratzen.

»Wie lange leben Sie schon auf der Straße?«, fragte sie.

»Ein paar Jahre, schätze ich. Ich kann mich nicht genau erinnern. Jeder Tag ist wie der andere.«

»Das kann ich mir vorstellen. Muss hart sein.«

»Für manche ist es härter als für andere.«

»Wo schlafen Sie?«

»Wo immer es geht. Manchmal, wenn in den Unterkünften ein Platz frei ist, gehe ich dorthin. Wenn nicht, gibt es ja immer noch die Brücke. Haben Sie noch mehr Energieriegel?«

»Tut mir leid. Ich habe nur einen für Notfälle dabei.«

Er nickte und richtete seine strahlenden Augen auf sie. »Trotzdem danke.«

»Haben Sie Familie?«

Er blickte einen kurzen Moment lang wehmütig auf die leere Tasse auf dem Schreibtisch, als ob ihn eine Erinnerung in die Vergangenheit zurückzöge, dann blinzelte er und sagte: »Früher mal. Jetzt nicht mehr.«

Lucy tauchte mit einem Pappbecher zum Mitnehmen, einem DIN A4-Blatt und einem Stift wieder auf. »Hier ist Ihre Aussage. Wenn Sie sie bitte durchlesen und unterschreiben könnten.«

»Haben Sie daran gedacht, drei Stück Zucker in den Tee zu tun?«

»Ja.«

»Gut.« Er las die Aussage schweigend, unterschrieb, erhob sich dann und reichte Lucy die Hand. Sie nahm sie. »Danke, dass Sie gekommen sind. Falls Ihnen noch etwas einfällt ...«

»Komme ich wieder.«

»Sie haben nicht zufällig ein Handy, oder?«

»Sie machen wohl Witze. Ich kann mir nicht mal eine Tasse Tee leisten, geschweige denn ein Telefon.«

»War nur so ein Gedanke. Wo können wir Sie finden, falls wir noch einmal mit Ihnen sprechen wollen?«

»Unter der Samford Bridge oder in einer der Anlaufstellen. Dort weiß immer jemand, wo ich bin. Ich gehe nicht weit weg und verlasse Samford nie.« Er nahm den Becher in die Hand.

Natalie begleitete ihn durch das Vorzimmer in den Flur, und als er den Arm zum Abschied ausstreckte, drückte sie ihm einen Zwanzig-Pfund-Schein in die Hand.

»Sie müssen mir kein ...«

»Nehmen Sie es einfach.«

Er steckte das Geld ein und sie begleitete ihn zum Eingang. Dann beobachtete sie, wie er sich auf den Weg in die kalte

Nacht hinaus machte. Sie schloss die Tür und drehte sich um, als sie ihren Namen hörte. Lucy stand hinter ihr, einen Mantel über dem Arm.

»Murray und ich machen uns auf den Weg und schauen, ob wir Tommy finden können.«

»Soll ich mitkommen?«

»Nein. Es könnte eine erfolglose Suche werden und der Rest des Teams durchkämmt bereits die Straßen nach Informationen oder Zeugen. Wenn wir ihn nicht ausfindig machen können, schicke ich alle nach Hause. Und falls wir herausfinden, wo er wohnt, rufe ich dich an.«

»In Ordnung.«

Murray betrat den Flur, den Mantel bereits angezogen. Die Autoschlüssel klirrten in seiner Hand, während er zur Tür stapfte. Der Streit von vorhin war vergessen. »Ich dachte, wir versuchen es mal im Park und schauen, ob wir mit einem der anderen Straßenmädchen reden können. Vielleicht kennen sie diesen Tommy.«

Lucy schlüpfte ebenfalls in ihren Mantel und streckte die Hand zum Türgriff aus. »Okay. Wir sehen uns morgen, Natalie.«

Natalie trat zur Seite und die Tür öffnete sich wieder, sodass ein Schwall kalter Luft hereindrang. Als sie sah, wie Lucy und Murray loszogen, musste sie das Verlangen unterdrücken, die Leitung der Ermittlungen selbst in die Hand zu nehmen. Ihre Priorität bestand darin, den Erfolg des neuen Teams sicherzustellen. Sie hatten einen vielversprechenden Start hingelegt, und im Moment konnte sie nicht viel mehr tun. Sie sah auf ihre Armbanduhr. Es war halb zwölf – Zeit, nach Hause zu fahren.

Mikes freistehendes Haus war um die Jahrtausendwende herum erbaut worden und eines von vielen in einer belebten

Siedlung am Stadtrand von Samford. Es hatte nicht den Charakter ihres ehemaligen Hauses in Castergate, das sie mit ihrem Ex-Mann und ihren beiden Kindern geteilt hatte. Es hatte einen ländlichen Charakter gehabt, mit offenen Balken in Küche und Wohnzimmer und einer großen Küchenzeile im Landhausstil. Mikes Haus war weniger ... einladend. Es war nicht so, dass sie es nicht mochte, ganz im Gegenteil – es war ein schickes, funktionales und stilvolles Haus. Aber es war ihr immer noch fremd. Selbst nach zwölf Monaten fühlte es sich nicht wie ein Zuhause an.

Sie deutete mit der Fernbedienung in Richtung des Metallgitters, das auf seinen Schienen zurückglitt und ihr erlaubte, auf der gepflasterten Auffahrt zu parken. Mike, der sehr auf Sicherheit bedacht war, schloss nachts immer das Tor und verriegelte normalerweise die Türen doppelt, es sei denn, Natalie oder Josh waren spät unterwegs. Sie schloss die Haustür auf, zog ihre Schuhe aus und verharrte kurz in der Stille, bevor sie den Riegel hinter sich zuzog. Das kleine Ritual gefiel ihr. Sie entwickelte einige Routinen, die ihr dabei halfen, eine Bindung zu diesem Ort aufzubauen.

Das Haus roch nach warmer Vanille, ein Überbleibsel der Party. Das erinnerte sie daran, dass sie heute Abend noch nichts gegessen hatte, und obwohl sie keinen Hunger verspürte, entschied sie, sich wenigstens ein warmes Getränk zu machen, um besser schlafen zu können. Sie atmete den köstlichen Duft ein und ging in die Küche, wo sich schmutziges Geschirr neben der Spüle stapelte und darauf wartete, dass es jemand in die Spülmaschine räumte. Während sie Milch in einem Topf erwärmte, befüllte sie die Maschine.

Sie bereute es nicht, mit Mike Sullivan zusammengezogen zu sein. In vielerlei Hinsicht waren sie perfekt füreinander. Ihre Beziehung stand auf sicherem Boden, David hatte sich mit der Situation abgefunden, und Mike und Josh verstanden sich gut. Thea war das einzige Haar in der Suppe. Die Milch war bald fertig, und als sie sie in einen kleinen Becher goss und währenddessen das Kakaopulver einrührte, wurde sie von einem scharfen Stechen in den Rippen überrascht, ausgelöst durch die Erinnerung an ihre eigene Tochter Leigh. Leigh hatte ihren Vater vergöttert und war ein absolutes Papakind gewesen, bis sie ins Teenageralter kam. Es war durchaus denkbar, dass Thea den gleichen Weg einschlagen würde, und wenn sie das täte, würde es Mike verletzen, so wie Leighs Verhalten David verletzt hatte. Sie hob das Getränk zum Mund und pustete vorsichtig auf die Oberfläche. Der Duft von Schokolade wehte ihr ins Gesicht. Während sie nippte, dachte sie an Amelia, ein Mädchen, das von zu Hause weggelaufen war, weil ihr Vater sie geschlagen hatte. Hatten sie und Ray sich auch einmal nahegestanden?

Sie leerte den Becher, spülte ihn und den Topf aus und stellte beides auf das Abtropfgitter. Dann schaltete sie den Geschirrspüler ein und machte sich auf den Weg nach oben. Als sie die Schlafzimmertür öffnete, blieb sie wie angewurzelt stehen. Mike schlief tief und fest, flach auf dem Rücken liegend, Arme und Beine ausgestreckt wie ein Seestern. Sie hatte das Verlangen, sich an ihn zu kuscheln und die Wärme seines Körpers an ihrem zu spüren, aber diese Position war schon besetzt. Natalie betrachtete die zusammengerollte, in einen Pyjama gehüllte Gestalt, die sich an ihren Daddy kuschelte, bevor sie die Tür aufstieß und ins Gästezimmer ging.

———

Katie Bray saß zusammengesunken auf dem Sofa und starrte auf die rot-weiße Schachtel auf ihrem Schoß.

»Was ist los mit dir? Jetzt iss schon. Du bist viel zu dürr. Du musst etwas essen.«

»Ich habe keinen Hunger.« Noch bevor das letzte Wort den Mund der Jugendlichen verlassen hatte, wusste sie, dass es falsch war, offen zu sprechen. Tommy legte die Reste seines Hamburgers auf den Tisch vor ihnen, wischte sich mit dem Handrücken das Fett vom Mund und richtete dann seinen eisigen Blick auf sie.

»Jetzt iss das verdammte Happy Meal.«

Sie zwang sich, das Zittern zu kontrollieren, aber es gelang ihr nicht, und sie konnte auch nicht verhindern, dass ihr die Tränen in die Augen stiegen. »Bitte«, flüsterte sie.

»Was ist nur los mit dir? Ich sagte, du sollst essen! Willst du, dass ich es dir in den Hals stopfe?« Das war die Seite ihres Freundes, die ihr Angst machte. Sie führte ein Stück paniertes Hähnchen zum Mund, aber es half nichts; sie konnte es nicht essen und ihre dünnen Schultern zitterten.

»Ich kann nicht. Heute ... war es ... schrecklich.« Die Erinnerung an den Mann in der Gasse und an das, was er ihr angetan hatte, kehrte zurück. Sie ließ das Hähnchennugget zurück in die Schachtel fallen, stützte den Kopf in die Hände und schluchzte.

Tommy schrie sie nicht an, schlug ihr nicht ins Gesicht oder riss sie an den Haaren hoch und schleuderte sie quer durchs Zimmer, wie er es sonst immer tat, wenn er wütend auf sie war. Stattdessen zupfte er an einem Stück Fleisch, das zwischen seinen Vorderzähnen steckte, untersuchte es, lutschte es von seinem Nagel und sagte dann: »Okay. Ich verstehe. Du hattest einen Scheißtag. Den hatten wir beide. Entspann dich. Ich werde dich nicht zum Essen zwingen.«

Bestärkt durch diesen leisen Anflug von Besorgnis hob sie den Kopf und sah ihn mit geröteten Augen an. Er musterte sie prüfend. »Es war furchtbar.«

Tommy zuckte mit den Schultern. »Er hat aber gut bezahlt, oder?«

»Das war die zweihundert Pfund nicht wert. Ich habe mich vor mir selbst geekelt und es tat weh. Es tat sehr weh.«

Seine Augenlider senkten sich, diesen finsteren Blick hatte

sie schon oft gesehen. Er verstand es nicht und es war ihm egal. Solange sie sich denjenigen hingab, die bereit waren, dafür zu bezahlen, war er zufrieden.

Die alte Katie, das Mädchen, das sie an jenem Tag gewesen war, als sie nach dem Streit mit ihrer Schwester Sophia von zu Hause weggelaufen war, lebte kurz wieder auf. »Ich mache das nicht noch einmal. Ich will nach Hause. Gib mir etwas Geld. Es ist mein Geld.«

Es wurde still und Tommy schien über ihre Bitte nachzudenken. Ihr Herzschlag beschleunigte sich bei dem Gedanken. Vielleicht *konnte* sie nach Hause zurückkehren und diesen ganzen Albtraum vergessen. Sie riskierte einen Blick in seine Richtung, und als er bemerkte, wie aufrichtig sie ihn ansah, warf er den Kopf zurück und lachte ein seelenloses, grausames Lachen. »Als ob sie dich zurückhaben wollen. Sophia hasst dich und deine Eltern würden kotzen, wenn sie wüssten, was du in den letzten Monaten getrieben hast – ihre geliebte Tochter, eine dreckige Hure, die für ein paar Pfund einen Blowjob macht und alles tut, wofür man gutes Geld bezahlt.«

»Ich bin keine Hure! Du hast mich dazu gezwungen, all diese Dinge zu tun!«

»Du kannst keine Frau dazu zwingen, eine Hure zu werden, die nicht schon längst eine ist.« Seine funkelnden Augen ruhten auf ihr und sie fragte sich, was sie jemals in ihm gesehen hatte. Sie hatte sich in diesen Mann verliebt und hätte alles für ihn getan – und hatte es auch –, weil sie hoffte, dass er sie ebenfalls liebte, aber das tat er nicht. Er benutzte sie nur.

Er redete weiter: »Du konntest es nicht erwarten, deine Beine für mich breit zu machen. Also versuch nicht, so zu tun, als hättest du nicht genossen, was wir getan haben.«

Tommy war der erste Mann gewesen, mit dem sie geschlafen hatte, und sie hatte für kurze Zeit gedacht, sie hätten etwas Besonderes gehabt, bis er sie mit drei seiner betrunkenen Freunde in dieses Zimmer gesperrt und ihnen erlaubt hatte, sie immer wieder zu vergewaltigen. Er war zu einer gebrochenen Katie zurückkehrt, die Angst hatte, dass es wieder passieren würde, und hatte sie mit beruhigenden Lauten getröstet, sie an seiner Schulter schluchzen lassen und versprochen, dass ihr nie wieder so etwas Schlimmes passieren würde, solange sie tat, was er wollte. Er zwang sie, auf der Straße zu arbeiten, und nahm jeden Abend eine Leibesvisitation vor, um sicherzugehen, dass sie nichts von dem Geld, das sie verdiente, für sich behielt. Er bezahlte ihr Essen, ihre Kleidung und persönliche Dinge und mietete die Einzimmerwohnung, in der sie lebten, aber er behielt auch alle Einnahmen. Sie war seine Sklavin, an ihn gebunden, erst durch Liebe, dann durch Angst, und er erinnerte sie nur zu gerne daran, warum sie ihn nicht verlassen konnte. Zum einen hatten ihre Eltern keine Ahnung, wo sie nach ihr suchen sollten, selbst wenn sie es gewollt hätten. Tommy hatte vorgeschlagen, ihr Handy zu zerstören, damit es nicht aufgespürt werden konnte. Damals, als sie Tommy noch wirklich geliebt hatte und Sophia gehasst, war ihr das wie eine gute Idee erschienen. Sie hatte nicht nach Hause zurückgewollt. Und dann war da noch der Trumpf, den er in der Hand hielt und der dafür sorgte, dass sie gefügig bleiben würde.

»Wenn du auch nur daran denkst, mich zu verlassen, weißt du, was mit Olivia passieren wird.« Er fuhr sich mit der Zunge über die Lippen und sie erschauderte. Olivia war erst neun Jahre alt. Tommy hatte sie gewarnt, dass er ihrer kleinen Schwester alles Mögliche antun würde, wenn Katie jemals versuchen würde, ihm davonzulaufen, und sie wusste, dass er seine Drohungen wahrmachen würde. Er war manchmal verrückt, beängstigend und unberechenbar. Sie würde es ihm zutrauen, Olivia auf dem Schulweg zu verfolgen und zu versuchen, sie zu entführen. Sie konnte nicht zulassen, dass er ihr etwas antat. Sie nickte, und er streckte sich aus und strich ihr über das Haar. Einen Augenblick lang spürte sie Dankbarkeit für diese kleine aufmerksame Geste und den Wunsch, von ihm gehalten zu werden und sich beschützt zu fühlen. Tommy hatte immer noch diese Wirkung auf sie. Trotz allem wollte sie ihm gefallen, ihn zum Lächeln bringen, ihm zuhören, wenn er ihr sagte, dass sie das einzige Mädchen für ihn sei und dass sie, wenn sie genug Geld hätten, mit diesem ganzen Wahnsinn aufhören und irgendwo neu anfangen würden, nur sie beide. Am Anfang hatte er ihr das ständig gesagt, aber in letzter Zeit nicht mehr. Sie wünschte, er würde es tun. Der Mann heute Nachmittag war so brutal gewesen, dass das Sitzen, so wie jetzt auf der Couch, immer noch wehtat. So eine Tortur konnte sie sich nicht noch einmal antun, aber sie wusste, dass, sollte der Mann Tommy erzählen, dass sie sein Geld abgelehnt hatte, er sie windelweich prügeln würde und dafür sorgte, dass der Mann genau das bekam, was er wollte.

Das war nicht das Leben, das sie sich ausgemalt hatte, als sie weggelaufen war. Tommy war nett gewesen, hatte versprochen, sich um sie zu kümmern, und ihr versichert, dass er sich in sie verliebt hatte. Sie hatte ihn gewollt, weil er Sophias Freund war, und Katie hatte sich geschmeichelt gefühlt, als er sich stattdessen für sie interessierte. Ihre Boshaftigkeit hatte zu dieser Situation geführt und sie hatte die Qualen verdient. Tommy hatte sie mehrfach daran erinnert, dass ihre Eltern nicht nach ihr suchten und sie niemals wieder zu Hause willkommen heißen würden. Schließlich hatte sie Sophia das Herz gebrochen und ihr den Freund ausgespannt. Sie würden nie die Wahrheit über ihn erfahren.

»Lass uns diesen ganzen Scheiß vergessen. Du hattest einen schlechten Tag und ich habe dir etwas Leckeres zu essen gekauft, um das wiedergutzumachen«, sagte er und wedelte mit der Hand in Richtung der Flasche Wein und der Pommes frites, die immer noch in der Schachtel auf dem Tisch lagen. »Du solltest dich freuen, dass ich mich um dich kümmere und möchte, dass du etwas isst. Schau dich doch mal an! Du bist nur noch

Haut und Knochen. Niemand will eine dürre Nutte vögeln. Jetzt iss auf und danach bekommst du eine Belohnung!«

Katie wusste, dass es zwecklos war, sich seinen Wünschen zu widersetzen. Es wäre einfacher für sie, wenn sie sich fügte. Der Dämon, der einst in ihr gelebt hatte, war längst verschwunden. Der Kampfgeist war aus ihr gewichen und hatte sie als verängstigte, einsame Hülle eines Mädchens zurückgelassen. Die Belohnung, die er ihr versprach, war Kokain. Er gab den Großteil ihres Verdienstes dafür aus. Es war besser, wenn er für sie beide Drogen besorgte. Es machte die Dinge erträglicher. Das Kokain würde ihr helfen, den Schrecken von heute zu vergessen, aber morgen würde das alles wieder passieren, und übermorgen, und ... Heiße Tränen liefen ihr über die Wangen, als sie sich ein Stück Hähnchenfleisch nahm.

»Braves Mädchen. So gefällst du mir schon viel besser.«

SECHS

SAMSTAG, 2. NOVEMBER – MORGEN

Natalie wurde durch eine Bewegung neben ihr geweckt. Die Matratze war eingesunken, und als sie die Augen öffnete, sah sie Mike in Boxershorts und einem eng anliegenden T-Shirt, das seinen muskulösen Oberkörper betonte, auf der Kante des Einzelbetts sitzen. »Morgen.« Er beugte sich vor, um sie zu küssen, und seine Hände streichelten ihren Körper durch die Bettdecke hindurch.

Schließlich zog er sich zurück und sein Gesicht schwebte über ihrem. Sie blinzelte sich den Schlaf aus den Augen. »Mmh. Das nenne ich mal einen Weckruf. Wie spät ist es?«

»Halb sieben.«

Sie zog eine Grimasse. »Früh. Zu früh.«

»Thea ist wach und ich habe sie überredet, unten Zeichentrickfilme zu schauen. Ich habe mich gefragt, ob du wieder ins Bett kommen möchtest, nachdem sie deinen Platz geräumt hat.«

Sie bemerkte das Funkeln in seinen Augen. »Oder ich rutsche rüber und du schlüpfst hier rein.«

»Liebe machen im Einzelbett. Erinnert mich an meine Studienzeit«, erwiderte er und hob langsam die Decke an.

»Daddy! Wo bist du?« Der Ruf war anklagend.

Er seufzte. »Meinst du, sie geht wieder nach unten, wenn ich sie einfach ignoriere?«

»Keine Chance.«

»Daddy, wo bist du?«

Er verzog das Gesicht. »Tut mir leid.«

»Schon okay. Wir wurden mit einer Mordermittlung beauftragt und Dan drängt auf schnelle Ergebnisse. Ich sollte früh da sein und sehen, wie weit wir damit sind.«

»Daddy!«

»Moment noch, Kleines. Daddy kommt gleich.« Er streichelte Natalies Wange. »Ich werde das später wiedergutmachen.«

»Klar wirst du das. Ach ja, ist die Party gestern Abend gut gelaufen?«

»Ja, obwohl ich dich natürlich vermisst habe. Übrigens haben alle gesagt, dass die Liebesäpfel fantastisch waren.« Er senkte den Kopf und seine Lippen trafen wieder auf die ihren, was einen elektrischen Stromstoß durch ihren Körper jagte.

»Dad-dy!«

»Verdammt. Sie gibt einfach nicht auf, oder?« Er stieß einen tiefen Seufzer aus.

Sie schenkte ihm ein warmes Lächeln. »Geh schon ... na los.«

Natalie erschien pünktlich zur morgendlichen Besprechung im Büro. Das Team war im Zimmer versammelt, die Stühle in einem Halbkreis aufgestellt. Natalie wurde mit Nicken und gemurmelten Hallos begrüßt. Sie kannte alle sechs Anwesenden vom Sehen und Hörensagen, aber sie hatte noch nicht mit allen zusammengearbeitet.

Die neuen Mitglieder waren aus anderen Abteilungen abgezogen worden, um diese Einheit zu bilden. Sie ergänzten sich gegenseitig mit ihren unterschiedlichen Fähigkeiten und Erfahrungen. Neben DS Andy Foxton saß die dreifache Mutter PC Celeste Redshaw, die von vom Rauschgiftdezernat kam, und neben ihr das jüngste Teammitglied, die erst neunzehnjährige PC Poppy Hardwick, ein Mädchen aus der Gegend.

Lucy hob die Hand, um zu signalisieren, dass die Besprechung jetzt begann. »Guten Morgen zusammen. Ihr solltet alle meine E-Mail erhalten haben, in der ich euch über den aktuellen Stand informiere. Hat sie jemand nicht bekommen?« Sie wartete einen Moment und fuhr dann fort: »Dann wissen wir ja alle, dass unser Opfer, die siebzehnjährige Amelia Saunders, gestern Nachmittag gegen vier Uhr erdrosselt wurde.«

Sie schaute noch einmal in die Runde, bevor sie weitersprach: »Wie in meiner E-Mail geschrieben, gibt es einen möglichen Verdächtigen, männlich und Mitte zwanzig, der auf den Namen Tommy hört. Seinen Nachnamen haben wir noch nicht herausgefunden, aber wir glauben, dass er Amelias Freund war. Wir haben gestern Abend versucht, mit Prostituierten zu sprechen, aber wir wissen, wie wortkarg sie sein können, und irgendjemand muss etwas über Amelia, Tommy oder die beiden wissen. Deshalb möchte ich, dass ihr es heute noch einmal versucht. Laut Zeugenaussagen ist Tommy großgewachsen und schlank, hat einen Tunnel im linken Ohrläppchen und wildes, dunkles Haar. Seine Frisur wurde auch als ›kraus‹ beschrieben. Derselbe Zeuge meinte außerdem, Tommy sähe ›ungepflegt‹ aus, als hätte er auf einer Baustelle, in einer Werkstatt oder in einem Gartencenter gearbeitet. Lasst uns ganz Samford nach einem Mann abklappern, auf den diese Beschreibung passt. Unsere Priorität ist es, diesen Typen zu finden, und zu diesem Zweck hat Superintendent Tasker dafür gesorgt, dass ich heute Morgen, nach dieser Sitzung, einen öffentlichen Fernsehaufruf starte.« Sie wurde mit einigen Stöhnern bedacht.

»Ich weiß, dass das bedeuten wird, dass ihr eine Menge

Anrufe beantworten müsst, aber die Erinnerungen der Menschen an die Ereignisse verblassen im Laufe der Zeit. Wenn gestern Nachmittag noch jemand in der Nähe des Parkplatzes war, muss er sich sofort melden. Ein Aufruf oder eine Rekonstruktion helfen dem Gedächtnis in der Regel auf die Sprünge.«

»Und sie rufen alle Spinner und Verrückten auf den Plan, die plötzlich einen Mord gestehen wollen«, murmelte Andy und verschränkte die Arme vor seinem Körper.

»Das gehört alles zum Job«, sagte Lucy mit einem leichten Achselzucken. »Außerdem möchte ich, dass ihr Amelias Freunde in den sozialen Netzwerken kontaktiert – ihre Schulfreunde und alle Verwandten – und herausfindet, ob Amelia Tommy erwähnt hat oder ob sie wissen, wo wir ihn finden können. Ihr werdet in Untergruppen eingeteilt und Murray wird euch eure Aufgaben zuweisen. Sind wir uns einig?«

Sie erntete Nicken und das ein oder andere »Ja, Chefin«.

»Okay, Leute, dann lasst uns loslegen.«

Im Raum brach rege Betriebsamkeit aus, die Stühle wurden wieder an die Tische gerückt und Murray gab jedem von ihnen Anweisungen. Der allgemeine Arbeitseifer lag in der Luft.

Lucy fing Natalie ab, die gerade in ihr Büro gehen wollte. »Ich habe den Bericht der Vermisstenfahndung für Amelia per E-Mail bekommen. Willst du ihn dir ansehen?«

»Klar, warum nicht? Wenn mir etwas auffällt, sage ich dir Bescheid.«

»Danke. Ich habe vor dem Meeting eben mit Tabithas Eltern gesprochen und sie haben keine weiteren Informationen für uns. Sie wurden kurz nach Amelias Verschwinden von den Ermittlern der Vermisstenfahndung befragt und wiederholten, was sie ihnen damals gesagt haben. Mit Amelia haben sie das letzte Mal zwei Tage vor ihrem Verschwinden im Mai gesprochen, als sie aus heiterem Himmel weinend bei ihnen auftauchte und in Erinnerungen schwelgen wollte. Sie baten sie herein, sahen sich gemeinsam Fotos an und erinnerten sich an glückliche Zeiten mit Tabitha. Danach haben sie nichts mehr von ihr gehört, und obwohl sie vom Selbstmord ihres Vaters wussten, haben sie Amelias Mutter Vicki in den letzten drei Monaten kaum noch gesehen. Sie bestätigten, dass Amelia sich bei Tabitha über ihren herrischen Vater beklagt hatte, aber von Tommy wussten sie nichts. Er ist im Moment unser einziger Verdächtiger. Ich hoffe, jemand kann uns den Weg in die richtige Richtung zeigen.«

»Warten wir mal ab, was der Aufruf ergibt. Vielleicht bekommst du ein paar Hinweise.«

Lucy nickte ernst. Ihre Haltung und ihre offensichtliche Besorgnis waren untypisch für die sonst so selbstbewusste Frau. Natalie konnte nicht genau sagen, woran es lag, aber irgendetwas hielt Lucy zurück. Sie wollte fragen, was sie beunruhigte, aber bevor sie etwas sagen konnte, hatte Lucy auf dem Absatz kehrtgemacht. Sie machte den Mund wieder zu. Wenn Lucy darüber reden wollte, würde sie es tun. Im Moment gab es dringendere Aufgaben. Sie loggte sich in den E-Mail-Account der Abteilung ein und lud den Bericht der Vermisstenfahndung für Amelia Saunders herunter. Es würde nicht schaden, mehr über das Mädchen und die Gründe für ihr Weglaufen zu erfahren.

———

Lucy ging zurück in das Hauptbüro, das jetzt leer war, und las sich die Aussage von Rob, dem Obdachlosen, noch einmal durch, bevor sie sie beiseitelegte und mit starrem Blick in Richtung der Fenster starrte. Sie konnte sich nicht auf eine einzige Aufgabe konzentrieren. Was war nur los mit ihr? Sie hatte jahrelang auf diese Beförderung gewartet, und ihr erster großer Fall drohte zu einem Fiasko zu werden, wenn sie ihn nicht besser im Griff hatte.

Sie verstand die Gründe für diese plötzliche Flatterhaftigkeit selbst nicht und es lag nicht daran, dass der Superintendent Natalie als aktives Mitglied des Teams angefordert hatte oder wollte, dass Lucy einen öffentlichen Aufruf startete. Es lag auch nicht daran, dass sie sich seltsam fühlte, weil sie Murrays Vorgesetzte war, auch wenn das natürlich zutraf. Sie wollte nicht, dass sich an ihrer Freundschaft etwas änderte, und doch hatte sich sein Verhalten ihr gegenüber auf subtile Weise verändert. Obwohl er bei ihrer Beförderung Champagner ausgeschenkt, sie umarmt und ihr gesagt hatte, dass er stolz auf sie sei, hatte sie etwas in seinen Augen gesehen, das sie vorher nie bemerkt hatte – einen Anflug von Neid. Sie liebte Murrays Rückgrat. Niemand konnte ein besserer Freund sein, als er es für sie und ihre Partnerin Bethany gewesen war. Niemand sonst hätte das getan, was er für sie getan hatte, ohne irgendwelche Bedingungen zu stellen. Er hatte ihnen seinen Samen gespendet, und dank ihm hatten sie Aurora bekommen. Wenn Lucy ganz ehrlich war, war das der Kern des Problems – ihre Tochter.

Bethany hatte ihr kleines Mädchen ausgetragen und zur Welt gebracht. Lucy hätte nicht stolzer und glücklicher sein können, als das Kind in ihr Leben gekommen war, aber Auroras Geburt hatte ihre Beziehung nicht so gefestigt, wie sie gehofft hatte. Ihre Partnerin hatte sich verändert und distanzierte sich immer mehr von Lucy, da sich ihr Leben jetzt ausschließlich um Aurora drehte. Je mehr Bethany sich um Aurora kümmerte und Lucy ausschloss, desto eifriger stürzte sich Lucy in ihre Arbeit, um befördert zu werden, und schob zusätzliche Schichten, um das Geld zu verdienen, das ihre kleine Familie so dringend brauchte. Sie wusste, was vor sich ging, konnte es aber nicht verhindern. Sie hatte versucht, mit Bethany darüber zu reden, nur um zu hören, dass sie sich das alles nur einbildete. Aber das stimmte nicht. Bethany entfernte sich immer mehr von ihr und sie hatte Angst, dass es ihr so ergehen würde wie Ian, der sein Kind nur alle zwei Wochen sah.

Sie warf einen Blick auf ihr Handy, um die Uhrzeit zu

checken, und der Bildschirmschoner mit den Fotos ihrer Liebsten ließ sie nicht los. Obwohl der Gedanke an eine gescheiterte Beziehung sie beunruhigte, hatte sie keine Zeit, weiter darüber nachzudenken oder sich mit trüben Gedanken zu quälen. Sie würde jetzt in den Waschraum gehen und sich für den Aufruf im Fernsehen frisch machen. Das wäre wenigstens produktiv.

———

Katie schnupfte das Koks, das sie ein paar Tage zuvor von Tommy geklaut hatte, als er zu ausgeknockt gewesen war, um es zu bemerken. Das weiße Pulver traf genau ins Schwarze, ließ ihre Augen tränen und sie wischte sich die Rückstände unter der Nase weg. Es würde ihr helfen, das Unbehagen zu lindern und den Vormittag zu überstehen. Sie wusch sich die Hände und trat von einem Fuß auf den anderen, während sie darauf wartete, dass der Rausch oder zumindest eine Form der Betäubung einsetzte. Es war später Vormittag und sie hatte bereits einen Kunden abgewiesen, der sie auf seinem Weg zur Arbeit angesprochen hatte. Das gestrige Erlebnis hatte sie mehr als erschüttert. Jedes Mal, wenn sie versuchte, sich zu setzen oder auf die Toilette zu gehen, quälte sie die Erinnerung an die abscheulichen Ereignisse, und während sie am Waschbecken stand, kamen die schrecklichen Erinnerungen zurück.

Tommy würde stinksauer sein, wenn sie nicht etwas Geld nach Hause brachte. Er brauchte bald einen richtigen Schuss. Sie erkannte die Anzeichen: die Hektik in seinem Redefluss, das Zappeln, seine Augen, die überall hinflogen, die Unfähigkeit, sich zu konzentrieren. Er hatte sie wie immer abgesetzt und ihr gesagt, er würde sie mittags treffen. All das war entsetzlich. Ihr Leben war der größte Haufen Scheiße, den man sich vorstellen konnte. Wie war sie nur in diese Situation geraten? *Stolz. Dummer, bescheuerter Stolz!* Die Tränen begannen wieder zu fließen. Noch nie hatte sie sich so sehr gewünscht, nach Hause zu gehen. Sie könnte einem Kerl einen Blowjob machen, das Geld behalten, um ihre Familie zu kontaktieren, in ein Internetcafé gehen und ihnen eine E-Mail schicken. Die Ideen tauchten auf und verschwanden wieder, und ihr Mut verließ sie. Tommy hatte recht. Sie würden sie nicht sehen wollen. Sie war nicht mehr die Tochter, an die sie sich erinnerten. Diese Person war zerstört worden. Und wie könnte sie zu Hause irgendjemandem in die Augen sehen, wenn sie doch wusste, was sie die letzten Monate getrieben hatte? Außerdem hatte sie Angst davor, was passieren würde, wenn sie Tommy verließ. Er war wild und unkontrollierbar, und er könnte seine Drohungen wahrmachen, ihr nachstellen oder sogar Olivia angreifen. Bei Tommy war alles möglich, besonders wenn er high war.

Als sie das Toilettenhäuschen verließ, stolperte sie über eine Gestalt, die draußen in einem der Mülleimer herumwühlte. Er richtete sich überrascht auf und runzelte die fettige Stirn. Sie erkannte den Obdachlosen, der häufig im Park unterwegs war.

»Alles okay mit dir?«

»Mir geht's gut, ich habe nur einen schlechten Tag.« Sie wollte gehen, aber er streckte eine Hand aus. Seine Alkoholfahne wehte ihr ins Gesicht und sie versuchte, nicht die Nase zu rümpfen. Hoffentlich wollte er keinen Sex. Er stank furchtbar.

»Machst du dir Sorgen wegen dem Mord?«

»Was für ein Mord?«

»Drüben auf dem West Gate-Parkplatz. Du weißt nichts davon? Ein Mädchen wie du, sie hieß Amelia. Ich kannte sie.«

»Amelia?« Sie kannte eine Amelia, Tommys Ex-Freundin, die in Samford lebte, aber soweit Katie wusste, war das zwischen ihr und Tommy aus und vorbei. Das konnte nicht dieselbe Amelia sein. Es musste Hunderte von Frauen mit diesem Namen geben.

»Ein Mädchen wie ich?«

»Du weißt schon ... eine, die Sex verkauft. Die Polizei hat mir alle möglichen Fragen über sie gestellt. Sie wollten auch etwas über einen Typen namens Tommy wissen.«

Katie zog ihre Hand mit plötzlicher Eile aus dem Griff des Mannes. »Ich kenne keine Amelia.«

Er nickte. »Naja, sei trotzdem besonders vorsichtig. Es war wahrscheinlich ein Einzelfall, aber man weiß ja nie.«

Amelia. Tommy. War die tote Frau Tommys Ex? Wusste Tommy, dass sie tot war? Er hatte sich am Vortag sehr seltsam benommen. Das Koks trug nicht dazu bei, dass sie sich besser fühlte, es vernebelte ihren Verstand. Zwei Frauen mittleren Alters näherten sich stirnrunzelnd den öffentlichen Toiletten, eine von ihnen reagierte sofort gereizt und wedelte mit ihrem Handy in seine Richtung.

»Was ist hier los? Belästigt Sie dieser Mann? Wenn Sie nicht sofort verschwinden, rufe ich die Polizei.«

Der Mann schlurfte mit gesenktem Kopf davon. Katie konnte sich keinen Reim darauf machen, was er ihr erzählt hatte. Dass die Polizei nach Tommy gefragt hatte. Hatte Tommy sich hinter ihrem Rücken mit Amelia getroffen? Das würde auf jeden Fall erklären, warum er sie den ganzen Tag in der Wohnung einsperrte, wenn sie nicht arbeitete oder bei ihm war.

»Da sind Sie gerade noch mal davongekommen«, sagte die Frau mit dem Handy. »Sie sollten sich vor Männern wie ihm in Acht nehmen ... ekelhaft! Ist mit Ihnen alles okay?«

Katie antwortete nicht, sondern entschied sich stattdessen zur Flucht, weg von ihnen und raus aus dem Park. Keine Spur mehr von dem Obdachlosen. Sie hatte Fragen, auf die sie eine Antwort brauchte. Es wurde langsam spät und sie suchte nach einem Versteck, weg von Fremden und Passanten und vorerst auch fort von Tommy.

———

Natalie legte den Bericht der Vermisstenfahndung beiseite. Darin stand nichts, was bei der Suche nach Tommy helfen könnte. Niemand, der zum Zeitpunkt von Amelias Verschwinden befragt worden war, wusste von einem Freund. Nur Dylan Frogmore, der in der Spirituosenhandlung arbeitete, hatte Amelia mit Tommy gesehen. Natalie konnte nur vermuten, dass Amelia von zu Hause abgehauen war, nachdem sie sich mit ihrem Vater gestritten hatte. Ihre Freunde hatten ihr bestätigt, dass sie nach Tabithas Tod unglücklich gewesen war und sich von allen zurückgezogen hatte. Amelia hatte Mitgefühl und Verständnis gebraucht. Ob sie das von Tommy bekommen hatte und deshalb mit ihm nach Samford gegangen war, würden sie nie erfahren, bis sie ihn gefunden hatten. Ein eingehender Anruf hielt sie vom weiteren Grübeln ab.

»Guten Morgen, Natalie«. Superintendent Dan Taskers walisischer Akzent mochte zwar so warm und locker klingen wie der eines Late-Night-Radiomoderators, aber Natalie wusste, dass er stahlhart war und nur die höchsten Anforderungen an seine Beamten stellte. »Tut mir leid, dass ich Sie für diese Ermittlung hinzugezogen habe, aber ich weiß, dass Sie meine Beweggründe verstehen.«

»Ja, Sir.«

»Gut. Ich wollte nur klarstellen, dass Ihr Mitwirken notwendig ist. Es ist wichtig, dass die neue Crew proaktiv ist und die Sache ernst nimmt.«

»Ich glaube, sie haben alles bestens im Griff.«

»Freut mich zu hören. Ich werde erst am Montag zurück sein, aber ich möchte, dass Sie mich auf dem Laufenden halten, falls es etwas Neues gibt.«

»Selbstverständlich.«

»Wie lautet Ihre erste Einschätzung zu diesem Fall?«

»Im Moment verfolgt das Team eine heiße Spur. Wir vermuten, dass der Freund des Mädchens für ihren Tod verantwortlich ist, obwohl wir zum jetzigen Zeitpunkt nichts ausschließen können.«

Sie hörte Stimmen im Hintergrund und jemand rief seinen Namen. Er antwortete mit einem gedämpften »Ich komme gleich«. Sie wartete darauf, dass er wieder das Wort an sie richtete, und er tat es mit einem schroffen »Allerdings. Gut. Ich überlasse es Ihnen, sich um alles Weitere zu kümmern, und Sie bringen mich dann am Montag auf den neuesten Stand.«

»Sir.« Das Gespräch wurde unterbrochen. Dan hatte nur angerufen, um ihr klarzumachen, dass die Einheit sich an die Regeln halten musste. Was sie betraf, so hatte er seine Zeit verschwendet. Sie würde dafür sorgen, dass Lucy die Ermittlungen genauso leiten konnte, wie sie es für richtig hielt.

SIEBEN

SAMSTAG, 2. NOVEMBER – NACHMITTAG

Der Tag ging schnell in den Nachmittag über, das Büro war warm und roch nach Schweiß und dem abgestandenen Geruch von Fastfood und Kaffee. Seit Lucys Fernsehaufruf klingelten die Telefone ununterbrochen. Andy, der den Hörer unter das Kinn geklemmt hatte, hob die schweren schwarzen Augenbrauen in ihre Richtung und öffnete und schloss wiederholt eine seiner Hände, um zu signalisieren, dass er einen gesprächigen Anrufer in der Leitung hatte. Sie wusste, dass er nicht erfreut war über all die zusätzlichen Spuren, denen sie nun nachgehen mussten und die sie höchstwahrscheinlich auf eine aussichtslose Jagd schicken würden, aber Lucy hatte keine andere Wahl.

In ihrem Aufruf hatte sie deutlich gemacht, dass sie den Mörder einer Jugendlichen suchten, die von zu Hause ausgerissen war, anstatt sich mit der Möglichkeit aufzuhalten, dass es sich um eine Prostituierte handelte. Sie wollte, dass die Öffentlichkeit Mitgefühl verspürte und entsprechend reagierte, und das tat sie auch. Amelias Mutter Vicki hatte in einem lokalen Radiosender darum gebeten, dass sich jeder melden möge, der ihre Tochter mit einem Mann namens Tommy gesehen hatte.

Die sozialen Medien waren in heller Aufregung und der Hashtag #FindTommy trendete auf Twitter. Sie konnte nicht glauben, wie rasant sich das Ganze entwickelte, und wenn ihr diese Aktion keine positiven Reaktionen lieferte, wusste sie nicht, an wen sie sich als Nächstes wenden sollte.

Andy knallte das Telefon auf seinen Schreibtisch. »Das ist der fünfzehnte Anrufer, der behauptet, diesen Typen gesehen zu haben. Dieses Mal in Swansea. Wenn ich all diesen angeblichen Sichtungen nachgehe, werde ich am Ende eine Tour durch ganz Großbritannien machen«, brummte er laut, doch nur Lucy konnte ihn hören. Der von Natur aus griesgrämige Andy war ein guter Beamter, aber nicht jeder konnte mit ihm umgehen. Er hinterfragte jedes Detail und äußerte seine Meinung dazu. Lucy jedenfalls hatte kein Problem mit seiner schrulligen Art. Seine Leistungen sprachen für ihn. Er war mutig und fair, hatte zwei jüngere Kollegen während eines Bandenangriffs gerettet und war für sein Handeln gelobt worden.

Einer der Techniker winkte ihr zu, um ihre Aufmerksamkeit zu wecken. Er legte eine Hand auf den Hörer des internen Telefons. »Lucy, ich habe hier einen Mr Bray in der Leitung. Du solltest mit ihm reden. Seine Tochter Katie ist vor drei Monaten, im August, weggelaufen und er glaubt, dass sie bei Tommy ist.«

Drei schnelle Schritte später nahm Lucy den Hörer entgegen. Auf dem Monitor vor ihr wurden Antworten angezeigt, die über den Twitter-Hashtag gepostet wurden, und während sie noch versuchte, sich auf eine davon zu konzentrieren, erschienen immer neue. Es war unmöglich, jede einzelne Antwort zu überprüfen.

»Mr Bray, mein Name ist DI Carmichael. Mein Kollege sagte mir, dass Sie glauben, Ihre Tochter sei bei dem Mann, den wir suchen.«

Die Stimme war tief und schwer. »Das ist richtig. Wir glauben, dass Katie mit einem Jungen namens Tommy weggelaufen ist, aber wir kennen seinen Nachnamen nicht. Er nannte sich selbst immer nur Tommy. Die Polizei hat keine Ahnung, wo sie hin ist, und wir haben selbst versucht, sie zu finden. Wir haben Hilfsorganisationen kontaktiert, eine Facebook-Seite eingerichtet und Plakate in der Stadt aufgehängt - wir haben alles versucht, was uns einfiel. Letzte Woche schickte uns jemand eine Nachricht über die Facebook-Seite, dass er Katie und einen Mann mit langen Haaren in Samford gesehen hätte. Meine andere Tochter, Sophia, kennt Tommy auch und sagte, dass die Beschreibung auf ihn zuträfe. Es ist alles so ein Chaos.«

»Sir? Mr Bray?«

»Ich bin noch dran.« Sie konnte die Tränen in seiner Stimme hören. »Ich mache mir Sorgen um Katie.«

»Kennen Sie diesen Mann?«

»Nein ... Sophia kennt ihn ... aber ich nicht. Sophia hat sich mit ihm getroffen, ist mit ihm ausgegangen, wir wussten nichts davon.« Er legte wieder eine Pause ein und fuhr dann fort: »Sie und Katie hatten wegen ihm einen heftigen Streit, anschließend ist Katie weggelaufen.«

»Und Sophia weiß wirklich nicht, wie Tommy mit Nachnamen heißt?«

»Nein, sie hat keine Ahnung.«

»Ich würde mich gerne mit Ihnen und Sophia persönlich darüber unterhalten, wenn das möglich ist.«

»Das tue ich gerne.«

»Passt es Ihnen jetzt?«

»Ja. Ich rufe Sophia an und bitte sie, sich freizunehmen.«

»Wo wohnen Sie?«

»In Buxton.«

Lucy kannte den beliebten Kurort, den höchstgelegenen Marktflecken Englands, der im Herzen des Peak District lag. Sie dachte gerne an die sommerlichen Spaziergänge mit Bethany in der malerischen Landschaft oder den spektakulären

Parkanlagen der Pavillon Gardens zurück, an die Stunden in idyllischen Kaffeehäusern, in denen sie bei einem Tee, der in Porzellantassen serviert wurde, über ihre Zukunft sprachen, und an adrenalingeladene Nachmittage voller Spaß, an denen sie in den dichten Wäldern in luftiger Höhe über Hochseile kletterten. Vor Auroras Geburt waren sie oft in Buxton und der näheren Umgebung gewesen, aber seitdem nicht mehr. Tatsächlich hatten sie seither keine Zeit mehr für sich gehabt. Sie schob ihre Gedanken beiseite. Mr Bray nannte ihr seine Adresse in der Berwick Road. Sie kritzelte sie auf den Notizblock vor ihr, zusammen mit dem Namen der Facebook-Seite, und bedankte sich.

Sobald der Mann aufgelegt hatte, wandte sie sich an Andy. »Finde so viel wie möglich von den Beamten heraus, die mit dem Verschwinden von Katie Bray zu tun hatten. Sieh dir diese Facebook-Seite und die Kommentare an und kontaktiere die Person, die behauptet, Katie in Samford mit einem Mann gesehen zu haben. Und versuche herauszufinden, ob Katie und Amelia auf irgendeine Weise miteinander in Verbindung stehen. Ich werde ihre Familie befragen.«

Andy notierte alles und warf den Zettel auf den Schreibtisch. »Dann war dein Aufruf also keine reine Zeitverschwendung.«

»Ist das deine Art, mir ein zweifelhaftes Kompliment zu machen?«, fragte Lucy.

Andys Lippen zuckten. »Ich nehme an, so ist es wohl.«

Lucy und Natalie brauchten über eine Stunde, um das freistehende braune Backsteinhaus mit drei Schlafzimmern in Buxton zu erreichen. Ein schwarzes gusseisernes Tor mit weißen, speerförmigen Zacken war offengelassen worden, um den Zugang zur gepflasterten Auffahrt zu ermöglichen. Sie hielten vor einem weißen Garagentor. Die ebenfalls weiße

Eingangstür sprang auf, bevor sie klopften, und ein Mann mit Vollbart und Schnäuzer, dafür jedoch mit Glatze, trat heraus. Er hatte dicke Tränensäcke unter den Augen.

»Mr Bray? Ich bin DI Carmichael. Wir haben telefoniert. Und das ist DCI Ward.«

»Nennen Sie mich Phil.« Er schüttelte den beiden die Hand und führte sie in ein warmes, überwiegend beigefarbenes Wohnzimmer, wo eine junge Frau am Fenster saß, die Augen auf den Fernseher vor ihr gerichtet. Sie schaltete ihn aus und sah Lucy an, ganz offensichtlich fühlte sie sich unwohl. Ein Gaskamin brannte hell, und das Haus, das mit gepflegten Zimmerpflanzen und den Dingen der Familie gefüllt war, verströmte eine behagliche Atmosphäre.

»Das ist Sophia, meine Älteste«, erklärte Phil. »Meine Frau ist noch bei der Arbeit, und Olivia, meine Jüngste, ist gerade in der Schule. Hätten Sie gerne eine Tasse Tee oder etwas anderes?«

»Vielen Dank. Das wäre wirklich nett«, sagte Lucy.

»Bitte nehmen Sie Platz. Sie können sich jetzt mit Sophia unterhalten, während ich mich um den Tee kümmere. Sophia, vergiss nicht, worüber wir gesprochen haben. Erzähl ihnen alles.«

»Ich verspreche es«, sagte das Mädchen.

Lucy setzte sich auf das Sofa neben ihr, während Natalie sich für einen Sessel auf der anderen Seite des Zimmers entschied, von dem aus sie das Gesicht des Mädchens deutlich sehen konnte. Lucy übernahm die Einführung und bat Sophia dann, ihnen zu erzählen, was sie wusste.

»Ich habe Tommy Mitte Juli kennengelernt …«

Sophia liest die SMS, die sie ihrer besten Freundin schicken will. Crystal ist mit ihrer Familie auf Teneriffa im Urlaub. Sophia ist total neidisch. Ihre Familie fährt nie in den Ferien ins Ausland, und dieses Jahr haben sie es nicht einmal geschafft, ihren üblichen Ausflug nach Wales zu machen. Dad sagt, dass sie stattdessen in den nächsten Schulferien fahren werden, aber bis dahin wird es kalt und ungemütlich sein, und sie hat keine Lust, im Oktober mit ihren beiden Schwestern durch die walisische Landschaft zu gurken. Vielleicht sollte sie versuchen, genug Geld zu sparen und stattdessen mit Crystal zu verreisen, obwohl ihr Nettogehalt ziemlich bescheiden ist und nie lange reicht. Erst, als er sie anspricht, bemerkt sie den Kerl, der neben ihr auf dem runden Sitz im Einkaufszentrum The Springs sitzt.

»Hast du ein Schnäppchen gemacht?«, fragt er und nickt in Richtung der Plastiktüte, die neben ihr steht. Er sieht ... cool aus, seine Augen sind so blass, dass sie fast weiß aussehen, und sein krauses, dunkles Haar ist zu einem Dutt gebunden. Er trägt einen großen runden Ring im linken Ohrläppchen, dazu modische Jeans, die an den richtigen Stellen zerrissen sind. Obwohl er schlank ist, sitzt sein T-Shirt eng genug, um seine Brustmuskeln zu enthüllen, und sein Bizeps sieht fest aus. Er hat etwas an sich ... irgendetwas Geheimnisvolles ... ein Gefühl von rebellischem Geist, während er sie anstarrt. Sophia spürt ein leises Kribbeln in der Magengegend.

»Nur eine Hose.«

»Na los, zeig mir, was du ergattert hast. Ich liebe Schnäppchen.«

Ohne weiter darüber nachzudenken, greift sie in die Tüte und holt sie heraus. Sie kennt diesen Mann nicht, der offensichtlich älter ist als sie, aber sie tut es trotzdem und er pfeift leise. »Darin wirst du heiß aussehen«, sagt er.

Er gibt ihr kein unwohles Gefühl, und statt mit seiner koketten Unterhaltung fortzufahren, sagt er: »Ich bin total ratlos. Ich habe eine Nichte, die nächste Woche drei Jahre alt wird, und ich habe nicht die geringste Ahnung, was ich ihr schenken soll.«

»Wie wäre es mit einem Kuscheltier?«

»Davon hat sie schon Hunderte«, antwortet er und verdreht

die Augen. »Hunde, Hasen, Teddys ... Hunderte von verdammten Teddys. Ich muss etwas ganz Besonderes finden.«

Sophia versucht, sich daran zu erinnern, was Olivia mochte, als sie in dem Alter war. Ihr Zimmer hatte ausgesehen wie ein Spielzeugzoo. »Malt sie gerne?«

»Ja.«

»Sie könnten ihr ein Mal-Set kaufen.«

Er schenkt ihr ein Lächeln, das ein Prickeln durch ihre Adern schießen lässt. »Eine brillante Idee. Hättest du vielleicht fünf Minuten Zeit für mich, um mir bei der Auswahl zu helfen? Ich bin in solchen Dingen total unfähig. Ich liebe sie über alles, aber ich weiß nie, worüber sie sich freuen könnte.«

»Haben Sie keine Freundin oder Schwester, die Ihnen helfen kann?«

Er sieht ihr direkt in die Augen. »Nein. Es gibt niemanden.«

»Oh, okay.« Sie stellt fest, dass sie zustimmt, nicht, weil sie ihm helfen will, sondern, weil das bedeutet, dass sie mehr Zeit mit diesem faszinierenden Fremden verbringen kann.

»Anschließend hat er mir im Stars Café einen Drink ausgegeben, um sich zu bedanken, und gefragt, ob wir uns wiedersehen könnten. Ich mochte ihn.« Sie kaute auf ihren Lippen, bevor sie weitersprach.

»Ich habe ihn zwei Tage später wiedergetroffen, und wir gingen in eine Kneipe außerhalb der Stadt. Meine Eltern wären ausgeflippt, wenn sie das rausgekriegt hätten. Ich war damals noch minderjährig. Er spendierte mir mehrere Gläser Wein, dann zogen wir weiter in einen Nachtclub. Es war wirklich ... aufregend. Ich war noch nie mit jemandem wie ihm ausgegangen. Ich habe meinen Eltern nichts von ihm erzählt. Sie hätten es ... missbilligt. Er hat geraucht, nicht nur Zigaretten, sondern auch Drogen, und er hat viel geflucht. Ich habe ihnen erzählt, ich wäre mit Crystal unterwegs, aber in Wirklichkeit war ich mit ihm zusammen. Es lief gut, bis er Katie traf.«

»Wie hat er sie kennengelernt?«

Sie schluckte heftig. »Einen Monat später sind Mum und Dad abends ausgegangen und ich musste auf meine kleine Schwester Olivia aufpassen ...«

Ihr Herz hämmert in ihrem Brustkorb. Olivia hatte ein Riesentheater gemacht, weil sie um sieben Uhr ins Bett sollte, aber Sophia hat sie mit dem brandneuen Nagellack bestochen, den sie gekauft hatte. Eigentlich ist er für sie selbst bestimmt, aber es ist wichtiger, dass Olivia ins Bett geht, damit sie und Tommy nicht gestört werden.

Sie trägt Shorts und ein bauchfreies Top, das ihren gebräunten Bauch zur Geltung bringt. Sie hat Selbstbräuner verwendet, um einen sonnengeküssten Teint zu bekommen, und als sie sich im Spiegel betrachtet, ist sie mit dem Ergebnis zufrieden. Sie sieht sexy aus. Ihr Handy vibriert, als eine Nachricht eingeht. Tommy ist hier und wartet draußen in seinem Wagen. Sie eilt nach unten und winkt. Er gleitet aus dem Auto und kommt auf sie zu. »Wow! Du siehst zum Anbeißen aus«, sagt er.

Er folgt ihr ins Wohnzimmer und sie ist total aufgeregt. Es ist das erste Mal, dass sie zusammen allein in einem Haus oder einem Zimmer sind. »Sollen wir uns einen Film ansehen?«, fragt sie.

Er zieht sie in seine Arme und presst seine Lippen fest auf ihre. Der Kuss ist innig und leidenschaftlich und seine Hände wandern unter ihr Oberteil, um ihre Kurven zu ertasten. Mit einem schüchternen Lächeln entzieht sie sich ihm. Er drängt sich wieder an sie und sagt heiser: »Keinen Film. Ich will dich.« Mit einer geübten Bewegung öffnet er den Reißverschluss ihrer Shorts, streift sie über ihre Hüften und tastet mit den Händen nach ihrer Unterwäsche.

So hat sie sich das nicht vorgestellt. Sie dachte, sie würden etwas Zeit miteinander verbringen, einen Film schauen, etwas trinken, vielleicht ein bisschen rummachen, aber sie hat nicht geplant, sich hier, im Wohnzimmer ihrer Eltern, auszuziehen und zu vögeln. Was, wenn Olivia runterkommt und sie dabei erwischt? Seine Finger schieben sich in sie hinein, aber sie genießt es nicht. Jetzt hat sie eine Vision von Olivia, die die Wohnzimmertür öffnet. »Meine Schwester ...«

»Schläft tief und fest. Komm schon, Soph. Du weißt doch, was ich für dich empfinde.«

Vor zwei Tagen, als sie in seinem Lieferwagen saßen, hat er ihr eröffnet, dass er sich in sie verliebt hat. Sie hat ihm gesagt, dass sie genauso empfindet, und wenn nicht ein paar Kinder an die Scheiben geklopft hätten, hätten sie wahrscheinlich auf der Stelle Sex gehabt. Sie will es tun, aber nicht im Wohnzimmer ihrer Eltern, während ihre kleine Schwester oben schläft. Sie möchte, dass das Erste Mal etwas Romantisches ist, vielleicht in einem Hotel oder bei ihm zu Hause. »Ich weiß, aber ich will es nicht hier tun«, sagt sie in der Hoffnung, sich zu erklären.

Stattdessen stößt er sie weg. »Warum zum Teufel hast du mich dann eingeladen und dich so angezogen?«

Sie ist verwirrt über seine plötzliche Wut. »Ich dachte, wir könnten etwas Zeit miteinander verbringen.«

»Wir haben Zeit miteinander verbracht. Wir tun verdammt nochmal nichts anderes. Ich dachte, du wärst reifer. Du benimmst dich wie ein Kind – eine kleine Jungfrau, die Angst vor dem hat, was passieren wird.«

Sie spürt, wie ihr die Hitze in die Wangen steigt. Sie hat noch nie mit jemandem geschlafen, aber das hat sie nicht zugegeben, nicht einmal Crystal gegenüber, die glaubt, Sophia habe ihre Jungfräulichkeit auf derselben Party verloren wie sie. Die Vorfreude, die sich den ganzen Tag über aufgebaut hat, verpufft im Nu und sie murmelt: »Ich habe keine Angst.«

»Dann hör auf, dich wie eine dumme Kuh zu benehmen.«

Er geht wieder auf sie zu und sie macht einen Schritt zurück. »Oh, verdammt nochmal, piss dich bloß nicht so an. Ich hätte heute Abend mit meinen Kumpels ausgehen können, stattdessen bin ich hierhergekommen. Verdammt, ich bin meilenweit gefahren, um bei dir zu sein.«

Sie antwortet nicht. Sie kann nicht verstehen, wie die Stimmung so kippen konnte. Plötzlich spricht er mit sanfterer Stimme: »Okay. Ich verstehe schon. Dann lass uns den verdammten Film sehen oder was immer du sonst tun willst. Ich habe die Situation falsch eingeschätzt, okay? Was hast du dir denn ausgesucht? Hoffentlich nicht irgendeinen Mädchenkram.« Er lacht.

Sie ist erleichtert. Gott sei Dank ist er nicht sauer darüber. Sie setzt sich aufs Sofa, und er lässt sich neben sie fallen, legt seinen Arm um sie, und sie startet den Film.

»Du siehst immer noch heiß aus. Es ist deine Schuld, dass ich jetzt scharf bin«, sagt er. Sie lächelt breit und er drückt ihr einen Kuss auf den Kopf.

Der Film läuft seit zehn Minuten, als plötzlich die Tür aufgerissen wird. Katie steht im Türrahmen und beäugt die beiden, bevor sie hereinschlendert und sich auf den Sessel fallen lässt. In ihren »urbanen« Klamotten, wie Katie sie nennt, sieht sie immer ausgefallen aus. Heute Abend trägt sie eine zerrissene Strumpfhose und Stiefel, ein schwarz-weißes Shift-Top, das kaum ihre Oberschenkel bedeckt, und dazu einen schwarzen Filzhut. Das Ensemble, kombiniert mit einem Lippenstift in dunklem Burgunder, lässt sie älter als fünfzehn aussehen.

Sie starrt Tommy an. »Wer zum Teufel ist das denn?«, fragt sie so hochnäsig, dass Sophia sie am liebsten ohrfeigen würde. Sie ist immer unhöflich und ihr Verhalten ist zum Kotzen. Sie will sich gerade für ihre dämliche Schwester entschuldigen, da sieht sie, dass Tommy grinst.

»Ich bin Tommy. Und wer zum Teufel bist du?«

»Das geht dich nichts an«, antwortet sie. »Wissen Mum und Dad von ihm?«, fragt sie Sophia.

»Nein.«

»Oh, okay.« Sie steht auf und geht zurück zur Tür, bleibt aber stehen, um zu sagen: »Macht nicht so viel Lärm, ja?« Sie macht eine Reihe von Stöhn- und Ah-ah-jaaa-Geräuschen und geht lachend hinaus.

Sophia seufzte noch einmal. »Sie musste mir versprechen, Mum und Dad kein Wort von Tommy zu sagen, und sie hatte kein Problem damit. Nach dieser Nacht hat Tommy aufgehört, mir Nachrichten zu schicken. Ich dachte, es könnte daran liegen, dass ich mich geweigert hatte, mit ihm Sex zu haben. Ich hatte keine Ahnung, dass es wegen Katie war, bis ich zwei Wochen später gesehen habe, wie er sie draußen abgesetzt hat. Wir haben uns deswegen gestritten ... ziemlich heftig sogar. Ich sagte ihr, ich wünschte, sie wäre tot. Sie stürmte nach oben, und ich habe erst später gemerkt, dass sie weg war, als Mum und Dad nach Hause kamen.« Sie blickte auf die Fernbedienung in ihrer Hand und strich mit den Fingern über die Tasten. »Ich war wirklich wütend auf sie.«

»Du hattest also keine Ahnung, dass sie sich mit Tommy getroffen hat?«, fragte Lucy.

»Nein, ich hatte keinen blassen Schimmer, und während ich heulend zu Hause saß und mich fragte, warum er mich plötzlich abserviert hatte und sich nicht mehr bei mir meldete, war sie mit ihm zusammen. Und das, obwohl sie wusste, wie sehr ich ihn mochte. Ich teilte alle meine Geheimnisse mit ihr, erzählte ihr genau, was ich für ihn empfand, und hörte auf ihren Rat. Ich hasste sie dafür, dass sie so tat, als würde sie sich um mich kümmern, dass sie mir sagte, Tommy sei ein wertloses Stück Scheiße und dass ich etwas Besseres verdient hätte. Sie hat so viel Blödsinn erzählt, während sie die ganze Zeit hinter meinem Rücken mit ihm, mit meinem Freund, gelacht hat, und dafür hasse ich sie immer noch. Mum und Dad sind wegen ihr total aufgelöst. Sie wollen, dass sie nach Hause kommt.

»Und was ist mit dir?«

»Ganz ehrlich? Mir ist das scheißegal. Ich werde ihr niemals verzeihen. Nicht nur, weil sie mir Tommy ausgespannt hat, sondern auch, weil sie so egoistisch war, dass sie weggelaufen ist und nicht einmal versucht hat, Mum und Dad oder Olivia zu kontaktieren, damit sie sich keine Sorgen machen. Olivia hat so viel geweint, seit sie weg ist. Einmal dachte sie sogar, es sei ihre Schuld, dass Katie verschwunden ist. Katie interessiert sich offensichtlich für niemanden außer für sich selbst. Wenn sie zurückkommt, wird es zwischen uns nicht mehr so sein wie früher. Sie hat alles kaputt gemacht. Sie musste nicht in diesem Haus leben und die Folgen ertragen. Sie denkt nur an sich, und ich rede nur wegen meiner Eltern mit Ihnen. Ich möchte nicht, dass sie noch länger leiden.«

»Du könntest uns sehr helfen, wenn du uns erzählst, was du über Tommy weißt.«

»Was denn zum Beispiel?«

»Beispielsweise seinen Beruf. Hat Tommy dir erzählt, was er beruflich macht?«

»Nicht wirklich. Er sagte, er habe einen langweiligen Job und würde sich neu orientieren.«

»Und er fuhr einen Lieferwagen?«

»Ja. Er war weiß und ziemlich alt.«

Lucy erinnerte sich an Robs Aussage. Er hatte einen einfachen Lieferwagen auf dem West Gate-Parkplatz gesehen. Es könnte derselbe Wagen gewesen sein.

»Hat er dir gegenüber jemals eine Amelia erwähnt?«

»Nein.«

»Was ist mit seiner Nichte? Hat er ihren Namen genannt?«

»Nein, aber er hat mir erzählt, dass sie sich über das Mal-Set gefreut hat.«

»Hat er dir etwas über sein Leben erzählt, wo er wohnte, irgendetwas?«

Sie schüttelte den Kopf. »Er hatte eine Wohnung in Nottingham gemietet, wollte aber umziehen, sobald er einen neuen Job fand, und seine Eltern lebten irgendwo in Dorset.«

»Er hat dir keine Fotos von seiner Familie oder seinem Zuhause gezeigt?«

»Nein, nie.«

»Worüber habt ihr dann geredet?«

»Über alles Mögliche.«

»Was denn?«

Sie zuckte mit den Schultern. »Dies und das. Nichts Wichtiges.«

»Was ist mit seiner Handynummer?«

»Nachdem er mit mir Schluss gemacht hat, hat er seine Nummer geändert. Der Beamte, der sich mit Katies Verschwinden befasste, hat auch versucht, ihn zu erreichen, aber die Verbindung funktionierte nicht.«

»Hattest du über soziale Medien Kontakt zu ihm?«

»Nein, wir haben uns SMS geschickt oder telefoniert. Er hat gesagt, soziale Medien seien nur was für kleine Kinder.« Sophias Schultern schienen in sich zusammenzusacken. »Ich komme mir so dumm vor. Ich habe ihn überhaupt nicht gekannt. Ich dachte, ich würde ihn kennen, aber ich wusste nichts über ihn.«

Phil tauchte mit einem Tablett wieder auf. Er stellte die Tassen auf den Tisch, während er sprach. »Die Polizei hat seit August versucht, Katie ausfindig zu machen, aber sie hatte keine einzige Spur. Sie konnten weder ihr Handy aufspüren noch irgendeinen Hinweis finden, der darauf hindeutet, wohin sie gegangen ist. Sophia hat uns natürlich von dem Streit erzählt, den sie wegen eines Jungen namens Tommy hatten, und die Polizei ist dem nachgegangen, aber das hat zu nichts geführt. Er hat sich in Luft aufgelöst. Es gab keine Spur von ihm oder Katie. Jedenfalls haben wir deshalb die Facebook-Seite eingerichtet. Sie hat inzwischen etwa 5.000 Follower, und letzte Woche hörten wir von einer Frau aus Samford, Dee Neilson, die sicher war, Katie und einen Mann, auf den Tommys Beschreibung passt, in der Nähe eines Kaufhauses namens Hardy's gesehen zu haben. Kennen Sie den Laden?«

»Ja, den kennen wir«, sagte Lucy, wohlwissend, dass das erste Opfer von einem Handelsvertreter entdeckt worden war, der das Hardy's aufgesucht hatte.

»Ich habe das Foto von Katie mit nach Samford genommen und es allen Ladenbesitzern in der Einkaufsstraße und dem Personal vom Hardy's gezeigt. Ich bin in der Fußgängerzone rumgerannt und habe sogar Passanten und Kunden angesprochen, aber niemand hat sie erkannt oder sie mit jemandem gesehen. Ich dachte, Dee hätte sich geirrt. Ich wusste nicht, wo ich noch suchen sollte, und weil Samford eine so große Stadt ist, musste ich die Suche abbrechen und nach Hause fahren.«

Andy hatte bereits mit der Frau gesprochen und Lucy angerufen, während sie und Natalie nach Buxton gefahren waren. Dee war sich sicher, dass sie Katie mit einem Mann, auf den Tommys Beschreibung passte, in der Marston Street gesehen hatte, die hinter dem Hardy's verlief.

»Warum haben Sie nicht die Polizei verständigt und es ihnen erzählt?«

Er wirkte beschämt. »Ehrlich gesagt, dachte ich nicht, dass sie deswegen etwas unternehmen würden.«

»Warum nicht?«

»In den ersten Tagen habe ich sie jedes Mal, wenn ich von einer Sichtung hörte, belästigt und sie auf eine wilde Verfolgungsjagd geschickt, sodass ich ... ihnen ein bisschen lästig wurde.«

»Das würden sie nicht denken«, behauptete Lucy entschieden.

»Ich dachte jedenfalls, ich würde ihnen auf die Nerven

gehen, und wollte sie nicht mehr behelligen. Es war einfacher, es selbst zu überprüfen. Außerdem fühlte es sich proaktiv an. Ich kann es nicht ertragen, herumzusitzen und zu hoffen, dass sie wieder auftaucht. Ich musste selbst tätig werden. Dumm, ich weiß, aber so fühle ich mich.«

Lucy verstand, dass er alles in seiner Macht Stehende tun musste, um seine Tochter zu finden, auch wenn sie nicht begriff, warum er die Polizei nur so ungern einbeziehen wollte. Sie konnte ihm jedoch eine positive Antwort geben. »Nun, wir glauben, dass Dee sie tatsächlich gesehen haben könnte, und wir prüfen die Möglichkeit, dass sie noch immer in Samford ist. Sie haben recht, es ist eine große Stadt, aber wir haben ein Team, das sich darum kümmert.«

Phils Kopf schnellte in die Höhe. »Glauben Sie, Katie ist *wirklich* in Samford?«

»Wir halten es für möglich und werden der Sache nachgehen.«

Plötzlich aufsteigende Tränen ließen seine Augen glasig werden. »Danke.«

»Ich kann Ihnen nichts versprechen.«

Er schüttelte den Kopf. »Natürlich nicht. Das verstehe ich. Sie haben keine Ahnung, was das für eine Erleichterung ist.« Er hielt inne und fragte dann: »Ist sie in Gefahr? Ist dieser Tommy gefährlich?«

»Wir versuchen, ihn wegen eines Vorfalls zu kontaktieren. Wir wissen nicht, inwieweit er darin verwickelt ist.«

Phil blinzelte ein paar Mal. »Bitte. Finden Sie sie.«

»Wir tun, was wir können.«

Natalie sah zu Sophia hinüber, die kein Wort mehr gesagt hatte, seit ihr Vater das Zimmer betreten hatte. Sie starrte auf den Tisch und presste die Lippen aufeinander. Nicht alle wollten, dass Katie nach Hause kam.

Katie zog den Mantel fester um ihren Körper und versuchte, das Zittern zu kontrollieren, das ihre Glieder erfasst hatte. Es war fast dreizehn Uhr und Tommy würde jeden Augenblick kommen, um sie abzuholen. Sie hatte lange darüber nachgedacht, was sie tun oder sagen sollte. Sie war sich nicht sicher, ob es klug war, Amelias Namen zu erwähnen. Tommy war schrecklich jähzornig, und wenn sie etwas Falsches sagte, würde sie dafür bezahlen. Die Wirkung des Koks hatte nachgelassen. Ihr Inneres fühlte sich wie zerfetzt an und sie konnte kein Wasser lassen, ohne vor Schmerzen zu weinen.

Sie hörte den Lieferwagen, noch bevor sie ihn sah. Der Auspuff musste repariert werden, aber Tommy gab sein gesamtes Geld aus, um sich zuzudröhnen, anstatt sich um die Dinge zu kümmern, die wirklich reparaturbedürftig waren. Sie stieß sich von der Wand ab, an der sie gelehnt hatte, und wartete darauf, dass der Wagen anhielt. Es war sinnlos, auch nur davon zu träumen, nach Buxton zurückzukehren. Sie konnte es nicht länger ihr Zuhause nennen und Tommy würde dafür sorgen, dass sie in Angst und Schrecken lebte, falls sie versuchte, ihre Familie zu kontaktieren. Sie war müde und hatte Schmerzen. Die Schmerzen in ihrem Rücken waren im Laufe des Vormittags schlimmer geworden und sie brauchte wahrscheinlich ärztliche Hilfe, obwohl Tommy ihr vermutlich sagen würde, sie solle sich eine Salbe dafür kaufen und die Klappe halten. Aber das war ihr egal. Sie hatte keine Energie, um zu kämpfen oder zu streiten. Sie wollte nur noch schlafen.

Der Lieferwagen hielt nicht in ihrer Nähe, sondern ein Stück weiter die Straße runter. Als sie darauf zuging, bemerkte sie, wie Tommy mit beiden Händen in ihre Richtung fuchtelte und sie aufforderte, zu bleiben, wo sie war. Bald darauf erkannte sie auch den Grund dafür. Der Mann, der sie innerlich verletzt und zerrissen hatte, kam zielstrebig auf sie zu. Sie rannte los, erreichte den Lieferwagen und schlug mit vor

Schreck weit aufgerissenen Augen gegen das Fenster an der Fahrerseite. »Tommy! Zwing mich nicht dazu.«

Er ließ das Fenster ein Stück herunter. »Mach schon.«

Ein trotziges Aufflackern. »Nein, das werde ich nicht tun.«

Die Fahrertür öffnete sich weit und Tommy war neben ihr, noch bevor sie reagieren konnte. Er zerrte sie an den Haaren und riss ihren Kopf so heftig nach hinten, dass sie dachte, er würde ihr das Genick brechen. »Los, jetzt!«

Sie war zu verängstigt, um zu schreien. Der Mann beobachtete sie aus dem Schatten der Gebäude und plötzlich war der Kampf beendet. Sie hatte keine andere Wahl. »Okay.«

»Das ist mein Mädchen. Nimm sein Geld. Ich bin in einer Stunde wieder da.« Er löste seinen Griff, schwang sich wieder in seinen Sitz und wartete, bis er sicher sein konnte, dass sie nicht fliehen würde. Dann fuhr er los und überließ Katie ihrem Schicksal.

ACHT

SAMSTAG, 2. NOVEMBER – SPÄTER NACHMITTAG

Auf dem Rückweg zum Revier schwieg Natalie. Als sie von dem Streit zwischen den beiden Schwestern erfahren hatte, waren Erinnerungen an Frances, ihre eigene Schwester, hochgekommen. Ihre Trennung war genauso heftig gewesen, und wie Sophia würde auch Natalie ihrer Schwester den Verrat nie verzeihen. Frances war zielstrebig, unglaublich egoistisch und kaltherzig gewesen. Grausam genug, um ihre sterbende Großmutter zu bestehlen und Natalie den Diebstahl in die Schuhe zu schieben. Ihre Schwester hatte jede Verantwortung dafür abgestritten und ihre Eltern überzeugt, dass Natalie den Schmuck genommen und verkauft hatte. Wie die meisten überzeugenden Lügner hatte sie es geschafft, die Eltern hinters Licht zu führen, die sich weigerten, Natalies Unschuldsbeteuerungen anzuhören und sich lieber auf Frances' Seite stellten.

Mit vor Erstaunen geöffnetem Mund steht die achtzehnjährige Natalie da. Wie konnten ihre Eltern auch nur eine Sekunde lang denken, dass sie so etwas Schreckliches tun würde. Warum sollte sie die Ringe ihrer Großmutter stehlen? Ihr Vater starrt sie streng an, die Hände in die Hüften gestemmt.

»Na, dann erklär mir mal, was du dazu zu sagen hast.«

Natalies Mund klappt auf und zu, dann stottert sie: »Ich war das nicht. Ich schwöre, dass ich es nicht war.«

Frances war die Letzte gewesen, die die Ringe angefasst, sie begutachtet und dann in die Schmuckschatulle zurückgelegt hatte, die sie für Oma nach oben brachte. Frances hätte sie doch nicht gestohlen, oder?

»Es würde die Sache viel einfacher machen, wenn du die Wahrheit sagen würdest!«

»Ich bin ...«

»Wage es nicht! Wage es nicht, hier zu stehen und mir dreist ins Gesicht zu lügen.«

Mit tränenverschmierten Wangen schaut sie zu ihrer Mutter hinüber. Oma hatte am Tag zuvor angerufen und gesagt, dass ihre wertvollen Ringe aus der Schmuckschatulle verschwunden sind. Natalies Mutter ist zu ihr gefahren, um sie zu beruhigen, und hat sie tot auf dem Teppich gefunden. Ein plötzlicher Herzinfarkt war die Todesursache. Natalies Mutter glaubt, dass die Entdeckung des Diebstahls die Todesursache ist, und schaut Natalie nun mit blutunterlaufenen Augen und voller Trauer und Abscheu an.

»Ich lüge nicht.«

Die fünfzehnjährige Frances tritt hinter dem Rücken ihres Vaters hervor. Ihre Augen sind vom Weinen gerötet und ihre Krokodilstränen lassen Natalie sofort misstrauisch werden. Frances hat Oma nie gemocht. »Es tut mir leid, Natalie. Ich hätte es ihnen nicht sagen sollen, aber ... ich musste es tun, jetzt, wo Oma tot ist.« Sie fängt wieder an zu schluchzen.

Natalie ist verwirrt über ihr Verhalten. Dann platzt die Bombe. Ihr Vater ergreift das Wort. »Wir wissen genau, dass du es warst, die unbedingt Oma besuchen wollte, und dass du

Frances gezwungen hast, dich zu begleiten. Sie wollte es uns nicht erzählen, aber sie hat das Richtige getan.«

»Euch was erzählen?«

Frances spricht mit piepsiger Stimme und Natalie möchte sie am liebsten schütteln. Nichts davon ist wahr. »Als wir dort ankamen, hast du darauf bestanden, Omas Schmuckschatulle zu durchstöbern, und hast sogar die Ringe anprobiert und gesagt, wie schön sie sind, und dann hast du die Schatulle zurück in Omas Zimmer gebracht.«

»Das habe ich nicht getan! Du wolltest sie besuchen. Ich habe dich begleitet. Du hast die Ringe anprobiert. Du hast die Schmuckschatulle nach oben gebracht.« Natalie ist kurz davor zu explodieren. Was zum Teufel tut Frances da?

Frances schüttelt den Kopf und fängt an zu weinen. »Es tut mir leid, Daddy. Ich hätte mit ihr nach oben gehen sollen. Ich habe nicht eine Minute daran gedacht, dass sie die Ringe stehlen könnte, und jetzt ist Oma tot, nur wegen ihr.«

»Frances lügt«, sagt Natalie.

Ihr Vater dreht ihr den Rücken zu und legt einen Arm um ihre Schwester.

»Es ist nicht so gewesen, wie sie gesagt hat! Sie hat die Schatulle mit nach oben genommen. Sie hat die Ringe anprobiert!« Diesmal schreit sie es laut heraus.

»Wir haben die hier in eine deinerSocken gefunden, Natalie. Mach es nicht noch schlimmer, indem du versuchst, Frances die Schuld zu geben.« Er holt ein Paar von Omas Ohrringen aus seiner Tasche, die Diamanten glitzern im Licht. »Was hast du mit den Ringen gemacht?«

»Ich ... Ich habe nichts mit ihnen gemacht. Frances ...«

»Schluss damit! Geh mir aus den Augen.« Die Worte ihres Vaters sind wie Glassplitter, die ihre Haut durchbohren und sich in ihrem Herzen festsetzen.

»Was? Darf ich das nicht erklären? Darf ich nichts dazu sagen oder glaubst du Frances etwa?« Sie schaut wieder zu ihrer

Mutter hinüber, aber die senkt ihren Blick. Frances hat ihr Gesicht an die Schulter ihres Vaters gepresst und schluchzt. Natalie fühlt sich ausgegrenzt. Frances hat es geschafft, alle in dem Glauben zu lassen, sie, Natalie, würde hinter dem Diebstahl stecken – aber warum?

Frances hatte die Ohrringe dort platziert, und der darauffolgende Streit führte dazu, dass Natalie ihr Zuhause verließ. Bis zu ihrem Lebensende hatten ihre Eltern geglaubt, sie hätte ihre Großmutter bestohlen. Sie hatte aufgehört, sie vom Gegenteil überzeugen zu wollen, und sich stattdessen ein neues Leben ohne ihre Familie und ohne Frances aufgebaut, mit der sie seitdem nicht mehr gesprochen hatte.

Sophia hegte aus anderen Gründen eine ähnliche Wut und Abneigung gegen Katie, aber Natalie verstand, warum sie ihre Schwester nicht sehen wollte. Auch sie wollte Frances nie wiedersehen.

Lucy war ebenfalls schweigsam und versuchte vermutlich, sich einen Reim auf die Ermittlungen zu machen. Sobald sie Buxton verlassen hatten, hatte sie mit Murray telefoniert und um eine Fahndung nach Katie gebeten, die sie zu Tommy führen könnte. Natalie dachte darüber nach, dass der Mann schwer zu fassen war und sich als unauffindbar erwies – wie ein Geist. In einer Stadt mit fast 900.000 Einwohnern war es immer schwierig, eine Person aufzuspüren, die nicht auf dem Radar auftauchen wollte.

Lucy schaute Natalie an und brach das Schweigen. »Was ich nicht verstehe, ist, warum Katie ihr Handy sofort weggeworfen hat und mit niemandem in Kontakt geblieben ist, nicht einmal mit ihren engsten Freunden.«

Die Vermisstenfahndung hatte schnell herausgefunden, dass Katies Handy nicht mehr funktionierte. Es schien, als hätte sie es entsorgt oder die SIM-Karte ausgetauscht. Natalie war darüber nicht so überrascht wie Lucy. Sie verstand, was Familien dazu brachte, getrennte Wege zu gehen.

»Wahrscheinlich wollte sie ein neues Leben anfangen«, sagte Natalie.

»Das ist der einzige Grund, der einen Sinn ergibt, aber es ist trotzdem seltsam. Seit sie weggelaufen ist, hat sie keine ihrer ehemaligen Freundinnen kontaktiert. Warum sollte ein Mädchen wie sie, das sportlich und beliebt war, Mitglied eines Roller Derby-Teams, alle im Stich lassen, um an einen Ort zu gehen, an dem sie noch nie zuvor war, und nicht einmal jemanden wissen lassen, dass es ihr gut geht? Glaubst du, dass Tommy etwas damit zu tun hat?«

»Inwiefern?«

»Er könnte sie daran gehindert haben, sich zu melden, vielleicht hat er ihr das Handy abgenommen oder sie sogar davon überzeugt, dass sie niemanden braucht.«

»Das ist durchaus möglich.«

»Ich glaube nicht, dass ich das jemals verstehen werde. Ich hoffe, wir finden sie, damit ich ihr die Frage stellen kann.«

Im Scheinwerferlicht fielen langgezogene Regentropfen zu Boden. Es war erst fünf Uhr nachmittags, aber dunkel wie Mitternacht. Lucy schaltete die Musikanlage ein und Lady Gaga begann von der Untiefe zu singen, in der sie sich befand. »Ist das okay für dich?«

»Na klar.« Natalie schloss die Augen, um die endlose Parade der blendenden Lichter des Gegenverkehrs abzuschirmen, die das Wasser auf der Windschutzscheibe in ein Kaleidoskop aus verschiedenen Mustern verwandelten. Katie war mit Tommy durchgebrannt, aber wie passte Amelia in dieses Bild?

Die Antwort lag auf der Hand – Tommy. Und wenn es so war, bedeutete das, dass Katie ebenfalls anschaffen ging?

Lucys Handy klingelte und PC Celeste Redshaw löste Lady Gaga ab. »Murray hat mich gebeten, die örtlichen Überwachungskameras zu überprüfen, um nach Katie zu suchen. Sie wurde von einer Überwachungskamera in der Marston Street vor der Rückseite vom Hardy's aufgezeichnet. Der Zeitstempel gibt an, dass sie um 15.40 Uhr an dem Geschäft vorbeiging und in Richtung Fußgängerzone unterwegs war. Dieselbe Kamera hat sie in dieser Woche schon ein paarmal aufgezeichnet, meistens frühmorgens gegen 7.30 Uhr.«

»Sie geht stets in dieselbe Richtung?«

»Ja, immer.«

»Hast du Murray kontaktiert?«

»Ja, er ist mit Ian hingefahren, um die Gegend zu erkunden. Er hat mich gebeten, dich auf dem Laufenden zu halten.«

»Gute Arbeit. Wir sind in etwa dreißig Minuten zurück. Gab es irgendetwas in den sozialen Medien?«

»Nein, der Hashtag #FindTommy trendet nicht mehr, und um ehrlich zu sein, gab es dort nichts, was uns geholfen hätte. Viele Kommentare über Tommy Unold, Tommy Fury, Tommy Lee Jones – du verstehst schon.«

»Behalte die Seite im Auge, falls etwas Neues auftaucht.«

»Wird gemacht.«

»Wie sieht es mit möglichen Arbeitsstellen aus? Hat jemand einen Typen namens Tommy beschäftigt?«

»Bei den örtlichen Autowerkstätten, Gartencentern und Baustellen hatten wir kein Glück.«

Lucy seufzte. »Bleib dran. Irgendjemand muss ihn kennen.«

Ein anderes Lied, ein peppiger Dance-Song von Dua Lipa. Lucy trommelte im Takt der Musik auf das Lenkrad. »Hättest du Lust, schnell einen Happen zu essen, bevor wir zurückfahren? Ich bin am Verhungern und laut Navi gibt es hier in der Nähe einen Pizza Hut.«

»Klar, hört sich gut an.«

———

Murray war die Einbahnstraße entlanggelaufen, in der die Überwachungskamera an der Rückseite vom Hardy's Katie nur zwei Stunden zuvor gefilmt hatte. Der Regen prasselte auf die Bürgersteige, und der Elan, der ihn den ganzen Tag über angetrieben hatte, ließ nach. Es war ja schön und gut, dass er den Ruhm für sich beanspruchen und auffallen wollte, aber er hatte den ganzen Tag über nichts gegessen und seine Geduld war am Ende. Keiner aus dem Team hatte es geschafft, irgendetwas über Katie, Tommy oder Amelia in Erfahrung zu bringen, und es sah so aus, als müsse er die Informationen aus den hiesigen Prostituierten herauskitzeln, die sich jetzt oder später am Abend möglicherweise in der Nähe aufhielten. Ian näherte sich zügig, sein dunkles Haar lag flach an seinem Kopf an und glänzte wie die Haut eines Seelöwen.

»Was für eine Scheiße. Niemand erkennt sie.«

»Ich hatte auch keinen Erfolg. Okay, versuchen wir es mal im Prince's Park.«

»Es regnet in Strömen. Bei dem Wetter ist niemand im Park unterwegs – jedenfalls niemand, der bei klarem Verstand ist.«

»Hör auf zu jammern. Wenn sie hier in der Nähe war, müssen wir es versuchen.«

Ian wischte sich das Wasser aus dem Gesicht. »Verdammt, du bist heute wirklich hartnäckig.«

»Jeden Tag, mein Freund, jeden Tag. Wir können nicht zurückfahren, ohne es wenigstens versucht zu haben.«

»Ich schätze, da hast du recht, aber wenn sie nicht da ist, schuldest du mir eine Massage mit einem warmen Handtuch.«

»Scheiße, dann sollten wir um unser beider Willen hoffen, dass sie da ist.«

Zum Prince's Park, einem großen Areal mit Spielfeldern und Wegen, gelangte man über eine Fußgängerzone am Ende der Marston Street. Ian und Murray verließen die Straße und bogen nach rechts auf den Platz ab, der von einer zwei Meter hohen Skulptur aus schwarzen Bronzekreisen dominiert wurde, die übereinander schwebten. Hier war deutlich mehr los, denn die Kunden strömten vom Upper Way, der Hauptstraße, zum Einkaufszentrum parallel zur Marston Street. Ein oder zwei Passanten kauerten unter Regenschirmen neben dem Taxistand auf der linken Seite des Platzes. Niemand war unterwegs in Richtung des Parks, der kaum Erholungsmöglichkeiten oder Spielplätze für Kinder bot und in letzter Zeit bei den hiesigen Nutten immer beliebter geworden war.

»Sie wird nicht da sein. Nicht bei diesem Wetter.«

»Könntest du verdammt nochmal aufhören, so negativ zu sein? Wir müssen es noch einmal überprüfen«, sagte Murray und steuerte auf das offene Tor zu. Er wusste, dass es hoffnungslos war, aber seine Hartnäckigkeit trieb ihn dazu, die Suche fortzusetzen. Er stand am Eingang und schaute nach links und rechts. Der Park war leer, genau wie Ian es vorausgesagt hatte. »Du gehst in diese Richtung. Ich gehe in die entgegengesetzte und treffe dich am anderen Ende.«

»Du meinst es ernst, nicht wahr?«

»Todernst.«

»Es ist schon dunkel und es regnet.«

»Danke für den Wetterbericht. Wenn sie auf den Strich geht, wartet sie vielleicht auf einen Freier. Im Park ist es nicht so dunkel, weil die Wege alle beleuchtet sind.«

»Wer will bei so einem Wetter schon einen Blowjob oder Sex im Freien?«

»Halt einfach Ausschau nach ihr, okay?« Murray ging davon und murmelte etwas vor sich hin. Er wollte nicht ins Präsidium zurückkehren, ohne überall nach Katie gesucht zu haben.

Der Regen sickerte unter seine Kapuze und tropfte ihm in den Nacken. Er vergrub sich noch tiefer in seinen Mantel und marschierte weiter, vorbei an leeren Bänken und aufgeweichten Grasflächen in Richtung eines Baches, der durch den Park floss. Kahle Äste knarrten, als er unter uralten Kirschbäumen hindurchging, die im Frühling und Sommer, wenn sie bunt blühten, prächtig aussahen, zu dieser Jahreszeit jedoch dunkel und unheimlich wirkten. Ian hatte recht. Niemand war zu sehen. Er schaute nach links und rechts. Niemand, dann ... ein Schrei.

»Hilfe! Hier drüben!«

Eine Frau mit einem roten Regenschirm rief nach ihm. Er lief in ihre Richtung. Es war nicht Katie, sondern eine Frau Anfang sechzig mit Strickmütze und Parka, deren Gesicht im schwachen Licht der Laterne über ihr aschfahl war. »Ich habe sie erst vor wenigen Minuten gefunden. Haben Sie ein Handy? Wir müssen die Polizei rufen.«

»Ich bin die Polizei.«

»Gott sei Dank. Hier drüben.« Sie ging ein paar Meter weiter und zeigte auf etwas. Eine Gestalt saß zusammengesunken auf einer Bank.

»Ich bin hingegangen, um nachzusehen, ob es ihr gut geht. Sie antwortete nicht, als ich sie ansprach. Ich habe sie sanft geschüttelt und festgestellt, dass sie tot ist. Ich habe mein Handy zu Hause gelassen und wusste nicht, was ich tun sollte. Erst wollte ich zu einem der Geschäfte laufen und Alarm schlagen, aber dann habe ich Sie gesehen.« Sie fuchtelte mit den Händen, während sie immer schneller und schneller sprach.

Murray blieb ganz ruhig. »Wie heißen Sie?«

»Jennifer.«

»Okay, Jennifer. Wir werden jetzt Folgendes tun. Mein Kollege ist im Park. Ich werde ihn kontaktieren und er wird sich um Sie kümmern. Dann schaue ich mir die Frau an und rufe Verstärkung. Würden Sie bitte hier warten, während ich nachsehe, ob sie noch lebt?«

Sie nickte, das Weiße in ihren weit aufgerissenen Augen leuchtete. Murray sprach über das Funkgerät mit Ian und wies ihn an, sich so schnell wie möglich auf den Weg zu machen. Jennifer blieb regungslos unter ihrem Schirm stehen, während der Regen um sie herum weiter fiel, eine lebende Statue im Licht einer der orangefarbenen Laternen, die die Gehwege erhellten. Als er sich der Person auf der Bank näherte, konnte er deutlich erkennen, dass es sich um ein Mädchen handelte. Durchnässte Haarsträhnen hingen wie ein dicker dunkler Vorhang nach vorne, und alles, was er erkennen konnte, waren nackte Beine und Arme, die schlaff an der Seite herunterhingen. Sie trug keinen Mantel, nur eine lange Strickjacke über einem schwarz-weißen Etuikleid und Stiefel. Er legte die Finger an ihren Hals, um nach einem Puls zu tasten, aber da war nichts. Der Regen plätscherte in den Pfützen, die sich um die Bank herum gebildet hatten, und ihr Haar glänzte wie Stahl. Ian tauchte aus der Dunkelheit auf und rannte auf sie zu.

»Mein Kollege ist jetzt da«, sagte Murray zu Jennifer, die immer noch wie angewurzelt dastand.

Sanft hob er den Kopf des Mädchens an. Es gab keinen Zweifel an ihrer Identität. Es war Katie Bray.

Unsichtbare, eiskalte Finger strichen über Natalies Hals. Der Regen hatte aufgehört und war durch einen eisigen Wind abgelöst worden, der in das behelfsmäßige Zelt wehte. Man hatte es um die Bank herum errichtet , auf der Katie gefunden worden war. Pinkney wies Lucy auf die Einstichstellen hin, zwei deutlich sichtbare Nadelstiche auf der Innenseite des linken Unterarms des Mädchens. »Das ist ziemlich rätselhaft, denn die Art der Blutergüsse an Hals und Kehle deutet darauf hin, dass sie von hinten angegriffen und erwürgt wurde. Allerdings gibt es keine oder nur wenige Anzeichen von Einblutungen, die fast immer vorhanden sind, wenn ein Opfer erdrosselt wurde, dazu diese Nadelstiche. Da sind nur diese beiden, und sie sind neu. Ich kann euch auf die Frage nach der Todesursache noch keine eindeutige Antwort geben.«

Die nähere Umgebung gab keine Hinweise darauf, dass das Mädchen sich etwas gespritzt hatte, während sie auf der Bank saß, und die Abdrücke an ihrer Kehle schienen darauf hinzudeuten, dass sie angegriffen und erwürgt worden war. Lucy kratzte sich am Kopf. »Das klingt jetzt vielleicht komisch, aber könnte sie schon tot gewesen sein, als sie erwürgt wurde?«

Pinkney kaute einige Sekunden lang auf seiner Unterlippe. Dann sagte er zögernd: »Ich möchte nicht spekulieren. Ihr braucht Antworten, keine Vermutungen. Überlasst das ruhig mir. Tatsache ist, dass jemand sie gewürgt hat. Ob das die eigentliche Todesursache war, steht noch nicht fest. Ich kümmere mich jetzt besser darum, dass sie in die Rechtsmedizin gebracht wird.«

Natalie schlug die Zeltabdeckung hoch und lief über das matschige Gras, während sie versuchte, sich einen Reim auf das zu machen, was Pinkney ihnen erzählt hatte. Obgleich sowohl Amelia als auch Katie erwürgt worden waren, gab es keine Blutergüsse, Schnitte, Kratzer oder andere Spuren, die darauf hindeuteten, dass das Mädchen um ihr Leben gekämpft hatte. War Katie bereits bewusstlos gewesen, von Drogen betäubt, bevor sie erdrosselt wurde? Das schien die einzige logische Erklärung dafür zu sein, dass es keine Anzeichen eines Kampfes gab.

Die andere Erkenntnis des Pathologen hatte sie tieftraurig gestimmt. Er hatte Blut in Katies Unterwäsche entdeckt und festgestellt, dass das arme Mädchen brutal vergewaltigt worden war. Diese Erkenntnis hatte eine bleierne Schwere in Natalies Magengegend hinterlassen. Das bleiche Opfer war beinahe noch ein Kind, und wieder einmal musste sie an den schrecklichen Tag zurückdenken, an dem sie Leigh und Zoe entdeckt hatte. Ihre Fingernägel gruben sich in das weiche Fleisch ihrer Handinnenflächen, als sie neben einer Eiche stehen blieb. Der Wind blies um sie herum, schüttelte die wenigen verbliebenen trockenen Blätter von den Ästen und verstreute sie wütend auf dem Boden. Sie musste den Tatsachen ins Auge sehen: Das würde in Zukunft immer so sein. Jedes Mal, wenn sie zu einem Tatort gerufen wurde, an dem es um eine junge Frau oder ein Kind ging, würde sie zuerst an ihre eigene Tochter denken müssen. Sie straffte die Schultern. Hier ging es nicht um sie.

Der Mörder, der Amelia und Katie getötet hatte, musste gefunden werden.

»Dieser Mord ist etwas anders.« Lucys Stimme brachte sie dazu, sich umzudrehen. Sie hatte den Kopf gesenkt, ihr Gesicht wurde fast vollständig von ihrem langen Pony verdeckt. »Amelia wurde von vorne angegriffen und erwürgt, Katie von hinten.«

»Und es besteht die Möglichkeit, dass sie schon vorher tot war.«

»Ja, auch wenn das überhaupt keinen Sinn ergibt. Warum sollte man jemanden töten, der bereits tot ist? Es sei denn, der Täter war so wütend, dass er sie trotzdem erdrosseln musste.«

Natalie starrte auf die Grashalme, die von Lucys Stiefeln plattgedrückt worden waren. »Ich nehme an, es besteht eine winzige Chance, dass der Mörder nicht wusste, dass sie tot war.«

Lucy stöhnte leise auf. »Das ist einfach verrückt. Wir müssen den Bericht der Pathologie abwarten, um Gewissheit zu bekommen. Beide Opfer wurden zweifellos angegriffen und erwürgt, und wir können nicht außer Acht lassen, dass Tommy vielleicht nicht der einzige gemeinsame Nenner ist – sie könnten beide Prostituierte gewesen sein.«

Irgendetwas in Natalie verspürte sofort das Bedürfnis, Katie in Schutz zu nehmen.

»Das wissen wir nicht mit Sicherheit.«

»Es ist aber sehr wahrscheinlich, oder? Dieser Park ist ein ebenso bekannter Treffpunkt für Nutten wie der West Gate-Parkplatz. Wir können nicht ausschließen, dass Katie auf Freiersuche war, und Pinkney wird feststellen können, ob sie mit mehr als einer Person Sex hatte.«

»Sie könnte vergewaltigt worden sein.« Natalie wollte keine voreiligen Schlüsse ziehen, auch wenn sie Lucys Gedankengang durchaus nachvollziehen konnte.

»Möglich wär's schon, denke ich.« Der Blick, den Lucy ihr

zuwarf, sagte etwas anderes. »Vielleicht hat Tommy sie beide getötet.«

Obwohl Natalie sicher war, dass Tommy etwas mit den beiden Mädchen zu tun hatte, war es ihr ein Rätsel, warum er sie ermordet haben sollte, vor allem, wenn sie beide auf der Straße für ihn gearbeitet hatten. Sie erklärte ihren Standpunkt, dann fügte sie hinzu: »Wir sollten uns erst einmal darauf konzentrieren, Tommy zu finden, und dann sehen wir weiter. Wenn in der Zwischenzeit etwas anderes ans Licht kommt, werden wir dem nachgehen. Im Moment ist sorgfältige Ermittlungsarbeit das Wichtigste. Ich nehme an, dass du immer noch dabei bist, die Überwachungskameras der Umgebung zu überprüfen?«

»Die Techniker kümmern sich darum.«

»Gut.«

»Das ist doch scheiße! Vor ein paar Stunden haben wir ihren Vater in der Hoffnung zurückgelassen, sie zu finden, und jetzt muss ich ihm sagen, dass sie tot ist.«

»Wäre es dir lieber, wenn ich das übernehme?«

»Danke, aber als zuständige DI für diese Ermittlung halte ich es für meine Pflicht, die Eltern zu informieren. Wenn wir sie nur früher gefunden hätten.« Lucy kniff die Augen zusammen und rieb sie mit einer Hand. Natalie konnte die Frustration und die Verzweiflung verstehen. Bei der Suche nach jemandem, der sie zu Tommy führen könnte, waren sie auf ein weiteres Opfer gestoßen, und es gab noch einen anderen Grund zur Sorge, den Lucy nun zur Sprache brachte. »Ich befürchte, dass wir es mit einem Serienmörder zu tun haben könnten, der es auf Prostituierte abgesehen hat.«

»Das kann sein, aber da Tommy beide Opfer kennt, müssen wir bei ihm anfangen.«

»Zuerst müssen wir ihn finden.« Sie stöhnte erneut. »Superintendent Tasker wird mir im Nacken sitzen.«

»Denk nicht an ihn. Das ist deine Ermittlung, nicht seine.«

Lucy bemerkte etwas hinter Natalie. »Oh, Mist! Wie zum Teufel ist sie hier reingekommen?«

Bev Gardner steuerte direkt auf sie zu.

»Überlass das mir«, sagte Natalie und stürmte mit erhobener Hand auf Bev zu. »Ich muss Sie bitten, zu gehen. Das hier ist ein Tatort und wir wollen nicht, dass er kontaminiert wird. Sie haben hier nichts zu suchen.«

Die Reporterin blieb mit einem höflichen Lächeln stehen. »Ich habe lediglich ein paar Fragen an Sie. Stimmt es, dass ein weiteres Mädchen erwürgt aufgefunden wurde?«

»Ich habe Sie gebeten, zu gehen.«

»Suchen Sie ein und denselben Mörder?«

Natalie richtete sich zu ihrer vollen Größe auf, sodass sie Bev um ein paar Zentimeter überragte, und wiederholte: »Ich habe Sie gebeten, zu gehen. Möchten Sie, dass ich einen Beamten hole, der Sie zurück zu Ihrem Auto begleitet?«

Die Journalistin warf einen kurzen Blick auf Lucy, die in ihre Richtung blickte. »Wie ich sehe, ist DI Carmichael für diese Ermittlung zuständig, und ich habe einige Mitglieder ihres Teams am Eingang des Parks gesehen. Vielen Dank, DCI Ward. Ich denke, es ist alles geklärt, vorerst zumindest.« Sie drehte sich um und ging davon.

Natalie kehrte zu Lucy zurück. »Mach dich schon mal darauf gefasst, deinen Namen morgen in den Schlagzeilen zu lesen.«

»Na wunderbar. Sie ist schon etwas Besonderes, nicht wahr? Ich wünschte wirklich, sie würde sich nach London oder irgendwo anders in der Welt verpissen und uns unsere Arbeit machen lassen, anstatt die ganze Zeit im Schmutz zu wühlen.«

»Ich werde das Medienteam im Präsidium bitten, mit der Presse zu sprechen. Ich möchte nicht, dass zu viele Details veröffentlicht werden, jedenfalls nicht, bevor wir Katies Eltern über ihren Tod informiert haben und vorzugsweise nicht, bevor wir Tommy in die Finger bekommen haben.«

Lucy schüttelte den Kopf und seufzte. »Ich sollte lieber zurück nach Buxton fahren.«

»Ich begleite dich.«

»Nein, ist schon in Ordnung, wirklich. Ich werde Ian mitnehmen. Er kann fahren, aber zuerst sollte ich Pinkney Bescheid geben, dass ich mich auf den Weg mache, und ihn fragen, ob er Katie für uns schneller durchschleusen kann. Wir sehen uns später.« Sie steckte die Hände tief in die Hosentaschen und stapfte zurück zum Zelt.

Auf dem Rückweg zum Holborn House rief Natalie zuerst das Medienteam an, um zu erklären, was passiert war, und sie zu bitten, nur so viele Informationen preiszugeben wie unbedingt nötig. Dann wählte sie die Nummer von Mike, um zu hören, wie er zurechtkam. Dem Gequieke im Hintergrund nach zu urteilen, hatte er alle Hände voll zu tun.

»Wir spielen *Super Mario 3D World*. Wir haben es erst heute Nachmittag gekauft und sie macht mich schon jetzt fertig.«

Mike war wirklich ein toller Vater.

»Du vermisst mich also nicht?«, fragte sie.

»Doch, natürlich. Ich könnte dich hier gebrauchen, um mich anzufeuern. Es macht keinen Spaß, von einer Siebenjährigen geschlagen zu werden. Sag Hallo zu Natalie«, hörte sie.

»Hi, Natalie.« Die Stimme war fröhlich und hell und hob Natalies Laune.

»Hier, sie will kurz mit dir reden«, sagte Mike.

Thea klang übermütig und ihre Worte sprudelten wie ein Wasserfall aus ihr heraus. »Danke für Olaf. Er ist so cool.«

Natalie grinste. Der sprechende Olaf war also doch ein Erfolg gewesen.

»Warum können Piraten eigentlich keinen Kreis berechnen?«, fragte das Kind plötzlich.

»Ich weiß es nicht«, antwortete Natalie, die sich daran erinnerte, dass dies einer der Witze war, die der sprechende Schneemann erzählte.

„Na, weil sie Pi raten!« Thea brach in fröhliches Gekicher aus und Mike meldete sich wieder in der Leitung.

»Sie ist sein ganzes Repertoire durchgegangen – Witze, Sprüche, einfach alles –, alle fünfzig, und das hier ist einer ihrer Favoriten.«

»Die alten sind die besten.« Sie hörte das Lächeln in seiner Stimme, als er wieder das Wort ergriff.

»Stimmt ... Mit dem Satz hast du auch mich gemeint, oder?«

»Na klar.«

»Dieser alte Mann und seine Kumpanin werden dich bei *Super Mario 3D World* schlagen, wenn du nach Hause kommst, nicht wahr, Thea?«

»Juhu!«

»Ich werde versuchen, zurück zu sein, bevor sie ins Bett geht.«

»Wir werden hier sein. Übrigens, Josh war vorhin da und hat eine Weile mit Thea gespielt, aber er ist wieder zu Pippa gefahren. Er hat gesagt, dass er gegen zehn zurück sein wird. Das ist doch okay, oder?«

»Ja, klar.«

»Gut, bis später.«

Sie legte auf und fühlte sich gleich viel besser. Es war schon Ironie des Schicksals, dass ein verrückter Plastikschneemann nötig gewesen war, damit Thea auftaute. Ein Klopfen riss sie aus ihren Gedanken. Ein Beamter aus der oberen Etage lugte durch die offene Tür.

»Lucy hat mich gebeten, dir alles Wichtige zu melden, während sie weg ist. Ich habe mir das Überwachungsmaterial der Kamera am Hardy's angesehen. Sie überblickt die Entladehalle auf der Rückseite des Gebäudes in der Marston Street und hat, wie du weißt, Katie mehrmals aufgenommen, als sie in Richtung des Platzes unterwegs war. Ich habe alle Aufnahmen überprüft, und jedes Mal fährt ein weißer Lieferwagen vorbei, und zwar ein bis zwei Minuten bevor Katie auftaucht. Ich habe das Nummernschild des Lieferwagens durch das System gejagt und festgestellt, dass er auf Tommy Field zugelassen ist. Seine letzte bekannte Adresse lautet 114 The Towers.« The Towers war eines von zwei Hochhäusern am Stadtrand von Samford.

»Sehr gute Arbeit. Wer ist sonst noch im Büro?«

»Poppy und Andy sind da.«

»Was ist mit Murray?«

»Er ist wieder draußen unterwegs, in der Hoffnung, Informationen von den hiesigen Prostituierten zu bekommen.«

Natalie sprang auf. Je mehr Beamte vor Ort wären, desto weniger Fluchtmöglichkeiten würde Tommy haben. Sie lief die wenigen Schritte zum Büro. Andy lehnte an seinem Schreibtisch, den Mantel über den Schultern, und trommelte mit dem Autoschlüssel auf den Tisch.

»Andy, Poppy, ihr müsst nach 114 The Towers fahren und helfen, Tommy Field zu verhaften. Keine Sirenen und kein Blaulicht. Ich will nicht, dass er unsere Anwesenheit bemerkt. Ich folge euch und versuche, Murray zu erreichen, damit er dort zu uns stößt. Wir werden die Funkgeräte benutzen. Sagt mir Bescheid, sobald ihr in Position seid, und wartet auf weitere Anweisungen. Ich will nicht, dass der Typ uns entwischt.«

Noch bevor Natalie mit ihren Ausführungen fertig war, war Poppy bereits aufgesprungen, griff nach ihrer Jacke und eilte Andy hinterher. Natalie folgte ihnen nach draußen und sprintete zu ihrem eigenen Auto, das am anderen Ende des Parkplatzes stand. Während der Fahrt rief sie erst Murray und dann Lucy an, die eine halbe Stunde von Buxton entfernt war, um sie über den Stand der Dinge zu informieren.

Der Himmel hatte aufgeklart und ließ die Sterne am dunklen Abendhimmel funkeln, aber die Straßen und die

Geschäfte waren leer, denn die Menschen verbrachten jetzt den Abend zu Hause. Das Zentrum von Samford hatte in dieser nassen, an diesem Herbstabend ein ganz anderes Gesicht. Ohne die alltägliche Hektik hatten solche Orte etwas Unheimliches an sich: Sie waren verlassen, aber die Schaufenster waren noch erleuchtet und mit Schaufensterpuppen bestückt, die in Party- oder Winterkleidung gehüllt waren oder Familienzusammenkünfte in nachgestellten Schneeszenen vortäuschten, die im wirklichen Leben nie zustande kamen. Natalie mochte die Puppen nicht. Sie erinnerten sie zu sehr an Leichen.

Als sie an der Ampel stehen blieb, nahm sie aus dem Augenwinkel Bewegungen und Gestalten wahr, die sich in den dunklen Hauseingängen bewegten, ihre Besitztümer zu hohen Stapeln aufgehäuft. Natalie fragte sich, ob Rob Yeomans unter ihnen war, oder ob er zu den vielen gehörte, die unter der Samford Bridge schliefen.

Die Ampel schaltete auf Grün und sie ließ die Geschäfte hinter sich. Sie fuhr an Reihenhäusern vorbei, während weggeworfene Imbiss-Schachteln und Verpackungen, die von den Windböen aufgewirbelt wurden, gegen ihr Auto prallten und wie übermütige Akrobaten die ganze Straße entlang purzelten. Die Wohntürme kamen in Sichtweite und erhoben sich aus den vor ihr liegenden Dächern. Andys Knurren drang durch ihr Funkgerät.

»Sein Wagen ist da, Chefin.«

»Gut. Behaltet ihn im Auge, falls er versucht, abzuhauen.«

Sie bog in die Siedlung ein und achtete auf die Gruppe von Jugendlichen, die dem Wetter getrotzt und sich vor einem Gemeindezentrum versammelt hatten, um zu rauchen oder sich mit Gleichgesinnten auf Mopeds und Motorrädern zu unterhalten, wobei ihre Helme ihre Gesichter verdeckten. Aus dem Eingang drang Licht und eine weitere Gruppe von Jungs tauchte auf, die Hände in den Jeanstaschen und die Köpfe gegen den Wind gesenkt. Sie schienen sich nicht für sie zu interessieren, sondern klatschten lieber ihre Freunde ab, während Natalie an ihnen vorbeifuhr, tiefer in das Labyrinth des Komplexes hinein. Schließlich hatte sie The Towers erreicht und parkte ihren Wagen am Straßenrand. Scheinwerfer erhellten den Innenraum ihres Wagens, und er wurde schnell wieder dunkel, als Murray hinter ihr zum Stehen kam. Sie entdeckte den BMW in Zivil, der jetzt hinter Tommys weißem Lieferwagen am gegenüberliegenden Bürgersteig stand, und erteilte Anweisungen über ihr Mikrofon.

»Andy, du und Poppy sichert den Hintereingang, falls er abhauen will. Sobald ihr in Position seid, übernehmen Murray und ich die Vorderseite.«

Sie beobachtete, wie die beiden aus ihrem Fahrzeug stiegen und gemächlich den Weg entlang schlenderten, als wären sie zwei Freunde oder ein Pärchen, das sich einen schönen Abend machte, bis sie aus ihrem Blickfeld verschwanden. Dann stieg sie ebenfalls aus und wurde sofort vom Wind überrascht, der ihr ins Gesicht peitschte und ihr in den Augen brannte.

Blitzschnell war Murray neben ihr. »Ich glaube, die Wohnung 114 liegt in der obersten Etage«, sagte er.

»Wir nehmen lieber die Treppe. Ich traue Fahrstühlen nicht.« Sie lief hinter Andy und Poppy her, in Richtung des zweiten der grauen Betongebäude, die beide zehn Stockwerke hoch waren und insgesamt einhundertzwanzig Wohnungen beherbergten. Sie waren Anfang der sechziger Jahre erbaut worden und hatten ihre ursprüngliche Nutzungsdauer überschritten. Deshalb sollten sie 2022 abgerissen werden, sobald die jetzigen Bewohner umgesiedelt worden waren.

Murray stieß die Tür auf und ging voraus. Das Haus roch und sah veraltet und ungepflegt aus, und genauso wirkte es auch: Wände, die seit Jahren keine frische Farbe mehr gesehen hatten, und ein schmuddeliger Flur, der nach abgestandenem Urin roch. An der Wand hingen eine Reihe von Metallbriefkästen, die von Vandalen zerstört worden waren. Sie hatten es geschafft, die Vorderseiten vieler Briefkästen zu entfernen und Obszönitäten auf diejenigen zu kritzeln, die sie nicht herausgerissen hatten. An einigen waren noch Namen angebracht, aber es gab keinen mit der Aufschrift »Tommy Field« oder »114«. Murray blieb an einer Stelle stehen, an der sich ein Stapel Postwurfsendungen befand, und blätterte sie durch. »Ich glaube, das könnte Tommys Briefkasten sein. Der daneben hat die Nummer 116.«

»Ist da nichts drin?«

»Nur Müll.« Er machte sich auf den Weg zur Treppe und erklomm die Stufen vor Natalie. Schnelle Schritte wurden lauter, als ihnen jemand entgegenkam. Murray blieb stehen, bereit, sofort zuzuschlagen, und trat dann zur Seite, um einem Mann um die Vierzig den Vortritt zu lassen. Der Mann beachtete Murray nicht und würdigte keinen von ihnen eines zweiten Blickes. Sie stiegen höher hinauf.

In den meisten Wohnblocks, die Natalie gesehen hatte, waren die gleichen Geräusche zu hören: undefinierbare Schreie und Rufe, knallende Türen, kurzzeitig dröhnende Musik und weinende Babys. Hier war es jedoch ruhig, fast so, als wären die Bewohner entweder ausgegangen oder würden bereits schlafen. Sie stieg die Treppe weiter hinauf, froh darüber, dass das Treppenhaus gut beleuchtet und leer war, und folgte Murrays breitem Rücken, bis sie das oberste Stockwerk erreichten und auf dem Treppenabsatz standen. Links und rechts führten Türen zu einem langen Flur, der von Neonröhren erhellt wurde, die über ihnen knisterten und flackerten.

»Nummer 100«, sagte Murray, senkte seine Stimme und ging weiter, vorbei an mehreren Türen, bis sie die 114 erreichten. Dort angekommen, legte er ein Ohr an und lauschte. Als er nichts hörte, klopfte er an die Tür, die sich mit einem leisen Knarren öffnete.

»Tommy Field?«

Keine Antwort.

»Tommy, hier ist die Polizei.«

Immer noch nichts.

»Tommy, Ihre Tür ist offen und wir kommen jetzt rein, um uns zu vergewissern, dass Sie unverletzt sind«, rief er.

Natalie nickte und sie betraten die Wohnung. Die Vorhänge waren weit geöffnet und Natalie, die sich bereits Plastikhandschuhe übergezogen hatte, tastete nach einem Lichtschalter. Ein trübes Licht erhellte den Raum, der klein und einfach eingerichtet war, mit weißen Regalen vor einer orangefarbenen Wand. Schräg davor befand sich ein schmuddeliges braunes Zweisitzer-Sofa, darauf drei orangefarbene Kissen. Sie waren in eine Ecke gequetscht und trugen die Abdrücke des Bewohners, der sich auf ihnen vor dem Fernseher ausgeruht hatte. Auf dem dunkelgrünen Teppich lagen eine Schachtel mit einem halb gegessenen Brathähnchen und drei leere Bierdosen. Natalie hob eine vierte Dose hoch, die auf dem Holztisch stand, und schüttelte sie vorsichtig. Sie zischte. Tommy, oder wer auch immer hier gewesen war, hatte diese Dose nicht ausgetrunken.

»Tommy?« Murray verließ das Zimmer, um die Wohnung nach dem Bewohner zu durchsuchen, und ließ Natalie allein. Sie hob eine abgeplatzte Untertasse voller Zigarettenstummel hoch. Der schale Geruch von Nikotin erinnerte sie daran, warum sie das Rauchen aufgegeben hatte. Ein ein Monat altes Exemplar der *Cosmopolitan* lag in den Regalen, zusammen mit mehreren Ausgaben der Zeitschriften *Heat* und *OK!*, die älteste vom August. Die übrigen Regale enthielten nur Videospiele und DVDs. Sie sah die Sammlung durch – *Pretty Woman, Der Teufel trägt Prada, Girls Club – Vorsicht bissig!* und *Cinderella Story* zwischen Action- und Horrorfilmen. Eine Frau oder ein Teenager wohnten entweder hier oder hatten früher hier gelebt. Sie berührte mit einer Hand den Fernseher. Er war kalt. Niemand hatte vor ihrer Ankunft hier ferngesehen.

Murray war zurück. »Es gibt keine Spur von ihm. Im Schlafzimmer liegen einige Frauenkleider und im Badezimmer

Make-up, Tampons und Deo für Frauen sowie zwei Zahnbürsten.«

»Könnten die von Katie sein?«

»Wenn ja, hat er es nicht geschafft, sie zu entsorgen. Ich glaube nicht, dass er sich aus dem Staub gemacht hat. Sieht eher so aus, als wäre er für eine Weile weggefahren.«

»Was ist mit der Küche?«

»Im Kühlschrank ist Milch, die noch nicht abgelaufen ist, und Bier. In den Schränken gibt es nicht viel Essbares, nur Müsli.«

»Dann kommt er vielleicht zurück, obwohl er eine halbe Dose Bier und etwas zu Essen einfach stehen gelassen hat.«

»Vielleicht hat ihn jemand angerufen und er ist eilig losgezogen, um die Person zu treffen.«

Natalie nickte zustimmend.

»Nichts deutet darauf hin, dass er gegen seinen Willen hier herausgezerrt wurde.«

»Was ist mit einer Brieftasche?«

»Ich habe weder im Schlafzimmer noch in der Küche eine gefunden. Auch kein Handy.«

Es schien, als sei Tommy doch ausgegangen. »Ich frage mich, warum die Haustür nicht richtig verriegelt oder abgeschlossen war.«

»Vielleicht hatte er zu viel getrunken und sie aus Versehen offen gelassen.«

»Drei Dosen Bier sind nicht besonders viel Alkohol, zumindest nicht genug, um zu vergessen, die eigene Haustür zuzumachen und abzuschließen.«

»Auf der Arbeitsplatte in der Küche stehen zwei leere Wodkaflaschen. Er könnte mehr als nur das Bier getrunken haben. Sein Wagen steht draußen. Wahrscheinlich wollte er nicht riskieren, sich unter Alkoholeinfluss ans Steuer zu setzen.«

»Zwei Flaschen Wodka? Okay. Es ist möglich, dass er so

besoffen war, dass er vergessen hat, die Tür richtig zu schließen. Wir lassen Andy und Poppy Wache schieben.« Sie öffnete eine der Türen des Schranks, auf dem der Fernseher stand, und verharrte. Ihr Blick fiel auf den Löffel, das Einwegfeuerzeug aus Plastik, die Flasche Zitronensäure und die Packung Alkoholtupfer, die dort aufgereiht standen.

Murray machte die erste Bemerkung: »Sieht aus, als hätte jemand Spaß an Freizeitdrogen, vor allem an Heroin. Er hat alle Utensilien beisammen.«

Es sah eindeutig so aus. Alkoholtupfer wurden häufig verwendet, um die Haut zu sterilisieren, und der Löffel wurde erhitzt, um das Heroin zu verflüssigen, damit es injiziert werden konnte.

»Pinkney war sich sicher, dass Amelias Mageninhalt auf Drogenkonsum hindeutete, und Katie hatte Einstichstellen am Arm. Ich würde gerne wissen, ob hier irgendwelche Drogen versteckt sind. Allerdings können wir ohne Durchsuchungsbefehl keine gründliche Durchsuchung durchführen. Wir werden uns nur kurz umsehen und die Mülltonnen nach Spritzen durchsehen«, sagte sie.

Murray verschwand wieder und Natalie betrat die Küche, wo sie vorsichtig einen dreckigen, grauen Treteimer durchwühlte, der mit Fast Food-Resten gefüllt war. Sie stieß auf Überreste von Chicken Nuggets und einem Burger. Sie steckte die beiden Imbiss-Schachteln in die Plastikbeutel, die sie in ihren Manteltaschen aufbewahrte, und setzte ihre Suche fort, bis sie endlich fand, was sie zu finden gehofft hatte. »Ich habe eine!« Sie griff nach einem weiteren Beutel und steckte die Spritze hinein.

»Im Schlafzimmer und im Bad ist nichts.«

»Wir werden die hier auf DNA untersuchen lassen, genau wie diese Schachteln. Warte mal kurz«, sagte sie und ging ins Schlafzimmer, wo sie ein Fläschchen Nagellack auswählte und es ebenfalls in einen Beutel steckte. »Wir können nach Fingerabdrücken und DNA suchen. Ich bin sicher, dass es niemand vermissen wird. Jetzt müssen wir hier raus und den anderen sagen, was los ist. Zieh die Tür hinter dir zu.«

Sie würden einen Durchsuchungsbefehl brauchen, um die Wohnung gründlich inspizieren zu können und herauszufinden, ob Katie dort gewohnt hatte. Sie hatten sich an die Anweisungen gehalten und sich Zutritt verschafft, weil sie glaubten, dass Tommy verletzt oder in Gefahr war, als sie die Tür offen vorfanden. Alles Weitere mussten sie jedoch

nach Vorschrift machen, und das hieß, dass sie mit dem richtigen Papierkram wiederkommen mussten. Außerdem durften sie Tommy nicht glauben lassen, reingelegt worden zu sein. Natalie wollte, dass er geschnappt und nicht verscheucht wurde. Wenn er herausfand, dass die Polizei in seiner Wohnung gewesen war, würde er womöglich die Flucht ergreifen.

Murrays Handy klingelte. Er antwortete mit einem schroffen Hallo und fragte kurz darauf: »Ist sie sicher? Jepp. Gut. Prima. Danke.« Er steckte das Handy ein. »Celeste hat ein anderes Mädchen gefunden, das auf der Straße arbeitet und behauptet, Katie hätte regelmäßig in einem Durchgang nahe der Rückseite vom Hardy's um Freier geworben.«

»Katie *war* also eine Prostituierte.« Die Nachricht kam nicht überraschend, aber Natalie war dennoch bestürzt. Das Mädchen war ein Teenager gewesen und nicht viel älter als Leigh.

»Scheint so. Celeste versucht, das Mädchen dazu zu bringen, mit auf das Revier zu kommen und eine Aussage zu machen, aber darauf würde ich nicht warten. Willst du den beiden da unten die frohe Botschaft überbringen, dass sie heute Nacht keine Zeit haben werden, zu schlafen, oder soll ich das übernehmen?«

»Ich überlasse dir das Vergnügen und wir treffen uns dann im Holborn House. Ich glaube, wir sind für heute Abend fertig, aber ich möchte die hier noch bei der Spurensicherung abgeben«, sagte sie und hob die Beutel hoch.

Sie warf die Tüten auf den Beifahrersitz, glitt auf die Fahrerseite und griff nach ihrem summenden Handy. Davids Name blinkte auf dem Display. Sie hatte seit fast einem Monat nicht mehr mit ihrem Ex-Mann gesprochen und reagierte sofort mit Schuldgefühlen. Sie nahm das Gespräch an.

»Hi. Wie geht's?«

Er klang so fröhlich wie schon lange nicht mehr. »Großartig. Mir geht es gut und die Arbeit bei Gericht gefällt mir. Ich dachte, es wäre an der Zeit, dich als Dankeschön auf einen Drink einzuladen und vielleicht ein bisschen zu quatschen.«

Natalie hatte mehrmals versucht, eine Stelle für ihn zu finden, als Übersetzer bei Gericht oder für nicht englischsprachige Gefangene. Mit seiner Erfahrung als juristischer Dolmetscher und Kenntnissen in drei Fremdsprachen hatte sie ihn immer für den idealen Kandidaten gehalten, aber bis vor Kurzem hatte es keine freien Stellen gegeben, wann immer sie seinen Namen vorgeschlagen hatte. »Ich würde ja gerne, aber ich stecke im Moment mitten in einer Ermittlung.«

Sie erwartete eine säuerliche Erwiderung, doch stattdessen hörte sie ein »Kein Problem. Sag mir Bescheid, wenn du Zeit hast, und wir machen was aus … bald. Wie läuft's mit der Beförderung? Es muss sich seltsam anfühlen, DCI zu sein und nicht mehr direkt mit anzupacken.«

»Es ist auf jeden Fall etwas anderes.«

»Das kann ich mir vorstellen. Weniger Action und mehr Papierkram?«

»So sollte es sein, aber im Moment eher nicht. Ich bin stärker eingebunden, als ich erwartet hatte. Eigentlich hatte ich vor, dich anzurufen. Ich wollte wissen, ob du über Weihnachten etwas vorhast. Ich weiß, es ist noch eine Weile hin, aber wenn du Zeit hast, würden wir uns freuen, wenn du den ersten Weihnachtstag mit uns verbringst.«

Plötzlich herrschte Stille. Hatte sie ihn verärgert? Vielleicht war es zu viel verlangt, von ihm zu erwarten, mit seiner Ex-Frau und seinem besten Freund zu essen, zu trinken und fröhlich zu sein, selbst wenn Josh dabei wäre. Sie hätte das mit Mike besprechen sollen, bevor sie mit einer Einladung herausplatzte. Ihr Mund verzog sich zu einer Grimasse. Sie hatte das nicht gründlich genug durchdacht.

Schließlich antwortete David: »Das ist ... lieb von dir und wirklich aufmerksam ... aber ich habe schon andere Pläne.«

»Oh, okay. Vielleicht kannst du über die Feiertage mal auf einen Drink vorbeikommen.«

»Ähm, eigentlich habe ich überhaupt keine Zeit.«

»Okay. Na dann ...«

»Ich weiß den Gedanken zu schätzen, aber du musst dir keine Sorgen machen, dass ich an Weihnachten allein und deprimiert zu Hause sitze. Du brauchst nicht mehr auf mich aufzupassen oder mich vor mir selbst zu schützen.«

»Ich passe nicht ...«

»Ehrlich gesagt, habe ich schon Pläne gemacht. Ich komme wieder auf die Beine, Nat. Es geht aufwärts ... die Arbeit ... und ... na ja, ich erzähle dir alles, wenn wir etwas trinken gehen.«

»Wir machen was aus, sobald die Ermittlungen abgeschlossen sind.«

»Vergiss es nicht. Bist du gerade bei der Arbeit?«

»Ja. Ich bin gerade auf dem Weg zurück zum Revier.«

»Ich will dich nicht länger aufhalten. Ruf mich an, sobald du Zeit hast.«

»Mach ich.«

Sie beendete das Gespräch mit einem Gefühl der Verwirrung. David klang anders – glücklich und fröhlich, das exakte Gegenteil des Mannes, der im Jahr zuvor versucht hatte, sich das Leben zu nehmen. Sie schob ihre Neugier und ihre Vermutungen über den Grund beiseite und beschloss, sich für ihn zu freuen. Er hatte genug gelitten. Das hatten sie alle. Und er hatte, genau wie Natalie, Glück verdient, auch wenn sie sich fragen musste, was oder wer David dazu brachte, sich wie ein neuer Mensch zu fühlen.

ZEHN

SAMSTAG, 2. NOVEMBER – ABEND

Die trendige Bar in der Marston Street war für einen Samstagabend ziemlich leer, weshalb Rachel Hardy das Gefühl hatte, umso mehr aufzufallen. Sie war schon lange genug dort, um die ganze Bandbreite an Emotionen zu durchleben: Angst, Aufregung, Zweifel, Verleugnung, Irritation und jetzt auch noch blanke Wut. Rachel schlürfte den Rest ihres zweiten Glases Rosé. *Er hatte sie tatsächlich versetzt!* Sie konnte es nicht fassen. Nun, es war sein Pech, wenn er sich die Gelegenheit entgehen lassen wollte, sich das Hirn rausvögeln zu lassen.

Obwohl es nichts brachte, konnte sie nicht umhin, einen Blick in Richtung der Eingangstür zu werfen. Sie hatte mindestens achtzigmal dorthin gestarrt, seit sie ihren ersten Drink bestellt hatte. *Was für ein Mistkerl!*

Sie überprüfte ihr Handy. Nein, er hatte auf keine ihrer WhatsApp-Nachrichten geantwortet. Die üblichen blauen Häkchen, die anzeigten, dass die Nachrichten gelesen worden waren, waren immer noch grau, was bewies, dass er sie noch nicht gesehen hatte. Wahrscheinlich wurde er von seiner Frau, der misstrauischen Kuh, beobachtet, was erklären würde, warum er weder auf ihre Nachrichten geantwortet hatte noch aufgetaucht war, obwohl sie diesen Abend schon vor über einer Woche geplant hatten. Sie seufzte. Es war schwieriger, die andere Frau zu sein, als sie gedacht hatte. Sie sollte ihn abservieren und sich wieder in die Single-Szene stürzen, auch wenn die Kerle nach dem ersten oder zweiten Date meist nicht lange bei der Stange blieben. Der letzte hatte ihr vorgeworfen, sie sei eine dominante Schlampe, nur weil sie ihre sexuellen Wünsche lautstark geäußert hatte. Wir lebten schließlich im einundzwanzigsten Jahrhundert, nicht wahr? Und es war ihr gutes Recht, von einem Mann zu erwarten, dass er sie anständig befriedigte und sie nicht für seine eigenen Zwecke befummelte und misshandelte. Der Wein hinterließ einen sauren Beigeschmack in ihrem Mund, oder war es die Erinnerung an sein Gesicht? Er hatte sie ausgelacht und ihr gesagt, sie habe eine zu hohe Meinung von sich selbst. Sie drehte den Gucci-Löwenkopfring an ihrem Mittelfinger. Er war ein Geschenk ihres Vaters, weil sie in so jungen Jahren zur Vertriebsleiterin befördert worden war. Er war aus Altgold und im geöffneten Maul des Löwen, zwischen seinen Zähnen, steckte ein blauer Saphir.

»Weil du, mein liebes Kind, wild wie ein Löwe bist, aber auch sanft und weiblich«, hatte er gesagt.

Diese Vorstellung von Wildheit gefiel ihr. Eines Tages würde sie das Kaufhaus Hardy's leiten, und sie hatte Pläne, es schon lange vorher wieder auf die Beine zu bringen. Sie schaltete ihr Handy wieder ein. Es war schon acht Uhr abends und es gab kein Zeichen oder eine Antwort ihres Geliebten. Sie konnte es für heute genauso gut aufgeben. Der Wichser würde in großen Schwierigkeiten stecken, wenn er sich endlich bei ihr meldete; wahrscheinlich würde sie ihn sogar abservieren. Sie war besser als er. Viel besser.

Sie zog ihren staubrosa Mantel aus Kunstfell über, den sie erst kürzlich erstanden hatte und der sich so weich an ihre Haut schmiegte, dass sie davon träumte, ihn zu tragen, während sie in ihrem Büro Liebe machten. Genau das war der Plan gewesen:

ein paar Drinks hier im Di Angelo's und dann die paar Schritte rüber zum Hardy's, um ihr Büro mit dem breiten Sofa und dem großen ledernen Schreibtischstuhl zu nutzen, auf dem sie sich rittlings auf ihn gesetzt hätte, nackt bis auf den Mantel. Sie wettete, dass seine Frau nicht so anzüglich sein würde. Verdammt! Sie liebte das Gefühl der Macht, das sie immer verspürte, wenn sie es dort im Dunkeln trieben. Jetzt musste sie auf eine andere Gelegenheit warten, um ihre Fantasien auszuleben.

Sie glitt aus dem Séparée, das sie extra für ihr heimliches Treffen gewählt hatte, und wich dem Blick des gutaussehenden Mannes hinter der Bar aus. Er war zu jung für ihren Geschmack. Sie bevorzugte Männer, die älter waren als sie.

Sie verließ die verführerische, gemütliche Atmosphäre der schummrigen Bar und trat hinaus auf den leeren Bürgersteig. Die Kälte raubte ihr den Atem und sie verfluchte die Entscheidung, ihr Auto zu Hause gelassen und ein Taxi in die Stadt genommen zu haben. Es war ein zehnminütiger Spaziergang bis zum Ende der Straße, zur Fußgängerzone und zum Taxistand. Sie widerstand der Versuchung, ihr Handy noch einmal zu überprüfen. Sollte er doch zur Hölle fahren. Wenn er anrief, würde sie nicht drangehen. Was für ein vergeudeter Abend! Sie lief die düstere Straße hinunter, die von Bürogebäuden gesäumt war. Dieser Weg führte sie an der Rückseite des Kaufhauses und seinem verschlossenen Wareneingang vorbei. Sie könnte umdrehen und die Gasse neben dem Kaufhaus nehmen, um auf die belebtere Hauptstraße zu gelangen, die auch zum Platz und zum Taxistand führte, aber sie entschied sich dagegen. Sie ging weiter und fragte sich, ob sie in der Bar hätte bleiben sollen, in der Hoffnung, jemand anderen zu treffen. Das Problem war, dass One-Night-Stands unbefriedigend waren, und in letzter Zeit lief es ziemlich gut, obwohl er verheiratet war. Er war ein großartiger Liebhaber. Nein, er war sogar ein fantastischer Liebhaber. Sie erinnerte sich an ihr letztes Treffen und beschloss, wegen des heutigen Abends kein Aufheben zu machen. Sie würde ihn erst einmal ausreden lassen und ihn dann zwingen, es wiedergutzumachen. Auf eine Art und Weise, von der nur er träumen konnte. Sie ging langsam am Laden vorbei.

»Was zum Teufel!«

Sie bemerkte die Gestalt, die sich mit dem Rücken an die Wand drückte, erst, als sie auf gleicher Höhe mit ihr war. Erschrocken sprang sie zurück. »Was machst du denn hier?«

ELF

SONNTAG, 3. NOVEMBER – MORGEN

Es lief laute Musik und Mike pfiff einen Queen-Klassiker mit, während er im Takt der Musik Butter auf eine Scheibe Toastbrot schmierte.

»Daddy, kann Olaf noch Cornflakes haben?«, fragte Thea und griff bereits nach der Packung. Der Spielzeugschneemann stand auf dem Tisch neben der Schüssel, und der Hund saß auf dem Stuhl neben ihr.

»Vielleicht möchte er einen Toast probieren«, schlug Mike vor.

Thea schüttelte schnell den Kopf und machte ein entschlossenes Gesicht. »Nein. Cornflakes. Er hat Hunger.«

»Er wird noch dick«, warnte Mike und wedelte mit dem Finger in ihre Richtung.

Thea kicherte. »Schneemänner müssen dick und rund sein.«

Mike konnte ihrer Logik nicht widersprechen und griff nach der Marmelade. Er hatte das Brot anbrennen lassen, doch selbst die dicke Schicht Erdbeermarmelade konnte den Geschmack nicht überdecken. Thea hatte den Großteil des Toastbrots am Tag zuvor gegessen, als sie Sandwiches für ein

Picknick mit ihren Spielfiguren gemacht hatte. Er würde heute Brot auf die Einkaufsliste setzen. Die Haustür öffnete und schloss sich, dann erschien Natalie in einem langen schwarzen Mantel. Er hatte sie nicht hinausgehen hören. Die Musik war wohl zu laut gewesen.

»Guten Morgen!«, rief Natalie.

Thea ignorierte sie und löffelte weiter Cornflakes in sich hinein. Natalie war nicht rechtzeitig nach Hause gekommen, um mit ihnen das Mario-Spiel zu spielen, und es schien, als würde Thea ihr das übel nehmen.

Sie raschelte mit einer Papiertüte. »Ich habe uns Frühstück mitgebracht.«

»Ich habe Toast gemacht, obwohl er ein bisschen zu lange im Toaster war«, sagte Mike.

»Und er stinkt«, murmelte Thea.

»Ja, ich habe es bis in den Flur gerochen. Egal, ich habe hier etwas Besonderes für uns.«

»Ich hatte genug Frühstück«, erklärte Thea und schob die leere Schüssel beiseite.

»Und was ist mit Olaf?«, fragte Natalie, die den Spielzeugschneemann auf dem Tisch entdeckt hatte.

»Der auch.«

»Das ist schade, denn ich habe eine Überraschung für ihn.« Sie nahm mehrere französische Gebäckstücke heraus, deren glasierte Oberfläche braun glänzte, legte sie in eine Schale und stellte sie auf den Tisch. »In diesen hier ist Schokolade und die sind mit Zucker und Rosinen.«

»Die mag ich am liebsten!«, sagte Mike, während er sich einen mit Rosinen gefüllten Kringel schnappte, dessen Oberfläche mit Hagelzucker bestreut war. Er nahm einen Bissen und rief: »Lecker! Und noch warm.«

»Sie kommen frisch aus dem Ofen.«

»Einfach göttlich!« Er gab anerkennende Laute von sich, während er kaute. Natalie streifte ihren Mantel ab, hängte ihn über eine Stuhllehne und ging quer durch den Raum, um sich eine Tasse Tee zu machen. Thea liebte das Schokoladengebäck. Es war nur eine Frage der Zeit, bis sie einknickte. Als das Wasser im Kessel kochte und sie sich umdrehte, wischte sich Thea den Mund mit dem Handrücken ab und griff nach einem zweiten Teilchen.

»Lecker?«

Das Mädchen nickte.

»Es tut mir leid, dass ich gestern Abend zu spät nach Hause gekommen bin, um mit euch beiden zu spielen.«

»Schon okay. Daddy hat gesagt, du jagst Bösewichte.«

»Das stimmt.«

»Hast du sie gefunden?«

»Wir suchen immer noch nach ihnen.«

Thea drehte das Gebäck in ihren kleinen Händen und suchte nach der Schokoladenfüllung, bevor sie daran knabberte. Ein dunkler Fleck bildete sich an ihren Mundwinkeln. Natalie musste an Leigh denken, die Schokolade genauso geliebt hatte.

»Was passiert mit ihnen, wenn du sie erwischst?«

»Dann kommen sie ins Gefängnis.«

»Glaubst du, dass du sie finden wirst?«

»Ja.«

»Ist es schwierig, ein Detective zu sein?«

»Manchmal ist es sehr schwierig.«

»Schwieriger als das, was Daddy macht?«

»Es wäre noch schwieriger, wenn wir keine Hilfe von Forensikern wie ihm bekämen.«

Diese Antwort schien sie zufrieden zu stellen. Das Mädchen war zwar erst vor Kurzem sieben Jahre alt geworden, aber sie war nicht naiv, wenn es darum ging, zu verstehen, was Mikes Job mit sich brachte. Und sie verstand, dass sie nicht immer beide zu Hause sein konnten, um sich um sie zu kümmern. Sie riss das Teilchen in kleine Stücke, die den Rest der Schokolade zum Vorschein brachten, und tat so, als würde sie den Hund auf dem Stuhl füttern.

»Ich werde versuchen, heute früher wegzukommen, aber ich kann es nicht versprechen.«

Thea nickte. Wieder ein Fortschritt.

Mike leckte sich den Zucker von den Fingern und lehnte sich in seinem Stuhl zurück. »Besser als verbrannter Toast.«

»Aha, du gibst also zu, dass er verbrannt war.«

»Er war ein bisschen zu durch.«

»Soll ich ihn wegwerfen?«

Er rümpfte die Nase. »Eine weise Entscheidung.«

»Mist, das ist meins.« Sie griff nach dem Handy, das auf der Arbeitsplatte vibrierte. »Morgen, Lucy.«

»Hi, Natalie. Ich fürchte, ich habe keine guten Nachrichten. Eine weitere Frau wurde tot aufgefunden.«

»Derselbe Modus?«

»Man hat mir gesagt, bei dem Opfer handele es sich um eine junge Frau Mitte zwanzig, die möglicherweise erwürgt wurde. Mehr weiß ich noch nicht. Ich bin gerade unterwegs zum Tatort.«

»Wo wurde sie gefunden?«

»In der Marston Street, im Eingang eines stillgelegten Bürogebäudes, drei Türen vom Hintereingang des Hardy's entfernt.«

»Das ist die Gegend, in der Katie von der Überwachungskamera erfasst wurde.«

»Ja. Murray hat mich auf den neuesten Stand gebracht, als ich gestern Abend zurückkam. Kannst du hinkommen?«

»Bin schon unterwegs.« Sie kippte den nicht ausgetrunkenen Tee ins Spülbecken. »Ich muss euch jetzt allein lassen, damit ihr diese Teilchen aufessen könnt. Ich versuche, später nochmal zurückzukommen, bevor Thea wieder zu ihrer Mutter fährt«, sagte sie zu Mike, der ihr einen zuckersüßen Kuss auf die Lippen drückte.

Sie drehte sich zu dem kleinen Mädchen um und kämpfte gegen den Drang an, sie zum Abschied zu umarmen und zu küssen. Ihre Beziehung war noch nicht eng genug für solche Zuneigungsbekundungen. »Tschüss, Thea!«

»Tschüss, Natalie.«

Sie verließ die Wärme des Hauses und stolperte in den kalten Wind, der die Enden ihres Mantels erfasste. Ein drittes Opfer innerhalb so kurzer Zeit. Das erforderte definitiv sofortige Maßnahmen. Der Täter musste schnell gefasst werden, sonst würde die neue Einheit der Kriminalpolizei in ernsthafte Schwierigkeiten geraten.

In der Marston Street wimmelte es von Einsatzfahrzeugen, und selbst an einem eiskalten Sonntag um neun Uhr morgens hatten sich einige Schaulustige an den Polizeiabsperrungen an beiden Enden der langgezogenen Straße versammelt. Natalie wurde durchgewunken und von den Menschenmassen ferngehalten. Sie war dankbar, dass sie nicht vor die Presse treten musste. Sie ging am Hardy's vorbei, einem vierstöckigen Gebäude ohne Fenster auf der Rückseite, mit einem Notausgang und einer breiten, verschlossenen Tür, die zu einem Warenumschlagplatz führte. Nebenan befand sich eine Zahnarztpraxis – ein Banner im Fenster bewarb Zahnaufhellungen zu einem erschwinglichen Preis – und neben der Praxis ein Fitnessstudio, in dem Tai-Chi- und Karatekurse angeboten wurden. Bei den übrigen Gebäuden auf dieser Straßenseite handelte es sich um Bürokomplexe, und das Haus, in dem das Opfer entdeckt worden war, war bereits vor einigen Monaten geräumt worden. Ein großes Schild mit der Aufschrift »Zu vermieten« hing in einem Fenster der oberen Etage.

Zwei Männer in Laufkleidung waren in ein Gespräch mit Ian verwickelt. Natalie schaute sich nach Lucy um und stellte fest, dass diese gerade mit einem uniformierten Beamten direkt vor der Tür des leerstehenden Bürogebäudes sprach, wobei ihre Körper die Frau am Boden abschirmten. Natalie ging auf die beiden zu.

»Ist der Rechtsmediziner noch nicht da?«, fragte sie.

Lucy antwortete: »Er ist auf dem Weg. Das ist PC Hull. Er war als Erster am Tatort. Die Jogger dort drüben, die gerade bei Ian ihre Aussagen machen, haben ihre Leiche gefunden.«

»Guten Morgen, Ma'am.«

»PC Hull.« Sie begrüßte ihn mit einem Nicken.

»Ist das alles?«, fragte er Lucy.

»Im Moment ja. Danke. Sie schicken mir Ihren Bericht doch per E-Mail, oder?«

»Natürlich, Ma'am.« Er verabschiedete sich und Natalies Blick fiel sofort auf die Frau im Eingang, den Kopf gegen die Wand gelehnt, die Arme seitlich am Körper und die Beine ausgestreckt, wie eine kaputte Schaufensterpuppe.

»Der Fotograf ist hier und hat bereits Fotos von der Toten gemacht, aber wir warten auf die Spurensicherung, bevor wir anfangen. Es könnte das Werk unseres Mörders sein«, sagte Lucy. »Wenn das so ist, gibt es noch einen auffälligen Unterschied – die Botschaft. Sieht aus, als wäre sie mit Tinte geschrieben worden.«

Natalies Blick wanderte am Körper des Opfers hinunter und sie bemerkte den marineblauen, gezackten Wildlederpumps am linken Fuß, das Gegenstück lag neben der Frau auf dem Boden. Auf der weichen, beigefarbenen Lederinnensohle prangte das Logo des Designers Chloé. Sie betrachtete den staubrosa Mantel und musterte die violetten und purpurroten Abschürfungen an Hals und Nacken des Opfers. Dann wanderte ihr Blick über die kirschroten Lippen und die blutunterlaufenen, glasigen Augen hinauf zur glatten Stirn der Frau. Dort stand in schwarzen Großbuchstaben ein einziges Wort geschrieben: SCHULDIG.

»Hatte sie irgendeinen Identitätsnachweis bei sich?«

»Nichts. Falls sie eine Tasche oder ein Handy dabeihatte, ist beides verschwunden.«

»Finde heraus, ob jemand sie als vermisst gemeldet hat. Sie sieht aus, als hätte sie heute Abend ausgehen wollen. Vielleicht wartet jemand darauf, dass sie nach Hause kommt.« Sie entdeckte den Löwenkopfring und eine Omega-Uhr, was darauf schließen ließ, dass ein Raubüberfall nicht der Hauptgrund für den Angriff gewesen war. »Ich frage mich, weswegen sie schuldig ist?«

Murray war während des Gesprächs eingetroffen und gesellte sich zu ihnen, die Augen vom Schlafmangel gezeichnet. Er fuhr sich mit der Hand über sein unrasiertes Kinn. »Derselbe Mörder?«

»Das können wir noch nicht sagen. Ihre Kleidung und ihr Schmuck deuten nicht darauf hin, dass sie eine Prostituierte ist, und da ist noch die Botschaft auf ihrer Stirn«, erwiderte Lucy.

»Fürs Protokoll: Tommy ist gestern Abend nicht nach Hause gekommen. Ich habe vorhin mit Andy gesprochen. Keine Spur von dem Wichser, also müssen wir ihn finden, und zwar schnell. Wen haben wir hier?«

»Es gibt nichts, woran wir sie identifizieren könnten.«

Er warf einen Blick auf die Frau, blinzelte zweimal, kam näher und beugte sich über die Leiche. »Ach du Scheiße! Ich erkenne sie wieder. Ich habe sie am Freitag wegen des Handelsvertreters befragt, der Amelias Leiche gefunden hat. Sie ist die Vertriebsleiterin des Hardy's. Ihr Name ist Rachel ... Rachel Hardy. Sie gehört zur Familie Hardy, den Eigentümern des Kaufhauses.«

»Bist du sicher?«, fragte Lucy.

»Absolut sicher.«

»Sie trägt keinen Ehering«, stellte Natalie fest. »Fangt bei ihren Eltern an. Findet heraus, was sie hier gemacht hat.«

Ein weißer Lieferwagen der Spurensicherung fuhr vor, aus dem eine zierliche Frau Anfang fünfzig stieg und direkt auf den

Eingang zusteuerte. Natalie erkannte sie wieder. Julia Davidson hatte schon mehrere Fälle mit ihr und Mike bearbeitet. »Guten Morgen. Wo sollen wir anfangen?«

»Guten Morgen, Julia«, erwiderte Lucy. »Ich denke, ihr solltet die ganze Gegend nach Spuren eines Kampfes absuchen. Wir sind nicht sicher, ob die Tote hier oder woanders angegriffen und dann in diesem Eingang abgelegt wurde.«

»Alles klar.« Sie gab den Beamten Anweisungen, die sich sofort an die Arbeit machten, und wandte sich dann wieder an Lucy.

»Kannst du bestätigen, dass das auf ihrer Stirn Tinte ist?«, fragte diese.

»Ich sehe mir das mal genauer an.« Julia kniete sich hin, öffnete einen Metallkoffer der Spurensicherung, nahm ein Wattestäbchen aus einem Behälter und tupfte damit vorsichtig die Stirn der Frau ab. Sie entnahm eine mikroskopisch kleine Menge an Pigmenten und gab sie in ein Röhrchen. Dann kniff sie die Augen zusammen. »Das ist eindeutig Tinte. Könnte von einem Kugelschreiber stammen. Siehst du das hier?« Sie zeigte auf den unteren Teil des Buchstabens G. »Dort, wo der Kugelschreiber mehr Tinte als nötig verspritzt hat, ist die Tinte dicker und klebriger. Das sieht man häufig bei billigen Kugelschreibern«, sagte Julia, steckte das Röhrchen in eine Halterung ihres Koffers und stand auf. »Ich sag dir Bescheid, sobald ich mehr weiß.«

Lucy wandte sich an Murray und Natalie. »Wir haben keine Zeit zu verlieren. Wir müssen eine Verbindung zwischen Rachel, unseren beiden anderen Opfern und Tommy Field herstellen. Ich warte auf Pinkney. Murray, du trägst alles zusammen, was du über diese Frau herausfinden kannst, und klapperst die Straße nach Zeugen ab.«

»Hier gibt es fast nur Bürogebäude, Lucy. Gestern Abend war sicher niemand mehr auf der Arbeit.«

»Ein Stück weiter die Straße runter gibt es ein paar Bars

und Restaurants. Das Opfer trägt Abendkleidung, könnte also aus einem dieser Lokale gekommen oder dorthin unterwegs gewesen sein. Wenn du da keinen Erfolg hast, versuche es auf der Hauptstraße. Die erreichst du über eine schmale Gasse neben dem Hardy's.«

»Gibt es in dieser Straße überhaupt keine Überwachungskameras?« Natalie schaute suchend nach links und rechts.

Murray schüttelte den Kopf. »Nur die Überwachungskamera vor dem Hardy's. Wir können wohl kaum darauf hoffen, dass die was aufgezeichnet hat.«

»Bitte die Techniker, die Aufzeichnungen von letzter Nacht zu überprüfen, und jemand soll Tommys Wohnung ständig im Auge behalten.«

Sobald Pinkneys Fahrzeug in Sichtweite kam, zog sich Natalie vom Tatort zurück und überließ das Team sich selbst. Sie wurde im Holborn House gebraucht. Die Ermittlungen hatten eine neue Wendung genommen und würden bald noch mehr mediale Aufmerksamkeit auf sich ziehen. Also würde sie einige ernsthafte Fragen abwehren müssen. Sie konnte auf keinen Fall zulassen, dass das Team unter Beschuss geriet. Das war jetzt ihre Aufgabe und sie musste sich darauf vorbereiten.

ZWÖLF

SONNTAG, 3. NOVEMBER – VORMITTAG

Lucy war aus der Marston Street zurück. Natalie gesellte sich nicht zu den anderen, die mehrere Stühle zu einem Halbkreis aufgestellt hatten, sondern lehnte mit verschränkten Armen an der geschlossenen Tür, während Murray Informationen über das jüngste Opfer vortrug.

»Bei der Toten handelt es sich um die dreiundzwanzigjährige Rachel Hardy, die einzige Tochter von Eugene Hardy, dem Besitzer des Kaufhauses Hardy's, wo sie als Vertriebsleiterin tätig war. Sie war ledig, hatte einen erstklassigen Abschluss in Betriebswirtschaft von der Universität in Manchester und lebte mit ihrem geschiedenen Vater in Springbanks, dem Haus der Familie in Depton.« Depton war ein Weiler, der aus einigen attraktiven Anwesen bestand und fünf Meilen vom Stadtzentrum entfernt lag. Murray signalisierte, dass er mit seinen Ausführungen fertig war.

Lucy schaute hinüber zu Ian, der nun das Wort ergriff. »Rachel besaß einen brandneuen Audi TT, der mit einem Peilsender ausgestattet war. Er hat ihre Einfahrt gestern nicht verlassen.«

»Aber sie muss doch zur Arbeit gefahren sein. Das Kaufhaus war gestern geöffnet. Samstags ist in den Läden immer besonders viel los«, meinte Poppy.

Lucy war sich da nicht so sicher. »Sie könnte sich einen Tag frei genommen haben.«

»Vielleicht hatte sie eine Mitfahrgelegenheit zur Arbeit«, warf Ian ein.

»Oder sie hat sich ein Taxi genommen«, murmelte Andy.

»Wäre alles möglich. Findet heraus, ob sie gestern im Kaufhaus war oder nicht, und wie sie dorthin gekommen ist. Ian, hast du bei ihrem Mobilfunkanbieter schon etwas erreicht?«

»Ich warte immer noch darauf, dass sie ihr Handy orten.«

Lucy zog eine Grimasse. »Sag ihnen, sie sollen sich beeilen. Hat jemand ihre Konten in den sozialen Netzwerken überprüft?«

»Ja ich, und es gibt keine ungewöhnlichen Aktivitäten oder Hinweise darauf, wo sie letzte Nacht war«, sagte Ian.

Andy räusperte sich leise. »Ich dachte, jeder in ihrem Alter postet heutzutage jedes noch so winzige Detail seines Lebens in den sozialen Netzwerken. Meine Töchter tun das auf jeden Fall.«

»Nicht Rachel. Sie hat Facebook nur ab und zu verwendet. Sie nutzte auch Instagram und WhatsApp, aber das ist bekanntlich schwer zu knacken.«

Lucy lenkte die Aufmerksamkeit wieder auf den Leichnam. »Die Botschaft auf ihrer Stirn ist eine neue Entwicklung, und wir sollten ihre Bedeutung hinterfragen. Sie wurde sorgfältig geschrieben, nicht gekritzelt, in Großbuchstaben von gleicher Höhe und Größe, möglicherweise mit einem Kugelschreiber. Warum hat der Mörder die Botschaft hinterlassen? Wollte er damit darauf hinweisen, dass Rachel sich etwas zuschulden kommen ließ, oder hat der Mörder sie an jemand anderen adressiert – an uns?«

»Das ist das erste Mal, dass der Täter eine Botschaft hinterlassen hat«, meldete sich Poppy zu Wort. Andy verdrehte die Augen.

Lucy fuhr fort: »Stimmt, und das könnte bedeuten, dass sich die Methoden des Mörders weiterentwickeln. Wir haben nicht nur diese Ein-Wort-Botschaft, sondern auch die Tatsache, dass die Blutergüsse an Rachels Hals größer waren als bei unseren anderen beiden Opfern. Und dann ist da noch die Geschwindigkeit, mit der unser Mörder vorgeht – sie ist beängstigend schnell. Unser einziger Verdächtiger ist der flüchtige Tommy Field. Ich möchte nicht nur, dass ihr Verbindungen zwischen ihm und diesen drei Frauen aufdeckt, sondern auch, dass ihr ihn findet. Tommy hat Katies Schwester Sophia erzählt, seine Eltern würden in Dorset leben. Habt ihr euch bei allen Werkstätten, Baustellen und Gartencentern der Gegend erkundigt, ob er dort gearbeitet hat?«

»Nicht bei allen, Chefin«, sagte Ian. »Aber jetzt, da wir seinen Nachnamen kennen, haben wir vielleicht eher Erfolg.«

»Okay, das überlasse ich euch. Habt ihr bereits in den Restaurants und Bars in der Marston Street nachgefragt, ob Rachel gestern Abend dort war?«

Wieder war es Ian, der antwortete: »Die meisten hatten geschlossen. Wir haben einige Besitzer kontaktiert, aber niemand kann sich erinnern, sie gesehen zu haben.«

»Heute ist Sonntag, sie müssten bald für das Mittagsgeschäft öffnen. Versucht es dann noch einmal.«

Damit entließ sie alle und gab Natalie ein Zeichen, ihr in ihr Büro zu folgen. »Ich werde Eugene über den Tod seiner Tochter informieren. Die ganze Sache gerät allmählich außer Kontrolle. Der Mord an Rachel wird für Aufsehen sorgen. Das Hardy's ist ein Teil der Geschichte von Samford. Eugene ist gut vernetzt. Er veranstaltet jedes Jahr eine Wohltätigkeitsauktion, um Geld für das Krankenhaus von Samford zu sammeln, und er ist mit vielen wichtigen Leuten in dieser Stadt befreundet. Ich muss zugeben, dass ich mir allmählich Sorgen mache.«

»Wir müssen es irgendwie eindämmen. Ich begleite dich, schaue, was wir von Eugene erfahren können, und versuche, die Dinge so gut wie möglich unter Verschluss zu halten.«

»Können wir das direkt hinter uns bringen? Ich will so schnell wie möglich wieder hier sein. Ich muss Tommy finden.«

»Lucy, darf ich dir einen Rat geben?«

»Klar.«

»Lass dich nicht ablenken. Wenn du dich nur auf eine Person konzentrierst, verlierst du das Gesamtbild aus den Augen.«

»Was ist hier das Gesamtbild?«

»Ich weiß es nicht, aber der Modus des Mörders verändert sich, und ich frage mich langsam, ob die ersten beiden Mädchen nicht bloß Kollateralschäden waren und Rachel hier das Opfer ist, auf das es der Täter eigentlich abgesehen hatte. Du musst ihren Hintergrund überprüfen.«

Lucy presste die Lippen zusammen. »Mist! Du hast recht. Ich kann nicht klar denken. Natalie ... bin ich dem ganzen wirklich gewachsen?«

»Natürlich bist du das. Sei nicht so hart zu dir selbst.«

Lucy lockerte ihre Schultern, wie ein Boxer vor einem Kampf. »Es ist viel schwieriger, als ich erwartet hatte. Ich weiß nicht, wie du das geschafft hast.«

»Hab ich auch nicht. In meiner Anfangszeit habe ich ein paarmal Mist gebaut. Man lernt schnell, mit den Konsequenzen seiner Fehler umzugehen.« Sie hielt inne und musste plötzlich an die Ermittlungen gegen die Blossom-Zwillinge denken, über deren Ausgang sie nie hinwegkommen würde.

DREIZEHN

SONNTAG, 3. NOVEMBER – SPÄTER VORMITTAG

Eugene Hardy schüttelte immer wieder den Kopf. Zuerst war er sprachlos gewesen, dann hatte er sich geweigert zu glauben, dass seine Tochter ermordet worden war, und jetzt saß er da, murmelte vor sich hin und fuhr sich mit den Händen über sein bärtiges Gesicht, wobei seine Finger über die dunklen Barthaare kratzten.

»Ich verstehe, dass heute ein sehr schwerer Tag für Sie ist, Sir, aber wenn Sie irgendetwas darüber wissen, wo Rachel letzte Nacht oder mit wem sie zusammen gewesen sein könnte, würde uns das sehr helfen«, sagte Lucy.

Natalie stand neben einem gusseisernen Kamin im Edwardianischen Stil und behielt den kräftigen Bullmastiff im Auge, der zu den Füßen seines Herrchens saß. Eugene hatte ihnen versichert, dass er nicht bissig sei, aber er beobachtete sie und Lucy seit ihrer Ankunft wachsam.

Springbanks, ein Landhaus mit Eichenholzböden, tiefen Sockelleisten und verzierten Simsen, sah aus wie aus einem *Country Life* Magazin. Natalie fiel es schwer, sich vorzustellen, dass nur zwei Menschen in einem so gigantischen Haus gewohnt hatten mit zahlreichen Schlafzimmern, einem riesigen

Garten und einem Treppenhaus, das eher zu einem Luxus-kreuzfahrtschiff als zu einem Haus passte. Der elegante und selbstsichere Eugene mit makellosem Haar und Bart passte zu dem Ambiente: ein Herr vom Lande in maßgeschneiderten Hosen und einem dicken Pullover über einem karierten Hemd und mit einer großformatigen Uhr mit Rolex-Krone am Handgelenk.

Schließlich nahm er die Hände vom Gesicht, seine Augen waren tränennass. »Ich habe keine Ahnung, wo sie gestern Abend hingegangen ist, oder an irgendeinem anderen Abend. Obwohl wir zusammengearbeitet und uns gut verstanden haben, hat sie nicht über ihr Privatleben gesprochen.«

»Würden Sie sagen, dass sie sich nahestanden?«, fragte Lucy.

Er seufzte. »Ja.«

»Und sie hat im Hardy's gearbeitet?«

»Das Kaufhaus war schon immer ein Familienunterneh-men, seit mein Großvater es gegründet hat, und es war immer unser beider Plan, dass Rachel es eines Tages führen sollte. Sie hat dort als Samstagsaushilfe angefangen und sich nach und nach durch alle niederen Tätigkeiten, wie Regale einräumen und putzen, zur Verkäuferin hochgearbeitet. Sie arbeitete dort während der Semesterferien, und vor ein paar Monaten über-trug ich ihr die Position der Vertriebsleiterin. Das Kaufhaus brauchte eine neue Richtung und sie hatte einige hervorra-gende Ideen, um es voranzubringen, zu verbessern und dafür zu sorgen, dass es wettbewerbsfähig blieb. Sie war voller Enthusi-asmus ... und Energie ... und ... ich ... war so ... stolz.« Er geriet ins Stocken. Der Hund veränderte seine Position, die Augen noch immer auf Natalie gerichtet.

»Haben Sie die Kontaktdaten Ihrer Ex-Frau? Wir müssen ihr wegen Rachel Bescheid geben.«

Sein Gesichtsausdruck veränderte sich und seine Lippen zogen sich zurück und enthüllten weiße Zähne. »Nachdem wir uns 2010 scheiden ließen, kehrte sie in ihre Heimat Argentinien zurück. Seitdem habe ich weder etwas von ihr gehört noch mit ihr gesprochen.«

»Was ist mit Rachel? Hatte sie noch Kontakt zu ihrer Mutter?«

»Carolina war ihre Stiefmutter. Ihre richtige Mutter starb, als Rachel drei Jahre alt war. Ich bezweifle, dass Rachel in Kontakt geblieben ist. Carolina war ihr nicht besonders wichtig und umgekehrt war es genauso. Die Mutterrolle war nie wirklich ihr Ding.«

»Ist Rachel gestern zur Arbeit gegangen?«

»Ja.«

»Aber sie hat nicht ihr eigenes Auto genommen. Warum nicht?«

»Sie hat es stehen lassen und ist mit mir gefahren. Das macht sie oft, wenn sie vorhat, den ganzen Tag im Kaufhaus zu bleiben, und nirgendwo hinfahren muss.«

»Und Sie sind zusammen nach Hause gekommen?«

»Das ist richtig. Wir sind etwa um viertel vor sechs gegangen, nachdem das Kaufhaus geschlossen hat.«

»Und dann ist sie noch einmal ausgegangen?«

»Sie wollte schnell nach Hause, um zu duschen und sich umzuziehen. Sie hat ein Taxi genommen, ist so gegen sieben Uhr losgefahren. Ich war zu der Zeit in meinem Arbeitszimmer und ging Papierkram durch. Sie rief mir einen kurzen Abschiedsgruß zu.« Sein Blick schweifte in die Ferne, auf der Suche nach einer Erinnerung.

»Wir versuchen herauszufinden, wo Ihre Tochter gestern Abend war. Fällt Ihnen jemand ein, der das wissen könnte? Einer ihrer Freunde vielleicht?«

»Ich weiß nichts über ihre Freunde.«

»Sie wissen nicht, mit wem sie befreundet war? Sie hat Ihnen gegenüber nie jemanden erwähnt?«

Eugene drückte seine Handflächen gegen die Knie, als

wolle er sich vom Sofa erheben, und hob sein Kinn. »Ich habe Ihnen doch erklärt, dass wir keine solche Beziehung hatten. Ihr Privatleben war ihre eigene Angelegenheit. Sie war eine erwachsene Frau.« Er richtete sich auf. Der Hund erhob sich ebenfalls und stellte sich neben ihn. »Ich weiß nicht, wohin uns das hier führen soll. Wenn Sie den Mörder meiner Tochter finden wollen, sollten Sie da draußen sein, auf der Straße, auf der Jagd nach dem Abschaum, und nicht irgendwelche belanglosen Fragen darüber stellen, in welcher Beziehung ich zu meiner Tochter stand.«

»Ich kann Ihnen versichern, dass wir genau das tun, Sir.«

Er richtete sich auf, Kopf und Schultern überragten Lucy. »Dann schlage ich vor, dass wir dieses Gespräch jetzt beenden und Sie sich wieder zu Ihren Beamten gesellen.«

Lucy blieb hartnäckig. »Ich muss Sie das fragen, weil es Vorschrift ist: Wo waren Sie gestern Abend?«

»Sie wollen doch wohl nicht andeuten, dass ich meine eigene Tochter ermordet habe!«

»Nein, Sir. Wir werden jedem, der sie kannte, dieselbe Frage stellen, auch den Mitarbeitern im Kaufhaus.«

»Ich war auf einer Wohltätigkeitsveranstaltung im Rathaus und bin erst spät nach Hause gekommen.«

»Ich bin sicher, es gibt viele Leute, die Ihre dortige Anwesenheit bestätigen können.«

»Die gibt es, einschließlich der Bürgermeisterin, an deren Tisch ich saß.«

»Wissen Sie, ob Rachel irgendwelche Auseinandersetzungen mit dem Personal hatte?«

»Nein. Sie war überaus beliebt.«

»Hat Rachel jemals einen Mann namens Tommy Field erwähnt?«

»Nein. Ich hätte mich an seinen Namen erinnert, wenn sie ihn erwähnt hätte. Warum fragen Sie mich nach ihm?« Seine Augen verengten sich zu schmalen Schlitzen und er reckte den

Hals nach vorne, als ihm etwas klar wurde. Er streckte einen Finger in Lucys Richtung. »Moment mal, Sie leiten doch die Ermittlungen zum Mord an einer Prostituierten auf dem West Gate-Parkplatz.«

»Amelia Saunders. Wir untersuchen ihren Tod und den einer anderen Jugendlichen, Katie Bray, die gestern tot im Park aufgefunden wurde. Wenn es Ihnen nichts ausmacht, würde ich Ihnen gerne ein Foto des zweiten Opfers zeigen.«

Er willigte ein und Lucy reichte ihm ein Foto von Katie. »Sie war fünfzehn.«

Er musterte es und gab es ihr mit einem langsamen Kopfschütteln zurück. »Ich habe sie noch nie gesehen.«

»Wir glauben, dass sie in der Nähe des Hintereingangs Ihres Kaufhauses um Freier geworben hat.«

»Wirklich? Ich bin selten in der Marston Street unterwegs.«

»Die Sache ist die, dass wir dort auch Rachels Leiche gefunden haben.«

Seine Hand wanderte zu seinem Bart und strich ihn glatt. Sein Tonfall schlug um und wurde eisig. »Was wollen Sie damit andeuten? Dass meine Tochter tot ist, weil der Verrückte, der sie ermordet hat, dachte, sie war zu der Zeit auf Kundenfang?«

»Ganz und gar nicht. Wir versuchen herauszufinden, ob eine Verbindung zwischen den Opfern und Ihrer Tochter besteht, ob sie sie kannte oder ob sie einen gemeinsamen Bekannten hatten.«

»Einen gemeinsamen Bekannten?«, stieß er hervor. »Ob Rachel sie kannte? Das waren kleine Nutten. Rachel war nicht wie sie. Sie vergleichen hier Äpfel mit Birnen. Es gibt keinen Zusammenhang, und wie können Sie es wagen, auch nur anzunehmen, dass es einen geben könnte?«

»Das war nicht meine Absicht. Ich versuche lediglich herauszufinden, wer Ihre Tochter getötet hat.«

»Dann hören Sie auf, sinnlose Fragen zu stellen!«

Natalie mischte sich ein und sagte leise: »Mr Hardy, es ist

nur verständlich, dass Sie aufgebracht sind. Sie haben eine schreckliche Nachricht erhalten, aber wir werden alles tun, um den Mörder Ihrer Tochter vor Gericht zu bringen. Wir versuchen lediglich herauszufinden, ob die Person, die diese Mädchen angegriffen hat, auch Ihre Tochter ermordet hat.«

»Ich möchte nicht, dass der Name meiner Tochter in den Schmutz gezogen oder ihr Ruf in irgendeiner Weise beschädigt wird. Habe ich mich klar ausgedrückt? Rachel hatte nicht das Geringste mit diesen Flittchen gemeinsam. Sie war fleißig und intelligent. Sie hatte eine brillante Zukunft vor sich. Sie hat sich nicht erniedrigt ...«

»Niemand wird Rachels Namen in den Schmutz ziehen«, sagte Natalie. Die Autorität in ihrer Stimme beruhigte ihn.

»Sorgen Sie dafür, dass das nicht passiert, DCI Ward. Wenn Sie mich jetzt entschuldigen würden, ich brauche Zeit für mich.« Er wedelte mit den Händen in ihre Richtung und wollte sie hinausscheuchen. Der riesige Hund zu seinen Füßen zuckte nach vorne in Lucys Richtung, doch diese rührte sich nicht von der Stelle, sodass er zu seinem Herrchen zurücktrottete.

»Hätten Sie etwas dagegen, wenn wir einen Blick in Rachels Schlafzimmer werfen?«

Er schien bei dieser Frage förmlich zusammenzuzucken. »Muss das sein?«

»Vielleicht finden wir einen Hinweis darauf, wo sie hingegangen ist.«

Er nickte langsam. »Okay. Biegen Sie am ersten Treppenabsatz links ab. Sie hat dort das Schlafzimmer und das Wohnzimmer genutzt. Ich möchte nicht, dass dort irgendetwas umgestellt oder mitgenommen wird.«

»Ich verstehe.«

Er nickte, unfähig, weiterzusprechen, und legte eine Hand auf den Kopf des Hundes, um ihn zu streicheln.

Natalie und Lucy stiegen die Stufen nach oben und blieben

auf dem dicken Teppich am oberen Ende des Treppenabsatzes stehen. Die Türen zu den Zimmern waren angelehnt. Lucy ging durch die erste, während Natalie die zweite nahm. Sie befand sich in einem modernen weißen Zimmer mit Flügeltüren, die auf einen Balkon führten. Auf ihm standen zwei Terrakottatöpfe mit Zierbäumen, an denen schwere gelbe Blüten hingen. Das Herzstück des Zimmers war ein Sofa mit sieben Sitzen auf einem gelben, ovalen Teppich und ein Glastisch, auf dem sich Luxus-Lifestyle-Magazine stapelten, eine weitaus teurere Sammlung als die, die Natalie in Tommys Wohnung vorgefunden hatte. Abstrakte Gemälde zierten die Wände, Zeichnungen und Kritzeleien in Orange- und feurigen Rottönen. In den Regalen standen Marmorstatuen von geflügelten Kreaturen zwischen anderem Schnickschnack. Nichts davon vermittelte ihr ein klares Bild von der Frau, der sie gehört hatten. Sie war erst dreiundzwanzig gewesen, doch dieser Raum wirkte zu ernst, zu erwachsen, als hätte Rachel hier nur vorübergehend gewohnt und die Siebensachen der eigentlichen Besitzerin an Ort und Stelle gelassen. Natalie suchte nach einem elektronischen Gerät, einem Fernseher oder einer Musikanlage, fand jedoch nichts dergleichen. Das Highend-WLAN-Lautsprechersystem war zweifellos mit Rachels Handy verbunden, denn es gab keine Hinweise auf sonstige Geräte in diesem Zimmer oder andere Unterhaltungsmöglichkeiten, nicht einmal Bücher. Was hatte Rachel hier wohl gemacht, außer Zeitschriften zu lesen?

Natalie öffnete die Schublade des weißen Schreibtischs, auf dem ein lederner Stiftehalter mit Elefantenmotiv von Faber-Castell stand, und fand darin die Antwort. In der Schublade lagen Aquarellfarben und Zeichenutensilien. Natalie nahm einen Block heraus und betrachtete die ersten Kohleskizzen, die Köpfe und Schultern von Mädchen oder Teile ihrer Gesichter, große Augen, starke Züge, perfekte Lippen und selbstbewusste Persönlichkeiten zeigten. Hatte sie eine Muse gehabt oder waren dies Skizzen von ihren Freundinnen? Natalie blätterte sie durch. Es war niemand dabei, den sie wiedererkannte. Als sie den Block zurücklegen wollte, stellte sie fest, dass er nicht mehr in die Schublade passte. Irgendetwas blockierte ihn, vielleicht ein Radiergummi oder ein Bleistiftspitzer. Sie tastete nach dem Gegenstand und zog ein Plastiktütchen mit weißem, kristallinem Pulver heraus. Als sie es gegen das Licht hielt, hörte sie hinter sich ein leises Rascheln. Sie drehte sich um und entdeckte Lucy in der Tür, die ein identisches Tütchen in der Hand hielt. »Volltreffer«, sagte sie.

»Ist es das, wonach es aussieht?«

»Sieht mir verdächtig nach Koks aus.«

»Interessant. Vor allem, wenn man bedenkt, dass unsere beiden anderen Opfer vermutlich ebenfalls Drogen genommen haben. Wir werden ihren Vater danach fragen müssen.«

»Stimmt, aber ich wette mit dir, dass er nichts davon weiß. Hast du sonst noch irgendetwas gefunden?«

»Nein. Nicht mal einen Fernseher.«

Lucy deutete auf das Schlafzimmer. »Der ist da drin. Er ist im Bettgestell versteckt und fährt hoch, wenn man einen Knopf drückt.«

»War da auch ein Laptop oder ein iPad drin?«

»Ja. Er wird nicht begeistert sein, aber wir müssen es mitnehmen und überprüfen.«

»Pack es ein. Zeit zu gehen.«

Eugene saß in einem breiten Sessel, den Kopf in die Hände gestützt, der Hund lag zu seinen Füßen.

»Sir, wir müssen das Laptop mitnehmen«, sagte Natalie.

Er hob den Kopf, die Augen waren rot gerändert, und er schluckte, bevor er sprach. »In Ordnung.«

»Ich fürchte, ich muss Sie auch nach den Drogen fragen, die wir in Rachels Zimmer gefunden haben.«

»Drogen? Erzählen Sie keinen Unsinn. Sie hat keine Drogen genommen.«

Lucy zeigte ihm die Tütchen. »Die haben wir in ihren Schubladen gefunden.«

»Sie haben sie selbst dort platziert!«

»Nein, Sir, das haben wir nicht getan.«

»Das könnte auch Badesalz oder Talkumpuder sein.«

Lucy nickte knapp. »Wir sind uns nicht zu einhundert Prozent sicher, aber wir werden sie im Labor untersuchen lassen, dann wissen wir es genau.«

»Erst behaupten Sie, sie habe ihren Körper wie eine gewöhnliche Hure verkauft, und jetzt sagen Sie mir, dass sie drogenabhängig war.«

»Das ist nicht das, was wir andeuten wollen«, erwiderte Lucy.

Sein Blick wanderte an ihrem Körper hinunter und ein höhnisches Grinsen umspielte seinen Mund. »Eine Spezialeinheit! Das ist doch lächerlich. Wenn das das Beste ist, was Samford zu bieten hat, dann sind wir alle verloren.«

Lucy schlug einen ernsten Tonfall an. »Ich verstehe ja, dass Sie eine furchtbare Nachricht erhalten haben, aber das ist kein Grund ...«

»Kein Grund wofür? Dass ich die Wahrheit laut ausspreche? Sie sagen mir, dass meine Tochter ermordet wurde, und anstatt mir mit Respekt und Rücksichtnahme zu begegnen, unterstellen Sie ihr die schlimmsten Dinge. Das ist abscheulich. Einfach nur widerwärtig. Ist das Polizeiarbeit vom Feinsten? Was tun Sie eigentlich, um den Bastard zu finden, der sie getötet hat? Sie nehmen kleine Tütchen mit weißem Pulver mit und fragen, ob sie irgendwelche Huren kannte.« Er sah Lucy direkt in die Augen, die sich nicht aus der Ruhe bringen ließ.

»Wir haben unter anderem die Straße durchkämmt, in der sie getötet wurde, und wir glauben, dass sie in einem Lokal in der Nähe etwas getrunken hat, bevor sie angegriffen wurde. Wir gehen der Sache nach und hoffen, dass wir einen Zeugen finden, der sie gesehen hat. Wir haben auch ein Team, das ihre

Telefonprotokolle überprüft, um herauszufinden, mit wem sie letzte Nacht Kontakt hatte, und wir werden ihr Laptop auf weitere Hinweise durchforsten. Wir setzen alle Hebel in Bewegung, um die Person zu finden, die für ihren Tod verantwortlich ist.«

Eugene brummte eine Antwort und öffnete langsam seine geballten Fäuste.

»Ich würde gerne eine Erklärung an die Presse abgeben«, sagte Lucy.

»Mir wäre es lieber, wenn Sie das nicht täten.«

»Darf ich fragen, warum nicht?«

»Nein, dürfen Sie nicht. Ich möchte nicht, dass *Sie* über *meine* Tochter sprechen. Ich kümmere mich um die Presse.«

Lucy wurde ungehalten. »Tut mir leid, Sir, aber so läuft das nicht.«

Sein Kopf sank zwischen die Schultern und seine Augen begannen zu funkeln. Seine Worte waren eine zischende Warnung. »Es läuft so, wie ich sage, dass es zu laufen hat! Und jetzt verschwinden Sie aus meinem Haus.« Sein Blick fiel auf die Tütchen mit dem Pulver in Lucys Hand und fügte er hinzu: »Sie sollen den Mord an ihr untersuchen und sie nicht als Kriminelle hinstellen. Das werde ich nicht zulassen. Sie war ehrlich und anständig ... und stark.«

»Ich kann Ihnen versichern, dass wir sie nicht als Kriminelle einstufen und alles tun werden, um die Person zu finden, die für Rachels Tod verantwortlich ist. Wenn Ihnen etwas einfällt, das uns bei unseren Ermittlungen helfen könnte, würde ich Sie bitten, sich bei mir zu melden.« Sie stellte sich vor ihn und hielt ihm eine Visitenkarte hin. Der Hund knurrte, aber sie streckte ihm weiterhin die Karte entgegen, die Eugene ihr schließlich aus der Hand riss. Erst dann verließ sie den Raum, Natalie an ihrer Seite.

»Was zum Teufel war das denn? Ich weiß ja, dass er unter Schock steht, aber was für eine seltsame Reaktion.« Lucy sprang auf den Fahrersitz und knallte die Tür zu. »Der gute Ruf ist ihm wichtig. Er will nicht, dass Rachel als etwas anderes als perfekt angesehen wird.«

»Er war stolz auf sie. Es war ein großer Schock für ihn. Sie war sein einziges Kind und die Erbin des Familienunternehmens.«

»Trotzdem ist seine Haltung irgendwie seltsam. Er ist durchgedreht, als er dachte, wir würden sie mit Prostituierten in Verbindung bringen. Ich werde das Team bitten, ihn genauer unter die Lupe zu nehmen.«

»Das könnte nicht schaden. Du hast den Handelsvertreter, der Amelias Leiche gefunden hat, doch auch überprüft, oder?«

»Als Allererstes. Benjamin war gestern in Basingstoke, um mit seiner Frau und seinen beiden Kindern seine Schwiegereltern zu besuchen. Er war nicht einmal in der Nähe von Samford.«

Nach einer Pause fuhr Lucy fort: »Ich weiß, dass die beiden anderen Opfer auf den Strich gegangen sind, aber es gab trotzdem keinen Grund, respektlos zu sein. Sie waren junge Mädchen – die Töchter von irgendjemandem –, und wir wissen nicht, was sie dazu getrieben hat, auf die Straße zu gehen. Für so engstirnige Menschen habe ich nichts als Verachtung übrig.«

»Lass es gut sein, Lucy. Unser wichtigstes Ziel ist es, einen Zusammenhang zwischen den Opfern herzustellen. Die Drogen könnten ein entscheidender Hinweis sein und vielleicht bringen sie Tommy mit allen dreien in Verbindung.«

»Das ist eine gute Idee. Ich werde Pinkney anrufen, sobald wir zurück sind. Das Problem ist, dass es ewig dauert, bis wir die toxikologischen Berichte zurückbekommen.«

»Solange wir keine anderen Informationen haben, werden wir das im Hinterkopf behalten.«

Der Himmel hatte aufgeklart und die Sonnenstrahlen erhellten den Innenraum ihres Wagens. Natalie blinzelte, klappte die Sonnenblende herunter und schaute aus dem

Seitenfenster, um nicht in das grelle Licht zu starren. Ein Vater und seine Tochter fuhren mit dem Fahrrad auf dem Bürgersteig an ihnen vorbei. Das Kind, etwa sieben Jahre alt, trug einen rosafarbenen Helm und einen passenden Mantel mit gelben Blumen. Ihre Gedanken schweiften ab zu Mike und Thea. Sie sollte versuchen, sich eine Stunde freizunehmen, um sie mit den beiden zu verbringen. Thea würde erst in vierzehn Tagen wiederkommen. Ein vertrauter Schmerz, das Gefühl des Verlusts, traf sie wie ein Stich in die Brust, und sie schloss die Augen.

Lucy lief im Büro auf und ab, den Kopf gesenkt wie ein wütender Stier. »Tommy kann doch nicht vom Erdboden verschluckt sein!«

Andy reckte seinen Nacken nach links und rechts, bis es knackte. »Wir haben alle Hebel in Bewegung gesetzt und nichts erreicht, Chefin. Das Arschloch ist untergetaucht. Er muss gemerkt haben, dass wir ihm auf den Fersen sind.«

»Was ist mit seinen Angehörigen?«

Er zog die Augenbrauen auf seiner faltigen Stirn hoch. »Mr und Mrs Field ohne Vornamen in einem Bezirk mit einer halben Million Einwohnern ausfindig zu machen, ist … wie heißt es noch gleich … das mit dem Heuhaufen?«

»Ich habe nie behauptet, dass es einfach sein würde. Wie kommst du voran, Ian?«

»Tut mir leid, Chefin. Aber Andy hat recht. Ohne Vornamen, Geburtsdatum oder Ortsnamen haben wir keine Chance.«

Sie presste die Finger gegen ihre Schläfen. »Okay, wenn es zu viel Zeit in Anspruch nimmt, dann lasst es. Es kann gut sein, dass Tommy Sophia einen Haufen Lügen aufgetischt hat.« Sie ließ die Hände sinken und fuhr fort: »Es ist erst drei Uhr. Vielleicht hängt Tommy bei einem Kumpel ab und hat vor, später ins The Towers zurückzukehren. Wir werden nicht aufgeben. Ich will, dass wir den Wohnblock rund um die Uhr bewachen, bis er zurückkommt.« Sie schaute in müde Gesichter, die Schreibtische waren mit Energydrinks und Schokoriegelpapier übersät. »Dank der Fast-Food-Verpackungen und des Nagellacks, die Natalie und Murray aus Tommys Wohnung mitgenommen und an die Spurensicherung geschickt haben, wissen wir, dass Katie auch in 114 The Towers gewohnt hat, aber was ist mit Amelia Saunders? Haben wir schon eine Adresse von ihr?«

Ian schüttelte den Kopf. »Nein, Chefin.«

»Verdammt, warum nicht?«

»Niemand konnte uns weiterhelfen. Poppy und ich haben alle befragt, die sie kannten oder mit ihr zu tun gehabt haben könnten.«

»Vielleicht hat sie bei Tommy und Katie gewohnt«, warf Poppy leise ein.

»Alle in einem Bett?«, fragte Andy wie aus der Pistole geschossen.

Murray beugte sich vor und stützte die Ellbogen auf seine Oberschenkel. »So unvorstellbar ist das gar nicht.«

»Sollen wir einen Durchsuchungsbefehl beantragen und eine ordentliche Durchsuchung durchführen?«

Lucy schüttelte den Kopf. »Das will ich erst machen, wenn ich sicher bin, dass Tommy nicht in die Wohnung zurückkehrt. Ich will ihn schnappen, wenn er es tut. Wenn er auch nur riecht, dass wir dort waren, wird er sich weiterhin versteckt halten. Bis dahin gehen wir davon aus, dass Amelia woanders gewohnt hat, vielleicht sogar in einer Wohngemeinschaft, zusammen mit einem anderen Mädchen, das auf der Straße arbeitete, einem Mann ...« Lucy beendete den Satz mit einem verzweifelten Seufzer. Eine unlösbare Aufgabe. »Drei Opfer, und wir haben nichts über sie.«

»Ich treffe heute Abend eine Kontaktperson, die uns vielleicht weiterhelfen kann.« Lucy warf einen Blick auf die Wortführerin, Celeste, eine unscheinbare Frau mit dunklen Augen und mausgrauen, zu einem Pferdeschwanz zurückgekämmten Haaren. Celeste hatte lange Zeit undercover für das Rauschgiftdezernat in Birmingham gearbeitet und war von allen am besten in der Lage, Informationen von denjenigen zu bekommen, die auf der Straße ihr Unwesen trieben, da sie Beziehungen zu mehreren Informanten aufgebaut hatte.

»Wann?«

»Heute Abend um sechs Uhr im Bridge Pub.«

Andy warf empört die Hände in die Luft. »Wir können nicht bis achtzehn Uhr hier herumhängen, nur um zu hoffen, dass uns irgendein Spitzel weiterhilft.«

Celeste verdrehte theatralisch die Augen. »Sie ist kein Spitzel. Sie ist eine *Kontaktperson*, und zwar eine, die nicht gerne mit der Polizei spricht, was das größte Problem ist, das wir hier haben. Niemand auf der Straße will uns helfen. Sie vertrauen uns nicht und sie mögen uns nicht, keinen von uns. Wenn du eine bessere Idee hast, bin ich ganz Ohr.«

»Hey! Komm mal wieder runter. Hast du deine Tage, oder was?«

»Ist es für dich selbstverständlich, dich wie ein Vollidiot zu benehmen, Andy, oder übst du regelmäßig vor dem Spiegel, um deine Fähigkeiten zu perfektionieren?«

»Hört auf damit!« Lucys Stimme erfüllte den Raum. »Ich weiß, es ist frustrierend, aber wir müssen an einem Strang ziehen, sonst kommen wir keinen Schritt weiter.«

Andy lehnte sich zurück und machte ein finsteres Gesicht. »Und genau da sind wir jetzt ... keinen Schritt weiter.«

Lucy wollte sich nicht in einen Streit mit dem Mann verwickeln lassen, der nur gereizt war, weil sie noch kein Druckmittel in der Hand hatten. »Wie weit sind wir mit Eugene, Murray?«

»Er ist seriös und wohlhabend und steht mit einer Reihe von hochrangigen Leuten in dieser Stadt in Verbindung. Er ist Single und scheint keinerlei Interesse an Beziehungen zu haben. Er ist offenbar ein hoch motivierter Geschäftsmann. Und wenn er nicht arbeitet, spielt er Golf und verkehrt mit dem Jagd- und Schützenverein.«

»Ach was, er verkehrt also.« Andy schaute sich um, und als niemand auf seinen Kommentar reagierte, setzte er wieder seine mürrische Miene auf, während Murray fortfuhr.

»Er ist Mitglied der Samford Shooting Lodge, zusammen mit anderen prominenten Bürgern der Stadt. Sonst gibt es nichts Wissenswertes über ihn. Auch bei Rachel hatten wir nicht viel Glück. Die Überwachungskamera auf der Rückseite vom Hardy's hat sie gestern Abend nicht aufgezeichnet. Wenn sie die Straße entlang gegangen ist, muss sie die andere Straßenseite genommen haben. Die Kamera hat auch sonst nichts und niemanden aufgezeichnet, die ganze Nacht lang nicht.«

Lucy verdrehte bei dieser Nachricht die Augen. »Die ganze Nacht lang kein Verkehr?«

»Nichts.«

»Den ganzen Abend und die ganze Nacht kein Verkehr und keine Fußgänger. Das ist doch seltsam, oder?«

»Nicht wirklich. Es ist eine schmale Einbahnstraße ohne Parkplätze, die während der Arbeitszeit hauptsächlich von Lieferwagen genutzt wird. Ich vermute, dass die meisten Leute lieber den Upper Way nehmen, der zweispurig, breiter und hell beleuchtet ist, außerdem sieht man von dort aus die Schaufenster.«

»Na gut, aber warum sich ausgerechnet Rachel entschieden hat, eine dunkle Straße entlangzulaufen, ist mir ein Rätsel«, sagte Lucy.

Poppy hob eine Hand und ließ sie sofort wieder fallen, weil sie sich für ihre Geste schämte. »Vielleicht war sie nicht allein unterwegs.«

»Stimmt. Wir werden diese Möglichkeit in Betracht ziehen. Murray, mach weiter.«

»Wir haben mit allen dreißig Angestellten des Hardy's gesprochen, und obwohl einige Rachels ruppige Art etwas abschreckend fanden, war sie im Allgemeinen sehr beliebt. Niemand hatte den Eindruck, dass es zwischen Eugene und Rachel irgendwelche Feindseligkeiten gab, und jeder von ihnen hat ein Alibi für letzte Nacht.«

Lucy zog die Augenbrauen hoch. »Das ging aber schnell.«

»Wir hatten Glück, sie waren alle leicht zu erreichen.«

»Kannte einer von ihnen Amelia oder Katie oder konnte sie anhand von Fotos identifizieren?«

»Da hatten wir leider kein Glück.«

»Das Kaufhaus liegt direkt an der Marston Street, aber niemand, der dort arbeitet, hat Katie gesehen, weder beim Kommen und Gehen noch in den Pausen?«

Poppy hob erneut die Hand, ganz wie ein eifriges Schulmädchen, und warf ein: »Der Eingang in der Marston Street wird nur für Warenlieferungen genutzt. Die Angestellten benutzen den Seiteneingang in der Gasse, die die Marston Street mit dem Upper Way verbindet, und verbringen auch ihre Raucherpausen dort.«

Lucy nickte ihr anerkennend zu, woraufhin das Mädchen errötete.

Ian, der während des Gesprächs ein Auge auf seinen Computerbildschirm geworfen hatte, räusperte sich. »Wir haben eine E-Mail von der Spurensicherung erhalten, die bestätigt, dass Rachel höchstwahrscheinlich in der Nähe des Fundortes ihrer Leiche getötet wurde. Auf der Rückseite ihrer Schuhe sind Schleifspuren zu sehen und in der rechten Ferse ihrer Strümpfe wurden Reste von Komposit gefunden, die mit dem Verbundmaterial des Bürgersteigs, der am Büro vorbeiführt, übereinstimmen. Sie haben auch bestätigt, dass der Mörder einen billigen Kugelschreiber verwendet hat, um auf ihre Stirn zu schreiben, obwohl sie sich nicht sicher sind, welche Marke es war.«

Lucy klopfte die Fingerspitzen gegeneinander, was ein befriedigendes *Plopp* verursachte. »Laut Pinkney ergab die Analyse von Rachels Mageninhalt, dass sie den ganzen Tag über nichts gegessen hatte, aber es gab Spuren von Restalkohol. Wenn wir glauben, dass sie in der Marston Street ermordet wurde, hat sie wahrscheinlich in der Nähe etwas getrunken. Habt ihr es schon in allen Bars, Kneipen und Restaurants rund um das Hardy's versucht?«

»Da sind drei, in denen wir noch nicht waren, aber die machen erst heute Abend auf«, erwiderte Murray.

»Wenn ihr dort nicht fündig werdet, versucht es mit einem größeren Umkreis.«

»Was ist mit dem Taxistand am Ende der Marston Street?«, fragte Poppy. »Haben wir mit den Fahrern gesprochen?«

Andy stieß ein leises Lachen hervor. »Hast du eine Ahnung, wie viele Fahrer dort Fahrgäste absetzen und aufnehmen? Jedes verdammte Taxi in Samford und von weit her fährt dorthin. Wie sollen wir das auf ein paar Taxifahrer eingrenzen, die gestern Abend zufällig dort waren? Ganz zu schweigen von all den selbstständigen Fahrern, die in der Stadt unterwegs sind?«

Poppys Wangen färbten sich purpurrot. »War nur so ein Gedanke.«

Lucy fuchtelte in kreisenden Bewegungen mit ihrer Hand herum. »Andy, das reicht jetzt! Poppy, das ist eine gute Idee, doch im Moment würde das zu viele Ressourcen binden. Wir müssen uns zuallererst darauf konzentrieren, Tommy zu finden. Die einzige Verbindung, die wir möglicherweise haben, hat mit

Drogen zu tun. Bei dem Pulver, das wir in Rachels Zimmer gefunden haben, scheint es sich um Kokain zu handeln, und wenn wir herausfinden können, wo sie es gekauft hat, haben wir vielleicht eine Spur. Haben die Techniker schon etwas auf ihrem Laptop gefunden?«

Die Frage war an Ian gerichtet. »Sie hat die Drogen auf jeden Fall nicht im Netz gekauft. Sie war auf verschiedenen Social-Media-Plattformen unterwegs, aber wir haben in ihrem Chat- und Browserverlauf nichts gefunden, was darauf hindeutet, dass sie von etwas anderem besessen war als von Mode und moderner Kultur.«

»Hatte sie keine Hobbys oder Freunde?«

»Keine Hobbys, außer Reisen und Einkaufen. Sie hatte noch Kontakt zu ein paar Freundinnen von der Universität, aber die leben mittlerweile fast alle in Übersee. Eine arbeitet für eine Uhrenfirma in der Schweiz, eine andere betreibt ein Hotel in Kapstadt und eine dritte ist Headhunterin und arbeitet in London.

»Hatte sie keine *normalen* Freundinnen, die weder zu den Überfliegern gehören noch megareich sind?«, fragte Andy.

Ian zuckte mit den Schultern. »Das hängt davon ab, was du unter *normal* verstehst. Sie hatte eine Menge wohlhabender Freunde. Eine Frau wohnt hier in der Nähe – Georgina King-White. Sie betreibt einen exklusiven Salon, das Heaven Scent Spa. Zurzeit befindet sie sich auf dem Rückflug von einer Neuseeland-Reise. Sie wird am späten Montag landen und am nächsten Tag wieder zur Arbeit erscheinen. Sie hat Termine für Dienstagnachmittag.«

Bevor Andy etwas erwidern konnte, ergriff Lucy das Wort. »Ich werde nach ihrer Rückkehr ein Treffen mit ihr vereinbaren. Hat jemand Rachels Stiefmutter Carolina kontaktiert?«

Murray nickte. »Ich habe mit ihr gesprochen und ihr die Nachricht von Rachels Tod überbracht.«

»Wie hat sie reagiert?«

»Zwiegespalten. Sie hat bestätigt, dass sie seit der Scheidung weder mit Rachel noch mit Eugene gesprochen hat, mittlerweile wieder verheiratet ist und in Argentinien lebt. Sie war nicht besonders scharf darauf, in der Vergangenheit herumzustochern.«

»Sie konnte uns also nicht helfen?«

»Nein, überhaupt nicht. Ich fragte sie nach Eugene und sie sagte, er sei ein Workaholic, aber er liebe seine Tochter.«

»Warum haben sie sich scheiden lassen?«, fragte Lucy.

»Wegen Untreue. Sie hat zugegeben, eine Affäre gehabt zu haben und dass sie sich von Eugene getrennt hat. Sie hat gesagt, sie habe es sattgehabt, wegen der Arbeit und Rachel die zweite Geige zu spielen.«

Lucy zuckte mit den Schultern. »Okay, Leute. Ich weiß, wir sind alle kaputt und es ist frustrierend und zeitaufwendig, aber wir müssen weitermachen. Es fühlt sich zwar nicht so an, aber wir *machen* Fortschritte.« Sie schaute jeden Einzelnen von ihnen an, wie ein Fußballtrainer, der sein Team auf die Herausforderung vorbereitet, und ihre Durchhalteparolen wurden mit allgemeinem Nicken und einer Spur von Begeisterung quittiert.

»Auf geht's, Leute, vorwärts«, murmelte Andy.

———

Natalie, die sicher war, dass das Team alles im Griff hatte und ihre Hilfe nicht benötigte, machte sich auf den Heimweg. Wenn sie sich keine Zeit für Mike und Thea nahm, würden die Dinge in die gleiche Richtung laufen wie bei ihr und David: Die Arbeit würde sie völlig in Beschlag nehmen und sie die Menschen, die sie liebte, vernachlässigen. Wenigstens verstand Mike die Situation. Er war ähnlichen Zwängen unterworfen und arbeitete wie ein Verrückter, weshalb Nicole ihn verlassen hatte.

Der Fernseher lief und Thea saß allein im Wohnzimmer, den Plüschhund auf dem Schoß.

»Hallo!«

Sie blickte kurz auf, antwortete aber nicht, sondern konzentrierte sich wieder auf die singende Prinzessin auf dem Bildschirm. Natalie zog sich zurück und stieß fast mit Josh zusammen.

»Hi! Hast du dich in Chatsworth gut amüsiert?«

»Es war super. Willst du ein paar Videos davon sehen? Das Feuerwerk war toll und es gab tanzende Roboter.« Er blätterte durch die Apps auf seinem Smartphone, bis er bei der Fotogalerie war, dann reichte er ihr das Handy. Scharlachrote Funken sprühten über das Display, perfekt synchronisiert zu einem peppigen Dance-Song. Es folgten eine Reihe von Knallern und weitere Farben, während ein beeindruckendes Schauspiel den Himmel erleuchtete.

»Das hätte ich auch gebrauchen können – eine anständige Kiste mit Feuerwerkskörpern, die im Takt der Musik explodieren. Mein Feuerwerk war im Vergleich dazu erbärmlich.« Mike sah entspannt aus. Er trug einen Pullover mit Rundhalsausschnitt und Jeans, in der Hand ein Glas Wein. »Josh hat mir die Videos gezeigt. Genial, nicht wahr? Vergiss die Party, die du nächstes Jahr ausrichten wolltest, wir werden selbst nach Chatsworth fahren und uns das ganze Theater hier mit Liebesäpfeln und Partyspielen sparen.«

Josh grinste und steckte das Handy wieder ein. »Es lohnt sich auf jeden Fall. So, auf mich warten jetzt die Hausaufgaben. Bis später.«

»Klar.« Mike legte Natalie einen Arm um die Schultern und führte sie in die Küche, wo er sein Glas auf dem Tisch abstellte. Thea ist total gefesselt von *Die Schöne und das Biest*, hättest du also Lust auf ein Glas Wein?«

»Dazu würde ich nicht Nein sagen.«

»Gut.« Er ging zum Kühlschrank und holte eine Flasche heraus. »Ich mache das Beste aus meinen letzten freien Stunden.«

»Du wirst feststellen, dass du eine Menge nachzuholen hast. Die Ermittlungen entwickeln sich zu einer großen Sache. Drei Opfer.«

Er schenkte den Wein ein und reichte Natalie das Glas. »Was denkst du, gibt es einen Zusammenhang?«

Sie nippte an der kühlen Flüssigkeit und dachte für einen kurzen Moment an Rachel. »Ja. Ich befürchte, dass der Mörder immer mehr Selbstbewusstsein gewinnt. Er hat ihr mit Kugelschreiber eine Botschaft auf die Stirn geschrieben, die nur aus einem einzigen Wort besteht.«

»Was genau hat er geschrieben?«

»Schuldig«.

Er hob sein eigenes Glas und nahm ebenfalls einen Schluck, dann fragte er: »Schuldig weswegen?«

»Ich habe keine Ahnung. Sie scheint niemanden, mit dem wir gesprochen haben, verärgert zu haben. Bis auf einen Vater, der sie sehr schätzte, und eine Stiefmutter, die nach Argentinien abgehauen ist, hatte sie keine anderen Angehörigen. Wir können keine Verbindung zwischen ihr und den anderen Opfern finden, bis auf die Tatsache, dass sie in der Marston Street ermordet wurde, in der Katie anschaffen gegangen ist, und möglicherweise drogenabhängig war.«

»Eine Verwechslung? Vielleicht war sie zur falschen Zeit am falschen Ort?«

»Das hätte ich auch gedacht, wäre da nicht die Schrift auf ihrer Stirn gewesen.«

»Wer schreibt auf ihren Kopf?«, fragte Thea.

»Ein Dummkopf«, erwiderte Mike hastig.

»Das ist dämlich.«

»Ist der Film schon vorbei?«

»Mhm.« Sie starrte Natalie an. »Und Natalie hat versprochen, mit uns Mario zu spielen. Das machst du doch, oder?«

»Na klar tue ich das«, sagte Natalie.

Mike stellte sein Glas auf den Tisch. Seine Augen funkelten fröhlich. »Komm, wir zeigen Natalie mal, wie man das macht.«

Natalie lehnte sich im Sofa zurück. So entspannt hatte sie sich schon lange nicht mehr gefühlt. Obwohl Thea sie immer noch nicht zum Abschied umarmte, hatte sie ihr immerhin zugewunken, als sie zum Auto ihrer Mutter gelaufen war. Natalie hatte das Gefühl, dass sie Fortschritte gemacht hatte, aber sie wusste auch, dass Thea das nächste Mal, wenn sie zu Besuch kam, wieder so kratzbürstig sein würde wie bisher. Zwei Wochen bei Nicole und all die gute Arbeit, die Natalie geleistet hatte, würde zunichte gemacht werden.

Mike legte einen Arm um sie. »Weißt du, sie mag dich wirklich.«

»Sie zeigt es nur nicht so deutlich.«

»Sie hat von dir geredet, während du weg warst. Ich habe ihr gesagt, dass du den sprechenden Schneemann ausgesucht hast. Sie hat sich sehr darüber gefreut. Du machst das toll. Es ist nicht leicht für sie.«

»Das weiß ich doch.«

Sie kuschelte sich in seine wärmenden Arme. Er legte seine Lippen an ihr Ohr und flüsterte: »Thea ist weg, Josh macht

Hausaufgaben in seinem Zimmer und wir beide haben noch etwas zu erledigen.«

Das Summen ihres Mobiltelefons auf dem Couchtisch sprach eine andere Sprache und er zog sich zurück. Sie lächelte ihn an. Im Gegensatz zu David war Mike nicht eifersüchtig wegen der Unterbrechungen und nahm ihr ihre Arbeit nicht übel.

Lucy stammelte: »Der *Hatfield Herald* hat einen Artikel online gestellt. Er wird dir nicht gefallen, und der Superintendent wird völlig ausrasten, wenn er ihn sieht.«

»Warte mal, Lucy, ich muss ihn erst lesen.«

»Er steht auf ihrer Website.«

Natalie ging quer durchs Zimmer zum Schreibtisch und schaltete den Computer ein. Mit ein paar Mausklicks fand sie, wonach sie gesucht hatte. Mike gesellte sich zu ihr und las den Text über ihre Schulter mit.

NEUE EINHEIT DER KRIMINALPOLIZEI VERSCHWENDET DAS GELD DER STEUERZAHLER

Chefreporterin – Bev Gardner

Als Superintendent Dan Tasker die Bildung einer neuen Einheit der Kriminalpolizei ankündigte, eines Superteams, das sich aus hochqualifizierten Mitarbeitern zusammensetzt, hofften die Einwohner von Samford auf einen schnellen Rückgang der Kriminalität, die ein Allzeithoch erreicht hatte.

Vor zwei Wochen bezog dieses Team seine neuen Räumlichkeiten, ein Stadthaus aus dem 18. Jahrhundert, Holborn House, das sich in der vornehmen Lichfield Road befindet und einst Lord Samuel Samford gehörte. Das Haus hat einen Wert von etwa 2.000.000 Pfund und wurde von der renommierten Designfirma Taylor and Match für rund 850.000 Pfund renoviert. Die Spezialeinheit verfügt über die modernste Technologie, die sie bei der Verbrechensbekämpfung unterstützen soll, doch trotz der hohen Ausgaben wurden in der Stadt innerhalb weniger Tage drei Morde verübt. Die Opfer, allesamt weiblich, sind unter ähnlich verdächtigen Umständen gestorben. Sie werden sich vielleicht fragen, was nun dagegen unternommen wird. DCI Natalie Ward, die Leiterin dieses Spitzenteams, hat es lediglich für nötig befunden, eine Erklärung an die Presse abzugeben. Sie hat weder eine Warnung an die Öffentlichkeit ausgesprochen, noch ging sie auf die wachsende Sorge ein, dass es ein Serienmörder auf die jungen Frauen von Samford abgesehen haben könnte.

Das jüngste Opfer ist die 23-jährige Rachel Hardy, Tochter von Eugene Hardy, dem Besitzer des Hardy's, des ältesten Kaufhauses von Samford, wo sie als Vertriebsleiterin tätig war. Rachels Leiche wurde heute früh in der Marston Street entdeckt, nur wenige Meter vom Kaufhaus entfernt. Ihr Vater ist auf der dringenden Suche nach Zeugen, die den Angriff auf seine Tochter beobachtet haben.

Im Gespräch mit mir sagte ein am Boden zerstörter und tränenüberströmter Mr Hardy: »Rachel war eine wunderbare, warmherzige Frau, die von allen, die für sie und mit ihr arbeiteten, respektiert wurde, und eine brillante Geschäftsfrau. Sie war maßgeblich an der Organisation der jährlichen Familien-Wohltätigkeitsauktion für das Krankenhaus von Samford beteiligt. Sie hat seinerzeit ausreichend Mittel für einen Kernspintomografen gesammelt. Wie das jemandem wie ihr passieren konnte, ist mir unbegreiflich. Ich fordere jeden, der gestern Abend möglicherweise etwas beobachtet hat, auf, sich zu melden.«

Bis heute wurde niemand verhaftet und eine Quelle aus dem Team sagte mir, dass ihr einziger potenzieller Verdäch-

tiger untergetaucht sei und der Fall die Beamten »vor ein Rätsel« stelle.

All das veranlasst zu der Frage, wie viel Geld des Steuerzahlers bereits in dieser neu gebildeten Einheit versickert ist, die mehr darauf bedacht zu sein scheint, in ihren renovierten Büros zu schwelgen als Verbrechen zu bekämpfen.

In Ermangelung jeglicher weiterer Anweisungen der leitenden Beamtin, die erst kürzlich beförderte DI Lucy Carmichael, rät diese Zeitung den Frauen aus der Gegend dringend davon ab, nachts allein draußen unterwegs zu sein.

»Was zum ...?«, rief Natalie.

»Ich weiß. Das ist alles Schwachsinn. Das Medienteam im Präsidium hat eine Erklärung an die Presse herausgegeben, um sie auf dem Laufenden zu halten, doch wer hat uns verpfiffen und mit dieser Schlampe gesprochen?«

»Hast du das Team schon informiert?«

»Nein, ich wollte zuerst mit dir sprechen. Murray hat den Artikel entdeckt. Ich kann mit Sicherheit ausschließen, dass er es war. Er hasst alle Reporter, und sie ganz besonders.«

»Ich komme ins Büro. Wir müssen den Schaden irgendwie begrenzen und ich muss eine Erklärung abgeben. Warte ab, bis ich da bin. Ich versuche, zuerst mit Bev zu reden und sie davon zu überzeugen, ihren Mund zu halten und unseren Maulwurf zu enttarnen.«

»Gut, dass ich nicht mit ihr sprechen muss. Ich würde ihr am liebsten ins Gesicht schlagen.« Mit dieser Bemerkung verabschiedete sich Lucy.

»Bev ist mir schon lange ein Dorn im Auge.«

»Ein Dorn? Ich würde mal sagen, dieses Mal hat sie die Messlatte etwas höher angesetzt. Eher ein Bulldozer. Für mich sieht es so aus, als würde sie versuchen, dich abzusägen.«

»Da muss sie aber früher aufstehen, und was Eugene Hardy

betrifft: Er wollte nicht, dass wir eine Erklärung abgeben, und jetzt verstehe ich auch, warum.«

»Mit ihm wirst du es auch nicht leicht haben.«

»Wie meinst du das?«

»Er hat Kontakte - Beamte, Politiker und so weiter –, und die sind wahrscheinlich mit ihm befreundet.«

»Na besten Dank. Ich werde Lucy warnen.«

»Was glaubst du, wer mit Bev geredet hat?«

»Keine Ahnung.«

»Vielleicht war es keiner und sie hat es sich nur ausgedacht.«

»Ich glaube nicht, dass sie sich so etwas ausdenken würde. Ich werde mit ihr reden und schauen, ob sie sich besänftigen lässt. Sieht so aus, als müssten sich unsere unerledigten Angelegenheiten noch länger gedulden.«

»Ich kann warten.« Er legte seine Hände auf ihre Schultern und drückte sie, dann zog er sie weg. »Du solltest jetzt lieber gehen, bevor ich es mir anders überlege.«

Bev weigerte sich, ihre Quelle preiszugeben. »Sie kennen doch die Regeln genauso gut wie ich. Wenn jemand Informationen preisgibt, dann bin ich verpflichtet, seine Identität zu schützen.«

»Sie schädigen den Ruf einer neuen Abteilung zu einem Zeitpunkt, an dem sie Ihre Unterstützung braucht.«

»Seien Sie ehrlich, DCI Ward, machen Sie sich Sorgen um den Ruf der Abteilung oder um Ihren kleinen Schützling, DI Carmichael?« Sie musterte Natalie durch halb geschlossene Augenlider. Das rund um die Uhr geöffnete Café, in dem sie saßen, lag in der Nähe der Büros des *Hatfield Herald*, wo Bev Chefreporterin war. Zu nah für Natalies Geschmack, aber es war einer der wenigen Orte, die an einem Sonntagabend geöffnet hatten, und der einzige, an dem Bev einem Treffen zugestimmt hatte.

»Ich fürchte, Sie haben die Menschen in Angst und Schrecken versetzt und sie glauben lassen, wir wären nicht in der Lage, einen Serienmörder zu fassen, der es auf junge Frauen abgesehen hat.«

»Nun, Sie sind nicht in der Lage, den Angreifer ausfindig zu machen, und es ist sehr wahrscheinlich, dass ein und dieselbe Person für alle drei Morde verantwortlich ist. Alle Opfer wurden erdrosselt.«

»Das hat Ihnen Ihre Quelle erzählt, oder?«

»Kann schon sein.«

»Wir spielen hier nicht auf Augenhöhe. Wie viel wissen Sie genau?«

»Lesen Sie morgen die Zeitung, dann erfahren Sie es«, antwortete sie mit einem süffisanten Unterton.

»Das ist eine ernste Sache. Wenn Sie zu viele Informationen preisgeben, werden Sie die Ermittlungen im besten Fall ausbremsen und im schlimmsten Fall zum Scheitern bringen. Beides ist unverantwortlich. Ich kann Sie daran hindern, aber ich bitte Sie lieber von Angesicht zu Angesicht, nichts zu veröffentlichen, was diesen Fall gefährden könnte. Wir haben mehrere Spuren und einen Verdächtigen, den wir verfolgen. Sie haben die Informationen von der Pressestelle im Präsidium erhalten.«

»Sie haben eine nichtssagende Erklärung abgegeben. Außerdem hat man mir etwas anderes erzählt. Nämlich, dass sie einen *möglichen* Verdächtigen jagen, den Sie nicht finden können und der nach allem, was man hört, keinerlei Verbindung zu dem dritten Opfer hat. Rachels Vater ist verzweifelt. Er hat mir erzählt, Sie hätten sogar angedeutet, sie sei auf den Strich gegangen und hätte Drogen genommen. Wie unfreundlich von Ihnen, DCI Ward.«

»Mr Hardy war aufgebracht über die Nachricht von ihrem

Tod und hat voreilige Schlüsse gezogen. Wir haben ihr mit Sicherheit nichts dergleichen unterstellt.«

»Aber es trifft zu, dass die ersten beiden Opfer Prostituierte waren. Und da Sie Mr Hardy sagten, Sie würden im Zusammenhang mit dem Tod seiner Tochter nach einem Mann suchen, der auch Amelia Saunders und Katie Bray getötet haben könnte, haben Sie angedeutet, seine Tochter wäre ebenfalls eine Prostituierte.«

»Das ist Blödsinn und das wissen Sie auch.«

»Ich bin mir sicher, dass die Öffentlichkeit das genauso sehen wird wie ich. Und da Rachel ein hohes Ansehen genoss, großzügig ihre Zeit für ihre Wohltätigkeitsarbeit für das Krankenhaus opferte und eine respektable Geschäftsfrau war, wird das Ihr Team in einem schlechten Licht dastehen lassen.«

»Was wollen Sie von mir, Bev?«

Die Augen der Reporterin funkelten. »Vielleicht eine Erklärung, in der Sie uns genau sagen, was Sie bisher herausgefunden haben und wie die Kriminalpolizei die Bürger dieser Stadt vor weiteren Morden schützen will.«

»Ich gebe eine Erklärung ab und werde Ihnen alles erzählen, sobald wir die Fakten kennen.«

»Tut mir leid, aber das genügt mir nicht. Die Fakten kann ich auch von meiner Quelle bekommen. Ich möchte das wissen, was mir meine Quelle nicht sagen kann ... Ihre Informationen.«

Natalie schüttelte den Kopf. »Nein. Das kann ich nicht tun. Wir müssen einige wichtige Informationen unter Verschluss halten. Ist es Ihnen egal, dass Sie alles auffliegen lassen und so dafür sorgen könnten, dass der Mörder entkommt?«

»Mir ist am wichtigsten, dass die Öffentlichkeit informiert wird. Die Leute haben ein Recht darauf.«

»Die Öffentlichkeit hat das Recht, in Sicherheit zu sein, und Sie bringen sie in Gefahr. Wir sind hier fertig. Ich werde eine einstweilige Verfügung erwirken.«

Bev gluckste. »Nur zu. Ich bin mir sicher, dass mir noch

etwas anderes einfällt, worüber ich schreiben kann. Vielleicht sogar über die Vetternwirtschaft innerhalb der Polizei und wie Sie Ihre Günstlinge schützen.«

»Ihnen fällt so einiger Unsinn ein. Meine einzige Sorge ist es, sicherzustellen, dass der Mörder nicht erneut zuschlägt. Es stehen Menschenleben auf dem Spiel. Das Leben von echten Menschen mit Familien. Sie sind in Gefahr. Sie kennen mich, Bev, und Sie wissen, dass mein Team engagiert und entschlossen ist und wir diesen Mörder irgendwann schnappen werden.« Natalie erhob sich. Der Versuch, die Frau zu überzeugen, war zwecklos – sie hatte so viel Mitgefühl wie ein kaltblütiger Hai. Sie ging zur Tür und hörte, wie Bev ihren Namen rief. Sie drehte sich um.

»Ich werde meine Story achtundvierzig Stunden lang zurückhalten, aber nicht länger.«

Natalie nickte knapp und verließ den Raum. Das würde ihnen ein wenig Zeit verschaffen, um voranzukommen. Jetzt galt es, das Leck in der Abteilung zu stopfen.

SECHZEHN

SONNTAG, 3. NOVEMBER – SPÄTER ABEND

Das neue Präsidium befand sich, wie Bev geschrieben hatte, in einem der ehemaligen Stadthäuser von Lord Samford. Viele Jahre lang hatte es einem seiner entfernten Verwandten gehört und als ein Museum fungiert, das sich dem Leben des Mannes widmete, nach dem die Stadt benannt worden und der zu seiner Zeit auch Polizeichef gewesen war. Nach dem Tod des Besitzers hatte man das Haus der Polizei geschenkt. Es mochte zwar einen Wert von zwei Millionen Pfund haben, aber es hatte den Steuerzahler weit weniger gekostet, obgleich das Gebäude baulich saniert und im Innenbereich renoviert hatte werden müssen, was in etwa der in dem Artikel genannten Summe entsprach.

Natalie stieg die drei Steinstufen zum Holborn House hinauf und hielt ihren Ausweis an den Scanner. Das rote Auge der Sicherheitskamera blinzelte, während sie darauf wartete, dass sich die Tür mit einem leisen Klicken öffnete. Der Eingang führte in einen Flur, den sie in zügigem Tempo durchquerte, wobei ihre Gummiabsätze auf den polierten, schwarz-weißen Fliesen quietschten. Sie hatte Lucy angerufen, um sie wissen zu lassen, dass sie auf dem Weg war, und ihr geraten, mit dem Team zu sprechen. Das Leck musste gestopft werden.

»Diese Art von Aufmerksamkeit der Presse können wir nicht gebrauchen. Die Ermittlungen sind schon schwierig genug, und wer auch immer dafür gesorgt hat, dass diese Informationen durchsickern, hat all unsere bisherige Arbeit zunichte gemacht. Ihr alle wurdet aufgrund eurer Erfahrungen ausgewählt. Ihr wisst, wie wichtig es ist, dass wir bei den Ermittlungen immer einen Schritt voraus sind, aber irgendjemand hat genau das verhindert.«

Natalie betrat das Zimmer und sah Lucy, die Hände in die Hüften gestemmt, die Stimme ruhig, aber verärgert. Das gesamte Team, mit Ausnahme von Ian, war im Raum versammelt, die Gesichter lang und grau. Natalie verschränkte ihre Arme und wartete an der Tür. Murray sah sie an und schüttelte fast unmerklich den Kopf. Eine Geste, die Natalie signalisieren sollte, dass sie noch nicht herausgefunden hatten, wer mit der Reporterin gesprochen hatte. Lucy war noch nicht fertig.

»Möchte jemand freiwillig gestehen?« Sie warf jedem von ihnen einen grimmigen Blick zu, den Andy, der sich auf seinem Stuhl ausgestreckt hatte, trotzig erwiderte. »Ihr wisst ja, wo ihr mich findet, falls mir irgendjemand erklären will, warum er den Drang verspürt hat, uns bei Bev Gardner anzuschwärzen. Und damit das klar ist: Wenn so etwas noch einmal vorkommt, werde ich die verantwortliche Person aufspüren und persönlich dafür sorgen, dass sie eine angemessene Strafe erhält.« Sie ließ die Stille im Raum auf das Team wirken und nickte dann mit dem Kopf, ein Zeichen dafür, dass sie ihre Tirade beendet hatte. »Wir machen Schluss für heute. Ab nach Hause und ins Bett mit euch.«

Das Büro leerte sich rasch und Natalie, Lucy und Murray blieben allein zurück.

Lucy ließ sich mit einem erschöpften Seufzer auf einem der

Stühle nieder. »Ich hoffe, dass derjenige, der es war, von nun an die Klappe hält.«

»Wer auch immer es war, ist eine echte Nervensäge«, knurrte Murray.

Lucy stimmte ihm zu und sagte dann: »Natalie, wir haben herausgefunden, wo Rachel an dem Abend, an dem sie getötet wurde, gewesen ist. Der Kellner in der Bar Di Angelo's hat ihr Foto wiedererkannt und gesagt, dass sie dort auf jemanden gewartet hätte. Es sei jedoch niemand gekommen und sie nach ein paar Gläsern Wein wieder gegangen. Er hat nicht gesehen, wohin sie ging.«

»Chefin?«

Celeste stand in der Tür. Lucy warf ihr einen fragenden Blick zu.

»Wie du weißt, hatte ich vorhin ein Treffen mit meiner Kontaktperson. Aber sie hat behauptet, sie würde nichts über Tommy oder Amelia wissen. Nun hat sie mich eben angerufen und Amelias Adresse durchgegeben.«

»Gut. Wir werden das überprüfen. Vielleicht ist er ja dort.«

»Es ist seltsam, aber Amelia hat auch in The Towers gewohnt, allerdings in Wohnung Nummer 52.«

»Ist nicht dein Ernst!« Lucy strich sie ihre Ponyfransen aus dem Gesicht und legte ihre Stirn in tiefe Falten, wobei die Narbe über ihrer Nase deutlich zu sehen war. »Im Block gegenüber. Murray, was hältst du davon? Sollen wir hinfahren?«

»Auf jeden Fall. Vielleicht versteckt sich Tommy dort.«

»Du fährst nach Hause, Celeste. Wir sehen uns das mal an.« Lucy ließ die Haare wieder nach vorne fallen.

Celeste war schon auf dem Weg zur Tür, drehte sich aber noch einmal um.

»Ist sonst noch irgendwas?«

»Nein. Nichts. Vergiss es. Gute Nacht.«

Celeste war kaum weg, da murmelte Murray: »Du glaubst doch nicht, dass sie mit Bev gesprochen hat, oder? Wie sie eben angesetzt hat, um etwas zu sagen, und dann einen Rückzieher gemacht hat. Meinst du, sie wollte gestehen?«

»Ehrlich gesagt, ist mir das im Moment völlig egal. Lass uns Amelias Wohnung überprüfen.«

Die beiden machten sich auf den Weg, und sobald ihre Stimmen verklungen waren und sich die Eingangstür geöffnet und wieder geschlossen hatte, ging Natalie in ihr Büro. Das erfolglose Treffen mit der Reporterin hatte sie nur noch mehr verärgert und sie war entschlossener denn je, Lucy zu unterstützen. Sie konnte nicht nach Hause zurückkehren, bevor sie nicht wusste, was sie in Amelias Wohnung gefunden hatten. Außerdem musste sie eine Erklärung für die Presse vorbereiten, um den negativen Aussagen der Reporterin etwas entgegenzusetzen. Und es gab noch eine Person, mit der sie sprechen musste – Dan Tasker. Sie wappnete sich für das bevorstehende Gespräch.

———

Die Wohntürme *The Towers* waren in Dunkelheit gehüllt, die Vorhänge und Jalousien vor den Fenstern zugezogen. Das schwache Licht der wenigen Straßenlaternen, die nicht mutwillig zerstört worden waren, wies Lucy und Murray den Weg zum Eingang.

»Ich glaube, die Wohnung befindet sich in dem Block gegenüber von Tommys«, erklärte Murray und betrachtete das mit Graffiti beschmierte Schild und eine grobe Zeichnung eines Penis, die nach links zeigte.

Der Eingang war identisch zu dem anderen, auch hier hingen Metallbriefkästen an einer Wand. In diesem Block war allerdings weniger Schaden angerichtet worden, doch auch auf dem Kasten mit der Nummer 52 stand kein Name.

»In welcher Etage liegt die Wohnung?«, fragte Lucy.

»In der neunten.«

Sie bewegte sich zügig, nahm zwei Treppenstufen auf einmal und trat bald in einen schmalen Flur, wo sie stehenblieb. Aus der Wohnung neben ihr drang lautes Husten, und in der Nachbarwohnung kläffte ein Hund. Murray holte sie ein und hielt nach der Wohnung Ausschau, wobei er vor einer Tür mit der Nummer 52 stehen blieb. Ein dünner Lichtstreifen fiel durch den Spalt unter der Tür.

»Hier«, flüsterte er.

Lucy klopfte. Als niemand antwortete, versuchte sie es erneut. »Aufmachen. Polizei!«

Sie trat einen Schritt zurück. Das Licht unter der Tür blieb an. Um sich Zugang zur Wohnung zu verschaffen, brauchten sie einen Durchsuchungsbefehl, doch wer immer sich in der Wohnung befand, konnte bis dahin bereits geflohen sein. Sie überlegte gerade, was sie tun sollte, als sich die Tür der Nachbarwohnung öffnete und eine dunkelhaarige Frau in den Zwanzigern herausschaute.

»Sie ist nicht da.«

»Woher wissen Sie das?«, fragte Lucy.

»Weil ihr Typ vor ein paar Tagen hier war und alle ihre Sachen mitgenommen hat.«

»Wie heißen Sie?«

»Chloe Brown.«

»Chloe, können Sie den Mann beschreiben?«

»Er hatte welliges, dunkles Haar zu einem Dutt gebunden, und ein großes Ohrloch.«

»Woher wissen Sie, dass er ihr fester Freund war?«

»Ich habe sie zusammen auf der Treppe gesehen. Er hatte seinen Arm um sie gelegt.«

»Kannten Sie Amelia?«

»Ist das ihr Name? Ich kannte sie nicht, hätte nicht mal gewusst, wie ich sie ansprechen sollte. Es ist das Beste, wenn man auf diesem Gelände für sich bleibt. Die Hälfte der Leute hier will man auch nicht kennenlernen. Wegen der billigen Wohnungen gibt es hier so einige schräge Typen. Ich warte darauf, dass man mir eine andere Wohnung zuweist.«

Das Husten hatte wieder angefangen, ein schreckliches Keuchen, das durch den ganzen Flur hallte, und Chloe zuckte zusammen.

»Sie wissen nicht zufällig, ob jemand einen Ersatzschlüssel für die Wohnung hat?«

»Ich glaube, ihr Freund hat einen.«

»Hat er hier gewohnt?«

»Ich weiß nicht, ob er hier gewohnt oder nur bei ihr übernachtet hat. In manchen Nächten hörte ich sie weinen, in anderen schrien sie sich an, dann knallte die Tür und er stürmte fluchend und schreiend davon.«

»Haben Sie jemals gehört, worüber sie gestritten haben?«

»Nein. Ich habe den Fernseher lauter gestellt.«

»Und was ist mit dem Weinen?«

»Sie hat viel geweint.« Sie verzog das Gesicht. »Ich habe nicht geklopft, um zu sehen, ob es ihr gut ging, für den Fall, dass er bei ihr war. Ich will mir keinen Ärger einhandeln.«

»War sonst noch jemand in der Wohnung, seit Sie gesehen haben, wie ihr Freund ihre Sachen geholt hat?«

»Ich habe niemanden gesehen.«

»Wissen Sie, wem die Wohnung gehört?«

»Ich habe nicht die leiseste Ahnung.«

»Wie lange hat Amelia hier gewohnt?«

»Nicht lange. Ein paar Monate. Ich weiß es wirklich nicht genau. An einem Tag war die Wohnung leer, am nächsten ist sie eingezogen.«

»Leben Sie allein, Chloe?«

»Nein, ich habe ein Baby – ein kleines Mädchen.«

»Wie alt ist sie?«

»Zehn Monate.«

Lucy lächelte. »Sie wird bald laufen können.«

»Ja.« Chloe sah sich um, als das Kind wie aufs Stichwort zu weinen begann.

»Gehört Ihnen die Wohnung?«

»Nein, ich habe sie gemietet. Ich bekomme staatliche Unterstützung, um sie zu bezahlen.«

»An wen zahlen Sie die Miete?«

»An eine Vermietungsagentur in der Stadt. Able and Sons.«

»Würden Sie mich bitte anrufen, falls Sie den Freund noch einmal sehen?« Lucy reichte Chloe ihre Karte, die etwas murmelte und die Tür schloss.

Lucy starrte auf das Licht unter der Tür zu Nummer 52 und presste ihr Ohr an die Tür. Von drinnen war kein Geräusch zu hören.

»Soll ich die Tür aufbrechen? Immerhin könnte Tommy tot da drin liegen.«

Lucy rieb sich das Kinn und nickte dann. Es war nur ein kräftiger Tritt nötig, um die Tür zu einem Wohnschlafraum zu öffnen, in dem eine grau gestreifte Doppelmatratze auf dem Boden lag und ein Zierteppich an der Wand darüber hing. Es gab klar abgegrenzte Bereiche: eine Sitzecke mit einem quadratischen Esstisch und zwei Stühlen in der Nähe einer offenen Tür, die zu einer winzigen Küche führte, sowie ein Sofa an der Wand, das auf einen Fernseher an der gegenüberliegenden Wand gerichtet war. Zwei runde, bronzene Tische im marokkanischen Stil auf Holzfüßen waren willkürlich platziert worden, und an den Fenstern hingen reich bestickte Vorhänge in Rot-, Gold- und Violetttönen, während eine verzierte Lampe Muster an die Decke darüber warf.

Murray inspizierte die Küchenschränke. »Alles leer.«

Eine Tür neben dem Sofa führte in ein Badezimmer, das gerade groß genug war für ein Waschbecken, eine Dusche und eine Toilette. Der Raum bot nur wenig Platz, um sich zu bewegen. Es gab keine Anzeichen dafür, dass hier jemand wohnte.

»Chloe hatte recht. Es scheint, als hätte Tommy die Wohnung ausgeräumt.«

»Aber warum?«

»Um die Tatsache, dass sie jemals hier war, und möglicherweise jede Spur von ihm selbst zu beseitigen«, antwortete Lucy. Sie rieb sich den Nacken, wo sich ihre Muskeln in den letzten Stunden spürbar verkrampft hatten. Sie brauchte dringend etwas zu Essen und Ruhe. Das brauchten sie beide. Beim Vorbeigehen trat sie gegen das Sofa. Dieser verdammte Tommy Field. Sie waren auf der Suche nach ihm keinen Schritt weitergekommen.

Nach nur wenigen Stunden Schlaf erwachte Lucy um vier Uhr früh. Aurora schniefte leise in ihrem Bettchen. Sie lauschte dem Geräusch durch das Babyfon. Das Kind wurde immer unruhiger. Bethany rührte sich neben ihr, drehte sich dann um und schlief wieder ein. Lucy schlüpfte unter der Decke hervor und schlich ins Kinderzimmer. Die Tür stand einen Spalt weit offen und sie glitt hinein. Aurora lag auf dem Rücken, die Arme weit ausgebreitet, und ein großer flauschiger Teddybär in der Ecke des Bettchens wachte über sie. Lucy hatte das Plüschtier gekauft, und es war der nächtliche Beschützer des Kindes.

Sie kniete sich neben das Kinderbettchen und beobachtete die Kleine durch das Holzgitter. Aurora konnte darüber klettern, wenn sie wach war, aber es hinderte sie daran, nachts aus dem Bett zu fallen. Die Wangen des Kleinkindes waren gerötet und sie schniefte erneut. Die Wimpern begannen zu flattern, während sie aus dem Schlaf erwachte. Lucy schob ihre Hand durch die Gitterstäbe und streichelte das weiche Haar des Mädchens. Sie hatte keine Singstimme, aber sie wünschte sich, sie könnte ein Schlaflied summen oder sich mütterlicher benehmen. Sie war sich wirklich nicht sicher, wie sie sich verhalten sollte. Aurora öffnete die verklebten Augen und begann zu quengeln.

»Hey, kleiner Schatz, willst du ein bisschen kuscheln?«

Das Kind streckte seine pummeligen Arme nach Lucy aus, die aufstand und sie aus dem Bettchen hob. Sie atmete ihren Duft ein, den warmen Geruch, der Babys und Kleinkindern eigen ist. Aurora steckte sich den Daumen in den Mund und lehnte ihr heißes Gesicht an Lucys Schulter, deren Herz sich mit einer plötzlichen Wärme füllte. »Dann wollen wir dir mal ein paar Zahnungskügelchen holen, okay?«

Es kam keine Antwort, nur noch mehr Schniefen. Der neue Zahn war der Auslöser für die verstopfte Nase und die heißen Wangen. Ibuprofensaft würde helfen, das Fieber zu senken, aber Lucy war sich nicht sicher, wie viel Bethany dem Kind bereits gegeben hatte. Mit einem Arm drückte sie Aurora an sich und suchte in der Schublade nach den Päckchen, die sie brauchte. Doch da war nichts. Eine Bewegung ließ sie aufhorchen und Bethany erschien, gähnend und mit müden Augen.

»Ich dachte, du schläfst noch. Sie ist ein bisschen quengelig. Ich glaube, das liegt an ihren Zähnen.«

»Ich kümmere mich um sie.«

»Nicht nötig. Ich habe nach den Zahnungskügelchen gesucht.«

»Wir haben keine mehr. Ich werde ihr etwas Ibuprofensaft geben.«

»Das kann ich übernehmen.«

»Schon okay. Geh wieder ins Bett.«

»Alles gut. Ich bin verantwortungsbewusst genug, um unserer Tochter Ibuprofensaft zu geben.«

»Setz dich nicht wieder auf dein hohes Ross. Ich habe mehr Erfahrung damit als du. Gib sie mir.«

»Weißt du, du wirst sehr besitzergreifend, was Aurora angeht.«

»Besitzergreifend? Inwiefern bin ich denn besitzergreifend?

Weil ich mich um Aurora kümmere und sie pflege, wenn sie krank ist?«

»Weil du nicht zulässt, dass wir beide uns die Verantwortung teilen.«

Auroras Schniefen wurde immer lauter und ging allmählich in ein leises Schluchzen über, während sich ihre Eltern leise stritten.

»Wenn dir das so wichtig ist, solltest du vielleicht ein bisschen Zeit mit ihr einplanen.«

»Bethany! Hörst du dir manchmal selbst zu?«

Das verkniffene Gesicht, das sie anstarrte, war fast nicht wiederzuerkennen. »Ich weiß, wo wir die Medikamente aufbewahren, und sie ist es gewohnt, dass ich sie ihr gebe. Sie wird einen Aufstand machen, wenn du es tust.« Sie trat vor und nahm Lucy Aurora ab, sodass eine kalte Lücke an der Stelle entstand, an die sich die Kleine eben noch gekuschelt hatte.

»Wir müssen darüber reden«, sagte Lucy.

»Jaja«, erwiderte Bethany, setzte sich Aurora auf ihre Hüfte und verschwand in Richtung Badezimmer.

———

Dominic Quinn hatte nicht schlafen können. Das Ganze geriet außer Kontrolle. Was als leidenschaftlicher One-Night-Stand begonnen hatte, hatte sich in eine verrückte Situation verwandelt, aus der er nicht mehr herauskam. Die Hälfte des Problems bestand darin, dass er nicht gehen wollte, doch jetzt, wo seine Frau Anne Verdacht geschöpft hatte, musste er eine Entscheidung treffen – aber welche Richtung sollte er einschlagen?

Seine Ehe mit Anne war gut gewesen, aber nach fünf Jahren war seine Frau berechenbar, zuverlässig und einfallslos geworden. Sie hatten sich in einem bequemen Trott eingerichtet und jetzt musste er entscheiden, ob es immer noch das war, was er wollte.

Er hatte es nicht geschafft, Anne in die Augen zu sehen, als sie ihn gefragt hatte, warum er sein Handy heimlich auf Nachrichten überprüfte. Obwohl er ihr gesagt hatte, dass die Affäre vorbei sei, musste sie doch sicher misstrauisch sein, oder war er ein so überzeugender Lügner?

Der Blinker des Autos klickte laut, als er in die St. Mary's Road einbog und dann langsam vor dem Tor der Samford Primary School zum Stehen kam. Er stieg aus seinem Toyota Corolla und tippte den Code in das Tastenfeld ein, dann kehrte er zu seinem Auto zurück und wartete darauf, dass sich das Tor öffnete und er hineinfahren konnte. Es war fast acht Uhr, ein bisschen zu früh, um bei der Arbeit zu sein, aber er hatte es nicht länger zu Hause bei Anne aushalten können. Sie hatte in der Küche herumhantiert, ihn aufgefordert, ordentlich zu frühstücken, und pausenlos darüber geredet, was sie mit ihrer Vorschulklasse zu Weihnachten plante. Bis Weihnachten waren es doch noch Wochen hin, oder? Er hatte auf eine halbe Stunde Ruhe bei der Arbeit gehofft. Das war es, was er brauchte. Heute würde er sich entscheiden, welchen Weg er wählen würde.

Das Metalltor hatte sich so weit geöffnet, dass er hindurchfahren konnte, und er wartete, bis es sich vollständig geöffnet hatte und dann automatisch wieder schloss. Dominic schaltete die Zündung aus und warf einen Blick auf das stolze Gebäude, in dem er arbeitete. Die Schule hatte etwas Beruhigendes an sich. Sie befand sich schon seit über einem Jahrhundert auf diesem Grundstück, und der Himmel wusste, wie viele Kinder schon durch ihre Türen gegangen waren. Er genoss die Begeisterung, die die Schüler mitbrachten; ihr Elan war ansteckend. Er konnte sich nicht vorstellen, dass ein anderer Job ihm eine ähnliche Befriedigung verschaffen würde. Er war stolz auf das, was er tat. Er bereitete die Kinder auf ihre Zukunft vor und vermittelte ihnen Wissen, und eines Tages würden sie auf ihre

Schulzeit zurückblicken und sich an Mr Quinn erinnern, der sie unterrichtet hatte.

Er stieg aus dem Auto und hatte es eilig, das Gebäude zu betreten. Er hatte einen wichtigen Anruf zu erledigen. Es war an der Zeit, dass er sich zusammenriss. Wenn er ehrlich zu sich selbst war, konnte er sich nicht vorstellen, den Rest seines Lebens mit Anne zu verbringen. Früher einmal hatte er sich das vorstellen können, doch das war längst vorbei.

Er öffnete die Hintertür seines Wagens und nahm seine Jacke von dem Haken neben dem Sitz. Er trug die Jacke nie, wenn er am Steuer saß. Er wollte nicht, dass sie zerknitterte. Der äußere Eindruck zählte und es war ihm wichtig, einen guten Eindruck zu hinterlassen. Kleider machen Leute. Er zog die Jacke an, zupfte die Ärmel zurecht, holte seine lederne Aktentasche heraus und schloss das Auto hinter sich ab. Es war ein sonniger Morgen. Nachdem er den Anruf getätigt hatte, würde er noch heiterer erscheinen. Der Gedanke blieb in seinem Kopf hängen wie ein eingefrorener Computerbildschirm, während sich die Hände fest um seinen Hals schlossen. Er stand regungslos da, unfähig zu begreifen, was geschah, und erst, als die Welt um ihn herum langsam schwarz wurde, wurde ihm die Realität schlagartig bewusst. Er war im Begriff zu sterben.

———

Der Brief sah harmlos aus. Der schlichte weiße Umschlag war von Hand beschrieben worden und an Natalie im Polizeipräsidium adressiert. Sie hielt ihn vor sich in der Luft, und ihr Blick fiel auf den Poststempel. Aftonbury. Es kribbelte wie Ameisen unter ihrer Haut. Sie hatte Aftonbury schon vor vielen Jahren hinter sich gelassen, das erste Mal, als sie das Haus ihrer Familie verlassen hatte, und das zweite Mal, als sie zurückkehrt war, um ihre Eltern zu beerdigen. Die Stadt war ausgelöscht worden, zusammen mit den Erinnerungen an die Gründe, warum sie nicht mehr an diesen Ort denken konnte, ohne dass ihr die Galle hochkam ...

»Warum, Frances? Warum zum Teufel hast du diese Ohrringe in meine Socken gesteckt?«

»Das habe ich nicht getan.«

»Natürlich warst du das, du Schlampe. Warum tust du das? Erst erfindest du eine schwachsinnige Geschichte und erzählst, ich hätte die Ringe gestohlen, und jetzt das. Was habe ich dir angetan, dass du dich so verhältst?«

Das Mädchen zuckt mit den Achseln, ihre dunklen Augen in ihren Höhlen erinnern an große Löcher.

»Du weißt, dass das alles Blödsinn ist. Ich habe nichts gestohlen.«

Frances' Lippen verziehen sich zu einem hämischen Grinsen, das sich auf ihrem schmalen Gesicht ausbreitet. »Du hättest die Ringe nehmen können.«

Natalies Stimme wird lauter. »Das habe ich nicht getan und das weißt du auch ganz genau. Du hast sie gestohlen.«

»Beweise es!« Ihr Gesicht ist völlig ausdruckslos und sie starrt Natalie mit einem eisigen Blick an. Diese Seite von Frances macht ihr Angst. Ihre fünfzehnjährige Schwester hat sich in ein kaltes, gefühlloses Monster verwandelt.

Natalie appelliert an die Vernunft, doch die gibt es nicht mehr. Frances ist es schlichtweg egal. Sie versteht ihre jüngere Schwester nicht mehr. »Ich habe dich schon oft gedeckt. Ich habe dich nicht verpfiffen, als ich das Gras in deiner Schublade gefunden habe, oder die Zigaretten. Ich habe dir immer den Rücken freigehalten! Und ich habe für dich gelogen, Frances. Ich habe Mum und Dad erzählt, dass du bei mir warst und nicht bei deinen Freundinnen, als die ganze Scheiße auf dem Grundstück passiert ist. Ich habe dich beschützt, und jetzt lässt du mich auch noch die Schuld dafür tragen. Sag ihnen die Wahrheit. Stell dich einmal in deinem Leben dem, was du getan hast.«

Keine Reaktion. Ihre Schwester könnte genauso gut eine Million Kilometer weit weg sein.

»Okay, dann werde ich ihnen alles über dich erzählen. All die Dinge, von denen sie nichts wissen: das Rauchen, das Trinken, das Vögeln mit älteren Jungs. Ich werde sogar zugeben, dass ich dich gedeckt habe, obwohl du in Wahrheit eine dieser bösen Brutalos warst, die ein zwölfjähriges Mädchen so verprügelt haben, dass es mit schweren inneren Verletzungen ins Krankenhaus eingeliefert werden musste.«

»Sie werden dir nicht glauben. Sie hassen dich im Moment viel zu sehr, um dir auch nur ein einziges Wort zu glauben.«

Diese Tatsache versetzt ihr einen Schlag in die Magengrube. Ihre Eltern sind von der Erkenntnis, dass die achtzehnjährige Natalie eine ältere Verwandte bestohlen haben soll, völlig überrumpelt worden und werden ihr ab sofort kein Wort mehr glauben. Außerdem sind sie vernarrt in ihre kleine Schwester. Die zierliche, goldhaarige Frances ist das süßeste Kind der Welt, zumindest glauben das alle. Nur Natalie weiß, was wirklich in Frances' Leben vor sich geht. Aber selbst sie hätte nicht gedacht, dass Frances Oma bestehlen würde. Sie mag das Gesicht eines Engels haben, aber sie hat das Herz eines Dämons.

»Was hast du mit den Ringen gemacht?«, fragt sie.

Frances grinst. »Als ob ich dir das auf die Nase binden würde.«

Da ist es – das Geständnis, auf das sie gewartet hat. Frances gibt den Diebstahl zu. »Sag mir, was du damit gemacht hast!«

»Verpiss dich.«

»Frances, ich will es wissen.«

»Fahr zur Hölle.«

Das ist zu viel für Natalie und sie stürzt sich auf ihre Schwester, packt sie am Oberarm, reißt sie herum und schlägt ihr hart ins Gesicht. Der Schock über ihre Tat überrascht sie beide, und als Frances ihr Gesicht hebt, sieht Natalie Blutblasen an der Stelle, an der die Lippe ihrer Schwester aufgeplatzt ist. Sie will sich entschuldigen, aber die Worte bleiben ihr im Hals stecken. Frances grinst blutverschmiert. »Perfekt. Genau das, was ich mir von dir erhofft habe.« Sie stößt einen ohrenbetäubenden Schrei aus, der Natalie zurückschrecken lässt, und ihr Vater stürmt blitzschnell durch die Tür. Die jetzt schluchzende Frances wirft sich in seine Arme.

»Was ist hier los? Natalie?«

Natalie ist wie erstarrt.

»Frances, Kleines. Sag mir, was hier los ist.«

»Sie ... hat mich geschlagen ..., weil ich dir das mit den Ringen erzählt habe. Sie sagt, sie wird mich umbringen, weil ich sie verraten habe. Ich habe Angst, Daddy.« Sie weint an seiner Brust, die Arme um seine Taille geschlungen.

»Psst, beruhig dich! Es ist alles gut«, sagt er.

»Sie hasst mich. Sie schikaniert und bedroht mich ständig.«

Der Gesichtsausdruck ihres Vaters, die pure Enttäuschung gepaart mit plötzlicher Abscheu, ist mehr, als Natalie ertragen kann. Sie kämpft einen Kampf, den sie nie gewinnen wird. Frances wird immer die Oberhand haben. Selbst, wenn sie die Schuld ihrer Schwester beweisen kann, wird nichts mehr so sein, wie es einmal war. Ihre Eltern vertrauen ihr nicht mehr, und in ihrer Beziehung hat sich etwas verändert. Natalie geht in ihr Zimmer, um ein paar spärliche Habseligkeiten zu packen. Sie ist nicht länger ein Teil dieser Familie. Es wird Zeit, dass sie auf eigenen Beinen steht.

Natalie zwang sich, in die Gegenwart zurückzukehren. Aftonbury lag hinter ihr und sie hatte gewiss nie einen Brief aus dieser Stadt erhalten. An dem Tag, an dem sie ihr Zuhause verlassen hatte, war sie vorübergehend bei einer Schulfreundin untergekommen, deren Mutter Natalie wohlgesonnen war. In den Sommerferien hatte sie eine Stelle als Apothekengehilfin gefunden, um ihren Lebensunterhalt zu verdienen. Ihre Abiturnoten waren gut und ein paar Wochen später, als sie auf dem Weg zur Arbeit an einem Rekrutierungswagen der Polizei vorbeikam, hatte sie einige Broschüren mitgenommen und sich beworben.

Die Polizei wurde ihr Leben und ihre Familie, bis sie David kennenlernte, und auch danach blieb ihr Job stets die Konstante in ihrem Leben.

Die Handschrift war ihr unbekannt. Sie schob einen Brieföffner unter die Oberkante des Umschlags, um das gefaltete Blatt Papier herauszuziehen, und während sie den Inhalt las, bildete sich eine tiefe Falte zwischen ihren Brauen.

Liebe Natalie,

bitte wirf diesen Brief nicht weg, ohne ihn zu lesen.

Ich habe in meinem Leben so viele Dinge getan, die ich bereue, aber eines der schlimmsten Dinge war, unseren Eltern Lügen über dich zu erzählen.

Ich erwarte nicht, dass du mir verzeihst, aber ich möchte dir sagen, wie leid es mir tut.

Diese Entschuldigung kommt Jahrzehnte zu spät, aber sie ist trotzdem aufrichtig.

Mit dem Alter kommt die Weisheit, und in meinem Fall die Erleuchtung. Ich glaube, ich habe die Tragweite meines Handelns nicht ganz verstanden, als wir noch Teenager waren. In letzter Zeit hatte ich ernsthafte gesundheitliche Probleme, die mich dazu gebracht haben, über mein Leben nachzudenken und darüber, was für ein trauriges Fiasko es gewesen ist. Ich bin nach Aftonbury zurückgekehrt, um wenigstens zu versuchen, es wieder aufzubauen und Frieden zu schließen, bevor es zu spät ist.

Ich habe eine Privatdetektivin beauftragt, nach dir zu

suchen, und als sie mir die Nachricht vom schrecklichen Tod deiner Tochter Leigh überbrachte, wusste ich, dass ich Kontakt zu dir aufnehmen musste.

Du schuldest mir nichts, doch wenn du auch nur einen kleinen Funken Freundlichkeit in deinem Herzen findest, würdest du mich bitte anrufen?

Ich vermisse dich. Ich vermisse uns, das, was zwischen uns war, bevor ich es versaut habe, bevor ich zerstört habe, was wir hatten. Einst waren wir die besten Freundinnen, und obwohl ich nicht erwarte, dass du dich mit dem Gedanken anfreunden kannst, mich wieder in dein Leben zu lassen, bitte ich dich trotzdem, zumindest darüber nachzudenken.

Ich habe meine Telefonnummer am Ende dieses Briefes angegeben und hoffe, dass du mich anrufen wirst. Ich würde mich freuen, deine Stimme zu hören.

Frances X

Natalie faltete das Blatt mit zittrigen Fingern wieder zusammen, steckte es zurück in den Umschlag und legte ihn in ihre oberste Schublade ihres Schreibtisches. Sie schob sie fest zu und starrte ins Leere. Der Brief war ein Schock für sie. Sie konnte sich im Moment nicht mit dem Inhalt befassen. Er würde in der Schublade bleiben, bis sie die Tatsache, dass Frances sie kontaktiert hatte, verkraftet hatte. Bis dahin musste sie konzentriert bleiben und durfte sich nicht ablenken lassen. Die Ermittlungen hatten oberste Priorität.

Türen schlossen sich und Gummi quietschte über den gefliesten Boden, während Beamte kamen und gingen. Natalie lenkte ihre Aufmerksamkeit wieder auf die E-Mail, die Lucy ihr am Vorabend geschickt hatte. Ihre Kollegin hielt alle per E-Mail auf dem Laufenden. Das war eine Methode, die Natalie noch nie verwendet hatte, aber sie war froh darüber. So war sie immer auf dem neuesten Stand, ohne alle fünf Minuten nachfragen zu müssen, was bei den Ermittlungen passiert war. Tommy war nicht in Amelias Wohnung gewesen. Sein Verschwinden war mehr als ärgerlich. Ohne ihn drohte der Fall ins Stocken zu geraten, und Natalie hatte gehofft, ihn zu finden, dann hätte der *Hatfield Herald* wenigstens etwas gehabt, worüber er schreiben könnte. Denn eines war sicher: Sie konnte nicht zulassen, dass Bev den Artikel, den sie bereits vorbereitet hatte, veröffentlichte. Wenn nötig, würde sie Dan einschalten und eine einstweilige Verfügung erwirken, aber am liebsten wäre es ihr, wenn sie genug Neuigkeiten hätte, um die Reporterin irgendwie bei der Stange zu halten. Dan, der auf den Ruf des Teams bedacht war, würde einen Anfall bekommen, wenn er davon erfuhr. Es war klüger, erst einmal abzuwarten, wie die Dinge heute liefen, bevor sie ihn um Hilfe bat. Das Leck war ärgerlich. Sie hatte keine Ahnung, wer dafür verantwortlich war. Die einzigen Beamten, denen sie vertraute, waren Lucy, Murray und Ian, weil sie schon seit längerer Zeit mit ihnen zusammenarbeitete.

Das Geräusch einer zuschlagenden Tür und schneller Schritte ließ sie aufhorchen. Plötzlich stand Murray in ihrer Tür. »Wir haben einen Anruf vom Hauptpräsidium erhalten. Wir haben ein weiteres Opfer – hat an einer Grundschule unterrichtet.«

»Wissen wir, wer sie ist?«

»Es ist ein männliches Opfer – sein Name ist Dominic Quinn.«

»Männlich? Hat das mit unserem Fall zu tun?«

»Es steht das gleiche Wort auf seiner Stirn. Lucy ist bereits auf dem Weg zum Tatort und möchte, dass wir uns dort mit ihr treffen. Ian bleibt hier, um an Informationen über ihn zu gelangen.«

Natalie sprang blitzschnell auf. Die Ermittlungen hatten eine neue Wendung genommen. Wie viele Opfer würde es noch geben, bevor sie den Mörder fanden?

· · ·

»DCI Ward!« Die Stimmen der Reporter wurden lauter, als sie aus ihrem Audi stieg. Schreie drangen an ihr Ohr, obwohl die Presse und die Schaulustigen in einiger Entfernung vom Schuleingang standen und durch Polizeibeamte und Absperrungen daran gehindert wurden, die Straße zu überqueren. Dahinter befand sich eine große Keksfabrik, und mehrere Arbeiter in braunen Uniformen hatten sich zu den Menschenmassen auf dem Bürgersteig gesellt. Natalie lief neben Murray her und reagierte nicht darauf. Stattdessen zeigte sie dem Polizisten, der das Schultor bewachte, ihren Dienstausweis und betrat den asphaltierten Hof, der durch einen Holzzaun vor Blicken geschützt war.

Sie war nicht überrascht, Mike hier zu sehen. Mehrere Kriminalbeamte standen im Halbkreis um ihn herum, er hatte den Kopf gesenkt und die Stirn gerunzelt. Er bemerkte sie nicht, als sie zügigen Schrittes über verblasste Kreidemarkierungen, Quadrate mit Zahlen und Kreisen von Schulhofspielen, auf das beeindruckende mehrstöckige, beigefarbene viktorianische Backsteingebäude zuging. Es hatte Segmentbogenfenster, mehrere Giebel und krönende Kuppeln, die an Uhrentürme erinnerten. Die Samford Primary School stand an der Ecke zur St Mary's Road, ein massives, ehrwürdiges Gebäude, das laut der Jahreszahl auf dem Stein über dem Eingang im Jahr 1876 erbaut worden war.

Lucy, die vor der Tür stand, unterhielt sich mit einer Frau mit mürrischem Gesichtsausdruck, die einen riesigen gemusterten Schal trug, der ihren gesamten Oberkörper bedeckte, und einen langen Wollmantel, der bis zu den Spitzen ihrer weichen Wildlederstiefel reichte. Natalie ging auf die Frauen zu und wurde Fiona Darwin, der Direktorin, vorgestellt, die zwar sichtlich erschüttert war, aber dennoch mit fester Stimme sprechen konnte.

»Ich kam kurz nach acht Uhr morgens an und fand seine Leiche neben seinem Auto auf dem Lehrerparkplatz. Ich habe DI Carmichael erzählt, dass Dominic einer unserer engagiertesten Lehrer und es ein Vergnügen war, mit ihm zu arbeiten. Ich war nicht überrascht, sein Auto bereits hier zu sehen, da er immer als Erster kam. Ich weiß, dass er manchmal sogar schon um sieben Uhr in der Schule war, um den Unterricht in seinem Klassenzimmer vorzubereiten.«

»Welchen Jahrgang hat er unterrichtet?«, fragte Natalie.

»Die sechste Klasse. Die Schüler haben ihn geliebt.«

»Und was ist mit den Lehrerkollegen?«

»Er hat sich mit allen gut verstanden. War sehr beliebt. Ich verstehe nicht, warum das passiert ist.« Sie schüttelte langsam den Kopf. »Schrecklich, wirklich schrecklich. Vor allem, weil es auf dem Schulgelände geschehen ist. Man sollte meinen, wir seien hier sicher.«

Murrays Blick glitt zum Dach hinauf. »Gibt es eine Videoüberwachung auf dem Schulgelände?«

»Nein. Wir haben noch nie eine gebraucht. Die Vordertür und die Schultore bleiben bis acht Uhr fünfzehn verschlossen. Die Lehrkräfte benutzen den Hintereingang, wenn sie früher kommen oder später nach Hause gehen. Sowohl der Eingang als auch der Parkplatz werden über ein Codeschloss gesichert.«

»Derselbe Code?«, fragte Murray.

»Nein, wir haben zwei verschiedene Codes, die wir jedes Halbjahr ändern.«

Lucy entdeckte Andy, der den Schulhof betreten hatte, und winkte ihn zu sich herüber. Sie wies ihn an, Fionas Aussage in ihrem Büro aufzunehmen. »DS Foxton wird jetzt eine vollständige Aussage von Ihnen aufnehmen. Sind Sie sicher, dass Sie keine medizinische Hilfe benötigen? Das muss ein ziemlicher Schock für Sie sein.«

»Nein, mir geht es gut, danke. Ich muss die Schulleitung

darüber informieren, was passiert ist. Wie lange, glauben Sie, bleibt die Schule geschlossen?«

»Sie wird sicherlich für heute geschlossen bleiben müssen. Ich werde Mike Sullivan, den Leiter der Spurensicherung, bitten, mit Ihnen zu sprechen.«

»Ich muss die Eltern informieren, verstehen Sie? Und wir müssen das Personal verständigen und ...« Fiona verstummte.

Lucy nickte. »Ich verstehe. Wir werden Sie auf dem Laufenden halten.«

Nachdem Andy mit ihr im Schulgebäude verschwunden war, begleitete Lucy Murray und Natalie zum Parkplatz.

»Es war wirklich Glück, dass Fiona Dominic gefunden und sofort die Polizei gerufen hat. So konnte sie verhindern, dass jemand anderes – Lehrkräfte, Eltern oder Kinder – die Schule oder den Parkplatz betreten konnte.«

Das Areal war wie der Schulhof von einem knapp zwei Meter hohen Zaun umgeben, und der einzige Zugang war durch ein rotes Metalltor gesichert, das sich nur öffnen ließ, wenn ein Zugangscode in ein Tastenfeld am Torpfosten eingegeben wurde.

Murray sah sich auf dem Parkplatz um, der Stellflächen für etwa zwanzig Autos bot. »Jemand könnte schnell über die Tore geklettert sein. Es gibt keine Sicherheitskameras und keine Gebäude, die diese Seite der Schule überblicken.«

Es standen nur zwei Autos dort: ein weißer Skoda Superb Kombi und ein roter Toyota Corolla. Beamte der Spurensicherung untersuchten die Umgebung und ein Tatortfotograf machte Fotos von dem Opfer, das in der Nähe lag. Der Fotograf fing sie ab, als sie auf das Opfer zugingen.

»Hier bin ich fertig. Ich gehe wieder rüber auf die andere Seite«, erklärte er und verabschiedete sich.

Lucy ergriff das Wort. »Der Toyota war verschlossen, als Fiona ihn hier fand, aber der Schlüssel dazu lag auf dem Boden, einen halben Meter neben der Leiche.« Sie zeigte auf eine bereits ausgelegte Markierung. »Anders als bei den vorherigen Opfern befanden sich Dominics Brieftasche und Handy in seinen Jackentaschen und wurden nicht entfernt. Sie werden jetzt von der Spurensicherung untersucht, aber wir nehmen das Mobiltelefon mit. Ich werde die Techniker damit beauftragen, es zu überprüfen, bevor wir es zur weiteren Untersuchung an die Spurensicherung schicken. Der Modus hat sich zwar wieder geändert – ein männliches Opfer, ein Ausweis und ein Handy, das bei der Leiche zurückgelassen und nicht wie bei den früheren Opfern mitgenommen wurde –, aber ich bin überzeugt, dass es sich um denselben Täter handelt. Gerade wegen der Botschaft auf Dominics Stirn.« Sie hatten das Opfer erreicht und Lucy hörte auf zu reden.

Dominic Quinn, Ende zwanzig, ließ sich am besten mit einem Wort beschreiben: modisch. Er trug eine dunkle Cordjacke, ein frisches weißes Hemd, Designerjeans und einen Gürtel mit dem GG-Logo von Gucci sowie schokoladenbraune Chelsea-Stiefel. Seine Gesichtsbehaarung war perfekt getrimmt und die spitzen Koteletten verschmolzen mit seinem Haar, das aus seiner breiten Stirn gestylt worden war. Darauf prangte der Schriftzug, der nicht zu übersehen war. Dieselben präzisen Großbuchstaben, offenbar mit schwarzem Kugelschreiber geschrieben. Die Blutergüsse an seinem Hals waren ein Hinweis darauf, wie er gestorben war, und Natalie war sicher, dass Pinkney bald bestätigen würde, dass Dominic erwürgt worden war.

Lucy warf Murray einen fragenden Blick zu. »Haben wir sonst noch etwas über ihn?«

»Ian überprüft seinen Lebenslauf. Im Moment haben wir nur die Kontaktdaten. Er ist mit einer Vorschullehrerin namens Anne verheiratet.«

Lucy starrte wieder auf die Leiche des Mannes. »Es muss derselbe Täter sein. Wir müssen eine Verbindung zwischen allen Opfern herstellen. Diese Schule ist nur vier Straßen von dem Park entfernt, in dem wir Katie gefunden haben. Es muss einen Zusammenhang zwischen diesen Menschen geben, oder wir suchen nach jemandem, der darauf fixiert ist, in diesem Stadtteil zu morden.«

»Ich werde ein Team zusammenstellen, das von Tür zu Tür geht«, erklärte Murray.

Natalie lief hinüber zum Eingangstor und blickte auf eine Reihe von Betongaragen. »Wem gehören die?«

»Das müssen wir herausfinden«, sagte Lucy.

»Es könnte sich lohnen, der Sache nachzugehen. Vielleicht war einer der Besitzer vorhin da und hat etwas Ungewöhnliches bemerkt.«

Murray blickte so finster auf die Tore, als ob sie schuld an Dominics Tod wären. »Der Mörder hat sich zweifellos den richtigen Ort ausgesucht, um ihn anzugreifen: keine Überwachungskameras, keine Häuser mit Blick auf den Parkplatz, ein nicht einsehbarer Hintereingang. Wer auch immer es war, wusste genau, was er tat. Ich habe das Gefühl, dass dieser Täter noch gerissener ist, als wir zunächst vermutet haben.«

Natalie stimmte ihm zu. Dieser Mörder war auf einer Mission, und wenn sie nicht schnell herausfanden, auf welcher, würde es weitere Opfer geben.

ACHTZEHN

MONTAG, 4. NOVEMBER – SPÄTER VORMITTAG

Murray war mit Dominics Handy auf dem Rückweg nach Holborn House und überließ es Lucy und Natalie, seiner Frau Anne die Nachricht von Dominics Tod zu überbringen.

Die Direktorin der Samford Nursery School hatte sie ins Lehrerzimmer geführt, damit sie mit Anne unter vier Augen sprechen konnten, und nun saß die junge Frau, die kaum älter als zwanzig aussah, in einem Sessel, die Hände auf dem Schoß gefaltet, unfähig, sich zu artikulieren. Eine Tasse Tee stand unangetastet auf einem Beistelltisch.

»Sollen wir jemanden für Sie anrufen?«

»Ich ... äh ... ich ...«

»Gibt es einen Angehörigen, den wir verständigen können?«

»Mein ... nein ...« Ihre Augen wurden noch größer.

»Vielleicht eine Freundin?«

»Kim.«

»Wo können wir Kim finden?«

»Hier.«

»Kim arbeitet hier in der Schule?«

»Ja.«

Natalie ging nach draußen, um zu fragen, ob jemand Kim holen könnte, und kehrte dann in den luftigen, hellen Raum voller Kinderzeichnungen zurück. Anne starrte immer noch auf die Wand hinter Lucy.

»Anne«, redete ihr diese gut zu. »Wir müssen Ihnen ein paar Fragen über Dominic stellen.«

Die Stimme klang, als käme sie von weit weg. »Was ist mit ihm passiert?«

»Wir kennen noch nicht alle Einzelheiten, aber er wurde heute Morgen auf dem Lehrerparkplatz angegriffen.«

Obwohl Annes Körper stocksteif blieb, huschten ihre Augen nach links und rechts. »Nur Dom?«

»Er war allein auf dem Parkplatz, als es passierte. Es war vor acht Uhr.«

»Er war allein«, wiederholte sie.

»Ja. Er war der Erste, der heute Morgen in der Schule ankam.«

Anne öffnete den Mund und ihr Blick wurde leer. Sie schien sich von ihnen zu entfernen, und Natalie wollte gerade vorschlagen, sie nach Hause zu bringen, als sie flüsterte: »Tot? Er ist tot?«

Natalie erwartete Tränen, aber es kamen keine. »Anne, wir brauchen Ihre Hilfe, um herauszufinden, wer das getan hat. Fällt Ihnen jemand ein, der ihm etwas angetan haben könnte?«

Annes Kopf drehte sich fast roboterartig zu Natalie. »Ja. Nein ... sie würden ihn nicht umbringen. Das ist doch verrückt.«

»Sagen Sie uns, was Sie wissen«, sagte Natalie in einem sanften, routinierten Ton.

»Dom hat versprochen, dass es vorbei ist. Er hat geschworen, dass Schluss ist und er sie nie wiedersehen würde.« Ein kleiner Muskel pulsierte in ihrem Kiefer. »Er hat es mir *verspro-*

chen.« Ihre Lippen zitterten und in ihren Augen schimmerten Tränen.

Natalie neigte den Kopf, versuchte, mit der Frau Blickkontakt aufzunehmen, und fragte eindringlich: »Wer war es? Wen hat er versprochen, nie wiederzusehen?«

Anne begann zu stottern und bahnte sich ihren Weg durch ihre qualvollen Erinnerungen. »Vor zwei Wochen ... Es war Sonntagabend ... Er kam zu unserem Haus. Als ich die Tür öffnete, stieß er mich zur Seite und marschierte hinein, schrie Doms Namen. Dom rannte in den Flur und sagte ihm, er solle verschwinden, doch das tat er nicht ... Er hat Dom an der Gurgel gepackt und ihn gegen die Wand gedrückt. Es war beängstigend. Er hat mich angestarrt ... mit hervortretenden Augen. Ich habe geschrien, er solle aufhören, aber er sagte, ich solle still sein, und redete mit Dom. Er sagte: ›Wenn du dich noch einmal mit ihr triffst, bringe ich dich um.‹ Dann ließ er ihn los, drückte Dom den Finger gegen die Brust, drohte ihm, er würde ihn das nächste Mal umbringen, und ging hinaus. Ich wollte die Polizei rufen, aber Dom hat mich nicht gelassen. Er gestand, erzählte mir alles über den Seitensprung. Er versicherte mir, dass es eine einmalige Sache war.« Ihre Lippen zitterten. »Aber was, wenn Dom mich angelogen hat? Was, wenn er sich weiter mit ihr getroffen hat? Er hätte mich doch nicht belogen, oder?«

Lucy hockte sich vor Anne hin, deren Augenlider hektisch zu flattern begannen, während sie versuchte, sich einen Reim auf das Ganze zu machen. »Anne, Sie machen das wirklich gut, aber Sie müssen sich noch ein wenig klarer ausdrücken. War es ihr Ehemann, der vorbeigekommen ist?«

»Das kann schon sein. Er war alt und eifersüchtig und stinksauer auf Dom.«

»Kennen Sie seinen Namen?«

Die Tränen flossen jetzt schnell, befleckten ihre Wangen und tropften von ihrem Kinn. »Nein. Er hat nur gedroht, dass er Dom umbringen würde, falls er sich noch einmal mit ihr trifft.«

»Wie war ihr Name?«

Sie kniff die Augen fest zu und schnappte nach Luft wie eine Sterbende. »Rachel.«

Lucy warf Natalie einen Blick zu. »Rachel, und wie weiter?«

»Rachel ... Hardy.«

»Sind Sie sich da sicher?«

»Dom hat mir gesagt, dass es nur ein einziges Mal war ... Er ging ins Kaufhaus, um einen neuen Anzug zu kaufen. Sie bot ihm ein kostenloses Glas Champagner an, aus dem dann mehrere Gläser wurden ... und dann ... war er ein bisschen betrunken und ... sie hat sich ihm an den Hals geworfen. Sie hatten Sex, dort im Kaufhaus. Es tat ihm wirklich leid. Er weinte und beteuerte, es hätte ihm nichts bedeutet. Er sei betrunken gewesen. Ich habe ihm geglaubt. Er hat mich geliebt und wir versuchten, schwanger zu werden. Das würde er mir nicht antun. Nicht Dom. Er würde mich nicht so verletzen.«

Lucy legte ihre Hand auf die der Frau. »Nehmen Sie sich Zeit, Anne. Dieser Vorfall hat vielleicht gar nichts mit dem zu tun, was Dominic passiert ist, also malen Sie sich nicht das Schlimmste aus. Das alles ist ein furchtbarer Schock für Sie. Sie sollten sich nicht auf diese Weise bestrafen.« Lucy erhielt ein Schluchzen und ein leichtes Kopfnicken als Antwort. »Können Sie den Mann beschreiben, der bei Ihnen eingedrungen ist und Ihren Mann bedroht hat?«

»Er war größer als Dom ... schwarzer Bart ... und er war elegant gekleidet, trug einen Anzug.«

»Wie alt war er?«

»Fünfzig oder sechzig.«

Natalie hatte bereits ihr Handy hervorgeholt und suchte im Netz nach einem Foto von Eugene Hardy. Sie reichte der Frau das Telefon, die es anstarrte, ihre Stimme war ein heiseres Flüstern. »Das ist er.«

»Das ist Rachels Vater.«

»Ich dachte, er sei ihr Ehemann. Er war wirklich wütend. Wenn er Dom getötet hat, bedeutet das ...« Sie kniff die Augen wieder zu und die Tränen quollen unter ihren Wimpern hervor und vermischten sich mit ihrer Wimperntusche zu schwarzen Schlieren ...

Lucy drückte noch einmal ihre Hand, bevor sie sich erhob. »Quälen Sie sich nicht selbst und stellen Sie keine Vermutungen an. Es ist unsere Aufgabe, Antworten für Sie zu finden.«

Anne hörte nicht zu. »Wenn er Dom getötet hat, bedeutet das, dass Dom mich angelogen hat.« Sie starrte Natalie an, ihre zarten Gesichtszüge von Fassungslosigkeit gezeichnet. Plötzlich klopfte es an der Tür und eine Frau stürmte ohne jede Entschuldigung herein, stürzte zu Anne und schlang ihre Arme um sie. Jetzt begann das Schluchzen erst richtig.

»Wo zum Teufel steckt er? Er ist nicht bei der Arbeit und hier ist er auch nicht!« Lucy hämmerte an Eugenes Haustür, ohne Erfolg. Die einzige Antwort auf ihre Rufe war ein lautes Bellen irgendwo im Haus. »Erst löst sich dieser verdammte Tommy Field in Luft auf und jetzt dieser Mistkerl!« Ihre Schimpftirade wurde durch einen Telefonanruf unterbrochen. Natalie überließ es Lucy, den Anruf anzunehmen, und spähte durch eines der Fenster im Erdgeschoss in ein zweites Wohnzimmer, in dem sie zwei runde Stühle erkannte, die beide groß genug waren, dass ein Paar darauf sitzen konnte. Sie schirmte ihre Augen mit den Händen ab, konnte aber niemanden entdecken. Die einzige Bewegung kam von den knallgelben Fischen, die hektisch in einem beleuchteten Aquarium hin und her schwammen.

Lucy legte auf und ging langsam zu Natalie hinüber, die

gerade das zweite Fenster überprüfte. Sie trat beiseite und sagte: »Nichts Ungewöhnliches. Keine Hinweise darauf, dass jemand zu Hause ist.«

»Die Techniker haben das Passwort von Dominics Smartphone geknackt und bestätigt, dass er und Rachel eine Affäre hatten. Es war definitiv kein Seitensprung. Anscheinend grenzen ihre WhatsApp-Nachrichten schon fast an Pornografie. Es gibt ein paar besonders interessante Nachrichten, die am Samstagabend verschickt wurden. In der einen wird er gefragt, wo zum Teufel er steckt, und in der anderen heißt es, er könne sich zum Teufel scheren, sie werde nicht länger auf ihn warten. Ich schätze, jetzt wissen wir, mit wem sie sich in der Di Angelo's-Bar treffen wollte.«

»Hier kommen wir nicht weiter. Wir müssen alle Hebel in Bewegung setzen und sowohl Tommy als auch Eugene ausfindig machen. Wir werden versuchen, Eugenes Auto und sein Handy zu orten.«

Lucy folgte ihr zurück zum Wagen und sprang hinein. Sie ließ den Motor nicht sofort an, sondern stützte ihre Hände auf das Lenkrad und starrte auf das Haus. »Weißt du, ich frage mich langsam, ob diese vier Morde überhaupt etwas miteinander zu tun haben. Es gibt eine offensichtliche Verbindung zwischen Dominic und Rachel, und Amelia und Katie hängen mit Tommy Field zusammen, aber nichts deutet darauf hin, dass Dominic oder Rachel Tommy kannten, von Amelia oder Katie ganz zu schweigen. Was ist, wenn wir es mit zwei Mördern zu tun haben ... zwei Tätern, die einfach ähnlichen Mustern folgen?«

Natalie betrachtete das Gebäude, ein perfektes Zuhause, das bis vor Kurzem von einem Vater und seiner erwachsenen Tochter bewohnt worden war. Selbst, wenn Eugene wütend genug gewesen war, um Rachels Liebhaber zu ermorden, warum sollte er seine eigene Tochter oder die Jugendlichen getötet haben? Das fühlte sich irgendwie falsch an. Lucys

Theorie ergab in gewisser Weise Sinn. »Das könnte durchaus sein.«

Lucy ließ ihren Kopf gegen die Kopfstütze sinken und starrte geradeaus. »Ich weiß nicht, ob es daran liegt, dass jemand in der Abteilung Informationen durchsickern lässt, oder daran, dass wir unter enormem Druck stehen und die Zahl der Opfer täglich steigt, aber ich blicke einfach nicht mehr durch.«

NEUNZEHN

MONTAG, 4. NOVEMBER – NACHMITTAG

»DCI Ward.« Dan Tasker stand regungslos in der Tür zu seinem Büro, die Hände in den Taschen seiner Hose, deren Falten so scharf waren, als käme sie direkt aus einer Hosenpresse. Sein glatt rasiertes Gesicht und sein jungenhaftes Aussehen wurden von einem Stirnrunzeln getrübt, das seine Augenbrauen zusammenzog und eine tiefe Linie entstehen ließ, die an einen Bleistiftstrich erinnerte. »Kann ich Sie kurz sprechen?«

»Sir.« Den Tonfall kannte Natalie. Ihr stand eine Standpauke bevor, und während sie ihm in sein Büro folgte, begann sie, sich ihre Verteidigung zurechtzulegen.

»Bitte schließen Sie die Tür.«

Sie schloss sie leise und blieb daneben stehen, wartete darauf, dass er sie auffordern würde, sich zu setzen, was er mit einer gebieterischen Geste tat, indem er sich auf seinen eigenen Platz fallen ließ und die Hände auf dem Schoß faltete. Er wartete einen Augenblick, bis sie es sich bequem gemacht hatte, bevor er loslegte. »Ich möchte noch einmal auf unser Telefongespräch von gestern Abend über die Ermittlungen zurückkommen. Seit Sie mich angerufen haben, habe ich den Eindruck, dass das Team nicht so gut arbeitet, wie es sollte.«

Natalie antwortete nicht, sondern konzentrierte sich auf die pulsierende blaue Ader an Dans Schläfe. *Ba-Bumm ... Ba-Bumm.*

»Ich befürchte, dass es berechtigten Anlass zur Sorge gibt. So, wie ich das sehe, sind die Ermittlungen ins Stocken geraten und die Presse stürzt sich begierig darauf, die Schwächen des Teams aufzudecken. DI Carmichael scheint die Sache nicht so souverän zu handhaben wie erhofft, obwohl Sie ihr zur Seite stehen.« Er wartete darauf, dass sie zur Verteidigung zurückschlug. Sie hatte bereits über ihre Reaktion nachgedacht und gab stattdessen eine bedächtige, ruhige Antwort.

»Ich habe Sie gestern Abend gründlich auf den neuesten Stand gebracht, Sir. DI Carmichael geht jeder Spur nach und hält sich strikt an die polizeilichen Vorschriften. Angesichts der Komplexität dieser Ermittlung und der Tatsache, dass wir es mit vier Morden in ebenso vielen Tagen zu tun haben, ist es unmöglich, genaue und schnelle Ergebnisse zu erzielen. Obwohl wir bisher niemanden beschuldigt haben, suchen wir jetzt aktiv nach zwei Personen, die mit den Morden in Verbindung stehen.«

»Ah! Das ist eine Entwicklung, von der ich nichts wusste. Das ist gut. Wer ist diese zweite Person?«

»Eugene Hardy.«

Dan legte seine Handflächen flach auf den Tisch. Das flüchtige Lächeln von eben verschwand aus seinem Gesicht und er senkte seine Stimme. »Nein. Sie können doch nicht ernsthaft glauben, dass er für diese Todesfälle verantwortlich ist.«

»Das habe ich auch nicht behauptet. Wir handeln aufgrund von Informationen, die wir vorhin von der Frau des vierten Opfers erhalten haben. Eugene hat gedroht, ihren Mann zu töten, und angesichts dessen, was ihm widerfahren ist, müssen wir diese Drohung ernst nehmen.«

»Und hat Eugene auch gedroht, seine eigene Tochter zu ermorden?« Der Sarkasmus wurde durch seinen unterkühlten Tonfall übertroffen.

»Zuerst müssen wir ihn zu dem Vorfall befragen. Er hat Dominic in seinem eigenen Haus angegriffen und gesagt, er würde ihn töten, wenn er sich weiterhin mit seiner Tochter trifft. Heute haben wir Dominics Leiche gefunden. Eugene ist weder zu Hause noch bei der Arbeit und sein Handy ist ausgeschaltet. Niemand weiß, wo er ist.«

»Sie sind auf dem Holzweg. Eugene ist nicht Ihr Mörder.«

»Wir müssen seine Unschuld beweisen.«

»Er ist ein hoch angesehener Geschäftsmann.«

»Das schützt ihn nicht vor unseren Ermittlungen.«

»Dann lassen Sie es mich deutlicher sagen: Ich möchte nicht, dass er unnötig belästigt wird.«

»Sie wollen also, dass wir die Tatsache ignorieren, dass er gedroht hat, Dominic zu töten?«

Dan nahm seine Hände vom Tisch und lehnte sich in seinem Stuhl zurück. Die Ader schwoll an und pulsierte, ein wenig schneller als zuvor.

»Ich möchte, dass Sie vorsichtig sind. Eugene tut eine Menge für diese Gemeinde. Seine jährliche Auktion hat genug Geld eingebracht, um einen Kernspintomografen für das örtliche Krankenhaus anzuschaffen. Seine Familie ist ein fester Bestandteil dieser Stadt, das sind historische Bindungen, die weit in die Vergangenheit zurückreichen, ganz zu schweigen von seinem Einfluss. Und wir müssen bedenken, welche Konsequenzen es haben kann, wenn er beschließt, die Medien für eine Schlammschlacht gegen uns zu nutzen.« Da war sie wieder, die verdammte Presse. Dan ging es nur ums Image, sein eigenes und das der Abteilung. Genau das hatte Natalie von ihrem Vorgesetzten erwartet.

»Ich werde all das berücksichtigen, wenn wir ihn irgendwann finden und befragen können.«

»Das sollten Sie unbedingt tun. Im Ernst, Natalie, die ganze Sache könnte uns um die Ohren fliegen, wenn Sie sich nicht an die Vorschriften halten oder ihn in die Enge treiben. Das Team steht unter genauer Beobachtung, und das nicht nur von den Medien und der Öffentlichkeit. Es gibt andere, die der Meinung sind, meine Entscheidung, DI Carmichael die Leitung dieser Einheit zu übertragen, sei falsch gewesen.«

»Sie *ist* die richtige Entscheidung, Sir.«

Er nickte und die kühle Fassade taute für einen Moment auf, als er fortfuhr: »Ja, das glaube ich auch. Es wäre allerdings einfacher gewesen, das zu beweisen, wenn wir nicht in einen Vierfachmord verwickelt worden wären. Die Erwartungen sind hoch. Nicht nur an die Abteilung, sondern auch an Sie und mich. Hinzu kommt, dass Eugene eine Menge einflussreicher Leute kennt. Er hat bisher nur mit einer Lokalreporterin gesprochen, aber er wird nicht zögern, seine Kontakte zu nutzen, die weitaus ranghöher und einflussreicher sind als Bev Gardner, wenn er glaubt, dass wir im Unrecht sind. Die Familie Hardy genießt in dieser Gemeinde einen einzigartigen Ruf. Damals, als das Hardy's gegründet wurde, spendete der Gründer, Benjamin Thomas Hardy, in der Weihnachtszeit Präsentkörbe an die Armen und Obdachlosen. Eugene und seine Tochter haben eine ähnliche Tradition des Gebens an Samford fortgesetzt. Sie sollten sich also sicher sein, dass sie hier ein und denselben Mörder suchen.«

Dan wandte seine Aufmerksamkeit dem Artikel im *Hatfield Herald* zu. »Meine andere Sorge gilt dem Maulwurf in der Abteilung.«

»DI Carmichael hat das Thema schon angesprochen.«

»Wissen wir immer noch nicht, wer die Informationen weitergegeben hat?«

»Nein.«

»Dann können Sie nicht sicher sein, dass es nicht noch einmal passiert.«

Sie schüttelte den Kopf und hoffte, er würde es dabei belassen und sie bitten zu gehen. Stattdessen seufzte er und erhob sich von seinem Stuhl. Sie sollte ihn davor warnen, dass Bev plante, weitere durchgesickerte Informationen zu veröffentlichen und die Einheit an den Pranger zu stellen, aber das würde seinem Argument nur noch mehr Gewicht verleihen. Das Einzige, was die Reporterin zum Schweigen bringen würde, wären weitere Informationen über die Ermittlungen. Und wenn Natalie sich wieder an die Arbeit machen könnte, anstatt Dan beim Meckern zuzuhören, würden sie vielleicht etwas finden, um die Frau zu besänftigen. Andernfalls müsste sie es Dan sagen und mit weiteren Wutausbrüchen und Konsequenzen rechnen, die dazu führen könnten, dass er Lucy als leitende Beamtin ablösen ließ.

Er sprach jetzt schnell, die Augenbrauen ausdrucksvoll hochgezogen, um die Wichtigkeit dessen, was er sagte, zu unterstreichen: »Dank Eugene Hardy ist dieser Fall zu einer öffentlichen Angelegenheit geworden. Das Interview, das er gegeben hat, sorgt für Unruhe. Ich bin bereits zur Rede gestellt worden und musste das Team verteidigen. Ich habe versichert, dass die Ermittlungen reibungslos verlaufen werden und Rachels Mörder vor Gericht gestellt wird.«

»Darf ich Sie daran erinnern, dass wir es mit mehr als einem Mord zu tun haben, Sir? Das ist eine schwierige Aufgabe. Eine, die mehrere Monate in Anspruch nehmen könnte.«

»Wie ich schon sagte, hat Eugene einen weitreichenden Einfluss.«

»Wollen Sie damit sagen, dass wir die Eltern eines toten Lehrers und zweier junger Frauen ignorieren und uns auf den Tod von Rachel konzentrieren sollten, weil sie weniger einflussreich sind als Eugene?«, stieß Natalie hervor.

»Das wollte ich damit nicht ...«, setzte er an und schüttelte den Kopf. »Tatsache ist, dass von uns erwartet wird, dass wir unseren Auftrag erfüllen, was bedeutet, dass wir dafür sorgen müssen, dass Rachels Mörder gefunden wird.« Nachdem er seinen Standpunkt dargelegt hatte, entließ er sie mit einer letzten Warnung. »Falls weitere Informationen durchsickern oder es Gründe geben sollte, die mich an der Eignung von DI Carmichael zweifeln lassen, werde ich nicht zögern, sie durch einen anderen Beamten zu ersetzen.«

»Sir.«

Sie entfernte sich rasch und konnte es kaum erwarten, zu ihrem Team zurückzukehren. Dan wollte sein Gesicht wahren und er würde nicht zögern, Lucy den Wölfen zum Fraß vorzuwerfen, um seine eigene Haut zu retten. Doch Natalie würde das nicht zulassen. Ihr Team würde Erfolg haben.

Murray konnte Eugene nicht finden. Weder in den verschiedenen Etagen des Hardy's, noch in einem der Büros. Keiner der Mitarbeitenden hatte eine Ahnung, wo sich der Eigentümer gerade aufhielt. Eugenes Handy sendete kein Signal und das Team war nun auf die Überwachungskameras angewiesen, um ihn oder sein Auto zu finden.

Die Schiebetüren glitten auf und die übermäßige Wärme im Inneren des Kaufhauses und die Begleitmusik wurden schnell durch einen kühlen Wind, Verkehrslärm und einen Straßenmusiker ersetzt, der auf einer Gitarre zupfte und einen Ed Sheeran-Song dazu schmetterte. Er wich einem älteren Herrn auf einem Elektromobil aus und schlängelte sich um mehrere in Mäntel und Schals gehüllte Kunden herum, die auf dem Weg in das überdachte Einkaufszentrum waren.

Anstatt dem Upper Way mit seinen zahlreichen Geschäften und Menschenmassen zu folgen, wählte er die

Gasse, die entlang des Kaufhauses verlief und in die Marston Street mündete. Der Verkehrslärm war hier kaum zu hören und Murray steuerte auf den Durchgang zu, wo sie Rachels Leiche gefunden hatten, ohne eine Menschenseele zu treffen. Er blickte die Straße entlang zurück zu einem Restaurant mit Glasfront, das von Lichterketten beleuchtet wurde, und versuchte auszurechnen, wie weit die Di Angelo's-Bar, in der Rachel auf Dominic gewartet hatte, von der Stelle entfernt lag, wo er jetzt stand. Es waren gut zweihundert Meter. Er drehte sich wieder um und starrte geradeaus. Die Straße war von hohen Bürogebäuden gesäumt, in denen von Montag bis Freitag gearbeitet wurde. Als er in die Ferne blickte, sah er ein beigefarbenes Taxi, das am anderen Ende der Straße auf den Taxistand zuhielt, zu dem Rachel, wie sie annahmen, ebenfalls unterwegs gewesen war.

Es war unmöglich, festzustellen, ob einer der Taxifahrer auch am Samstagabend am Stand gewesen war. Trotz ihres kleinen Streits mit Andy hatte Poppy sich bereiterklärt, die Taxi-Unternehmen zu kontaktieren, um Informationen über die Fahrer zu erhalten, die in dieser Nacht in Samford unterwegs gewesen waren, aber sie hatte nichts herausgefunden. Die Arbeit wurde zusätzlich dadurch erschwert, dass auch viele selbstständige Taxifahrer den Taxistand nutzten.

Er marschierte auf das Fahrzeug zu, klopfte an das Fahrerfenster, zeigte seinen Dienstausweis und wartete, bis die Scheibe heruntergelassen wurde. »Guten Tag. Wir suchen nach Zeugen, die sich am Samstagabend hier in der Gegend aufgehalten haben. Ich nehme nicht an, dass Sie zu der Zeit hier standen, oder?«

Der Mann rieb sich das Kinn. »Tut mir leid, Kollege. Samstag hatte ich eine Fahrt zum Flughafen von Manchester. Ich kann Ihnen nicht weiterhelfen.«

»War einer Ihrer Kollegen hier?«

»Keine Ahnung. Ich arbeite allein.«

»Nun, ich danke Ihnen trotzdem für Ihre Zeit, und sollten Sie etwas hören, lassen Sie es uns bitte wissen. Die Nummer steht da auf dem Zettel.« Er deutete auf das große gelbe Plakat, auf dem Zeugen des Vorfalls darum gebeten wurden, sich zu melden.

»Natürlich. Wird gemacht.«

Murray warf einen Blick zurück in die Richtung, in der Rachels Leiche gefunden worden war. Selbst, wenn ein Autofahrer hier geparkt hätte, wäre es höchst unwahrscheinlich, dass er den Angriff beobachtet hatte, schon gar nicht im Dunkeln. Es war zu weit weg. Der Mörder hatte seinen Tatort perfekt gewählt.

Anstatt dorthin zurückzugehen, wo er hergekommen war, machte sich Murray auf den Weg zum Prince's Park, in dem sie Katie gefunden hatten. Als er durch den gewölbten Eingang schritt, klingelte sein Handy.

Celeste klang atemlos. »Murray, ich habe ein weiteres Treffen mit meiner Kontaktperson vereinbart, aber die Schulsekretärin hat mich angerufen. Mein Jüngster ist krank und ich muss ihn von der Schule abholen und dann in die Klinik bringen. Würdest du mich vertreten? Sie will nur mit mir oder einem DS sprechen.«

»Wo soll das Treffen stattfinden?«

»In dem Park, in dem Katie gefunden wurde.«

»Wirklich? Ich bin gerade dort.«

»Super. Nancy ist in fünf Minuten da. Ich werde ihr die kurzfristige Änderung erklären. Sie ist etwa ein Meter siebzig groß und hat langes kastanienbraunes Haar. Tut mir leid, dass ich dich da mitreinziehe, aber wir brauchen jede Information, die wir kriegen können.«

»Hast du irgendeine Ahnung, was sie dir erzählen will?«

»Nein.« In der Leitung begann es zu knistern. »Bei der ... Eiche ... Bank ...«

»Die Verbindung bricht gleich ab, Celeste. Ich kümmere mich drum.«

Er schaute sich um und entdeckte in der Ferne einen einsamen Baum und eine Bank neben einem Teich. Er steuerte darauf zu und ging dann an ihr vorbei. Er würde sich noch nicht setzen. Er würde warten, bis Nancy auftauchte. Celeste ließ sich nicht in die Karten schauen, und dass sie einen Kontakt weitergab, war eine große Sache und ihre Großzügigkeit ein wenig verdächtig. Er fragte sich, ob Celeste möglicherweise Schuldgefühle hegte und es deshalb getan hatte. War sie der Maulwurf?

Ihm blieb nicht viel Zeit, darüber nachzudenken. Kaum war ihm der Gedanke durch den Kopf geschossen, als eine Frau in einem dunkelroten Kapuzenoberteil und schwarzen hautengen Jeans auftauchte und sich auf die Bank fallen ließ. Sie zog eine Packung Zigaretten aus der Tasche, steckte sich eine an und nahm einen Zug. Murray sah zu, wie hellgraue Schwaden aus ihren Nasenlöchern entwichen und sich wie der Rauch eines Drachens kräuselten.

»Nancy?«, fragte er, als er sich neben sie setzte.

Sie musterte ihn durch dichte künstliche Wimpern.

»Ja.«

»Ich bin DS Anderson. Sie können mich Murray nennen.«

Ihre Stimme war tief, fast kehlig. »Ich kenne Sie. Ich habe Sie im Präsidium gesehen. Eines Abends wurde ich mit ein paar anderen Mädchen verhaftet. Wir warteten darauf, angeklagt zu werden.«

Murray erinnerte sich nicht an sie. »Celeste sagte, Sie hätten einige Informationen für uns.«

Sie sah sich um und nahm einen weiteren Zug von ihrer Zigarette. Murray konnte nicht umhin, ihre kunstvollen, rot glänzenden Fingernägel zu betrachten. »Sie dürfen niemandem sagen, dass Sie das von mir haben.«

»Das werde ich nicht.«

Sie nickte. »Es ist furchtbar, was Amelia passiert ist, und es hat uns Mädchen wirklich Angst gemacht. Wir machen uns Sorgen, dass es Auswirkungen haben könnte.«

»Wie meinen Sie das?«

Die scharlachroten Krallen kratzten langsam an ihrem Kopf und brachten dunkle Ansätze zum Vorschein, die nachgefärbt werden mussten, damit sie zu der billigen roten Farbe des restlichen Haares passten. Die kreisenden Bewegungen schienen eine Ewigkeit zu dauern und wurden schließlich von einem Seufzer unterbrochen. »Tommy war Amelias Zuhälter. Seine Mädchen haben drüben am Union Kanal gearbeitet, und als das Geschäft dort vor drei Wochen einbrach, hat er sie in diesen Teil der Stadt gebracht, obwohl das Valentines Revier ist. Valentine ist schon seit über einem Jahr hier. Er hat Tommy gesagt, wenn er seine Mädchen nicht von hier wegbringen würde, würde er …« Sie fuhr sich mit dem Daumennagel über die Kehle, als wolle sie sie aufschlitzen, und nahm dann einen tiefen Zug von ihrer Zigarette, bevor sie den Rauch in einem dünnen Strom durch ihre zusammengepressten Lippen blies. »Tommy hat nicht aufgepasst, seine Mädchen kamen immer wieder in unser Revier und Valentine war stinksauer. Eines Abends, vor einer Woche, kam er zu mir auf den West Gate-Parkplatz, und als Tommy Amelia dort absetzte, ging Valentine richtig auf ihn los. Er warnte ihn ein allerletztes Mal: Wenn Tommy seine Mädchen nicht wegbringen würde, würde er sich selbst um das Problem kümmern und Tommy hätte dann keine Mädchen mehr, die irgendwo für ihn arbeiten könnten.«

»Sie glauben, dass Valentine sie getötet hat?«

»Ich denke, dass er dahinterstecken könnte. Ich weiß nicht, ob er sie tatsächlich umgebracht hat, aber … nachdem er Tommy gewarnt hatte, wurden beide Mädchen getötet. Ich erzähle Ihnen das alles, weil wir alle befürchten, dass Tommy sich rächen wird. Er ist eine tickende Zeitbombe, meist auf

Drogen oder im Alkoholrausch, und wir fühlen uns nicht sicher. Wir sind überzeugt davon, dass er uns nachstellen wird.«

»Haben Sie Valentine erzählt, dass Sie Angst davor haben, dass Tommy sich rächen könnte?«

»Ich habe versucht, es ihm zu sagen, aber er wurde wütend auf mich. Richtig wütend. Valentine mag es nicht, wenn man ihm etwas sagt.«

»Wie lautet Valentines Nachname?«

»Ich weiß es nicht.«

»Wissen Sie, wo er wohnt?«

Sie schüttelte den Kopf.

»Haben Sie seine Telefonnummer?«

»Keine Telefonnummern. Nichts. Er ist extrem vorsichtig. Wenn er bezahlt werden will, kommt er zu uns, und wenn wir ihn nicht sehen, gehen wir zu Constantine's Café. Constantine ist sein Cousin.«

»Wo ist dieses Café?«

»In der Fallow Avenue, in der Nähe der Samford Bridge. Wir gehen dorthin, wenn wir Valentine eine Nachricht hinterlassen wollen.«

»Arbeiten Sie schon lange für ihn?«

»Zu lange. Mir gefällt die Arbeit und ich hatte nichts gegen Valentine, aber in letzter Zeit macht er uns allen das Leben schwer. Die Geschäfte laufen nicht mehr so gut, und er meint, wir würden uns nicht genug anstrengen, was natürlich Quatsch ist, aber er sieht das anders.«

»Ist er Ihnen gegenüber gewalttätig geworden?«

Sie sah ihm nicht in die Augen, während sie den Ärmel ihres Kapuzenoberteils über den Arm schob, um dunkle Blutergüsse an ihrem Handgelenk freizulegen, und dann den Reißverschluss öffnete, um noch größere Hämatome an ihrem Hals zu enthüllen. »Jetzt verstehen Sie, warum niemand sehen darf, dass ich mit Ihnen rede. Wenn er herausfindet, dass ich Ihnen etwas davon erzählt habe, wird er noch Schlimmeres tun als das hier.«

Sie wollte aufstehen, aber Murray legte ihr eine Hand auf den Arm und sie ließ sich wieder auf die Bank fallen. »Wie viele Frauen oder Mädchen arbeiten für Tommy?«

»Das weiß ich nicht.«

»Was ist mit Ihren Kolleginnen?«

»Kolleginnen? Bei Ihnen klingt das ja, als würde ich in einer Bank oder Fabrik arbeiten. Nein. Ich kann nicht riskieren, eine von ihnen zu fragen, falls Valentine davon erfährt. Wenn er rauskriegt, dass wir darüber gesprochen haben, wird er ausrasten. In den letzten drei Wochen war er wie ein Tier auf Beutefang. Alle Mädchen machen sich langsam Sorgen – richtig große Sorgen. Keine der anderen traut sich, der Polizei etwas zu erzählen, und ich rede nur wegen Celeste mit ihnen ... und wegen Amelia. Sie war noch ein Kind.«

»Kannten Sie Katie, das andere Mädchen, das ermordet wurde?«

Sie brauchte eine Sekunde, um zu antworten. »Nein, Katie kannte ich nicht. Ich teile mir das Haus mit ein paar anderen Mädchen, die für Valentine arbeiten, und ich treffe normalerweise mit niemandem sonst aufeinander. Amelia war eine Ausnahme. Eines Tages kam sie am West Gate an. Als ich merkte, dass sie in meinem Revier um Freier warb, marschierte ich zu ihr hinüber, um ihr zu sagen, sie solle verschwinden. Doch als ich sie ansprach, brach sie in Tränen aus. Sie entschuldigte sich und sagte, sie wolle gar nicht dort sein und auch nicht bei der ganzen Sache mitmachen. Das kommt manchmal vor. Nicht alle machen diesen Job gerne. Ich hatte einfach Mitleid mit ihr. Ich habe sie beruhigt, ihr gesagt, sie solle sich zusammenreißen, und ihr vorgeschlagen, Tommy zu sagen, er solle sich verpissen. Ich habe geahnt, dass sie das nicht tun würde. Man konnte es in ihren Augen lesen. Ich habe ihr gesagt, dass sie sich mit der Arbeit am West Gate nur Ärger einhandeln würde, und dann verschwand sie für ein paar Tage. Ich dachte, die Sache sei damit erledigt, aber die dumme Kuh kam zurück und sagte, Tommy sei nicht zufrieden mit dem, was sie woanders verdiene, und habe sie gezwungen, zum Parkplatz zurückzukommen. Ich konnte nichts mehr tun, um ihr zu helfen, und Valentine fand es heraus und nun ja ... den Rest habe ich Ihnen erzählt.« Sie starrte einen Augenblick lang ins Leere, bevor sie die Zigarette zu Boden fallen ließ und sie mit dem Absatz ausdrückte.

»Sie hasste es, auf den Strich zu gehen. Sie hat es nicht aus freien Stücken getan. Tommy hatte einen gewissen Einfluss auf sie – ich weiß nicht, ob sie in ihn verliebt war oder Todesangst vor ihm hatte. Wahrscheinlich beides.«

»Haben Sie mit Tommy gesprochen?«

»Ich bin ihm aus dem Weg gegangen. Amelia hat mir erzählt, dass er den größten Teil ihrer Einnahmen für Drogen ausgibt und völlig durchgeknallt ist, wenn er high ist. In der Nacht, in der er diesen Streit mit Valentine hatte, war er auf jeden Fall ein wahnsinniger, verrückter Scheißkerl, also verstehen Sie sicher, warum ich mir Sorgen mache, dass er hinter uns her sein könnte. Also, ich muss jetzt los. Sagen Sie Celeste, sie schuldet mir was ... und zwar einiges.« Sie ging mit gesenktem Kopf davon und Murray lief ihr nicht nach.

———

Das Büro war leer, bis auf Ian und Lucy, die darüber diskutierten, wer die Informationen an die Presse hatte durchsickern lassen.

»Andy ist sehr streitlustig und immer schnell mit Kritik zur Stelle. Ich würde es ihm zutrauen, Unfrieden zu stiften.«

Lucy lehnte sich mit ausgestreckten Armen gegen den Schreibtisch. »Ich weiß, aber er sagt normalerweise seine Meinung und will Ergebnisse erzielen. Er geht den Leuten auf die Nerven, aber das ist ihm egal, und er äußert lieber seine Bedenken offen, als hinter unserem Rücken zu tuscheln, vor allem gegenüber einer Reporterin. Ich kann mir nicht vorstellen, dass er mit einer von ihnen geredet hat.«

Natalie meldete sich zu Wort: »Willst du ihn direkt fragen, ob er dahintersteckt?«

Lucy stieß sich vom Schreibtisch ab und rollte mit den Schultern, bevor sie antwortete und dabei das Gesicht verzog: »Wenn ich ihn damit konfrontiere und sich herausstellt, dass er nicht verantwortlich ist, wird das die Beziehungen nur verschlechtern. Ich muss hoffen, dass meine Ansage gewirkt hat und derjenige, der es war, es nicht wieder tut. Außerdem müssen wir uns auf die Ermittlungen konzentrieren und nicht darauf, wer Bev mit Informationen gefüttert hat.«

Ian machte eine kleine Verbeugung. »Du bist der Boss, und wenn du das so willst, soll es mir recht sein.«

Natalie entdeckte eine Liste mit Namen auf seinem Monitor und fragte: »Was siehst du dir da an?«

»Ich versuche, die eigentlichen Eigentümer von Tommys und Amelias Wohnung zu finden.«

Lucy erklärte: »Amelias Nachbarin erhält Unterstützung für ihre Miete und hat ihre Wohnung über eine Vermietungsagentur bekommen. Mir kam der Gedanke, dass es unwahrscheinlich ist, dass Amelia die Miete für ihre Wohnung selbst bezahlt hat, und dachte, dass es ein komischer Zufall ist, dass sowohl ihre als auch Tommys Wohnung in den The Towers liegt. Ich hatte gehofft, dass Tommy Amelias Wohnung zusammen mit der, in der er mit Katie wohnte, gemietet hat. Wir haben es bei der Agentur versucht, aber sie haben weder Wohnung 52 noch 114 vermietet, also versuchen wir herauszufinden, wer es stattdessen war.«

»Um den Vermieter oder Eigentümer über Tommy zu befragen?«

»Ja. Vielleicht weiß derjenige sogar, wo sich Tommy versteckt.«

»Es lohnt sich, dem nachzugehen. Kann ich irgendetwas tun?«, fragte Natalie.

»Ja, würdest du dir die Pathologieberichte von Amelia und Katie durchlesen? Sie sind vor zehn Minuten gekommen und ich hatte noch keine Gelegenheit, sie mir anzusehen.«

»Klar.« Natalie ging zu dem Schreibtisch neben der Tür und loggte sich in den E-Mail-Account der Abteilung ein. Beide Berichte waren im Posteingang und sie begann mit dem von Amelia. Alles war so, wie sie es erwartet hatte: Es gab genügend Beweise dafür, dass sie erstickt war. Natalie vertiefte sich in die Einzelheiten des Berichts und vergewisserte sich, dass sie alles genau verstanden hatte, bevor sie sich Katies Bericht vornahm. Nach den ersten paar Absätzen hielt sie inne – damit hatte sie nicht gerechnet.

———

Murray rief Celeste an. »Das Treffen mit Nancy ist gut gelaufen. Sie hat uns eine Spur geliefert: Valentine. Hast du eine Ahnung, wer das ist?«

»Ich habe den Namen noch nie gehört. Soll ich mal mit meinen ehemaligen Kollegen beim Rauschgiftdezernat sprechen?«

»Bitte, und schau auch gleich mal, ob du etwas über Constantine herausfinden kannst. Ihm gehört ein Café in der Fallow Avenue, in der Nähe der Samford Bridge. Ich fahre jetzt dorthin.«

»Wenn du willst, können wir uns da treffen. Ich habe das Problem mit der Kinderbetreuung gelöst. Oma ist eingesprungen. Ich kann in etwa fünfzehn Minuten da sein.«

»Gut. Dann bis gleich. Ich werde draußen warten, bis du kommst.«

Murray lief zurück zu seinem Auto, das er auf einen Parkplatz an der Hauptstraße abgestellt hatte, und wieder wich er den Leuten aus, die sich auf dem Bürgersteig tummelten. Drei Schulmädchen, die nicht viel jünger waren als Katie, drängelten sich an ihm vorbei, die Rucksäcke auf den Schultern. Eine nuckelte an einem Strohhalm, der in einem Milchshake steckte, die anderen beiden gingen Arm in Arm, lachten über etwas auf ihren Smartphones, und Murray wurde klar, wie vollkommen anders Katies Leben verlaufen war als das dieser drei.

———

Natalie legte ihre verschränkten Finger hinter den Kopf und dehnte sich, um die plötzliche Verspannung in ihren Nackenmuskeln zu lösen. Damit änderte sich die Lage entscheidend. Lucy versuchte immer noch herauszufinden, wem die Wohnungen in den The Towers gehörten, und blätterte mit ernster Miene endlose Listen durch.

»Lucy, die Berichte haben etwas Wichtiges zutage gefördert.«

Sie drehte ihren Stuhl um 180 Grad und sah Natalie an. »Was denn?«

»Als Katie angegriffen wurde, war sie bereits tot.«

»Was?«

»Der Bericht zeigt, dass zwar das Zungenbein gebrochen war und sie blaue Flecken am Hals hatte, die auf eine manuelle Strangulation hindeuten, aber der Hauptunterschied ist das Fehlen von punktförmigen Einblutungen, die eine Sauerstoffzufuhr im Blut erfordern, um sichtbar zu werden. Pinkney kam zu dem Schluss, dass eine Asphyxie, also ein Atemstillstand, die Todesursache war, aber die ist eher auf eine Überdosis Heroin als auf Ersticken oder Strangulation zurückzuführen. Er hat einen toxikologischen Eilbefund angefordert, um seine Ergebnisse zu bestätigen.«

»Mit was für einem kranken Arschloch haben wir es hier zu tun?«, fragte Ian.

Natalie zuckte kurz mit den Achseln. »Vielleicht hat der Täter nicht gemerkt, dass sie bereits tot war, und dachte, sie sei bewusstlos.«

Lucy rieb sich immer wieder mit den Fingern über die Stirn. »Wenn sie an einer Überdosis gestorben ist, warum haben wir dann am Tatort keine Beweise dafür gefunden?«

»Jemand hat das Zeug entfernt oder sie ist erst einige Zeit nach der Injektion gestorben«, schlug Ian vor.

»Es ist wahrscheinlicher, dass der Tod sofort eingetreten ist. Sie muss es sich im Park gespritzt haben.«

Ian trommelte mit den Fingern, während er darüber nachdachte. »Was wäre, wenn derjenige, der ihr das Zeug verkauft hat, bei ihr war, als sie es sich gespritzt hat, Angst bekam, dass sie sterben könnte, und versucht hat, die Überdosis zu vertuschen, indem er sie erwürgte? Vielleicht sogar in der Hoffnung, dass wir annehmen würden, dass ein und derselbe Mörder beide Frauen ermordet hat?«

Lucy presste ihren Zeigefinger gegen ihre Nasenspitze. »Unmöglich wär's nicht, nehme ich mal an. Wenn es Tommy war ... Nein ... das ergibt keinen Sinn ... Warum sollte er es so aussehen lassen, als wäre Katie durch Strangulation gestorben? Das würde nur dazu dienen, ihm einen Doppelmord in die Schuhe zu schieben.«

»Weil er über ihren Tod völlig außer sich war. Er hat aus Wut gehandelt, ohne nachzudenken.«

Lucy nahm ihren Finger wieder herunter und winkte damit in Ians Richtung. »*Das* ergibt Sinn.«

»Oder er war es gar nicht. Es könnte auch ein Freier gewesen sein, der ihr das Heroin gab, oder sogar eine andere Nutte.« Ian zuckte bei der letzten Vermutung mit den Achseln.

Lucy blies die Wangen auf, während sie über all diese

Möglichkeiten nachdachte. »Verdammt! Das bringt die Ermittlungen auf jeden Fall durcheinander.«

Natalie hatte noch etwas hinzuzufügen: »Da ist noch was. Die Vergewaltigung. Sie hatte heftige Prellungen und innere Verletzungen. Pinkney sagte, die Verletzungen seien erst kürzlich entstanden, obwohl es auch ältere Risse im Gewebe gibt. Wer immer ihr das angetan hat, war unglaublich brutal.«

Lucy kniff konzentriert die Augen zusammen. »Dann gibt es noch ein anderes mögliches Szenario: Sie hat das Heroin genommen, um die sexuellen Handlungen zu überstehen, aber derjenige, der sie vergewaltigt hat, hat sie während des Aktes erwürgt, obwohl sie bereits ohnmächtig und tot war.«

»Oder, wie du vorhin angedeutet hast, der Täter war außer sich, weil sie gestorben war, hat die Kontrolle verloren und sie erwürgt.«

»Womit wir wieder bei der Annahme wären, dass es das Werk derselben Person sein könnte, die Amelia getötet hat«, schlussfolgerte Ian.

Natalie starrte ins Leere und versuchte, die Gedanken an die sexuelle Gewalt gegenüber Katie zu verdrängen. »Amelia wurde nicht auf dieselbe Art und Weise missbraucht. Katie schon ... und das mehrfach. Es scheint, als ob der Mörder immer aggressiver und den Frauen gegenüber immer gewalttätiger wird. Mir kommt es so vor, als würde sein Hass immer größer werden.«

»Wer auch immer es ist, wir werden diesen Scheißkerl auf jeden Fall erwischen«, erwiderte Lucy mit zusammengebissenen Zähnen.

ZWANZIG

MONTAG, 4. NOVEMBER – SPÄTER NACHMITTAG

Constantine's Café war ein Laden mit gläserner Front, nicht größer als das Wohnzimmer eines kleinen Hauses. Im Inneren befanden sich vier unterschiedlich große Tische, zusammengewürfelte Stühle auf der linken Seite und eine Bar mit drei Hockern an der rechten Wand. Die Theke lag direkt davor und eine Wärmelampe leuchtete hell über etwas, das mit Alufolie bedeckt war. Ein großer Mann um die Vierzig, den Murray für Constantine hielt, stand in der Küche an der Arbeitsplatte und schnippelte Gemüse, von dem er immer wieder eine Hand voll in eine große Pfanne warf, die auf dem Herd brutzelte. »Ich komme sofort«, rief er.

Murray studierte die Kreidetafel über dem Tresen, auf der eine Reihe von Sandwiches und Suppen zum Mitnehmen angeboten wurden, und sah sich dann in dem Café um. Der Mann kam auf ihn zu und wischte sich die Hände an einem Geschirrtuch ab. »Was darf ich Ihnen bringen?«

Murray hielt ihm seinen Dienstausweis hin. »Ein paar Informationen. Ich habe gehört, dass Valentine Stewart Ihr Cousin ist.«

Das Gesicht des Mannes wirkte plötzlich verschlossen und

seine Miene wurde grimmig. »Ich habe ihn seit Monaten nicht mehr gesehen.«

Murray schenkte ihm ein schmallippiges Lächeln. »Wir beide wissen, dass das nicht stimmt.«

»Ich habe ihn wirklich nicht gesehen. Wollen Sie behaupten, dass ich lüge?«

»Okay, was ist mit seiner Telefonnummer?«

»Er hat ein neues Handy. Ich habe seine neue Nummer nicht.«

»Hören Sie auf mit dem Scheiß, Constantine. Geben Sie mir seine Nummer.«

»Die habe ich nicht.«

»Und seine Adresse?«

»Ich habe Ihnen doch gesagt, dass ich ihn seit Monaten nicht mehr gesehen habe. Ich weiß weder, wo er wohnt, noch kenne ich seine Nummer. Wir haben keinen Kontakt.«

»Machen Sie es mir nicht so schwer«, erwiderte Murray.

»Ich kann Ihnen nichts sagen, was ich nicht weiß.«

»Na gut. Ich spiele mit. Wann haben Sie ihn zuletzt gesehen?«

Constantine machte ein trauriges Gesicht. »Irgendwann zu Beginn dieses Jahres. Ich weiß nicht mehr genau, wann.«

»Es ist ziemlich ruhig hier, nicht wahr? Haben Sie um diese Tageszeit viele Kunden?«

Constantines Augenlider senkten sich und verdeckten seine mandelförmigen Augen zur Hälfte. Er wischte sich wieder die Hände am Geschirrtuch ab und murmelte: »An manchen Tagen sind es mehr, an anderen Tagen weniger. Die Leute essen zu jeder Tages- und Nachtzeit. Ich lasse das Café lange offen, auch wenn keine Kunden da sind. Ich muss mir schließlich meinen Lebensunterhalt verdienen.«

»Was befindet sich hinter dieser Tür?«, fragte Murray und nickte in Richtung einer cremefarbenen Tür hinter einem

Tisch für zwei Personen, auf dem zwei halbvolle Becher standen.

»Die Toilette.«

»Darf ich sie benutzen?« Murray hielt darauf zu und berührte beiläufig einen der Becher, als er am Tisch vorbeikam. Er war lauwarm.

»Sie ist kaputt. Die Spülung funktioniert nicht«, ergänzte Constantine schnell.

»Das macht nichts. Ich muss mir nur die Hände waschen.« Murray riss die Tür auf und fand sich in einem dunklen Korridor wieder. Er griff nach seiner Taschenlampe, schaltete sie ein und schwenkte den Lichtstrahl über eine offene Tür mit der Aufschrift WC. Er warf einen Blick hinein. Es war niemand da. Er blieb stehen und spitzte die Ohren. Constantine stand in der Tür und verdeckte jegliches Licht, das aus dem Innenraum des Cafés drang.

»Hey! Officer! Sie haben keinen Durchsuchungsbefehl für meine Räumlichkeiten. Kommen Sie da raus.«

Seine Stimme war zu laut, ein gezieltes Ablenkungsmanöver, und Murray hörte gerade noch, wie sich eine weitere Tür schloss. Er schwenkte seine Taschenlampe herum und der Lichtstrahl fiel auf die Stapel von Kisten, die den Gang versperrten, bevor er auf einer Hintertür landete. Er eilte darauf zu, Constantines Schreie in den Ohren, und fand sich in einem vollgestopften Hof wieder, der mit leeren Ölkanistern, Abfalleimern, weiteren Kisten und anderem Gerümpel übersät war. Hier war es heller als im Korridor und er kam gerade noch rechtzeitig, um zu sehen, wie eine Gestalt über eine Mauer kletterte.

»Stehenbleiben, Polizei!« Murray stürmte auf die Mauer zu, aber bevor er den Fuß des Ausreißers packen konnte, war der Mann bereits auf die andere Seite gestürzt. Ein Schrei ertönte, gefolgt von wütendem Fluchen. Constantine hatte es in den Hof

geschafft und schrie Murray an, der ihn ignorierte, die Taschenlampe in die Halterung schob und seinen großen Körper mit einer
schnellen Bewegung auf die bröckelnde Ziegelmauer zog und sich
darüber hinweg schwang, um auf der anderen Seite dicht neben
einem Gerangel zu landen. Celeste bemühte sich, den Mann am
Boden zu halten, der seinerseits versuchte, sie von sich zu stoßen.
Murray sprang ihr bei und legte dem Mann Handschellen an.

»Valentine Stewart.«

»Verpiss dich!«

»Wir müssen Ihnen ein paar Fragen stellen.« Murray zerrte
den Mann auf die Beine und hielt ihn am Arm fest, Celeste
übernahm die andere Seite. Valentine versuchte, sich loszurei-
ßen, und rief nach Constantine hinter der Mauer, der Beleidigungen hervorstieß.

»Ich will einen Anwalt!«

»Klappe halten und weitergehen«, konterte Celeste und
hielt ihn am Unterarm fest.

Nachdem sie ihn auf den Rücksitz des Wagens verfrachtet
und die Tür geschlossen hatten, schenkte Murray ihr ein kurzes
Lächeln. »Gute Teamarbeit.«

»Tolle Idee, damit zu rechnen, dass er fliehen würde und
mich zum Warten hinter die Mauer zu schicken. Er wusste gar
nicht, wie ihm geschah, als er vor meinen Füßen landete.«

»Ich bin gerne einen Schritt voraus«, antwortete er. Als er
sich auf den Fahrersitz setzte, hörte er Yolandes Stimme wieder
in seinem Kopf. Er würde auf jeden Fall beweisen, dass er eine
Beförderung verdient hatte.

Lucy war mit Murrays und Celestes Bemühungen weniger
zufrieden, als die beiden erwartet hatten. Sie schickte Celeste
raus, die mit Valentine in einem Befragungsraum warten sollte,
und stellte Murray in ihrem Büro zur Rede. »Warum hast du

keine Verstärkung angefordert? Es ist doch bekannt, dass Valentine gewalttätig ist. Er hätte fliehen oder eine Waffe bei sich tragen können. Es war leichtsinnig, nur mit Celeste als Unterstützung zu dem Café zu fahren.«

»Wir hatten alles unter Kontrolle«, widersprach Murray. »Wir haben dafür gesorgt, dass niemand durch einen Hintereingang fliehen konnte. Wir wussten genau, was wir taten.«

»Nein, Murray, du kannst da nicht einfach so reinstürmen. Du hättest verletzt werden können oder Schlimmeres. Außerdem wusstest du nicht mal genau, ob Valentine da drin *war*.«

Murray schob sein Kinn vor. »Wir hatten doch recht, oder?«

»Ich bin nicht begeistert von der Aktion. Du hast dich und Celeste in Gefahr gebracht.«

»Du hattest nie irgendwelche Einwände, wenn wir früher ähnliche Manöver durchgezogen haben«, knurrte er.

Sie musterte ihn streng. »Jetzt ist das etwas anderes. Ich muss mehr auf deine Sicherheit achten.«

»Danke für deine Fürsorge.«

»Den Sarkasmus kannst du dir sparen.«

»Was erwartest du denn? Ich hatte gedacht, du freust dich, dass wir einen weiteren Verdächtigen ausfindig gemacht haben, anstatt dich über meine Methoden zu beschweren. Valentine hat Tommy bedroht. Nancy vermutet, dass er Amelia und Katie getötet hat, und du wolltest, dass ich auf Verstärkung warte und mir vielleicht die einzige Chance entgehen lasse, ihn zu schnappen?«

»Du verstehst es einfach nicht, oder? Wir müssen alles genau nach Vorschrift machen. Wenn diese Ermittlung schiefläuft und jemand freikommt, weil wir uns nicht an die Anordnungen gehalten haben, werden wir alle dafür büßen müssen. Es macht mir nichts aus, einen Teil oder die ganze Schuld auf mich zu nehmen, aber ich will nicht, dass ein Mörder davonkommt, weil wir es vergeigt haben.«

»Wir haben es nicht vergeigt.«

»Du hattest keinen Durchsuchungsbeschluss für Constantines Räumlichkeiten. Sein Anwalt kann diesen Punkt anfechten.«

»Ich habe seine Räumlichkeiten nicht ›durchsucht‹. Ich war nur auf der Toilette und habe zufällig mitbekommen, wie Valentine geflüchtet ist. Ich bin ihm in den Hinterhof gefolgt. Mir war nicht bewusst, dass ich einen Durchsuchungsbefehl brauche, um pinkeln zu gehen.«

»Murray!« Sie schüttelte den Kopf, dann schien sie sich zu beruhigen. »Mal davon abgesehen, möchte ich wirklich nicht, dass dir oder Celeste etwas zustößt. Nicht unter meiner Aufsicht.«

Er brummte und erwiderte dann: »Weißt du, manchmal müssen wir einfach auf Zack sein. Wir waren sicher, dass er da drin war. Hätten wir angerufen, hätte es einige Zeit gedauert, bis Verstärkung eingetroffen wäre, und bis dahin wäre Valentine vielleicht längst abgehauen. Wir waren sicher, dass wir es schaffen würden. Du weißt doch, wie ich arbeite. Du weißt, dass ich keine unüberlegten Risiken eingehe.«

Sie starrten sich einen Augenblick lang an, und Lucys Wut verpuffte. »Okay, lassen wir die Sache auf sich beruhen, ja? Wir müssen ihn befragen.«

Sie wollte schon zur Tür gehen, wurde jedoch von einem leisen ›Lucy‹ aufgehalten. Sie drehte sich um. Murray hatte den Kopf zur Seite gelegt. »Lass dich nicht unterkriegen.«

»Was?«

»Wegen der Sache mit der Beförderung. Du musst dich nicht anders benehmen oder versuchen, so zu sein wie Natalie. Du bist ein Individuum und wurdest als DI ausgewählt, weil du in den letzten Jahren so gute Leistungen erbracht hast. Wenn du heute Nachmittag an meiner Stelle gewesen wärst, hättest du genauso entschieden wie ich. Und wenn ich an deiner Stelle wäre, würde ich dich für deine Eigeninitiative loben.«

Sie holte tief Luft und nickte. »Ein gutes Argument. Du kannst die Befragung gerne leiten.«

Mit seinem jungen Gesicht und seinem holzig duftenden Aftershave wirkte Valentine, der ein blassrosa Hemd mit offenem Ausschnitt und eine Hugo Boss-Hose trug, eher wie ein Manager in den Dreißigern als wie ein Zuhälter. Er zupfte an einem braunen Lederarmband, das er an seinem schmalen Handgelenk trug, und hob seinen glühenden Blick, als Lucy und Murray den Befragungsraum betraten.

»Ich verlange einen Anwalt.«

»Glauben Sie denn, dass Sie einen Anwalt brauchen?«, fragte Murray.

»Mir steht einer zu.«

Murray setzte sich mit einem halbherzigen Lächeln. »Nein, mein Freund, Sie sind hier, um uns bei unseren Ermittlungen zum Tod von Amelia Saunders und Katie Bray zu helfen. Das ist etwas ganz anderes als eine Anklage, und solange wir Sie nicht tatsächlich eines Verbrechens beschuldigen, brauchen Sie keine Verteidigung. Hätten Sie gerne etwas zu trinken?«

»Was zum Teufel soll das?«

»Ich habe gefragt, ob Sie etwas trinken wollen. Sie hatten es so eilig, das Café zu verlassen, dass Sie keine Zeit hatten, Ihren Becher zu leeren.« Das Lächeln erstarb.

Valentine verdrehte die Augen. »Na toll, wir haben einen Polizisten, der sich für einen Komiker hält.«

»Nein, ich halte mich für einen Polizeibeamten. Einen Detective Sergeant. DS Anderson, um genau zu sein. Nun, ich würde gerne zur Sache kommen. Was können Sie uns über Tommy Field sagen?«

»Er ist ein Vollidiot.«

»Geht das auch ein bisschen ausführlicher?«

»Er ist ein nerviger, bescheuerter Trottel. Ist das ausführlich genug?«

»Ich will mal eins klarstellen. Sie sind nicht hier, weil ich Ihnen auf den Sack gehen will. Ich bin nicht daran interessiert, was Sie auf der Straße so treiben. Ich brauche Ihre Hilfe. Wir untersuchen den Mord an zwei Teenagern, die in Ihrem Revier gearbeitet haben. Sie müssen doch eine Ahnung haben, was da los war. Helfen Sie mir ein wenig auf die Sprünge. Sagen Sie mir, was Sie über Tommy und diese Mädchen wissen.«

Valentines langer Hals schien sich immer weiter zu krümmen, während er Murray musterte. »Er ist ein Idiot und die Mädchen kenne ich nicht.«

Murray seufzte. »Wirklich schade, denn das bedeutet, dass wir Ihre Geschäfte genauer unter die Lupe nehmen und herausfinden müssen, in welcher Verbindung Sie zu Tommy stehen. Das bedeutet natürlich auch, dass wir Constantine und alle Mädchen, die für Sie arbeiten, befragen müssen. Wir müssen ein Team zu dem Haus schicken, das sie gemeinsam bewohnen, und sie alle zur Befragung auf das Revier bringen und« – er atmete laut durch die Zähne aus - »wir müssen sie wegen Prostitution anklagen, und dann muss man die Presse noch irgendwie zum Schweigen bringen. Die Reporter gieren nach Informationen und werden völlig außer sich sein, wenn sie erfahren, dass wir einen Mittelsmann befragen, der minderjährige Mädchen auf den Strich schickt.«

»Moment mal! Keines meiner Mädchen ist minderjährig.«

»Aber wenn Sie und Tommy sich ein Revier *geteilt* haben, dann müssen Sie die Verantwortung dafür übernehmen, dass Katie erst fünfzehn war, als sie das erste Mal auf den Strich ging.« Er schnalzte ein paarmal mit der Zunge. »Die Presse wird nicht zimperlich sein. Das wird der Öffentlichkeit ganz sicher nicht gefallen, und ich bezweifle, dass Sie sich in der Stadt noch blicken lassen können. Auch Constantine wird seinen Laden dichtmachen müssen. Die Menschen können sehr nachtragend sein, wissen Sie?«

»Ich habe mir mit dem kleinen Scheißer überhaupt nichts geteilt. Seine Mädchen sind vor drei Wochen aufgetaucht. Ich habe ihm gesagt, er soll sie woanders hinbringen. Meinen Mädchen sind Aufträge durch die Lappen gegangen.«

»Aber er ist nicht gegangen.«

»Nein, und ich habe ihm klargemacht, dass ich wollte, dass sie verschwinden.«

»Haben Sie ihm gedroht?«

»Und wenn ich das getan habe?«

»Er ist verschwunden. Vielleicht haben Sie Ihre Drohung ja in die Tat umgesetzt.« Murray lächelte wieder und zuckte leicht mit den Schultern.

Valentine ließ eine geballte Faust auf den Schreibtisch krachen. »Ich habe den kleinen Scheißer nicht umgebracht! Er ist irgendwo in der Nähe. Wahrscheinlich versteckt er sich vor euch.«

»Wann haben Sie ihn zuletzt gesehen?«

»Vor ein paar Nächten.«

»Haben Sie ihn bedroht?«

Valentine fuhr sich mit der Zunge über die trockenen Lippen. »Ich habe ihm klargemacht, dass ich über die Situation nicht glücklich bin.«

»Haben Sie ihm gedroht?«, fragte Murray noch einmal.

»Kann schon sein.«

»Haben Sie seine Mädchen bedroht?«

»Nein!«

»Was haben Sie dann zu ihm gesagt?«

»Ich habe ihm Angst eingejagt. Ich wollte, dass er sich verpisst. Er ist ein Niemand, ein Drogensüchtiger, der seine Mädchen benutzt, damit er seine Sucht befriedigen kann. Ich brauchte nichts weiter zu tun, als ihn zu verunsichern.«

»Aber er hat nicht auf Sie gehört?«

»Nein. Er war eine Nervensäge.«

»Was hatten Sie mit ihm vor?«

»Ich hatte mich noch nicht entschieden.« Er durchbohrte Murray mit seinen Blicken.

»Wollten Sie ihn verprügeln?«

»Es spielt keine Rolle, was ich vorhatte, denn ich habe es nicht getan. Ich habe den Scheißkerl seit jener Nacht nicht mehr gesehen.«

»Kommen wir zu Amelia und Katie. Haben Sie jemals mit ihnen gesprochen?«

Valentine ignorierte die Frage und nestelte an seinem Armband, dann zupfte er an seinen Hemdmanschetten.

»Es sieht nicht gut für Sie aus, Valentine. Sie haben Tommy bedroht ... er ist verschwunden ... und Amelia und Katie sind beide tot.«

Es dauerte einen weiteren langen Augenblick, bevor Valentine antwortete: »Na gut. Okay. Mit Amelia habe ich am Freitagnachmittag gegen zwei Uhr gesprochen. Ich bin durch die Stadt gefahren und habe sie auf dem West Gate-Parkplatz gesehen. Ich habe angehalten und ihr gesagt, dass ich von Tommys Dummheiten die Nase voll habe und ihn umbringen werde, wenn sie nicht bis Freitagabend alle aus der Gegend verschwinden.«

»Haben Sie mit ihr gestritten?«

»Nein. Ich habe ihr die Nachricht überbracht und bin weggefahren.«

»Was ist mit Katie?«

»Mit ihr habe ich überhaupt nicht gesprochen und ich weiß auch sonst nichts. Ich weiß weder, wer sie ermordet hat, noch, wo Tommy ist. Er ist ein gerissener Drecksack.«

»Sie müssen zugeben, dass es für Sie praktisch ist, dass Amelia und Katie ermordet wurden. Immerhin haben die beiden Ihrem Geschäft geschadet.«

»Hören Sie, ich habe sie nicht umgebracht, okay?«

»Es ist aber interessant, nicht wahr?«

»Was denn?«

»Nun, Ihre Mädchen arbeiten in der gleichen Gegend und keine von ihnen wurde angegriffen.«

Valentins Augenlider senkten sich und er fauchte Murray an. »Ich habe sie *nicht* umgebracht.«

Murray nickte. »Ich verstehe. Sie haben erwähnt, dass Tommy ein Junkie ist.«

»Ja, er ist fast immer völlig high.«

»Wissen Sie, von wem er die Drogen bekommt?«

Er schnaubte durch geblähte Nasenflügel. »Nein. Mit so einem Scheiß habe ich nichts zu tun.«

»Dann also nur Prostitution«, sagte Murray, was ihm ein leises Knurren von Valentine einbrachte. Er fuhr ohne Umschweife fort: »Haben Sie eine Ahnung, wo wir ihn finden könnten?«

»Nein. Er zieht viel herum, was es quasi unmöglich macht, ihn aufzuspüren. Er mietet sich für ein oder zwei Monate irgendwo ein, bezahlt in bar, und dann zieht er weiter. Das Letzte, was ich gehört habe, war, dass er in den The Towers gewohnt hat.«

»Wissen Sie zufällig, mit wie vielen Mädchen er arbeitet?«

»Es könnten zwei oder zwanzig sein, ich habe keine Ahnung. Ich weiß nur, dass er diese Mädchen in mein Revier gebracht hat.«

»Wir müssen wissen, wo Sie sich in den letzten drei Tagen aufgehalten haben. Fangen wir mit Freitag an. Sie haben bereits zugegeben, um zwei Uhr nachmittags auf dem West Gate-Parkplatz gewesen zu sein. Was haben Sie danach gemacht?«

»Ich war im Constantine's.«

»Wie lange waren Sie dort?«

»Ungefähr bis siebzehn Uhr, dann bin ich nach Hause gefahren.«

»Wo wohnen Sie?«

»Radley Estate.«

»Gibt es Zeugen, die das bestätigen können?«

»Nein. Ich lebe allein. Aber vielleicht haben die Nachbarn gesehen, wie ich in meine Einfahrt gefahren bin.«

»Was ist mit Samstagabend, so gegen acht Uhr?«

»Da war ich im Constantine's. Ich war die ganze Nacht dort, außer gegen elf Uhr, da habe ich nach den Mädchen gesehen.«

»Hat Sie außer Constantine noch jemand im Café gesehen?«

»Ein paar Stammgäste kamen herein, während ich dort war.«

»Und heute Morgen, gegen acht Uhr?«

»Da lag ich im Bett. Ich habe geschlafen. Normalerweise stehe ich erst um die Mittagszeit auf, und bevor Sie danach fragen: Nein, ich habe niemanden, der für mich bürgen kann. Also, wenn Sie mich nicht anklagen wollen, müssen Sie mich wohl gehen lassen.«

»Wir müssen Ihr Alibi für Samstag überprüfen.«

»Nur zu. Ich habe nichts zu verbergen. Ich habe niemanden umgebracht. Haben Sie mal darüber nachgedacht, dass das alles Tommys Werk sein könnte? Er ist nicht ganz richtig im Kopf, und wenn er erst auf Droge ist – pfft!« Er fuhr mit dem Finger über den Bereich um seine Schläfen. »Total durchgeknallt.«

Murray schaute Lucy an, die sich zum ersten Mal zu Wort meldete: »Wir müssen Sie bitten, hierzubleiben, während wir Ihr Alibi überprüfen, und wir brauchen eine DNA-Probe, um Sie von unserer Verdächtigenliste zu streichen.«

Ein Lächeln kroch über Valentines hagere Züge. »Sehen Sie, Sie haben nichts gegen mich in der Hand.«

Murrays Miene blieb versteinert und er erwiderte leise: »Noch nicht, aber wenn wir Tommy nicht finden, werden wir uns bestimmt wiedersehen.«

Der zweiundzwanzigjährige Whitey liegt auf seiner Pritsche, ein Pornoheft vor der Nase. »Hey, Fettsack!«

»Verpiss dich.« Er lässt sich auf das Feldbett neben Whitey fallen und öffnet die Schnürsenkel seiner Stiefel. »Du weißt schon, dass du dir damit die Augen ruinierst?«

»Um meine Augen mache ich mir keine Sorgen«, antwortet Whitey, ballt seine Hand zu einer lockeren Faust und schüttelt sie.

»Ich habe die Botschaft verstanden. Ich brauche keine Vorführung.«

»Ziehst du heute Abend mit uns los?«

»Vielleicht muss ich passen. Ich bin hundemüde.«

»Scheiß drauf! In ein paar Wochen fahren wir nach Hause, dann kannst du vierzehn Tage am Stück durchschlafen. Hier ist der Plan. Ein paar von uns gehen ins Kasino, um sich zu besaufen und vielleicht ein bisschen Spaß zu haben.« Whiteys Augenbrauen tänzeln anzüglich.

»Alter, ich bin nicht in der Stimmung. Außerdem wartet Felicity zu Hause auf mich.«

»Sie wird es nie erfahren. Was ist schon dabei?« Whitey liebt es, ihn wegen Felicity aufzuziehen, einer jungen Kranken-schwester mit dem Gesicht eines Engels und dem Körper einer ... er traut sich im Moment nicht, an ihren Körper zu denken.

»Ich komme auf ein paar Drinks mit.«

Sein Freund winkelt die Arme an den Ellbogen an, macht flatternde Bewegungen und gackert dazu die ganze Zeit wie ein Huhn.

Er ignoriert die Sticheleien, zieht seine Socken aus und legt sie neben sich. »Bist du bald fertig?«

»Du Weichei. ›Felicity hier, Felicity da.‹ Du kannst manchmal ein richtiger Langweiler sein, weißt du das?« Whitey steht auf, nimmt das Pornoheft und wirft es neben die Socken. »Ich glaube, du brauchst das dringender als ich. Du hast wahrscheinlich vergessen, was wohin gehört. Du willst doch die reizende Felicity nicht enttäuschen, wenn du nach Hause kommst, indem du dein ganzes Pulver verschießt, sobald du sie erblickst.«

»Rutsch mir den Buckel runter! Es dreht sich nicht alles nur um Sex, weißt du? Du hast ja keine Ahnung.«

»Oh, Felicity. Liebe meines Lebens. Ich will nur dich, dich allein, meine Göttin!« Whitey tut so, als würde er sich zwei Finger in den Hals stecken, und gibt würgende Geräusche von sich.

»Warum verpisst du dich nicht einfach und trainierst deine Handgelenke auf dem Klo, damit ich mich in Ruhe umziehen kann?«

»Ich habe schon trainiert. Ich gehe unter die Dusche und mache mich noch hübscher. Die Ladys werden nicht wissen, wie ihnen geschieht.« Er nimmt seinen Kulturbeutel und haucht einen Kuss in die Luft, bevor er den Raum verlässt.

Er lächelt schwach. Er und Whitey sind seit der Ausbildung gute Freunde. Manchmal ist er ein bisschen schwierig, vor allem, wenn er ein paar Drinks intus hat, aber er ist loyal und in diesem

Beruf muss man den Leuten um sich herum vertrauen. Whitey hat ihm schon mehr als einmal geholfen, wenn es hart auf hart gekommen ist. Nicht, dass er nicht auch allein klarkommt, aber die Männer in dieser Truppe arbeiten hart und treiben es bunt, und am Anfang war er die Zielscheibe einiger Streiche, bis Whitey dazwischengegangen ist.

Er zieht sich aus und legt seine Ausrüstung in die entsprechenden Fächer in seinem Spind. Es wird ihm nicht leidtun, in zwei Wochen ins Flugzeug zu steigen und nach Hause zu fliegen. Es waren ein paar zermürbende Wochen, das Ausbildungslager in Kenia. Obwohl er Whitey, der jedes Mal, wenn er Felicity nur erwähnt, ausflippt, noch nichts davon erzählt hat, denkt er darüber nach, ihr einen Antrag zu machen. Es wäre gut, eine Verpflichtung einzugehen. Er ist dazu bereit. Er hofft, dass sie genauso denkt. Es ist nicht leicht, mit einem Soldaten verheiratet zu sein. Er sammelt seine Socken zusammen, um sie zu waschen, und macht sich mit einem Handtuch um die Hüften und dem Kulturbeutel unter dem Arm auf den Weg.

Lucy marschierte ins Büro und wandte sich direkt an Murray, der an seinem Schreibtisch saß: »Wir müssen Valentine laufen lassen. Constantine hat bestätigt, dass er den ganzen Samstagabend im Café war, und es gibt ein paar Gäste, die sich an ihn erinnern.«

»Ach, komm schon, Lucy, Constantine hat sie wahrscheinlich alle dazu angestiftet. Er schützt seinen Cousin.«

»Das spielt keine Rolle. Wir können ihn nicht anklagen, weil seine DNA nicht mit der übereinstimmt, die wir an den Leichen der Mädchen gefunden haben.«

»Er könnte jemand anderen geschickt haben, der die Drecksarbeit für ihn erledigt.«

Lucy hielt das für möglich und fügte hinzu: »Weißt du, Tommy könnte durchaus hinter diesen Morden stecken und untergetaucht sein.«

»Ich denke auch, dass er Amelia und Katie ermordet haben könnte, aber warum Rachel und Dominic?«

»Er war ein Junkie. Er könnte Rachel über einen Dealer gekannt haben, oder vielleicht hat er ihr sogar Drogen verkauft oder war high und hat sie angegriffen.« Sie hob ratlos die

Hände. »Ich weiß es nicht. Ich weiß nur, dass wir ohne Beweise, die auf seine Beteiligung hindeuten, aufgeschmissen sind. Wie weit sind wir mit Eugene Hardys Aufenthaltsort?«

Die Frage war an Ian gerichtet, der neben Murray saß.

»Die Telefongesellschaft sagt, sein hätte Handy keinen Empfang und der letzte ausgehende Anruf heute Morgen um zwanzig nach zehn sei an seine zweiundachtzigjährige Mutter in Dundee gegangen. Sie hat das bestätigt und gesagt, dass er angerufen hat, um zu plaudern. Rachels Tod hätte ihn sehr mitgenommen und er hätte erwähnt, sich eine Auszeit genommen zu haben, um das Geschehene zu verarbeiten. Aber sie sagt, es sei nicht seine Art, von der Bildfläche zu verschwinden, ohne jemandem zu sagen, wohin er geht, vor allem nicht bei der Arbeit. Sie sagt, er hätte nie auch nur einen einzigen Tag bei der Arbeit gefehlt.«

»Hat er gesagt, von wo aus er angerufen hat?«

»Nein, aber die Telefongesellschaft hat den Anruf im Zentrum von Samford lokalisiert, und da wir auch sein Auto im Parkhaus gefunden haben, könnte er von dort aus angerufen haben.«

»Er war also heute Morgen um zwanzig nach zehn im Parkhaus?«

»Es scheint so. Sein Auto wurde bei der Einfahrt um Punkt zehn Uhr gesichtet.«

»Haben wir ein Überwachungsvideo von ihm?«

Ian schüttelte den Kopf. »Wir haben nichts gefunden. Wir haben aber festgestellt, dass er sein Auto regelmäßig dort parkt, an den meisten Tagen sogar auf dem gleichen Stellplatz. Er hat eine Dauerkarte, wie viele, die in der Stadt arbeiten. Vielleicht wollte er ins Kaufhaus gehen und hat es sich dann anders überlegt.«

»Wir werden das in Betracht ziehen, aber wenn er nicht auf der Arbeit ist, wo steckt er dann?«

»Ich weiß nur, dass sein Auto noch im Parkhaus steht. Wir

überwachen es. Wenn er zurückkommt, bekommen wir es mit.«

»Wenn er sein Auto nicht hat, muss er ein anderes Transportmittel genutzt haben oder jemand hat ihn mitgenommen. Könnte es sein, dass er gerade Verwandte besucht?«

»In diesem Land hat er keine Verwandten. Vielleicht ist er nach den Ereignissen rund um seine Tochter noch ganz durcheinander und braucht wirklich eine Auszeit. Er könnte zu Freunden gefahren sein«, schlug Murray vor.

Lucy setzte sich auf die Kante ihres Schreibtischs. »Wäre schon möglich ...«

»Na endlich!« Ian schlug die Hände über dem Kopf zusammen.

»Was?«

»Mark Washington – ihm gehören die Wohnungen 52 und 114 in den The Towers. Er wohnt in Sheffield, aber wir haben seine Telefonnummer.«

»Ruf ihn an. Frag ihn, was er weiß.«

Ein Mitarbeiter des technischen Teams stürmte ins Zimmer, das Gesicht vor Anstrengung gerötet, ein Laptop in den Händen. Er stellte es auf den nächstgelegenen Schreibtisch.

»Wir haben etwas gefunden! Vor dem Kaufhaus Hardy's, von letzter Woche.«

Ian, Lucy und Murray drängten sich um den Tisch und sahen zu, wie ein Bild des Bürgersteigs direkt vor der Entladestelle und der Straße aufflackerte. Ein blauer SUV fuhr vorbei und der Beamte sagte: »Gleich ist es so weit«. Er hatte den Satz kaum beendet, als eine junge Frau mit gesenktem Kopf ins Bild kam und abrupt stehen blieb. Als sie den Kopf hob, war klar, wer sie war: Katie Bray.

»Warum bleibt sie stehen?«, fragte Ian.

»Warte ab.«

Katie konzentrierte sich auf etwas oder jemanden, der sich nicht im Blickfeld der Kamera befand, doch schon bald kam eine Gestalt in Sicht, die nun mit dem Rücken zur Kamera stand. Die Jugendliche öffnete den Mund. Die Person trat näher an sie heran und Katie wich einen Schritt zurück, wobei sich ihr Kopf hin und her bewegte.

»Sie wirkt verängstigt«, sagte Lucy.

Die Person packte Katie am Oberarm und zog sie zu sich heran, doch sie konnte sich befreien und fliehen. Die Gestalt sah ihr regungslos hinterher und drehte sich dann langsam in Richtung der Kamera. Der Mann mit dem gepflegten schwarzen Bart war Eugene Hardy.

Lucy schlug mit der flachen Hand auf den Schreibtisch. »Er hat uns angelogen. Er hat behauptet, er würde sie nicht kennen. Wir müssen ihn finden!«

———

Natalie schaute auf die Nummer, die sie zu erreichen versuchte. Es war David.

»Hey.«

»Hi.« Seine Stimme klang zögerlich. »Ich habe mich gefragt, ob du vielleicht auf einen Drink vorbeikommen möchtest.«

Sie rümpfte die Nase. Sie dachte, sie wären sich bereits einig gewesen, dass sie nach Abschluss der Ermittlung etwas planen würden. Was war nur los mit ihm? Sie beschloss, nicht schnippisch zu sein. »Tut mir leid, aber wir stecken bis über beide Ohren in Arbeit. Ich kann dir im Moment nichts versprechen.«

»Ich wollte etwas mit dir besprechen.«

Sie unterdrückte einen Seufzer. Sie hatte keine Zeit für einen lästigen Ex-Mann. Sie hatte gedacht, er würde wieder auf die Beine kommen. »Ich habe im Moment wirklich keine Zeit.«

»Nein, ich verstehe schon. Ich wollte es persönlich tun und nicht am Telefon.«

»Was wolltest du tun?«

»Es ist ... na ja ... Ich habe jemanden kennengelernt, eine Frau ... Sara.«

Lucy erschien in der Tür. Natalie winkte sie herein.

»Toll. Hör mal, David, ich muss auflegen. Wir reden ein andermal darüber. Ich freue mich wirklich für dich.«

»Okay, aber ich wollte dir sagen ...«

»Ich muss Schluss machen.« Sie beendete das Gespräch.

Lucy sprühte vor neuem Tatendrang. »Eugene ist darin verwickelt. Wir haben Aufnahmen, auf denen er mit Katie redet. Sie haben sich eher gestritten als geredet. Der Mistkerl hat uns das verschwiegen, und da stellt sich doch die Frage, warum?«

Natalie war auf der Hut, vor allem angesichts von Eugenes einflussreichem Netzwerk und Dans Warnung. »Das klingt vielversprechend, aber wir sollten keine voreiligen Schlüsse ziehen. Es könnte sein, dass er sie gebeten hat, sich nicht vor dem Kaufhaus aufzuhalten, und es uns nicht gesagt hat, weil er wusste, dass wir dann Verdacht schöpfen würden. Natürlich müssen wir herausfinden, worum es in dem Gespräch oder dem Streit ging. Hast du eine Ahnung, wo er sein könnte?«

»Bis jetzt haben wir noch keine Spur. Sein Auto steht nach wie vor im Parkhaus, aber wir haben ihn weder auf den Überwachungskameras im Einkaufszentrum noch auf der Hauptstraße entdeckt.«

»Verdammt! Auf keiner der Kameras ist etwas zu sehen?«

»Nein.«

»Dann muss er in die entgegengesetzte Richtung gegangen sein oder sogar eine Abkürzung durch die Gasse neben dem Kaufhaus genommen haben, die zur Marston Street führt, auch wenn wir nicht wissen, wohin er wollte. Überwacht ihr sein Auto, um zu sehen, ob er zurückkommt?«

»Die Sicherheitskamera an der Ausfahrt des Parkhauses scannt und registriert die Nummernschilder der Fahrzeuge, die das Parkhaus verlassen. Wir überwachen sie, um festzustellen, ob sein Wagen bewegt wird. Was soll ich in der Zwischenzeit wegen Valentine unternehmen?«

»Gibt es irgendwelche Zeugen dafür, wo er sich zur Tatzeit aufgehalten hat?«

»Sein Cousin Constantine, aber ich bin mir nicht sicher, wie vertrauenswürdig er ist.«

»Behaltet ihn im Hinterkopf und konzentriert euch erstmal darauf, Eugene und Tommy zu finden.«

»Ich brauche auch etwas Verstärkung. Ich würde gerne Beamte einer anderen Einheit abstellen, die Tommys Wohnung im Auge behalten, falls er zurückkommt, anstatt selbst eine Überwachung durchzuführen. Ian hat mit Mark Washington gesprochen, dem die Wohnungen gehören, und anscheinend hat Tommy ihm eine Monatsmiete von achthundert Pfund für beide Wohnungen bezahlt. Der Monat neigt sich dem Ende zu, also besteht die Möglichkeit, dass Tommy zurückkommt, um seine Sachen zu holen.«

»Ich kümmere mich darum. Hat Tommy nur die beiden Wohnungen gemietet?«

»Ja. Mark hat noch andere Wohnungen in dem Block zur Vermietung – anscheinend wird er sie nicht mehr los, da der Block abgerissen werden soll. Tommy wollte nur zwei Wohnungen, was wahrscheinlich bedeutet, dass die anderen Mädchen, die auf der Straße für ihn arbeiten, irgendwo anders in Samford untergebracht sind.«

»Wenn die Wohnungen so billig waren, hätte er dann woanders welche gemietet? Ich habe nicht den Eindruck, dass er besonders viel Geld hat.«

»Wahrscheinlich hast du recht, was auch bedeuten würde, dass er nur Amelia und Katie auf den Strich geschickt hat. Wir werden trotzdem nachfragen, falls er sich woanders eingemietet hat. Kann ich dich um einen weiteren Gefallen bitten? Wenn du Zeit hast, es gibt eine Reihe von Aussagen, die überprüft werden müssen. Poppy und Andy haben am Sonntag die Angestellten im Hardy's über Rachel befragt, und seither hatte ich einfach nicht genug Zeit, mir alles durchzulesen. Die Aussagen sollten alle noch einmal gecheckt werden.«

»Ich werde sie für dich durchgehen.«

»Sie liegen auf meinem Schreibtisch. Ich treffe mich jetzt mit Dominics bestem Freund, um herauszufinden, ob es noch einen anderen Grund gibt, warum er getötet wurde, außer dass er Eugenes Tochter gevögelt hat. Ich will mehr über den Mann herausfinden. Wir wissen zu wenig über ihn.« Lucy gab ihr einen Daumen hoch und ging davon, ihre Schritte verhallten im Flur.

Natalie kümmerte sich um die von Lucy angeforderte Überwachung, bevor sie sich auf den Weg in das inzwischen leere Büro machte, das verlassen war wie das Deck der *Titanic*: Stühle waren achtlos zurückgeschoben worden, Rucksäcke unter Schreibtische gequetscht, die mit leeren Bechern, Verpackungen und einer Flut von Zetteln übersät waren, ein orangefarbener Stressball mit einem grinsenden Gesicht balancierte auf einer Wasserflasche und ein halb aufgegessenes Schinkensandwich lag auf einem Notizblock. All das ließ darauf schließen, wie viel ihnen diese Ermittlung abverlangte. Selbst jetzt, um sieben Uhr abends, durchkämmte das Team noch immer unter Hochdruck die Straßen, auf der Suche nach Zeugen und den beiden verschwundenen Männern. Keiner von ihnen würde dieses Tempo noch lange durchhalten können. Sie betrat Lucys Büro und entdeckte sofort die Aussagen, die in einem ordentlichen Stapel auf ihrem Schreibtisch lagen. Sie ließ sich auf Lucys Stuhl fallen, nahm die erste zur Hand und begann zu lesen. Poppys Schrift war kindlich, ähnlich wie die ihrer Tochter, mit Kreisen statt Punkten über dem i. Die Person, die sie befragt hatte, hatte kein böses Wort über Rachel verloren und war mit ihrer Tochter im Kino gewesen, als Rachel getötet wurde. Natalie griff nach der zweiten und lehnte sich im Stuhl zurück. Das hier würde eine ganze Weile dauern.

———

Murray saß in seinem Auto neben den The Towers, riss das Ende eines Eiersandwiches ab und schob es sich in den Mund. Er hatte seit dem Frühstück nichts mehr gegessen und war am Verhungern. Er starrte auf den weißen Lieferwagen, der Tommy Field gehörte. Er hatte sich nicht bewegt, und Murray fragte sich, wo sein Besitzer geblieben war. War es möglich, dass Valentine ihn ermordet hatte, oder hing er irgendwo bekifft mit seinen Kumpels ab? Eines war sicher: Murray war es leid, Schichten zu organisieren, um die Wohnung im Auge zu behalten. Es gab andere Spuren, denen sie nachgehen mussten, anstatt Zeit mit der Überwachung zu verschwenden.

Es war schon wieder spät geworden. Yolande hatte ihn gewarnt, es nicht zu übertreiben. Aber was hatten sie für eine Wahl? Vier Morde in vier Tagen und keine Verdächtigen, die sie anklagen konnten. Murray schob sich den letzten Rest des Sandwiches in den Mund und wischte sich die Finger an den Oberschenkeln ab. Ein Eiersandwich! Er hätte lieber eines mit Bacon, Salat und Tomate und dazu eine große Tüte mit Käse- und Zwiebelchips wählen sollen. Das hätte ihn eher gesättigt als Ei und Kresse. Was tat er nicht alles für seine Frau. Ein Volvo SUV erregte seine Aufmerksamkeit. Er kannte den Fahrer, einen Beamten aus dem Präsidium von Samford, wo er und das Team vor ihrem Umzug ins Holborn House gearbeitet hatten. Murray stieg aus seinem Wagen und ging hinüber, um ein paar Worte mit ihm zu wechseln.

»Der Chef hat uns gebeten, die Überwachung hier zu übernehmen. Wir sollen nach Tommy Field Ausschau halten.«

»Großartig. Dann überlasse ich das euch. Das ist sein Lieferwagen.« Er klopfte auf das Autodach und ging zurück zu seinem Jeep. Er war froh, wieder auf die Straße zurückkehren und vorankommen zu können. Kaum war er losgefahren, klingelte sein Handy. Es war Celeste.

»Ich habe mit einem von Valentines Mädchen gesprochen und sie sagt, Amelia hätte in der Nähe der Samford Primary School in einem Bushäuschen gearbeitet.«

»Ich dachte, sie arbeitete auf dem West Gate-Parkplatz.«

»Der Parkplatz war nur eines ihrer Reviere. Im Bushäuschen war sie früh morgens. Anscheinend kommen hier viele Männer und Frauen auf dem Weg zur Arbeit vorbei.

»Tatsächlich? Ich schaffe es kaum, morgens eine Schüssel Cornflakes zu essen, geschweige denn auf die Jagd nach Sex zu gehen.«

»Das hat sie mir zumindest erzählt.«

»Wo genau ist dieses Bushäuschen?«

»In der St. Mary's Road.«

»Ich werde es überprüfen.«

»Und ich höre mich weiter um.«

»Gute Arbeit. Wir sehen uns später.«

Ein Bushäuschen in der Nähe der Schule, in der Dominic arbeitete. Das könnte ein wichtiges Teil des großen Puzzles sein, mit dem sie konfrontiert waren. Es bestand auch die Möglichkeit, dass Dominic Amelia gekannt hatte, und wenn Murray sich richtig erinnerte, war der Lehrer regelmäßig früher zur Arbeit erschienen. Er könnte sogar einer von Amelias Kunden gewesen sein. Begeistert trat er das Gaspedal durch. Das war wirklich ein Fortschritt.

———

Lucy saß Dominics bestem Freund Harry gegenüber, der sich mit ihr in einem Pub verabredet hatte. Seinem Zustand nach zu urteilen, war er schon seit einer ganzen Weile dort. Er saß am Ende einer roten Lederbank, direkt neben einem lodernden Feuer, das Lucys Beine versengte. Sie nahm sie zur Seite, weiter weg von den Flammen und der unerbittlichen Hitze. Harry starrte in sein Glas, die Augen unkonzentriert. Seine Sprache war verwaschen und er zögerte, bevor er sprach: »Dominic würde keiner Fliege etwas zuleide tun.«

Das Gespräch erwies sich als Zeitverschwendung. Harry hatte sich dreimal wiederholt und Lucy bereute allmählich, überhaupt hierhergekommen zu sein, wo sie doch eigentlich nach Eugene und Tommy suchen sollte.

»Was können Sie mir über seine Beziehung zu Anne sagen?«

Er starrte auf den Boden seines Bierglases und sein Kopf schwankte leicht. »Das war Liebe auf den ersten Blick.«

»Es gab also keine Probleme?«

»Das habe ich nicht gesagt, oder?«

Lucy spürte ein Fünkchen Hoffnung. »Hatten sie Beziehungsprobleme?«

»Nicht direkt Probleme, aber Dom ... Dom wurde rastlos.«

»Hatte er deshalb eine Affäre mit Rachel Hardy?«

Mit weit geöffnetem Mund ließ er das Glas sinken, eine völlige Überreaktion, hervorgerufen durch zu viel Alkohol. »Sie wissen von Rachel?«

»Anne hat uns davon erzählt und sie hat uns auch gesagt, dass Rachels Vater in ihr Haus eingedrungen ist und gedroht hat, ihn umzubringen, wenn er sich weiter mit ihr treffen würde.«

Harrys Lippen zitterten, als er Luft durch sie hindurch ließ. Es klang beinahe wie ein Kichern. »Dom war darüber ziemlich sauer. Der dumme alte Mistkerl ist aufgetaucht und hat sich wichtig gemacht. Das hat Dom nur noch mehr Lust auf Rachel gemacht.«

»Dann war er nicht besorgt wegen Eugene?«

Er rülpste und schlug sich mit der Faust gegen die Brust. »'Tschuldigung. Besorgt? Nein. Das war doch alles nur heiße Luft. Dom hat Rachel davon erzählt und sie haben sich köstlich über ihn amüsiert. Sie sagte, ihr Vater sei ein alter Schwätzer.« Er kicherte über das Wort. »Er mochte es nicht, wenn sie mit Männern ausging. Ein seltsamer Kerl. Wollte, dass sie zu Hause bei ihm lebte, als wäre sie ein Kind. Er hatte andere Männer, mit denen sie ausgegangen war, bedroht, und sie hatten sich zurückgezogen, weil er so viel Geld hatte und so einflussreich war ... und weil sie ein Haufen Angsthasen waren. Dom war der Meinung, dass sie deshalb so rebellierte. Er hat gesagt, sie sei eine richtige Draufgängerin. Sie trieb es überall und jederzeit. Sie kam immer sehr früh zu ihm in die Schule, und dann haben sie auf seinem Schreibtisch gevögelt oder er hat es ihr in ihrem Büro von hinten besorgt. Er liebte das alles. Sie war immer abenteuerlustig. Hatte sogar mal einen Dreier mit ihm.«

»Hat er auch gesagt, mit wem?«

»Nein.« Er hickste und seine Schultern hoben und senkten sich unter dem Druck.

»Können Sie mir sonst noch etwas erzählen?«

»Nein. Ich vermisse ihn, wissen Sie? Verdammt, ich vermisse ihn so sehr.« Seine Augen füllten sich mit Tränen. »Ich kann mir nicht vorstellen, wer ihn umgebracht haben soll.«

»Wie hat Anne seine Affäre aufgenommen?«

»Anne ... das ist eine Frau, die ich hätte heiraten sollen. Sie ist wirklich reizend. Die reizende Anne. Er hätte sie nie verlassen, wissen Sie? Er hat den Sex mit Rachel genossen, aber Anne hat er vergöttert. Sie wollten eine Familie gründen. Das war ihm wichtiger als Rachel.«

»Fällt Ihnen denn niemand ein, den er verärgert haben könnte?«

Er hickste erneut und kippte den Rest seines Bieres hinunter. »Nicht Dom. Er war ein guter Mann. Konnte gut mit Kindern umgehen. Er wäre ein großartiger Vater gewesen. Möchten Sie noch einen Drink?«

»Nein danke, für mich bitte nicht.«

»Ich gehe kurz pinkeln und hole mir dann noch einen. Haben Sie noch weitere Fragen an mich?«

»Nein, wir sind fertig, aber wenn Ihnen noch etwas einfällt, lassen Sie es mich bitte wissen.«

Er nickte und dabei löste sich eine Träne aus seinem Augenwinkel. Schwankend stand er auf und schlurfte zur Bar. Lucy ließ ihr halb ausgetrunkenes Glas Mineralwasser stehen. Rachel hatte ihrem Vater nicht zugetraut, Dominic etwas anzutun. Hatten sie die Situation falsch eingeschätzt? Gab es einen schlimmeren Grund dafür, dass sie Eugene nicht erreichen konnten? Schwebte er in Gefahr?

———

Natalie schloss ihre brennenden Augen. Ihre Kontaktlinsen machten ihr wieder zu schaffen. Sie würde sie austauschen lassen müssen oder eine Brille tragen, was im Außendienst nicht besonders praktisch war. Aber sie würde ohnehin bald seltener unterwegs sein. Bis jetzt hatte sie herausgefunden, dass Rachel im Gegensatz zu den Behauptungen ihres Vaters arrogant und skrupellos gewesen war. Sie las sich die Aussage einer Verkäuferin durch, die Poppy aufgenommen hatte und die durchblicken ließ, dass Rachel nur befördert worden war, weil sie ihren Vater dazu gedrängt hatte. Und ihr Vorgänger, Bradley Chester, der Vertriebsleiter gewesen war, bevor Rachel den Posten übernommen hatte, war von Eugene nur deshalb gefeuert worden, um seine Tochter zu besänftigen.

Sie rief oben an und bat um die Kontaktdaten von Bradley. Das musste überprüft werden. Auch wenn sie sich nicht vorstellen konnte, ob oder wie der Mann in irgendeiner Weise mit Amelia oder Katie in Verbindung stehen könnte, war es möglich, dass ein verärgerter Angestellter einen Groll gehegt hatte.

———

Lucy hatte den Pub verlassen und einen Zwischenstopp im Constantine's Café eingelegt, wo acht Kunden bereit waren zu beschwören, dass Valentine am Samstagabend dort gewesen war und Rachel somit nicht ermordet haben konnte. Obwohl er ein Alibi hatte, schloss sie nicht aus, dass er für den Tod von mindestens zwei Opfern – Amelia und Katie – verantwortlich war. Er hatte ein Motiv – er wollte, dass Tommys Mädchen aus seinem Revier verschwanden. Sie folgte der Fallow Avenue in Richtung des Gehwegs am Kanal entlang, ein breiter Streifen, der tagsüber von der Allgemeinheit für einen Spaziergang am Wasser genutzt wurde, auf dem sich jedoch nachts Gangs und zwielichtige Gestalten herumtrieben. Vielleicht kannte einer von ihnen Tommy. Die Straßenlaternen beleuchteten den Weg kaum und sie kauerte sich schützend in das Halbdunkel, während sie die Stufen von der Straße zum Kanal hinunterstieg, um es auf der hundert Meter entfernten Brücke zu versuchen, einem Treffpunkt für Obdachlose, die in den Notunterkünften keinen Schlafplatz gefunden hatten. Ein paar Jungs, die nicht älter als dreizehn waren, warfen ihr schamlose Blicke zu, als sie an ihnen vorbeikam.

»Haben Sie mal 'ne Kippe?«, fragte einer.

»Ich rauche nicht«, erwiderte sie.

Sie zuckten mit den dünnen Schultern und versuchten, sie mit ihren rüden Antworten und stechenden Blicken einzuschüchtern.

Sie rief sie nicht zur Ordnung. Noch wollte sie die Polizistenkarte nicht ausspielen. Was sie wollte, waren Informationen über Tommy.

»Seid ihr öfter hier?«

»Und wenn wir Ja sagen?«

»Ich suche jemanden, einen Kerl mit wuscheligem Haar und einem dieser großen Ohrringe, die einem ein Loch ins Ohr reißen.«

»Ihr Freund?»

»Nein.«

»Wer ist er dann?«

»Es ist egal, wer er ist, habt ihr ihn gesehen?«

Einer von ihnen schniefte und spuckte den Schleim auf den Bürgersteig. Sie hatten das Interesse an ihr verloren. »Wenn Sie keine Zigaretten haben, können wir Ihnen nicht helfen.« Sie schlenderten davon und ließen sie am Ufer des tiefschwarzen Wassers zurück.

Vor ihr saßen einige Personen mit dem Rücken zur Wand, sie hatten die unteren Gliedmaßen in Decken gehüllt und unterhielten sich leise. Lucy kam näher, und plötzlich verstummten die Stimmen und die Blicke richteten sich auf sie. Sie wäre durchaus in der Lage, sich zu verteidigen, aber wenn mehrere gleichzeitig über sie herfielen, würde sie Schwierigkeiten bekommen. Sie fragte sich, ob es dumm von ihr gewesen war, aus einer Laune heraus allein hierherzukommen, vor allem, nachdem sie Murray ermahnt hatte, weil dieser ohne Rücksicht auf die Sicherheit gehandelt hatte. Das vibrierende Smartphone in ihrer Tasche veranlasste sie, den Männern vor ihr den Rücken zuzuwenden, und mit gesenktem Kopf presste sie das Handy ans Ohr.

Andys Worte ließen sie erstarren. »Wo? Auf der Herrentoilette im Prince's Park? Wir treffen uns vor Ort.« Sie steckte das Mobiltelefon wieder in die Tasche und rannte mit pumpenden Armen am Kanal entlang wieder zurück, die Treppe rauf, immer zwei Stufen auf einmal nehmend. Dabei ignorierte sie das Gelächter der beiden Jungs, die jetzt auf der Mauer saßen und ihr Beleidigungen zuriefen, während sie an ihnen vorbeisprintete. Das war eine furchtbare Nachricht. Superintendent Tasker würde ihr wahrscheinlich den Fall entziehen. Sie raste weiter, zurück zu ihrem Auto, und warf sich auf den Fahrersitz. *Verdammt!* Eugene Hardy. Tot auf der Toilette. Was kam wohl als Nächstes?

DREIUNDZWANZIG

MONTAG, 4. NOVEMBER – SPÄTER ABEND

Der Fußboden in Bradley Chesters Wohnzimmer glich einem Hindernisparcours aus Kleinkindspielzeug: eine lachende Giraffe zum Draufsitzen stand in der Mitte zwischen einem Haufen Schaumstoffbausteinen, Aktivitätszentren, einer Spielzeug-Ukulele, einem Mini-Werkzeugkasten, bei dem die Hälfte der Teile auf dem Teppich verstreut war, und einem Haufen Stofftiere in verschiedenen Positionen, auf dem Rücken liegend, aufrecht sitzend oder vernachlässigt mit Schwanz und Po in der Luft. Bradley zuckte entschuldigend mit den Schultern. »Ich hatte noch keine Zeit zum Aufräumen. Er war nicht müde und ich hatte Probleme, ihn ins Bett zu bringen. Er ist erst vor ein paar Minuten eingeschlafen.«

Natalie lächelte. »Wie alt ist er?«

»Zwei Jahre, in der gefürchteten Trotzphase. Er weiß, was er will, und hat mehr Energie, als man sich vorstellen kann.«

Natalie erinnerte sich daran, wie sie ihren Kindern nachgejagt war, als sie in einem ähnlichen Alter gewesen waren. Leigh war immer flink auf den Beinen gewesen, Josh weniger schnell, aber beide hatten genau gewusst, was sie wollten. »Entschuldigen Sie, dass ich Sie so spät noch störe. Ich muss Ihnen ein paar Fragen über Rachel Hardy stellen.«

»Ich habe den Artikel über ihren Tod im Internet gelesen. Das war ein ziemlicher Schock.«

»Können wir über das Kaufhaus sprechen?«

»Was wollen Sie wissen?«

»Erzählen Sie mir, warum man Sie gefeuert hat.«

Er saß auf der Kante eines abgenutzten Sessels, die Beine gespreizt, die Hände dazwischen verschränkt. »Wollen Sie meine Version hören oder die offizielle?«

»Wie lautet denn die offizielle Version?«

»Eugene war der Ansicht, ich hätte die neuen Anforderungen der Kunden nicht mehr im Griff. Der Umsatz war in den letzten zwölf Monaten eingebrochen und es hieß, es würde eine jüngere Person mit einem frischeren Ansatz benötigt, um das Geschäft wieder voranzubringen.«

»Entsprach das der Wahrheit?«

»Der Umsatz war zurückgegangen, aber nicht nur wegen des Produktkaufs. Da haben auch andere Faktoren eine Rolle gespielt: Seit einiger Zeit verändern sich die Einkaufsgewohnheiten. Die Menschen verlassen die Einkaufsstraßen und kaufen stattdessen im Internet, in Gewerbeparks oder in Einkaufszentren, und seit der Eröffnung des Einkaufszentrums in Samford haben wir einen deutlichen Rückgang der Besucherzahlen festgestellt.«

»Wie ist Ihre Version der Ereignisse?«

»Der Mistkerl hat mich entlassen, um die Stelle freizugeben und sie Rachel zu überlassen. Ich hatte auf keinen Fall unterdurchschnittliche Leistungen erbracht und Eugene gegenüber auch öfter geäußert, dass der Laden mit der Zeit gehen und eine stärkere Online-Präsenz bekommen müsse, aber er hat nicht auf meinen Rat gehört.« Er schaute auf seine Hände, bevor er fortfuhr: »Ich habe sie belauscht, in seinem Büro. Rachel schrie rum, es sei an der Zeit, dass sie vom Verkauf ins Management aufsteigt und er schnell etwas unternehmen müsse, sonst würde sie das Hardy's verlassen. Er sagte ihr, er würde das regeln, und das tat er auch. Er ist mich losgeworden.«

»Aber das ist eine ungerechtfertigte Kündigung. Haben Sie die nicht angefochten?«

Er schnaubte leise. »Wir reden hier von Eugene Hardy. Für ihn gelten eigene Regeln. Es gibt keine Gewerkschaft und niemanden, der mich unterstützt. Mein Wort hätte gegen seines und das seiner Tochter gestanden. Ich gebe zu, ich habe die Beherrschung verloren und ihm gesagt, dass ich ihr Gespräch belauscht habe und ihn verklagen werde …«

Bradley steht der kalte Schweiß auf der Stirn. Eugene, der an seinem Schreibtisch sitzt, nimmt einen Brieföffner zur Hand und blickt durch halb geschlossene Augenlider wie ein Tier, das sich gleich auf seine Beute stürzen wird.

»Uns verklagen? Das Hardy's wegen einer ungerechtfertigten Kündigung verklagen? Ich glaube nicht. Es hat kein solches Gespräch gegeben, nicht wahr, Rachel?«

Rachel, die ein bestrumpftes Bein über das andere gelegt hat, sitzt ganz brav rechts neben ihrem Vater, und mustert ihn mit besorgtem Gesichtsausdruck. »Ich habe keine Ahnung, wovon Sie reden. Aber ich fühle mich durch Ihre Anschuldigung zutiefst gekränkt.«

Eugene fährt fort: »Bradley, ich weiß wirklich nicht, warum Sie das Bedürfnis haben, diese lächerliche Geschichte zu erfinden. Die ganze Sache stinkt zum Himmel und ich bin ehrlich gesagt erstaunt über Ihr Verhalten und Ihre Anspielungen auf Vetternwirtschaft. Von Ihnen hätte ich wirklich mehr erwartet, vor allem, nachdem Sie so viele Jahre im Hardy's gearbeitet haben. Für mich waren Sie ein Teil der Familie, aber Sie sehen das offensichtlich anders. Und Rachel zu beschuldigen, geht dann doch einen Schritt zu weit.«

»Ich ... Ich ...«

Eugene bringt ihn mit einem Blick zum Schweigen. »Die Verkaufszahlen waren in den letzten Monaten schlecht, und da die Gewinne rückläufig sind, müssen wir Einschnitte vornehmen. Es ist schade, dass ich die Entscheidung treffen musste, Sie zu entlassen, aber ich glaube, ich war mehr als großzügig mit meinem Abfindungsangebot, vor allem in Anbetracht der Beschwerden, die es in letzter Zeit über Sie gab.«

»Beschwerden?«

»Ja, einige Angestellte haben sich beschwert, sie seien sexuell belästigt worden. Ich denke, es ist das Beste, wenn wir solche Anschuldigungen nicht an die Öffentlichkeit gelangen lassen.«

»Aber, ich habe niemanden ...«

Rachel unterbricht ihn: »Zwei Mitarbeiterinnen haben mir im Vertrauen erzählt, dass sie von Ihnen belästigt worden sind. Sie haben sich ihnen gegenüber unangemessen geäußert und sie brüskiert. Ich konnte sie nur mit Mühe davon abhalten, Anzeige zu erstatten.«

»Was für ein Schwachsinn! Wer hat das gesagt? Ich will mit ihnen sprechen!«

Rachel lächelt ihn verkniffen an. »Ich glaube, das wäre keine besonders gute Idee. Die beiden waren schon erschüttert genug.«

Eugene ergreift das Wort, bevor Bradley antworten kann: »Nun, wenn ich Sie wäre, würde ich mein Angebot annehmen und gehen. Wenn Sie das nicht tun und stattdessen einen kleinlichen Rachefeldzug führen wollen, dann nur zu. Ich fürchte, Sie werden den Kürzeren ziehen, und das meine ich nicht nur in finanzieller Hinsicht. Soweit ich weiß, wollen sie auch im Fradley's Leute entlassen. Ich habe erst gestern mit Gareth Fradley darüber gesprochen. Ihre Frau arbeitet dort, nicht wahr? Es wäre doch furchtbar, wenn Sie beide Ihre Arbeit verlieren würden.«

Bradleys Zunge klebt an seinem Gaumen und er kann nur noch würgende Laute von sich geben, während das Blut in seinen Ohren pulsiert.

Eugene legt den silbernen Brieföffner auf den Schreibtisch und schiebt ihm das Dokument zu. »Wenn ich Sie wäre, würde ich es jetzt unterschreiben und verschwinden, bevor das Angebot zurückgezogen wird.«

Rachel mustert ihn kühl. Ihr großer Löwenring glitzert im Sonnenlicht, das durch das Bürofenster fällt. Er hat keine andere Wahl. Er greift nach dem Stift und kritzelt seinen Namen über die Linie.

Bradley schüttelte den Kopf. »Ich verstehe nicht, wie er sich so gegen mich wenden konnte. Ich habe mit sechzehn Jahren im Hardy's angefangen. Ich habe im Verkaufsraum gearbeitet, Regale geputzt, Böden gefegt und von anderen gelernt, bis ich es zum Vertriebsassistenten und schließlich zum Vertriebsleiter gebracht habe. Ich habe zwanzig Jahre gebraucht, um eine solche Führungsposition zu erreichen, und ich war gut in meinem Job. Eugene hat mich sogar bei wichtigen Entscheidungen konsultiert und nicht ein einziges Mal Bedenken an meinen Fähigkeiten geäußert, bis ich zwei Tage später den Streit zwischen ihm und seiner Tochter mitbekam und plötzlich vor die Tür gesetzt wurde. Was für ein Arschloch!«

»Sie haben sich also nicht im Guten getrennt?«

»Das kann man wohl sagen. Ich wurde aus dem Gebäude eskortiert, als wäre ich ein Ladendieb, und das war Rachels Idee. Sie hat behauptet, ich würde einen Aufstand machen und die anderen Mitarbeiter aufregen, und ich durfte das Kaufhaus nicht mehr betreten. Das sagt viel über die Wertschätzung für die Mitarbeitenden aus, nicht wahr?«

»Haben Sie seitdem keine neue Stelle gefunden?«

»Nein. Das Geld von der Abfindung wird nicht mehr lange

reichen und es gibt keine Jobs, in denen ich ein ähnliches Gehalt bekommen würde. Wir haben hohe Ausgaben und meine Frau ist wieder schwanger.« Er ballte die Hände zu Fäusten und starrte auf den Teppich. »Was für ein Mistkerl, oder?«

»Ich muss Sie das fragen: Wo waren Sie am Samstagabend?«

»Ich bin in die Stadt gegangen. Ich wollte eigentlich mit Freunden etwas trinken gehen, aber sie haben abgesagt. Stattdessen habe ich in den Billardräumen in der Bridge Road ein paar Bier getrunken und bin gegen zehn nach Hause gegangen.«

»Haben Sie mit jemandem Billard gespielt?«

»Ich war nicht in der Stimmung. Ich habe eine Weile bei einem Spiel zugesehen, aber ich war allein dort. Wenn Sie es genau wissen wollen, hatte ich einen kleinen Streit mit meiner Frau und bin rausgegangen, um mich zu beruhigen.

»Worum ging es bei dem Streit?«

»Ich glaube wirklich nicht, dass Sie das etwas angeht.«

»Die Sache ist die: Rachel wurde am Samstagabend in der Marston Street ermordet, nur ein paar Straßen von den Billardräumen entfernt.«

Er schlug sich mit beiden Händen auf die Oberschenkel und sagte verärgert: »Ach, ich bitte Sie! Sie glauben doch nicht etwa, dass ich sie getötet habe, oder?«

»Es würde uns helfen, Sie von unserer Liste zu streichen, wenn Sie beweisen können, wo Sie am Samstagabend gewesen sind.«

»Jemand muss bemerkt haben, dass ich da allein etwas getrunken habe. Könnten Sie nicht in der Bar fragen?«

»Wer hat Sie bedient?«

»Irgendein Typ. Ich habe ihm nicht viel Aufmerksamkeit geschenkt. Ich war niedergeschlagen. Ich habe ein paar schlimme Monate hinter mir.«

Natalie versuchte es mit einem anderen Ansatz: »Kennen Sie diesen Mann?« Sie zeigte ihm ein Foto von Dominic Quinn.

»Ja, ich erkenne ihn wieder. Ich habe ihn schon ein paarmal im Kaufhaus gesehen.«

»Haben Sie jemals mit ihm gesprochen?«

»Ja. Ich war in der Herrenabteilung, um mit Rachel über eine Bestellung zu sprechen, aber sie war gerade damit beschäftigt, ihm bei der Auswahl seiner Kleidung zu helfen. Sie fragte mich nach meiner Meinung zu einem Hemd, das er anprobierte. Ich habe beiden gesagt, dass es ihm steht.«

»Haben Sie ihn später noch einmal gesehen?«

»Er hat sich oft in der Herrenabteilung umgesehen oder sich mit Rachel unterhalten. Er war das, was man unter einem modebewussten Typen versteht.«

»Hatten Sie den Eindruck, dass er sich gut mit Rachel verstand?«

»Rachel plaudert mit allen Kunden. Jeder bekommt bei ihr eine persönliche Einkaufsberatung. Er war einer ihrer Stammkunden, also ja, sie haben sich gut verstanden.«

»Haben Sie eine dieser beiden Frauen schon einmal gesehen?« Sie reichte ihm Fotos von Amelia und Katie und beobachtete seine Reaktion, ein Senken der Augenbrauen, aber kein Aufflackern des Erkennens. Er gab ihr die Fotos zurück.

»Nicht, dass ich wüsste.«

»Und was ist mit einem Mann namens Tommy Field?«

»Der Name sagt mir nichts.«

Sie beschrieb Tommy, so gut sie konnte, erntete aber nur einen ratlosen Blick.

»Tut mir leid, nein.«

»Okay, kommen wir noch einmal auf Rachel und Eugene zurück.«

Er wechselte augenblicklich die Position und verschränkte die Arme schützend vor der Brust. Natalies Handy vibrierte und sie schaute aufs Display. Es war Lucy. »Würden Sie mich kurz entschuldigen?« Sie durchquerte das Zimmer und nahm den Anruf entgegen. »Hi, Lucy.«

»Ich bin im Prince's Park. Wir haben Eugene auf der Toilette gefunden. Er wurde auf die gleiche Weise getötet wie die anderen. Pinkney schätzt den Todeszeitpunkt auf heute zwischen elf und vierzehn Uhr.«

»Wir treffen uns da.« Sie sah zu dem Mann hinüber. Er leckte sich nervös die Lippen. Irgendetwas beunruhigte ihn. Es war ihm unangenehm, wieder über Rachel und Eugene zu sprechen.

»Mr Chester, waren Sie den ganzen Tag zu Hause?«

»Nein.«

»Können Sie mir sagen, wo Sie heute zwischen elf und vierzehn Uhr waren?«

»Draußen.«

»Wo genau?«

»Draußen.«

»Ich muss wissen, wo.«

»Ich bin ein bisschen rumgefahren.«

»Wo sind Sie hingefahren?«

Er schüttelte den Kopf.

»Wo sind Sie hingefahren?«

»Ich weiß es nicht mehr.«

»Es sollte Ihnen lieber schnell wieder einfallen. Waren Sie irgendwo in der Nähe des Prince's Park?«

»Kann schon sein. Ich konnte nicht klar denken. Ich weiß es nicht mehr. Ich bin in Samford herumgefahren. Ich musste allein sein. Ich konnte nicht klar denken.«

Die Wiederholung seiner Antwort und seine Hände, die instinktiv seinen Hals bedeckten, während er sprach, deuteten darauf hin, dass er log. »Ich möchte, dass Sie jemanden finden, der sich um Ihren kleinen Jungen kümmert. Und dann möchte ich, dass Sie mit auf das Revier kommen, um die Sache aufzuklären und herauszufinden, wo Sie Samstagabend und heute Mittag wirklich waren.«

»Kann das nicht warten, bis meine Frau nach Hause kommt?«

»Ich fürchte nicht. Man hat Eugenes Leiche im Prince's Park gefunden.«

Bradley Chester ließ seinen Kopf in die Hände sinken und stöhnte laut auf.

Natalie fand sich erneut im Prince's Park wieder. Sie hatte dafür gesorgt, dass ein Beamter Bradley Chester auf das Revier begleitete, und stand nun auf dem Weg vor den öffentlichen Toiletten, die sich in einem eigens dafür errichteten Backsteingebäude befanden und halb hinter Büschen versteckt waren.

Mike erklärte, was sie bisher herausgefunden hatten: »Das Gras ist von jemandem plattgedrückt worden, der hier stand.« Er deutete auf die fragliche Stelle. Feuchtes Gras, war von Füßen, die mehrmals ihre Position gewechselt hatten, zu Boden gedrückt worden.

»Also hat ihm jemand aufgelauert?«

»Gut möglich.«

»Da stellt sich doch die Frage: Woher wusste derjenige, dass Eugene hier sein würde? Habt ihr sein Handy gefunden?«

»Ja. Es steckte in seiner Tasche. Der letzte Anruf ging um zwanzig nach zehn raus. Wir haben es noch nicht genau überprüft. Wenn du dir das hier ansiehst, wirst du sehen, dass hier ein Kampf stattgefunden hat. Das Gras ist zerwühlt und die Schlammflecken an Eugenes Schuhsohlen stammen höchstwahrscheinlich aus diesem Bereich. Natürlich müssen wir das erst bestätigen, aber ich denke, du kannst davon ausgehen, dass es so war.«

»Können Sie das Schuhwerk des Angreifers identifizieren?«

»Wir haben, soweit möglich, Abdrücke genommen. Vielleicht finden wir ja etwas Brauchbares. Julia Davidson sagt, die Schrift wurde mit demselben oder einem ähnlichen Kugelschreiber geschrieben– ein billiges Modell. Auch das muss noch bestätigt werden, aber wir sind uns ziemlich sicher.«

»Gibt es sonst noch irgendeine Spur?«

»Das ist im Moment alles. Ich warte darauf, dass die Leiche abtransportiert wird, dann gehen wir rein und suchen nach Beweisen.«

»Ich muss zugeben, dass ich verwirrt bin, Mike. Rachel, Dominic und Eugene, die alle das Wort ›SCHULDIG‹ auf der Stirn stehen haben, und zwei Jugendliche, ohne eine solche Botschaft und scheinbar ohne Verbindung zu ihnen. Hinzu kommt, dass der Mörder die Bewegungen seiner Opfer kannte: Er wusste, dass Dominic früh in der Schule sein, Rachel die Marston Street entlanggehen würde und Eugene in der Stadt war. Woher wusste er das?«

»Vielleicht hat er seine Opfer zuerst gestalkt oder sie sogar auf irgendeine Weise kontaktiert?«

Natalie quittierte seine Überlegungen mit einem Nicken. »Sind Anrufe auf Eugenes Handy eingegangen? Ich frage mich, ob der Mörder sich hier mit ihm treffen wollte.«

»Es gab zahlreiche Anrufe, viele davon sicher von Leuten, die ihm kondolieren wollten, nachdem die Nachricht von Rachels Tod die Runde gemacht hatte. Du wirst jede Menge zu tun haben, um jeden einzelnen Anruf zu überprüfen.«

»Ich sehe keine andere Möglichkeit, denn ich wüsste nicht, warum der Mann sonst hätte herkommen sollen, wenn es nicht um ein Treffen ging«, sagte Natalie.

Mike brachte nur ein halbherziges Lächeln zustande. »Es sei denn, er wollte im Park spazieren gehen und hat hier angehalten, um auf die Toilette zu gehen.«

Natalie stieß einen Seufzer aus. »Das ist tatsächlich eine Möglichkeit, nicht wahr? Dieser Fall ist unglaublich verwirrend.«

»Du wirst ihn schon lösen.«

»Aber wann? Nachdem zehn weitere Menschen gestorben sind?!« Ein raschelndes Geräusch unterbrach ihr Gespräch.

Andy und Murray erschienen auf der Bildfläche. Andy warf einen Blick auf die Türen und machte ein schnalzendes Geräusch mit seiner Zunge. »Toiletten sollten nicht nach Geschlechtern getrennt sein. Die Gemeinde sollte es besser wissen.«

»Hör doch auf, Alter«, sagte Murray.

»Ich mein ja nur.«

»Hast du den Toten schon gesehen?«, fragte Murray an Natalie gewandt.

»Ich bin erst vor ein paar Minuten hier eingetroffen. Mike hat mich auf den neuesten Stand gebracht.«

Murray nickte müde. »Es ist lächerlich, nicht wahr? Eine Leiche pro Tag. Wir sind eine verdammte Lachnummer. Die verfluchte Presse ist mit ihren Wagen und Moderatoren hier, ebenso wie die übliche Horde blutrünstiger Reporter, und Superintendent Tasker ist auf dem Weg. Dieser Mord hat die hohen Tiere aufgeschreckt. Es würde mich nicht wundern, wenn man uns von dem Fall abzieht.«

Natalie schüttelte den Kopf. »Wir sind die beste Einheit, die sie haben. Sie werden uns nicht abziehen. Ist Lucy schon da?«

»Sie ist drüben am Hintereingang und wartet auf den Superintendent.«

»Ich werde mit ihr reden, bevor er eintrifft.«

Sie folgte dem Weg, einem riesigen Halbkreis, der an einem fußballgroßen Feld vorbeiführte, das für Ballsportarten genutzt wurde. Lucy stand auf der andren Seite, das Handy ans Ohr gedrückt – Natalie sah sie schon Minuten, bevor sie sie erreicht hatte. Als sie neben ihr stand, beendete sie das Gespräch. Lucy rieb sich mit beiden Händen den Nacken und fluchte langgezogen: »Fuuuuckkk!«

»Ich habe Bradley Chester verhaftet. Er wurde von seinem Posten im Hardy's entlassen und durch Rachel ersetzt. Er behauptet, dass dies eine vorsätzliche Entscheidung war, und ist sehr verärgert darüber. Er hat weder für Samstagabend noch für heute ein wasserdichtes Alibi. Er sagt, er wisse nicht mehr, wo er hingegangen sei. Wir müssen ihn überprüfen und herausfinden, ob er auch einen Grund gehabt haben könnte, Dominic oder die Mädchen zu töten. Er behauptet, Katie und Amelia nicht zu kennen, gibt aber zu, dass er Dominic ein paarmal im Kaufhaus gesehen hat. Vielleicht hat er sogar vermutet, dass Rachel und Dominic eine Affäre hatten. Wir müssen dem Superintendent etwas vorweisen, und zumindest können wir ihm nun sagen, dass wir im Zusammenhang mit den Todesfällen einen Mann befragen. Das wird uns bei ihm und bei der Presse Zeit verschaffen.«

Lucy stieß einen Seufzer zwischen zusammengepressten Lippen aus. »Ich nehme an, das ist immerhin schon mal etwas. Die Techniker untersuchen alle Anrufe, die seit Rachels Tod von und zu Eugenes Handy getätigt wurden. Vielleicht hat der Mörder Kontakt aufgenommen und Eugene hierhergelockt.«

»Oder er ist ihm einfach in den Park gefolgt und hat seine Chance genutzt. Vielleicht verfolgte er ihn schon seit einer Weile.«

»Ja.« Lucy verzog das Gesicht.

»Mit wem auch immer wir es zu tun haben, er ist verdammt clever«, sagte Natalie.

»Und äußerst selbstbewusst. Tötet in Gegenden, in denen er sicher ist, dass er nicht entdeckt wird, sogar am helllichten Tag, und nimmt sich dann auch noch Zeit, seine Visitenkarte auf der Stirn seiner Opfer zu hinterlassen.«

»Solange Tommy verschwunden ist, bleibt er ein Verdächtiger. Können wir noch etwas tun, um ihn zu finden?«

»Celeste nutzt all ihre alten Kontakte, um ein Treffen mit einem örtlichen Drogendealer zu arrangieren und so herauszufinden, bei wem Tommy gekauft oder ob er tatsächlich gedealt hat. Es gibt nichts über ihn. Tommy Field ist vielleicht nicht einmal sein richtiger Name. Verdammt! Der Superintendent ist da.«

Dans Auto kam in Sicht.

Natalie sprach weiter: »Wir müssen ihm unbedingt von den Aufnahmen erzählen, die Eugene mit Katie bei der Warenanlieferung zeigen. Es bringt Eugene mit drei der toten Opfer in Verbindung: seiner Tochter, ihrem Liebhaber und der Jugendlichen. Er hat uns angelogen, als er sagte, er kenne sie nicht, was die Frage aufwirft, warum er das getan hat.«

Lucy drückte ihren Finger auf die Stirn und lenkte ihre Aufmerksamkeit von ihrem Vorgesetzten ab, der gerade aus seinem Fahrzeug stieg. »Aber was ist mit Amelia? Wir haben nichts, was sie mit Eugene in Verbindung bringt, außer, dass sie in der Nähe der Samford Primary School, in der Dominic gearbeitet hat, um Freier geworben hat. Sie könnte Dominic gekannt haben, aber kannte sie auch Rachel und Eugene? Ich weiß es nicht ... habe ich etwas übersehen?« Sie starrte einen Augenblick lang zu Boden. »Möglicherweise klammere ich mich an einen Strohhalm, aber vielleicht haben Amelia und Katie irgendetwas gesehen oder gewusst und wurden deshalb getötet.«

»Die Möglichkeit würde ich in Betracht ziehen. Beide Mädchen haben auf der Straße gearbeitet. Sie könnten etwas mitbekommen haben.«

Dan hatte die Tore erreicht. Er machte ein grimmiges Gesicht. »Was für eine Scheiße! Sind wir sicher, dass es derselbe Mörder war?«

»Ja, Sir.«

»Okay, lassen Sie uns eine Runde gehen und dabei reden. Die hohen Tiere sitzen mir im Nacken und Sie müssen einiges an Überzeugungsarbeit leisten, wenn Sie die Ermittlungen weiterführen wollen.«

Lucy schaute Natalie an. Alles hing von ihr und davon ab, was sie Dan erzählte. Natalie nickte ihr kurz zu und drückte ihr in Gedanken die Daumen.

VIERUNDZWANZIG

MONTAG, 5. NOVEMBER – NACHT

Bradley hielt seinen Blick gesenkt. Lucy wiederholte ihre Frage: »Können Sie mir erklären, wo Sie heute Mittag waren?«

»Nein.«

»Sie wissen, dass Sie sich durch Ihr Schweigen selbst in Schwierigkeiten bringen?«

Der diensthabende Anwalt warf einen Blick auf Bradley, der den Kopf nicht hob. »Mein Mandant hat bereits erklärt, dass er niedergeschlagen war und sich nicht daran erinnern kann, wohin er gefahren ist.«

»Ja, das hat er. Dann frage ich mich, ob er das hier erklären kann.« Sie schob ein Foto hinüber, eine Aufnahme eines blauen Honda Jazz. »Bradley, ist das Ihr Auto?«

Der Mann schniefte und blinzelte, sah aber nicht auf das Bild. Lucy schob es näher an ihn heran. »Bitte sehen Sie sich das Foto an.«

Er betrachtete es mit seinen rot geränderten Augen und nickte.

»Dieses Foto wurde heute um 12.05 Uhr aufgenommen und zeigt eindeutig einen blauen Honda Jazz, der auf Ihre Adresse zugelassen ist.«

»Das ist mein Auto.«

»Auf dem Foto ist auch der Fahrer zu sehen. Können Sie das bestätigen?«

»Ja. Ich bin der Fahrer.«

»Das Bild wurde von einer Überwachungskamera in der Nähe des Prince's Park aufgenommen. Können Sie uns erklären, was Sie um diese Uhrzeit dort gemacht haben?«

Bradley beugte sich weiter vor. »Ich bin rumgefahren.«

»Das scheint eine merkwürdige Beschäftigung zu sein, einfach so rumzufahren. Wo wollten Sie hin?«

»Das wusste ich nicht. Ich habe jemanden gesucht.«

»Wen denn?«

»Jemanden.«

»Ich habe Sie gefragt, wen Sie gesucht haben.«

»Jedenfalls nicht Eugene.«

»Wenn Sie sich nicht klarer ausdrücken können, bleibt uns nichts anderes übrig, als Sie noch länger festzuhalten. Wir konnten Ihr Alibi für Samstagabend immer noch nicht überprüfen, und bis dahin müssen Sie hierbleiben.«

»Nein, Sie können mich doch wohl nicht festhalten, wenn Sie nicht beweisen können, dass ich etwas mit den Todesfällen zu tun habe.«

Lucy erhob sich und Natalie, die neben ihr gesessen hatte, machte Anstalten, ebenfalls aufzustehen.

»Diese Befragung wird so lange unterbrochen, bis wir weitere Informationen haben, mit denen wir Sie von unserer Verdächtigenliste streichen können.«

»Nein, warten Sie.« Er kratzte sich an der Stirn. »Ich habe nach einem Mann gesucht. Ich habe ... Ich habe etwas gekauft ... Ich habe am Samstagabend Drogen bei ihm gekauft. Ich brauchte etwas, das mir durch diese ganze Scheiße durchhilft.«

»Wer war dieser Mann?«

»Ich kenne ihn nur als BJ. Er verkauft alles Mögliche. Ich

hatte ein paar Pillen von ihm. Ich habe ewig gebraucht, um ihn am Samstagabend aufzuspüren. Ich habe ihn in der Nähe der Billardräume getroffen. Heute brauchte ich wieder etwas, das mir durch diese schwierige Zeit hilft. Ich habe nach ihm gesucht.«

»Haben Sie ihn gefunden?«

»Irgendwann, im Einkaufszentrum, Millennium Point. Reden Sie mit ihm und er wird Ihnen sagen, dass ich bei ihm etwas gekauft habe. Sie haben mich gefragt, worüber meine Frau und ich uns am Samstagabend gestritten haben – nun, es ging genau darum. Sie hatte herausgefunden, dass ich Geld für Gras ausgegeben hatte. Ich versuchte, ihr zu erklären, dass es nur vorübergehend war, dass ich es brauchte, um runterzukommen, aber wir stritten uns. Sie können sie fragen.«

»Das werden wir. Bis wir mit ihr gesprochen haben, müssen Sie hierbleiben.«

———

Lucy zog sich aus dem Verhörraum zurück, wo sie und Natalie die Befragung mit Bradley unterbrochen hatten, ließ sich auf ihren Stuhl fallen und legte die Füße auf den Schreibtisch, einen halb ausgetrunkenen Pappbecher mit schwarzem Kaffee in der Hand. Sie schloss die Augen, lehnte ihren Kopf an die Stuhllehne und versuchte, alle Puzzleteile zu einem vollständigen Bild zusammenzufügen. Doch so sehr sie sich auch bemühte, sie wollten einfach nicht passen.

Sie rief Bradleys Frau an, die sowohl den Streit als auch Bradleys Behauptung, er habe angefangen, Drogen zu nehmen, bestätigte. Die Techniker hatten weitere Überwachungsaufnahmen seines Fahrzeugs gefunden, die ihn näher am Kanal und dann noch weiter vom Prince's Park entfernt zeigten, was bewies, dass er zum Zeitpunkt von Eugenes Tod nicht im Park gewesen sein konnte. Sie mussten noch BJ aufspüren, um zu überprüfen, ob er Bradley Drogen verkauft hatte, aber es schien unwahrscheinlich, dass Bradley ihr Mörder war.

Dan würde über diese neue Entwicklung sehr verärgert sein. Er hatte die Tatsache, dass sie einen weiteren Verdächtigen hatten, dazu genutzt, die Presse zu beschwichtigen, die sich mit Begeisterung auf diese Nachricht gestürzt hatte. Jetzt hatten sie nur noch einen Verdächtigen, einen vermissten Zuhälter namens Tommy. Sie wechselte die Haltung, stellte ihre Füße wieder auf den Teppich und leerte ihren Becher. Das war doch verrückt. Der Schwerpunkt der Ermittlungen hatte sich von den beiden ermordeten Mädchen weg verlagert und konzentrierte sich nun auf Eugene, dessen Tochter und, in geringerem Maße, deren Liebhaber.

Die Medien waren außer sich über den Tod eines der beliebtesten Bürger der Stadt und dessen Tochter. Der Tod von zwei Prostituierten war weniger wichtig. Nun, für Lucy waren auch sie relevant, und alle Todesfälle hingen miteinander zusammen. Das wusste sie einfach. Auf ihrem Smartphone leuchtete eine Nachricht auf, ein Foto von Aurora, die mit ausgebreiteten Armen in ihrem Bettchen schlief. »Gute Nacht, Lucy«, hatte Bethany geschrieben und einen Kuss-Smiley hinzugefügt. Das warme Gefühl, die diese Geste zusammen mit dem Anblick ihres wunderschönen Babys hätte begleiten sollen, blieb aus. Sie wartete auf etwas, irgendetwas, irgendeine Emotion. Doch als keine auftauchte, warf sie das Handy auf den Schreibtisch und ärgerte sich darüber, dass sie sich vor ihnen beiden verschlossen hatte. Die Dinge würden sich ändern, sobald sie diesen Fall gelöst hatte. *Aber würden sie das wirklich? Würde nicht ein weiterer Fall kommen und dann noch einer, der sie und ihre Familie belastete?*

Lucy brachte die Stimme in ihrem Kopf zum Schweigen und erhob sich. Diese Ermittlung hatte mit Amelia und Katie begonnen, und das Team würde an diesen Punkt zurückkehren. Die Mädchen waren der Schlüssel zu all dem. Vielleicht hatten sie etwas beobachtet oder waren darin verwickelt. So oder so, Lucy wollte herausfinden, welche Verbindung es gab, und wenn sie das geschafft hatte, konnte sie vielleicht wie ein normaler Mensch funktionieren und versuchen, eine bessere Partnerin und Mutter zu sein.

———

Murray hatte sich auf dem Fahrersitz des Jeeps ausgestreckt und den Kopf in Richtung von Al's Kebab Shop gedreht. Beim Anblick der riesigen Fotos von Burgern und Wraps mit Fleischfüllung knurrte ihm der Magen. Er hätte vorhin mehr als nur ein Eiersandwich essen sollen.

»Ich könnte einen Kebab verdrücken«, murmelte er.

»Hör auf, das Schaufenster anzustarren. Das macht dich nur noch hungriger«, sagte Celeste. »Hier, nimm ein Bonbon.«

»Wie lecker«, antwortete er sarkastisch, nahm dennoch das angebotene weiße Kügelchen, schnippte es in den Mund und kaute, wobei der starke Pfefferminzgeschmack wie Zahnpasta explodierte. Im Auto wurde es wieder still, während die beiden Beamten ihre Kiefer bewegten.

Celeste schluckte und ließ sich weiter in den Sitz sinken. »Ich hoffe, Andy und Ian genießen ihren Schlaf. Ich hätte auch nichts dagegen.«

»Schlaf wird überbewertet und außerdem, würdest du dir diese ganze Aufregung entgehen lassen wollen?«

Sie grinste als Antwort. »Witzbold.«

»Jedenfalls muss das hier besser sein als die Arbeit beim Rauschgiftdezernat. Da gibt es jede Menge Nachtarbeit, nicht wahr?«

»Ja. Es hat Spaß gemacht, aber es war auch anstrengend. Ich war bereit für einen Wechsel, wollte weniger auf der Straße herumhängen und mit der Unterwelt verhandeln, und jetzt bin ich wieder hier, schleiche im Dunkeln herum und hoffe darauf, mit einem Drogendealer zu reden. Es ist, als wäre ich nie weg gewesen.«

Er lachte leise.

Sie fuhr fort: »Ich habe wohl den Großteil meiner Polizeikarriere damit verbracht, zu beobachten und abzuwarten. Stunde für Stunde.«

»Ja, die Leute denken, wir tun nichts anderes, als mit Blaulicht hinter Verbrechern herzujagen, dabei sitzen wir die meiste Zeit am Schreibtisch oder sind mit langweiliger Überwachungsarbeit beschäftigt.«

»Aber du liebst es, oder? Ich weiß, dass du es liebst.«

»Ja, ich schätze, das tue ich.« Wieder herrschte Schweigen. Die Tür des Kebab-Ladens öffnete sich und zwei Männer kamen heraus. Einer blieb stehen, öffnete einen Pappkarton und biss in einen Burger, wobei Salat und Tomate von seinen Lippen zurück in den offenen Karton fielen. Murrays Magen knurrte laut.

»Um Himmels willen! Hast du heute schon was gegessen?«

»Nicht viel. Mein Frauchen macht sich Sorgen, dass ich zu viel Mist esse, und will, dass ich meine Gewohnheiten ändere, also habe ich ein gesundes Sandwich gegessen.«

»Dein *Frauchen* muss nicht mit dir im selben Auto sitzen und sich das Protestgrummeln deines Bauches anhören. Erinnere mich daran, dass ich dir einen fettigen Imbiss mitbringe, wenn wir das hier wiederholen.« Sie schob ihm die Bonbonpackung zu und er nahm sich noch einen. Die Männer waren verschwunden und auf der Straße war es wieder völlig ruhig.

Murray beobachtete den Ladenbesitzer, der auf einem Hocker saß und auf einen Fernseher an der Wand starrte. »Ist der Typ zuverlässig?«

»Der, der mir gesagt hat, dass BJ hier sein würde, oder BJ selbst?«

»Beide.«

»Ziemlich zuverlässig. Sagen wir es mal so: Es würde mich

nicht wundern, wenn BJ seine Meinung geändert hätte, weil er heute Abend in etwas anderes verwickelt ist. Warte mal, ich glaube, wir haben Glück. Ich bin mir sicher, dass er das ist.«

Ein großer Mann in einem langen Trenchcoat und schweren Stiefeln kam auf sie zu, sein Zigarettenstummel leuchtete rot in der Dunkelheit.

»Das muss er sein. Komm mit!« Celeste öffnete die Autotür, sprang leichtfüßig heraus und steuerte auf den Mann zu. Murray war sofort neben ihr.

BJ nahm seine Zigarette aus dem Mund und beäugte Murray. »Du hast Verstärkung mitgebracht, Celeste. Ich hoffe, du versuchst nicht, mir etwas anzuhängen. Ich bin ein braver Bürger und versuche, dir zu helfen.«

Celeste antwortete leise: »Wir brauchen nur Informationen, BJ. Sonst nichts. Ich habe ein paar Fragen an dich. Die erste betrifft diesen Mann, Bradley Chester. Er behauptet, du hättest ihm am Samstagabend Drogen verkauft.«

BJ betrachtete das Foto. »Und was wäre, wenn ich das getan hätte?«

»Der Typ wird wegen Mordes verhört und hat dich als sein Alibi angegeben.«

BJ schnaubte: »Er muss ziemlich verzweifelt sein, wenn er mich als Alibi angibt.«

»Hast du ihm Gras verkauft?«

BJ nickte. »Ja. Ich hatte gehört, dass er etwas Stoff braucht. Er hatte sich in der Stadt nach einem Lieferanten umgehört. Sein üblicher Dealer hatte ihn im Stich gelassen. Ich traf ihn gegen zwanzig Uhr bei den Billardräumen. Da war er schon ziemlich mies drauf.«

»Hast du ihn heute wiedergetroffen?«

»Ja. Im Millennium Retail Park.«

»Um wie viel Uhr war das?«

»Gegen Mittag.« Das betreffende Einkaufszentrum lag gut

zwanzig Minuten mit dem Auto entfernt. »Ich habe meine Bürgerpflicht getan, sind wir jetzt fertig?«

»Nein, wir müssen noch etwas über einen Typen wissen, der sich Tommy Field nennt. Kennst du ihn?«

»Der Name sagt mir nichts.«

»Er hat krauses Haar und ein großes Loch im linken Ohrläppchen. Er hat ein paar Mädchen auf den Strich geschickt, die letzte Woche ermordet wurden.«

Er stieß den grauen Rauch in einer dünnen Linie aus. »Ah, okay. Ich kenne den Kerl, den du meinst. Dieses Gespräch bleibt aber unter uns, oder?«

»Ja.«

BJ warf Murray einen strengen Blick zu. »Was sagst du, harter Kerl?«

Murray nickte. »Das ist streng vertraulich. Wir müssen diesen Typen finden. Wir sind nicht im Geringsten an deinen Geschäften interessiert.«

Der Mann musterte Murray mehrere Herzschläge lang, bevor er sprach: »Er hat sich eine große – und ich meine *wirklich große* - schlechte Angewohnheit zugelegt und eine ausstehende Zahlung zu leisten.«

»Wie viel?«

»Zweitausendneunhundertachtzig Pfund, um genau zu sein. Wenn du den Wichser erwischst, will ich das Geld, das er mir diese Woche versprochen hat.«

»Wann hast du ihn zuletzt gesehen?«, fragte Murray weiter.

»Ich habe ihm am Samstagnachmittag ein bisschen was gegeben, in der Annahme, dass er mir das Geld und die Zinsen noch diese Woche zurückzahlen würde. Seitdem habe ich den kleinen Scheißer nicht mehr zu Gesicht bekommen. Seht ihr, ihr seid nicht die Einzigen, die auf der Suche nach ihm sind.«

Murrays Stirn legte sich in Falten. »Wie wollte er das Geld beschaffen?«

BJ paffte an seiner Zigarette und zog die Augenbrauen hoch, als ob er keine Ahnung hätte.

Murray kaufte ihm die Show nicht ab. »Komm schon. Du würdest ihm doch nicht noch mehr Drogen geben, wenn du nicht sicher wärst, dass er seine Schulden bezahlen kann.«

»Eines seiner Mädchen hatte etwas gegen jemanden in der Hand, was eine Menge Geld wert war.«

»Hat er jemanden erpresst?«

»Das habe ich mir zumindest gedacht.«

»Wer ist die Person, die er erpresst hat?«

»Er wollte mir keine Namen nennen.«

»Hat er dir keine Hinweise auf die Identität der Person gegeben?«

»Nein.«

»Und du hast ihm geglaubt, ohne dass er dich in seinen Plan eingeweiht hat?«, fragte Murray. »Komm schon, BJ, du bist zu schlau, um ihn einfach beim Wort zu nehmen. Du hättest genau wissen wollen, was er vorhat, um sicherzugehen, dass es sich nicht um einen Schwindel handelt. Du hättest ihm keine weiteren Drogen gegeben, wenn du nicht sicher gewesen wärst, dass er dir das Geld zurückzahlen würde.«

BJ hielt die Zigarette zwischen Daumen und Zeigefinger und schnippte sie auf den Bürgersteig. Eine Gruppe von Männern ging auf den Kebab-Laden zu und er senkte den Kopf. »Ich weiß es nicht genau, aber er hatte Informationen, die ihm fünfzigtausend Pfund einbringen sollten.«

»Einen Namen, BJ. Gib uns einen Namen.«

»Hardy.«

»Rachel oder Eugene?«

»Ich hab keine Ahnung, aber die Hardys sind echt reich, Mann. Ich meine, sie sind *stinkreich,* und Tommy hatte etwas gegen sie in der Hand. Vielleicht waren sie bereit, sich sein Schweigen zu erkaufen.«

Murrays Puls klopfte triumphierend in seinem Ohr. »Er muss dir erzählt haben, was es war.«

»Nein. Er wollte es mir nicht sagen. Ich wollte es erst aus ihm herausprügeln, aber darauf hatte ich keinen Nerv. Ich war nur daran interessiert, das zu bekommen, was er mir schuldete.«

Obwohl das nützliche Informationen waren, wollte Celeste noch etwas anderes überprüfen. »Hat Tommy das Zeug weiterverkauft?«

BJ schüttelte den Kopf. »Das kann ich nicht sagen, aber für eine Einzelperson hat er eine ziemlich große Menge Stoff gekauft. Allerdings war er normalerweise völlig zugedröhnt.«

»Was ist mit Amelia und Katie, seinen Mädchen, haben sie jemals was bei dir gekauft?«

»Ich kannte die beiden überhaupt nicht. Ich habe sie nicht einmal gesehen. Ich habe mit Freiern zu tun, die alles brauchen, was ich liefern kann, und dieser Tommy war genau das – ein Freier.«

»Was ist mit Rachel Hardy? Hat sie jemals was bei dir gekauft?«

BJ stieß ein lautes Lachen aus. »Du willst mich doch verarschen, oder?«

»Von irgendwoher hat sie das Zeug bekommen.«

»Nicht von mir. Es gibt viele Orte, an denen sie es hätte bekommen können.«

»Von Tommy zum Beispiel?«

BJ zuckte mit den Achseln. »Wenn er das Zeug weiterverkauft hat, dann ja.«

»Und du hast ihn seit Samstag nicht mehr gesehen?«

»Nein, und ich habe überall nach ihm gesucht, wo ich nur konnte. Er war an keinem der üblichen Treffpunkte. Vielleicht haben die Hardys jemanden angeheuert, der sich um ihn kümmert, wenn du verstehst, was ich meine.«

Murray verstand. »Weißt du, ob Tommy noch andere Mädchen für sich arbeiten ließ?«

»Ich bin überrascht, dass er überhaupt welche hatte. Er ist fast immer zugedröhnt oder auf einem Tiefpunkt angelangt, weil er einen Schuss braucht. Wenn ich eines dieser Mädchen gewesen wäre, hätte ich ihn schon längst verlassen.«

»Würdest du sagen, dass er gewalttätig ist?«, fragte Celeste.

»Fragst du mich das ernsthaft? Du hast es doch gesehen, Celeste. Menschen, die verzweifelt nach einem Schuss suchen, tun alles, um ihn zu bekommen. Auch, wenn das bedeutet, dass sie gewalttätig werden müssen.«

Die Gruppe von Männern fing an, sich vor dem Kebab-Laden zu streiten und anzuschreien.

BJ sah zu ihnen hinüber. »Erwartet nicht von mir, dass ich noch einmal mit euch rede. Wir sind fertig, klar?«

»Klar.«

Er schlich davon und mischte sich unter die Schatten. Die Männer hörten auf zu streiten und betraten den hell erleuchteten Laden. Murray stieg zurück in den Jeep und wartete, bis Celeste ihre Position eingenommen hatte, bevor er fragte: »Glaubst du, Eugene hat sich mit Tommy verabredet, um ihn zu bezahlen?«

»Die Theorie ist genauso gut wie jede andere, Boss. Vielleicht ist alles schiefgelaufen und er hat Eugene umgebracht, nachdem er das Geld bekommen hatte.«

»Wir müssen Eugenes Konten überprüfen und sehen, ob in letzter Zeit größere Summen abgehoben wurden.«

»Ich hätte nichts dagegen, erst einmal ein paar Stunden zu schlafen. Ich muss früh aufstehen. Die Kinder müssen für die Schule fertiggemacht werden.«

»Klar, ich setze dich ab.«

»Danke. Was ist mit dir?«

»Ich habe keine Kinder, um die ich mich kümmern muss.«

»Dann mach das Beste draus, aber als Kollegin muss ich dir sagen, dass du dich wirklich ausruhen solltest. Du siehst erschöpft aus.«

Murray lachte gut gelaunt und fuhr los. »Du nimmst kein Blatt vor den Mund, stimmt's?«

»Ich sage, was ich denke, und damit bin ich bisher immer gut gefahren.«

»Okay, da du keine Angst hast, deine Meinung zu äußern: Was glaubst du, wer mit der Presse geredet hat?«

»Andy.«

»Sprich weiter. Warum Andy?«

»Ich kam ins Büro und hörte, wie er am Telefon ein Treffen mit jemandem vereinbarte. Als er mich sah, hat er das Gespräch sofort beendet.«

»Hast du ihn gefragt, was es damit auf sich hatte?«

»Natürlich habe ich das. Ich habe ihn sofort gefragt, nachdem Lucy uns wegen des Lecks zur Rede gestellt hat, und er hat mir gesagt, ich solle mich selbst ficken. Er ist so ein Charmeur. Ich wollte Lucy gegenüber schon etwas erwähnen, aber dann dachte ich, dass ich vielleicht falsch liege. Vielleicht hat Andy mit einer Freundin oder jemand anderem telefoniert. Wir sollten keine voreiligen Schlüsse ziehen, oder?«

Murray stimmte zu. Es dauerte nicht lange, bis sie vor Celestes Haus hielten, einem gewöhnlichen Reihenhaus mit verputzter Fassade und einem kleinen Vorgarten, in dem ein großes Kindertrampolin stand.

»Danke, Murray. Oh, und versprich mir eins ...«

»Was denn?«

»Dass du morgen etwas Anständiges isst. Ich kann den Gedanken nicht ertragen, noch einen Tag länger deinen musikalischen Eingeweiden zu lauschen.« Sie schloss die Tür und winkte ihm zu. Murray fuhr los. Vielleicht sollte er an einem dieser Läden halten, die rund um die Uhr geöffnet hatten, und sich ein oder zwei Käsepasteten kaufen. Er hatte noch Arbeit zu erledigen.

Natalie lag im Bett und lauschte Mikes leisem Atem. Im Gegensatz zu David war Mike ein ruhiger Schläfer, aber sie konnte trotzdem nicht einschlafen. Das Kingsize-Bett war bequem und die Matratze schien sich den Konturen ihres Körpers anzupassen und sie perfekt zu stützen, dennoch schwirrte ihr der Kopf und hinderte sie daran, abzuschalten.

Eigentlich sollte sie sich auf den Fall konzentrieren, aber stattdessen wanderten ihre Gedanken zu Frances und ihrem Brief. Warum hatte sie beschlossen, wieder in Natalies Leben zu treten? War sie krank und wollte es wiedergutmachen? So sehr sie sich auch bemühte, sie konnte das Gespenst von Frances nicht abschütteln. Der Brief befand sich in ihrer Tasche und Natalie schwang ihre Beine unter der Bettdecke hervor, setzte sich auf die Bettkante und stellte sich darauf ein, dass Mike sie gleich fragen würde, was sie vorhatte. Er mochte zwar ein ruhiger Schläfer sein, aber er hatte einen genauso leichten Schlaf wie Natalie, und sie wollte ihn nicht wecken.

Als kein Laut zu hören war, schlich sie auf Zehenspitzen zum Treppenabsatz, der durch ein winziges Dachfenster vom silbernen Mondlicht erhellt wurde. Sie glitt an Joshs Zimmer vorbei und die Treppe hinunter in die Küche, wo sie eine Lampe über dem Herd anschaltete und in ihrer Tasche nach dem Brief kramte. Frances war älter geworden. Das waren sie beide. Verfolgte sie immer noch einen Plan oder hatte sie ihren Fehler eingesehen und wollte es wiedergutmachen? Sie las die Handynummer und zückte ihr Mobiltelefon, dann überlegte sie es sich anders. Was hatte sie sich nur dabei gedacht? Es war zwei Uhr morgens und Frances würde um diese Uhrzeit schlafen. Sie könnte stattdessen eine kurze Nachricht schreiben. Doch wozu? Wollte sie wirklich, dass Frances wieder auftauchte und an ihrem Leben teilnahm? Sie horchte tief in sich hinein. Die Wahrheit war, dass sie ihrer Schwester noch immer nicht vertraute. Sie steckte den Brief zurück in den Umschlag. Sie würde sich bei Tageslicht damit befassen. Gerade wollte sie den Raum verlassen, als das Summen ihres Handys sie zurückhielt. Murray und Lucy hatten einen Durchbruch erzielt, und plötzlich verspürte Natalie kein Verlangen mehr, wieder ins Bett zu gehen.

———

Bev schlief noch, als ihr Handy piepste. Sie griff sofort danach, ein Instinkt, den sie in vielen Jahren als Journalistin entwickelt hatte – einer Journalistin, die ihr Handy nie ausschaltete, aus Angst, eine Story zu verpassen.

»Bev Gardner.«

Die Stimme war offensichtlich verzerrt, gedämpft durch ein Tuch oder anderes Material. Sie konnte nicht erkennen, ob es sich um einen Mann oder eine Frau handelte, aber ein Schauer der Erregung durchfuhr ihren Körper und vertrieb die Schläfrigkeit sofort.

»Wer spricht da?«

»Sie sind schuldig.«

»Schuldig weswegen?«

»Sie sind ebenso schuldig wie die anderen.«

»Wer spricht da?«

»Sie sind schuldig, aber Sie bekommen eine Chance, sich reinzuwaschen.«

»Ich habe keine Ahnung, wovon Sie reden.«

»Dann werden Sie sterben.«

»Wollen Sie mir etwa drohen?«

»Ich gebe Ihnen eine Chance.«

»Wenn ich wüsste, weswegen ich schuldig bin, würde ich Ihrer Bitte vielleicht nachkommen, aber im Moment hören Sie sich an wie irgendein Witzbold.«

»Ich bitte Sie. Ich bin der, nach dem die Polizei sucht, und Sie kennen mich.«

»Ach, tatsächlich?« Schnell suchte sie nach etwas, worauf sie kritzeln konnte. Das war ein Knüller! »Und woher kenne ich Sie?«

»Ich überlasse es Ihnen, das herauszufinden. Wollen Sie eine Chance, Ihr Leben zu retten, oder nicht?«

»Natürlich will ich die, aber was soll ich getan haben?«

»Es wird Ihnen schon wieder einfallen. Denken Sie nach. Denken Sie einfach scharf nach.«

Sie war verblüfft und verängstigt, aber eine dritte Emotion überwog beides: die Neugierde. »Was soll ich denn tun, um mein Leben zu retten?«

»Treffen Sie sich mit mir.«

»Warum?«

»Das erzähle ich Ihnen, wenn wir uns treffen.«

»Wo? Und wann?«

»Ich melde mich bald wieder.« Die Leitung war tot.

»Verdammt!« Eigentlich sollte sie der Polizei von dem Anruf erzählen und sie die Sache regeln lassen, aber der Anrufer hatte seine Nummer unterdrückt, wahrscheinlich irgendein Prepaidhandy, das sich nicht zurückverfolgen ließ. Außerdem hatte der Anrufer gedroht, sie zu töten, weil sie schuldig war. Schuldig weswegen? Ihr fiel nichts ein, es sei denn, diese Person war wegen irgendetwas beleidigt, was sie geschrieben hatte. Mit den anderen Opfern hatte sie nichts zu tun, obwohl sie Eugene kannte, weil sie ihn ein paarmal interviewt hatte. Die sensationsgierige Reporterin in ihr flüsterte ihr zu, dass sie warten sollte, bis der mysteriöse Anrufer sich erneut meldete. Von ihrem Informanten bei der Kripo konnte sie keine weiteren Auskünfte bekommen, und die Story, die sie über Eugenes Tochter bringen wollte, erschien ihr angesichts seines Todes jetzt zu banal. Sie könnte immer noch einen Artikel über schlechte Polizeiarbeit schreiben, aber damit würde sie keinen Blumentopf gewinnen, ganz im Gegensatz zu einem Exklusivinterview mit einem Mörder. Sie schlüpfte zurück unter ihre Decke. Das Warten könnte sich lohnen.

———

Mit tief liegenden Augen lief Lucy in der Büroetage auf und ab. »Ich weiß, dass wir Bradley jetzt von unserer Verdächtigenliste gestrichen haben, aber wir kommen der Sache langsam näher. Wann können wir Eugenes Kontoauszüge bekommen?«

»Erst am späten Vormittag«, sagte Murray. »Im Augenblick können wir nicht viel mehr tun. Wir wissen jetzt, dass Tommy Eugene oder Rachel erpresst hat. Vielleicht hatte es etwas mit Dominic zu tun.«

»Wir sollten noch einmal mit Dominics Frau reden.«

Murray schüttelte den Kopf. »Sie wusste nur, dass er eine Affäre hatte, sonst nichts.«

»Ich frage mich, welches der Mädchen die Information weitergegeben hat. Ich tippe auf Katie, denn sie kam fast jeden Tag am Hintereingang des Ladens vorbei, und dann war da noch diese Begegnung mit Eugene. Wenn es doch nur Ton auf den Aufnahmen gäbe, dann könnten wir hören, worüber sie sich gestritten haben. Ich hab's! Ein Lippenleser. Wir brauchen einen Lippenleser, der übersetzt, was Katie sagt.«

»Das nenne ich mal ›über den Tellerrand schauen‹.«

Lucy brachte ein schwaches Lächeln zustande. »Dieser Fall bereitet mir Kopfzerbrechen.«

»Es läuft gut.«

»Fünf Leichen seit Freitag. Es läuft wirklich spitze.«

»Du weißt, was ich meine.«

»Hör zu, Murray, ohne dich und Celeste würden wir immer noch im Dunkeln tappen. Ihr habt uns Möglichkeiten und Hinweise gegeben und die Ermittlungen am Laufen gehalten.«

»Ist das deine Art, dich zu bedanken?«

Lucy stemmte die Hände in die Hüften und setzte eine oberlehrerhafte Miene auf. »Du weißt doch genau, dass es so ist.«

»Gut. Ich denke, wir sollten das hier beenden und etwas schlafen, sonst können wir nicht mehr klar denken, und du brauchst mehr Ruhe als ich.«

»Ja, das stimmt. Also los, machen wir eine Pause. Ich will als Erstes zu Katies Eltern nach Buxton fahren.

»Warum das denn?«

»Ich habe das Gefühl, dass wir etwas übersehen. Sophia, Katies Schwester, war mit Tommy zusammen, bevor er mit Katie durchgebrannt ist. Vielleicht weiß sie, wo er steckt. Natalie wird mich begleiten, aber ich möchte, dass du hier weiter Druck machst und dich auf der Straße umhörst.«

»Wir haben den größten Teil des Gebiets abgeklappert, Lucy. Bisher hat sich niemand gemeldet.«

»Was ist mit der Gegend, in der Katie und Amelia gearbeitet haben, bevor sie weitergezogen sind? Habt ihr die Gegend auch schon durchkämmt?«

»Nein.«

Beide Augenbrauen wölbten sich hoch auf ihre Stirn. »Dann weißt du ja, was du morgen zu tun hast.«

»Sie ist endlich wieder da.«

»Was meinst du damit?«

»Ich habe unser Geplänkel vermisst, Lucy.« Er holte seinen Mantel und seine Schlüssel.

Lucy starrte ihn an. »Habe ich mich so sehr verändert?«

»Du veränderst dich ... aber es besteht noch Hoffnung für dich«, antwortete er und wurde mit einem freundschaftlichen Klaps auf den Oberarm bedacht.

Der Himmel über ihnen war wolkenverhangen, als sie an den dunkelgrauen Steinmauern entlangfuhren, die die schlammigen, abschüssigen Felder von der Hauptstraße trennten. Als sie das waldgrüne Ortsschild mit dem Namen Buxton im Peak District passierten, fielen die ersten Regentropfen aus den dicken Wolken.

»Wieder ein schöner, sonniger Tag«, sagte Lucy und schaltete die Scheibenwischer ein.

»Das liegt an der Höhenlage. Hier ist das Wetter immer schlechter«, erwiderte Natalie.

»Warst du vor diesem Fall schon mal in Buxton?«

»Als die Kinder klein waren, waren wir oft in den Schulferien hier. Josh hatte eine Phase, in der er sich sehr für Outdoor-Aktivitäten interessierte und wollte, dass wir alle die Natur genießen, also sind wir gemeinsam die Strecke von Mam Tor nach Castleton gewandert.« Eine gestochen scharfe Erinnerung an Josh und Leigh, die sich gegenseitig über grüne Felder jagten, tauchte vor ihrem inneren Auge auf und Leighs schrilles Quietschen erklang wieder in ihren Ohren. Sie ließ die Erinnerung wieder verschwinden und auch die kurzzeitige Freude, die ihr diese bereitet hatte. Draußen bot die schlammig-braune Landschaft einen starken Kontrast und erinnerte sie daran, dass die Vergangenheit hinter ihr lag.

»Bethany und ich waren früher regelmäßig hier. Wir haben sogar mal darüber nachgedacht, hierher zu ziehen.«

»Ihr solltet mit Aurora hinfahren. Ich glaube, in der Nähe gibt es ein Spielparadies und einen Streichelzoo. Das würde ihr gefallen.«

»Vielleicht sehe ich mir das mal an.«

Das Gespräch geriet ins Stocken, aber schon bald bogen sie in die Straße ein, in der die Brays wohnten. Sie erreichten die Einfahrt und parkten hinter einem roten VW Polo, der vor der Garage stand.

Diesmal war es Sophia, die die Tür öffnete und sie herein-bat. »Dad ist in der Küche. Folgen Sie mir.«

Sie gingen hinter ihr her in ein weit entferntes Zimmer. »Wo ist deine Mutter?«

»Sie ist zu Oma gefahren. Sie ... sie ist aufgebracht.«

»Was Sophia damit sagen will, ist, dass ihre Mutter mich verlassen hat. Sie ist mit Olivia zu ihrer Mutter gezogen, bis sie sich entschieden hat, was sie als Nächstes tun will.« Phil saß am Küchentisch, vor sich eine unangetastete Tasse Tee und ein Stück Toastbrot. »Sally, die Polizeipsychologin, die uns unter-stützt hat, meinte, es könnte eine Kurzschlussreaktion auf das sein, was passiert ist, aber wir haben schon seit einiger Zeit Probleme. Die Hoffnung, dass Katie nach Hause kommen würde, war das Einzige, was uns noch zusammenhielt.«

Sophia erstarrte bei seinen Worten und ging zum Waschbe-cken, wo sie Wasser in eine Schüssel laufen ließ.

Phil starrte mit feuchten Augen auf den Toast. »Das ist die schlimmste Zeit meines Lebens.«

»Es tut mir wirklich leid.« Natalie meinte die Worte ernst.

»Wenn das jetzt zu schwierig ist ...«, setzte Lucy an.

»Nein. Sie müssen denjenigen finden, der das getan hat. Wie können wir Ihnen helfen?«

»Wir glauben, dass Katie mit Tommy zusammengewohnt hat, aber er ist verschwunden, und wir hatten gehofft, Sophia könnte uns einen Hinweis auf seinen Aufenthaltsort geben.«

Sophia drehte sich nicht sofort um, und als sie es tat, waren ihre Wangen tränenüberströmt. »Seit dem Tag, an dem Katie abgehauen ist, habe ich nicht mehr mit ihm geredet.«

»Kannst du uns irgendetwas sagen, das uns helfen könnte, ihn zu finden?«

»Ich wünschte, es gäbe etwas.«

»Hat er dir gegenüber jemals irgendwelche Namen erwähnt - Freunde, Verwandte?«

»Nein.« Sie klammerte sich am Spülbecken fest, während ihre Schultern zu zittern begannen. »Ich hätte ihn nie hier mit herbringen sollen. Dann hätte er Katie nicht getroffen und sie wäre nicht weggegangen und Mum und Dad wären noch zusammen. Es ist allein meine Schuld, dass das passiert ist.« Ihre Knie begannen zu zittern und Lucy eilte zu ihr. Sophia brach auf dem Boden zusammen, die Tränen flossen in Strömen, und sie schlang die Hände um ihre Knie. »Ich bin schuld. Ich habe sie geschlagen und angeschrien und ihr gesagt, dass ich sie hasse, aber das stimmte nicht. Ich war eifersüchtig und wütend und ... jetzt ... hasse ich mich selbst. Ich möchte, dass sie nach Hause kommt und dass das alles nichts weiter ist als ein schrecklicher Albtraum.«

Phil machte nicht die geringsten Anstalten, seiner Tochter beizustehen. Seine Stimme war monoton und flach. »Das ist kein Albtraum, Sophia. Wir alle haben unseren Teil zu diesem tragischen Fiasko beigetragen. Wir alle sind schuldig.«

»Das war furchtbar. Ich kann mir nicht vorstellen, dass sie jemals darüber hinwegkommen werden«, sagte Lucy, als sie davonfuhren.

Natalie dachte über den Brief nach, der noch in ihrer Tasche steckte. Sophia war ein Wrack gewesen, voller Schuldgefühle und Kummer. Sie hatten Sally, die Polizeipsychologin, angerufen und einen Arzt verständigt, der sich um das verstörte Mädchen kümmern sollte, bevor sie sich verabschiedet hatten, aber die ganze Sache hatte bei Natalie einen üblen Beigeschmack hinterlassen. Sie hatten nichts erreicht, außer Sophia in den Abgrund zu stürzen. Empfand Frances ein ähnliches Bedauern, das sie wiedergutmachen wollte, bevor es zu spät war? Lucys Stimme riss sie aus ihren Gedanken.

»Wir sollten uns auf der Facebook-Seite für Katie umschauen und auch mit Dee reden, dieser Frau, die Katie mit Tommy zusammen gesehen hat. Vielleicht haben wir ja Glück, und sie hat ihn in letzter Zeit noch einmal gesehen.«

Natalie wollte nicht widersprechen, auch wenn es eine weitere zeitraubende Maßnahme sein könnte. Sie mussten jede Möglichkeit in Betracht ziehen.

———

Männer. Frauen. Kinder.

Zerschmetterte Körper, die in den Trümmern liegen.

Er bewegt sich zwischen den zerstörten Gesichtern, den leblosen Augen und den zerfetzten Gliedmaßen.

Er sieht sie, deren blondes Haar sich aus den Spangen gelöst hat, ihr Gesicht ist blutig. Er lässt sein Gewehr fallen und beugt sich zu ihr hinunter.

»Hilf ... mir.«

Die Worte ersterben auf ihren Lippen. Ihre Augen werden glasig und er kann nicht mehr tun, als ihre Hand zu halten und zu flüstern: »Es tut mir so leid.«

Lucy reibt sich die Augen mit den Fingern, um die Anspannung zu lindern. Die Rückfahrt durch den strömenden Regen war anstrengend gewesen, und sie waren bei den Ermittlungen immer noch nicht weitergekommen. Als sie zurückkam, musste sie feststellen, dass ihr eine Beamtin fehlte. Poppy hatte sich krankgemeldet.

»Was hat sie denn?«

»Die Grippe«, sagte Andy.

»Na toll. Dann wird sie ein paar Tage ausfallen. Wo sind denn die anderen?«

»Oben, bis auf Celeste und Murray, die losgezogen sind, um etwas über Tommy herauszufinden. Offenbar hat ihn jemand gesehen, der unter der Samford Bridge schläft.«

»Ich nehme an, Tommy ist nicht wieder in seiner Wohnung aufgetaucht?«

»Nein, und ich finde, du solltest sie durchsuchen lassen, falls es irgendeinen Hinweis darauf gibt, wo er hingegangen sein könnte. Wir haben schon genug Zeit damit verschwendet, auf seine Rückkehr zu warten.«

»Danke, Andy. Ich bin durchaus in der Lage, solche Entscheidungen allein zu treffen. Hast du die Kontaktdaten von Dee Neilson, der Frau, die auf Facebook geschrieben hat, dass sie Katie mit einem Mann in der Marston Street gesehen hat? Du hast doch mit ihr gesprochen, oder?«

Er nickte. »Das habe ich. Sie müssen hier irgendwo sein.«

»Dann such sie und bring sie mir, okay? Ich will es noch einmal bei ihr versuchen.«

Sie machte sich auf den Weg in ihr Büro und loggte sich auf der Facebook-Seite der vermissten Jugendlichen Katie Bray ein. Dort gab es mehrere Fotos des Mädchens und Aufrufe ihrer Eltern, die die Leute um Hilfe bei der Suche nach ihrer vermissten Tochter baten. Ein Foto, auf dem die ganze Familie beisammensitzt, war besonders berührend. Die Familie war nun keine Einheit mehr, zerrüttet und auseinandergerissen durch das, was mit Katie passiert war. Lucy scrollte durch alle Kommentare. Die meisten stammten von Menschen, die ihr Mitgefühl zum Ausdruck bringen wollten, oder anderen Eltern in ähnlicher Lage, deren Kinder ebenfalls von zu Hause ausgerissen und teilweise nie mehr zurückgekehrt waren. Einige behaupteten, sie an Bus- oder Bahnhöfen in verschiedenen Teilen des Landes und sogar im Ausland gesehen zu haben. Die Leute meinten es gut, aber all diese Informationen waren für die Brays sicher verwirrend gewesen.

Sie ging die Kommentare durch, bis sie den gesuchten von Dee fand.

»Hier, bitte.« Andy reichte Lucy ein Stück Papier.

»Danke dir.«

Nachdem er gegangen war, las sie weiter die Kommentare, die in Beileidsbekundungen übergingen, nachdem die Nachricht von Katies Tod diejenigen erreicht hatte, die der Seite gefolgt waren. Sie wählte die Nummer auf dem Zettel, und als sie den automatischen Anrufbeantworter hörte, blieb ihr nichts anderes übrig, als Dee eine Nachricht zu hinterlassen, mit der Bitte, sie zurückzurufen.

Ein Klopfen an der Glastür ließ sie aufblicken, und sie winkte Ian zu sich herein.

»Ich war oben mit einem Lehrer vom Zentrum für Gehörlose. Er konnte Katie von den Lippen ablesen und sie hat Folgendes gesagt.« Er legte die Abschrift auf den Tisch und Lucy las laut vor: »›Es ist mir egal, wie viel du zahlst. Ich werde es nicht noch einmal tun ... Du bist böse. Lass mich los. Ich werde es der Polizei, den Zeitungen und allen anderen erzählen, wenn du mir noch einmal zu nahe kommst.‹ Das klingt, als hätte Eugene ihre Dienste in Anspruch genommen.«

»Oder er hat es versucht, aber sie hat sich gewehrt.«

»Böse ist ein ziemlich starkes Wort. Ich frage mich, was er

von ihr wollte ... Augenblick mal ... hat Pinkney nicht gesagt, sie wäre vergewaltigt worden?«

»Ja, das hat er.«

»Ruf Mike an und frag, ob wir einen DNA-Abgleich machen können. Was ist mit seinen Finanzen? Haben wir von der Bank schon etwas gehört?«

»Nicht, dass ich wüsste. Ich werde nochmal nachhaken.«

»Ja, bitte. Wir glauben, dass Tommy Eugene erpressen wollte – wenn das der Fall ist, dann könnte die Sache mit Katie der Grund dafür sein. Ich bringe Natalie mal auf den neuesten Stand.«

———

Murray und Celeste befanden sich am anderen Ende der Stadt, in der Gegend, von der sie glaubten, dass Amelia und Katie dort angeschafft hatten, bevor Tommy sie in ein neues Revier gebracht hatte. Ihre Informationen hatten sie unter eine Brücke geführt, die mit Graffitis in leuchtendem Orange, Blau und Grün bedeckt war. Der Boden bestand nur noch aus Erde und vertrockneten Gräsern, die von den nahegelegenen Feldern herübergeweht worden waren. Murray rümpfte die Nase über den Geruch, eine würzige Mischung, die er nicht genau identifizieren konnte.

»Wer will schon unter dieser Brücke vögeln? Es stinkt zum Himmel.«

»Ich bin mir sicher, dass es nachts romantischer ist, wenn die Mondstrahlen am Eingang tanzen«, sagte Celeste und starrte auf die Kondome und Zigarettenschachteln, die in den dunklen Ecken herumlagen.

»Man muss schon kleiner als ein Meter siebzig sein, um im Stehen Sex haben zu können.«

»Es gibt auch andere Stellungen«, sagte Celeste.

Sie traten wieder ans Tageslicht, überquerten einen kleinen

Bach und gingen in den Park. Er war viel größer als der Prince's Park und hatte eine extra angelegte Joggingstrecke. Menschen in Lycra-Kleidung, die Kopfhörer trugen und aus Wasserflaschen tranken, liefen auf der Strecke umher.

»Was sollen wir tun? Jeden Jogger ansprechen und fragen, ob sie Katie und Tommy hier gesehen haben?«, fragte Celeste.

»Nun, da du dich freiwillig meldest ...«

»Ha, ha, sehr witzig!«

»Der Plan ist, herauszufinden, wo er sich verstecken könnte. Wenn wir uns in den Wohnungen in der Nähe des Parks umhören, werden wir vielleicht fündig.«

»Hast du eine Ahnung, wie viele Wohnungen es hier in der Gegend gibt?«

»Hast du einen besseren Vorschlag?«

»Nein, aber ich denke dabei an ›die Suche nach der Stecknadel im Heuhaufen‹.

Er kicherte. »Ich wünschte, mir würde ein anderer Weg einfallen, um ihn zu finden.«

»Die Frau da drüben kenne ich«, sagte Celeste plötzlich.

»Welche? Die mit dem struppigen Hund oder die, die mit ihrem Freund joggt?«

»Die auf der Bank, mit dem Baby auf dem Schoß. Sie war früher mit von der Partie.«

»Früher?«

»Sie hat nach der Geburt ihres Babys aufgehört. Die Mutterrolle hat sie dazu gebracht, ihr Leben neu zu überdenken; außerdem hat sie sich mit dem Vater verlobt und er wollte nicht, dass sie ihren Körper verkauft. Wir könnten sie wegen Tommy fragen.«

Sie überquerten den Weg und schlenderten zu ihr hinüber. Celeste ließ sich neben der Frau auf die Bank fallen.

»Hi, Amy, wie geht's?«

»Gut.«

»Du erinnerst dich doch an mich, oder?«

»PC Redshaw. Bist du undercover?«

»Ich bin weg vom Rauschgiftdezernat. Ich arbeite jetzt in einer Sondereinheit der Kriminalpolizei.

»Du trägst keine Uniform ...«

»Nicht, wenn wir im Außendienst unterwegs sind. Wir jagen einen Mörder, der ein paar Mädchen umgebracht hat, die hier in der Gegend gearbeitet haben.«

»Ich habe davon gehört.«

»Von wem?«

»Von Freunden.« Ihr Gesicht verschloss sich schlagartig.

»Nur, damit das klar ist: Wir sind nicht hinter deinen Freunden her, aber wir müssen den Kerl finden, für den diese Mädchen gearbeitet haben.«

Das Baby gab ein gurrendes Geräusch von sich und schüttelte einen Plastikring, sodass die Perlen darin hüpften und klapperten. Amy wischte dem Kind die laufende Nase und nickte.

»Ich nehme nicht an, dass du irgendeine Ahnung hast, wo wir ihn finden könnten?«

Sie antwortete erst nicht, dann sagte sie: »Er war am Kanal, in der Nähe der Union Road.«

»Wann?«

»Spätabends, ist schon ein paar Tage her.«

»War er allein?«

»Das ist alles, was ich weiß. Mein Kumpel hat gesagt, dass Valentine nach ihm sucht – er hatte noch eine Rechnung mit ihm offen, und falls ich Valentine sehen würde, sollte ich es ihm sagen.«

»Hast du das getan?«

»Nein. Ich habe Valentine nicht mehr gesehen, seit ich aufgehört habe, für ihn zu arbeiten.«

Celeste lächelte das Baby an, das fröhlich gluckste, und stand dann auf. »Danke.«

Amys Augen flackerten zur Bestätigung und sie wandte ihre Aufmerksamkeit wieder dem Baby zu.

Sie zogen weiter, zurück zur Joggingstrecke. »Wenn Valentine oder BJ Tommy vor uns finden, ist er ein toter Mann«, brummte Murray.

»Er hat sich dort wahrscheinlich nicht lange aufgehalten. Die Sichtung ist schon ein paar Tage her. Es ist unwahrscheinlich, dass er noch dort ist.«

»Wir sollten es zumindest versuchen, vielleicht hat ihn noch jemand gesehen. Ich wüsste nicht, was wir sonst für Möglichkeiten hätten.«

»Erinnerst du mich bitte nochmal daran, warum ich das Rauschgiftdezernat verlassen habe?«

»Weil das hier viel mehr Spaß macht.«

»Ach ja, stimmt. Ich Dummerchen. Das hatte ich vergessen.«

———

Lucy und Natalie waren bei den Technikern oben und musterten Katies Gesicht, während diese Eugene die Worte »Du bist böse« zuraunte.

»Abscheu und Angst«, sagte Natalie.

»Ihre Körpersprache lässt darauf schließen, dass sie Angst vor ihm hat«, pflichtete Lucy ihr bei. »Glaubst du, dass er sie vergewaltigt hat?«

»Das würde Tommy etwas geben, womit er ihn hätte erpressen können, aber wir dürfen keine voreiligen Schlüsse ziehen. Vor allem nicht bei seinem Ruf. Tommy könnte auch etwas ganz anderes herausgefunden haben, was Rachel betrifft. Ich wünschte, wir könnten auch Eugenes Gesicht sehen.«

»Es wäre eine unglaubliche Enthüllung, wenn Eugene dafür verantwortlich wäre: Der Mann, der der Gemeinde durch wohltätige Spenden etwas zurückgibt, vögelt eine Prostituierte – schlimmer noch, er zwingt ein junges, verängstigtes Mädchen zu obszönen Handlungen. Eugene hätte nicht gewollt, dass diese Nachricht an die Öffentlichkeit gelangt«, meinte Lucy.

»Das können wir nur herausfinden, indem wir Tommy aufspüren.«

»Es ergibt aber immer noch keinen Sinn, oder? Vielleicht hat Tommy Amelia in einem Wutanfall getötet oder während er zugedröhnt war, und vielleicht ist er auch bei Katie ausgerastet und hat sie aus Wut über die Überdosis erwürgt. Aber was ist mit Rachel und Dominic? Warum hätte er sie töten sollen?«

Natalie befand sich in derselben gedanklichen Sackgasse. »Also, wenn es keine Verbindung ins Drogenmilieu gibt oder die beiden Tommy nicht kannten, dann kann die These, dass Tommy hinter den Morden steckt, nicht ganz stimmen.«

»Solange wir nicht mit Tommy reden können, sehen wir alt aus.« Lucys Aufmerksamkeit wurde auf ihr Handy gelenkt, auf dem Murrays Name aufblinkte.

»Es sieht nicht gut aus, Lucy. Es wurde eine Leiche im Kanal gefunden. Es ist eine ziemliche Sauerei und ohne offizielle Identifizierung kann ich es nicht mit Sicherheit sagen, aber es könnte Tommy sein.«

SIEBENUNDZWANZIG

DAMALS

Die nächtliche Luft draußen vor seiner Kaserne ist angenehm warm. Er starrt in den Himmel, der von einer Billion Sterne und dem Vollmond erleuchtet wird. Nach ein paar Bierchen mit den Jungs ist er mit sich im Reinen. Die Armee passt zu ihm. Sie gibt ihm ein Gefühl von Sinn und Ordnung. Er akzeptiert die harte Disziplin, die der Truppe auferlegt wird, und die strenge Routine, die sie sowohl körperlich als auch geistig fordert. Seine Kameraden – vor allem Whitey - geben ihm Kraft und Halt, egal, was passiert.

Ein Geräusch reißt ihn aus seinen Gedanken und er ist sofort hellwach. Er zieht sich in den Schatten zurück und versucht, das Geräusch zu orten. Es kommt aus einem nahe gelegenen Gebüsch und er nähert sich vorsichtig. Könnte jemand ins Camp eingebrochen sein? Nein. Unmöglich. Es könnte ein Tier sein, und dem gedämpften Grunzen nach zu urteilen, ist das die logischste Erklärung. Er beugt sich vor, um besser sehen zu können, aber das Wesen vor ihm ist kein Tier – zumindest kein vierbeiniges. Die Frau wird von ihrem Angreifer festgehalten, sein Unterarm liegt in ihrem Nacken und er drückt sie auf den staubigen Boden, während er gewaltsam in sie eindringt.

Wie erstarrt, beobachtet er die schreckliche Szene. Er kann sich nicht entscheiden, ob er eingreifen und Whitey von ihr herunterziehen soll oder nicht. Der Frau fließen Tränen über das Gesicht. Ihr Haar hat die gleiche Farbe wie das von Felicity. Das hier geht ihn zwar nichts an, aber ein Gefühl von Anstand überkommt ihn und er stürmt nach vorne, packt Whitey an den Schultern und zieht ihn von seinem Opfer weg.

»Was soll der Scheiß! Verpiss dich, Fettsack.«

Ob es nun daran liegt, dass die Frau ihn an seine Freundin erinnert, oder daran, dass er den ständigen Spott nicht mehr ertragen kann, schlägt er Whitey mit der Faust ins Gesicht, sodass dieser zu Boden geht und ihn anstarrt. Die Frau hat sich umgedreht, ihr Gesicht ist mit Mascara und Schmutz verschmiert, und sie hat es eilig, sich zu bedecken. Sie will ihm danken, aber er schickt sie weg und richtet seinen Blick auf Whitey, der sich das Blut von den Lippen wischt und zischt: »Das wird dir noch leidtun.«

ACHTUNDZWANZIG

DIENSTAG, 5. NOVEMBER – MITTAG

Der Kanal bot an seiner breitesten Stelle genug Platz, sodass zwei Kanalboote aneinander vorbeifahren konnten. An dieser Stelle gesellten sich Lucy und Natalie zu Murray und Celeste, die die Hände in die Taschen gesteckt hatten und die Schultern gegen die kalte Luft stemmten.

Die schweren Wolken erinnerten an einen Brandschutzvorhang im Theater und das Wasser glich einem glänzenden Strom, der von der kräuselnden Oberfläche gebrochen wurde, aufgewühlt durch die steife Brise, die jetzt wehte. Die Taucher, schwarz gekleidete Personen, die neben dem Schlauchboot aufgetaucht waren, schüttelten den Kopf. Man hatte nur eine Leiche gefunden, die neben einem Anlegepoller lag.

»Und?«, fragte Lucy.

Murray antwortete: »Ein Loch im linken Ohrläppchen und langes, dunkles, krauses Haar.«

»Scheiße«, zischte Lucy leise, bevor sie auf den Toten zuging. Was einmal Tommy Field gewesen war, war jetzt eine halb verweste Leiche, der Augen, Wangen und ein Teil der Lippen fehlten, die zweifellos von Fischen angefressen worden waren. Der schwarze, runde Ohrring war sichtbar, ebenso wie das feuchte, strähnige, lockige, lange Haar. Seine Jeans waren zerrissen und schmutzig, ein Turnschuh fehlte, ebenso wie drei Zehen, nur seine Wachsjacke war unversehrt. Sie suchte nach Anzeichen dafür, dass er erdrosselt worden war, konnte aber keine sichtbaren Würgemale an seinem Hals erkennen, von dem abgerissene Hautfetzen wie Papierschmuck herunterhingen.

Pinkney war vor Ort und überprüfte das Thermometer, das er gerade entfernt hatte.

»Wie lange lag er im Wasser?«, erkundigte sich Lucy.

»Ein oder zwei Tage.«

»Ich muss wissen, ob er erwürgt wurde.«

»Es wird schwierig sein, das mit Sicherheit zu sagen, bevor wir ihn auf dem Tisch haben.«

»Glaubst du, er wurde zusammengeschlagen, bevor er im Wasser gelandet ist?«

»Er hat viele blaue Flecken, aber die Verletzungen könnten auch im Kanal entstanden sein. Vielleicht hat er sich gewehrt oder wurde von einem Kanalboot angefahren.«

»Was ist mit den anderen Hautverletzungen?«

»Fische.«

»Sie haben ihn angeknabbert?«

»Für die Fische war er auf jeden Fall eine willkommene Mahlzeit.«

Lucy wandte sich ab. Julia Davidson war eine der Spurensicherungsbeamten am Tatort und sie rief ihr zu: »Julia, hast du ein Handy oder etwas anderes gefunden?«

»Nein, nichts. Die Taucher suchen immer noch den Kanal ab. «

»Vielleicht hatte er keins dabei«, sagte Murray, der zu ihr hinübergegangen war.

»Ich weiß. Ich hatte so sehr gehofft, dass es ein Handy gibt, das uns beweist, dass er Eugene angerufen hat, um ihn zu erpressen, und dass wir der Lösung des Falls näherkommen.«

»Da steht keine Botschaft auf seiner Stirn und wir wissen beide, dass Valentine und BJ auf der Suche nach ihm waren. Ich vermute mal, dass sie ihn vor uns gefunden haben.«

»Das war's dann wohl, oder? Es ist nur eine Vermutung. Wir haben keine konkreten Beweise, um unsere Theorien zu untermauern.«

»Wir werden noch einmal nach Valentine und BJ suchen und die beiden befragen müssen.«

Lucy schnaubte leise. »Sie werden es abstreiten. Das weißt du. Und sie werden dafür sorgen, dass sie ein wasserdichtes Alibi haben.«

»Es könnten sich DNA oder andere Hinweise auf Tommys Leiche befinden, die sie belasten«, sagte Murray.

»Und vielleicht gibt es die Zahnfee wirklich. Komm schon, Murray, du weißt, dass wir am Arsch sind. Tommy war unser einziger Verdächtiger und jetzt werden wir nie mit Sicherheit herausfinden, ob er der Mörder war. Wer auch immer ihn umgebracht hat, hat unsere Ermittlungen torpediert.« Sie stürmte auf die Treppe zu, wo Natalie sie aufhielt.

»Es ist ein Rückschlag, sonst nichts.«

»Aber ein verdammt großer, nicht wahr?«, murmelte Lucy und marschierte weiter.

Natalie ließ sie gehen. Es war verständlich, dass ihre Kollegin frustriert war. Während sie auf Mike wartete, fragte sie bei Pinkney nach: »Ich nehme nicht an, dass es Beweise dafür gibt, dass auf seiner Stirn eine Botschaft stand?«

»Wenn da eine war, wurde sie weggewaschen.«

»Gibt es überhaupt keine Kugelschreiberspuren?«

»Nein, gar keine.«

Natalie fragte sich, wie wahrscheinlich es war, dass die ganze Tinte weggewaschen werden würde. Der Kanal war kein schnell fließender Fluss und es gab keine Strömungen, die die Tinte abreiben konnten. Ihrer Erfahrung nach brauchte es ein gewisses Maß an Reibung, um Kugelschreibertinte zu entfernen. Wahrscheinlicher war, dass es keine Botschaft gegeben hatte, ein Gedanke, der durch ein Ping und eine Nachricht von Josh unterbrochen wurde. Sie hatte ihn nicht mehr gesehen, bevor sie zur Arbeit gefahren war, und war froh, von ihm zu hören.

Hallo Mum,

Ich habe mich gestern Abend mit Dad und seiner Freundin Sara auf einen Drink getroffen.

Sie ist okay. Echt okay.

Er hat uns alle für kommendes Wochenende zu ihnen nach Hause zum Essen eingeladen. Ich habe gesagt, dass ich denke, dass das okay ist. Hoffentlich ist es das auch. Am Samstag um 19.30 Uhr. Bei ihm zu Hause.

Vielleicht sehen wir uns später. Ich komme heute Abend wieder spät nach Hause. Ich gehe noch in die Bibliothek.

Hab dich lieb. X

Josh verhielt sich wieder einmal sehr erwachsen, und insgeheim war sie stolz auf seine Reaktion. Es schien, als würden sie alle weitermachen und ihr Leben nach den schrecklichen Folgen von Leighs Tod langsam wieder in den Griff bekommen. Davids Selbstmordversuch im Jahr zuvor, der von Mike verhindert worden war, hatte sie zu Tode erschreckt, und seitdem hatte sie um seinen Verstand und sein Leben gefürchtet. Doch zum ersten Mal seit damals verspürte sie ein Gefühl der Erleichterung. Diese Sorge spielte jetzt keine Rolle mehr. Als hätte sie ihn durch die Kraft ihrer Gedanken heraufbeschworen, erschien Mike, schwang seinen Spurensicherungskoffer aus Metall und marschierte zielstrebig auf den Kai zu.

»Jetzt würde ich gerne deine Gedanken lesen können«, sagte er.

»Ich habe eine SMS von Josh bekommen. Er hat Davids Freundin Sara kennengelernt.«

»Ah, wie ist sie denn so? David hat erwähnt, dass er sich mit jemandem trifft, aber er hat mir nichts über sie erzählt.«

»Josh sagt, sie sei nett.«

»Nett klingt gut.«

»Wir sind am Samstagabend bei ihm zum Essen eingeladen. Zweifellos auch, um sie kennenzulernen.«

»Das sollte klappen. Ich bin nicht eingeteilt, du etwa?«

»Nein.«

»Gut, dann sagen wir ihm zu. Er muss sie mögen, wenn er vorhat, sie uns vorzustellen. Gut, jetzt zum Geschäftlichen: Wen haben wir hier?«

»Tommy Field. Die Todesursache ist unbekannt und er hat weder einen Ausweis noch ein Handy, eine Brieftasche oder Ähnliches bei sich. Aufgrund der Beschreibung, die wir von anderen erhalten haben, vermuten wir, dass es sich um ihn handelt, aber es ist noch nicht bestätigt.«

»Können wir niemanden bitten, ihn zu identifizieren?«

»Soweit wir wissen, gibt es keine Verwandten. Die Techniker haben jeden in Dorset namens Field kontaktiert und niemanden gefunden, der ihn kennt.«

»Was ist mit der Arbeit?«

Sie schüttelte den Kopf. »Es sieht nicht so aus, als hätte er irgendwo gearbeitet.«

»Er muss irgendwie Geld verdient haben, bevor er Amelia und Katie auf den Strich geschickt hat, es sei denn, er hat Sozialhilfe beantragt.«

Wir haben es beim Ministerium für Arbeit und Rente versucht, sind aber gegen eine weitere Wand gerannt.«

»Dann hat er wohl schwarz gearbeitet und sich bar bezahlen lassen.«

Natalie schlug den Kragen ihrer Jacke hoch, um ihren Hals vor dem kalten Wind zu schützen. Eine Haarsträhne hatte sich aus ihrer Spange gelöst und fiel ihr ins Gesicht und in die Augen, sodass sie heftig blinzelte. »Es geht nicht so sehr darum, wo er gearbeitet hat, sondern darum, ob er diese Morde begangen hat oder nicht.«

»Ich habe ein Team abgestellt, dass sich im Prince's Park um die Toiletten und die nähere Umgebung kümmert. Du kannst dir sicher vorstellen, dass es jede Menge Fingerabdrücke und DNA-Spuren gibt. Wir haben die bisher gefundenen eingeschickt und lassen sie durch die Datenbank laufen, um nach Übereinstimmungen zu suchen. Wenn Tommy Eugene angegriffen hat, könnte er ein paar Spuren hinterlassen haben.«

»Er war uns bis jetzt immer einen Schritt voraus und ist extrem vorsichtig. Ich kann mir nicht vorstellen, dass er so leichtsinnig sein würde, Fingerabdrücke zu hinterlassen.«

»Für jemanden, der bis jetzt so gerissen war, muss er wohl dieses eine Mal unachtsam gewesen sein. Er hat sicher nicht damit gerechnet, den Fischen zum Fraß vorgeworfen zu werden.«

Natalie war wie erstarrt, während sie über seine Worte nachdachte, dann blinzelte sie erneut und meinte: »Das stimmt. Tommy hätte sicher geahnt, dass entweder BJ oder Valentine oder beide ihn jagen würden, und hätte darauf geachtet, dass er sich nirgendwo versteckt hält, wo die beiden auftauchen würden. Ich frage mich ...«

»Was fragst du dich?«

»Ob Tommy tatsächlich für all diese Todesfälle verantwortlich ist.«

———

Lucy hatte beschlossen, zurück nach Holborn House zu fahren. Die Ermittlungen waren ein einziges Desaster. Bis auf Vermutungen hatten sie keine Beweise, die Tommy mit den Morden in Verbindung bringen konnten. Sie musste den Superintendent auf den neuesten Stand bringen und durfte es nicht vor sich herschieben. Doch vorher wollte sie noch etwas überprüfen, also schlich sie sich an der verschlossenen Tür vorbei und stieg die U-förmige Treppe zu den Laboren der Techniker hinauf. Es gab insgesamt vier Räume, in denen sich verschiedene Geräte befanden, deren Bedienung ihre Fähigkeiten überstieg. Dies war die Domäne der Freaks und sie konnte nur staunen, welche Informationen sie den neuesten technischen Geräten entlocken konnten.

Sie versuchte es im größten der vier Räume, in dem riesige Monitore auf Knopfdruck Video- und Überwachungsmaterial anzeigten. Das Ganze erinnerte sie an ein Aufnahmestudio, ein Mischpult mit Knöpfen und Schaltern, die es ermöglichten, das Bild zu vergrößern oder zu verkleinern oder den Standort mit einem Fingerschnippen zu ändern. Ein junger Beamter mit einer dickrandigen Brille saß in dem abgedunkelten Raum und durchsuchte mit verrenktem Hals die Bilder der Straßen im Zentrum von Samford. Auf dem Tisch stand ein wiederverwendbarer Thermobecher neben einer geöffneten Chipstüte, in die er von Zeit zu Zeit hineingriff, Kartoffelchips herauszog und in den Mund steckte, ohne den Blick von den Monitoren abzuwenden. Mit der anderen Hand bediente er die Regler, und die Bilder wechselten von einer Draufsicht des Upper Way zu einer Seitenansicht der Straße und dann wieder zu einer Aufnahme vom Kilburn Rise, sodass Lucy schwindelig wurde.

»Wie schaffst du es, alle Monitore gleichzeitig im Auge zu behalten?«

»Alles Übungssache, Chefin.« Er bewegte seinen Kopf nicht, während seine scharfen Augen nach allem suchten, was ihnen einen Hinweis auf Tommys Bewegungen geben könnte.

»Entschuldige, dass ich deine Konzentration störe, aber hast du Eugenes Kontoauszüge erhalten?«

»Ja, Chefin. Er hat in den letzten zwei Wochen überhaupt keine Abhebungen getätigt. Das letzte Mal hat er vor zwei

Wochen zweihundert Pfund an einem Geldautomaten am Upper Way abgehoben.«

»Also keine großen Summen, um einen Erpresser zu bezahlen? Was ist mit seinem Geschäftskonto?«

»Das haben wir auch überprüft. Keine Auffälligkeiten.«

»Was ist mit dem Geld für wohltätige Zwecke, das sie bei ihrer jährlichen Wohltätigkeitsauktion einnehmen?«

»Das geht direkt auf ein Konto des Krankenhauses. Die Hardys hatten keinen Zugriff darauf.«

»Dann scheint es, als hätte Eugene keinen erpresserischen Forderungen nachgegeben. Gute Arbeit.«

Mit diesen Informationen im Gepäck eilte sie die Treppe hinunter, wappnete sich, klopfte mit einer Zuversicht, die sie eigentlich nicht verspürte, an Dans Tür, und betrat den Raum, nachdem sie ein kurzes »Herein« hörte.

Das Büro war imposanter als ihr eigenes, und obwohl es genauso modern war, hatte Dan ihm mit Fotos von sich und anderen hochrangigen Beamten, gerahmten Urkunden und ein paar Auszeichnungen auf einem Regal neben seinem Schreibtisch eine persönliche Note verliehen. Er legte den Bericht beiseite, den er gerade gelesen hatte, und verschränkte die Finger ineinander.

»DI Carmichael.«

»Wir haben eine Leiche im Kanal gefunden, von der wir glauben, dass es sich um Tommy Field handelt. Wir können nicht mit Sicherheit sagen, wie er gestorben ist, aber der Pathologiebericht wird sicherlich Aufschluss darüber geben, ob er getötet wurde und ob dies geschah, bevor er ins Wasser geworfen wurde. Wenn das der Fall ist, nehmen wir stark an, dass entweder Valentine Stewart oder ein Drogendealer, der nur unter den Initialen BJ bekannt ist, für seinen Tod verantwortlich ist, da beide Männer auf der Suche nach ihm waren.«

»Und warum hätten sie ihn töten sollen?«

»Wir wissen, dass es eine Art Revierkampf zwischen

Tommy und Valentine gab, und was BJ angeht, so schuldete Tommy ihm fast dreitausend Pfund für Drogen, die BJ ihm verkauft hatte.«

Nachdenklich tippte er die Fingerspitzen gegeneinander. Lucy beschloss, dass sie ihm erklären musste, wie sie darüber dachte, und fuhr fort: »Uns wurde gesagt, dass Tommy entweder von Rachel oder von Eugene Geld erpressen wollte, um seine Schulden zu begleichen, aber wir haben Eugenes und Rachels Konten überprüft und konnten keine Beweise dafür finden, dass Geld für diese Zahlung abgehoben wurde.« Sie hielt inne, unsicher, wie viel sie ihm noch erzählen sollte.

»Bitte fahren Sie fort.«

»Wenn Eugene sich mit Tommy getroffen und sich geweigert hat, ihn zu bezahlen, könnte das ausgereicht haben, um den Angriff auf ihn zu rechtfertigen. Wir haben hier das Bild eines Mannes, der aus Gewohnheit Drogen nimmt, der alles tut, um seine Sucht zu finanzieren, und der sein Temperament nicht unter Kontrolle hat, wenn er in die Enge getrieben wird. Deshalb wäre es durchaus plausibel, dass er ausgerastet ist und Eugene ermordet hat, aber ... unser Mörder ist methodisch und intelligent, und um ehrlich zu sein ... Ich glaube nicht, dass Tommy in das Profil passt, das wir erstellt haben.«

Dan hörte auf zu tippen. »Sie sind seit Beginn der Ermittlungen hinter Tommy Field her und jetzt, wo Sie ihn gefunden haben, machen Sie einen Rückzieher! Woran liegt das? Ist es, weil er tot ist und Sie ihm kein Geständnis entlocken können? Sehen Sie sich die Fakten an, Inspector.« Er zählte sie an seinen Fingern ab. »Er wurde bei einem Streit mit Amelia gesehen, ungefähr zu der Zeit, als sie ermordet wurde. Seine Mädchen haben sich an Orten prostituiert, die sie mit allen drei anderen Opfern in Verbindung bringen. Seit dem ersten Mord ist er unauffindbar und von Ihrem Radar verschwunden. Hinzu kommt die Tatsache, dass er Eugene um eine beträchtliche Geldsumme erpressen wollte, wahrscheinlich, um seine Flucht zu ermöglichen, und schon haben Sie einen Verdächtigen, der in Ihr Profil passt – jemanden, der gerissen und aalglatt ist.«

»Das ist nicht genug, Sir. Wir haben keine ausreichenden Beweise, um ihn eindeutig als Täter zu identifizieren. Außerdem ist da noch die Sache mit seinem Drogenkonsum. Einige der Leute, mit denen wir gesprochen haben, erzählten, dass er häufig unter Drogeneinfluss stand. Ein solcher Mann wäre nicht in der Lage, so klardenkend und berechnend zu sein, wie der Mörder unserer Meinung nach agiert.«

»Sie behindern das Ganze mit Ihren Hypothesen. Wer hat Ihnen denn erzählt, dass er high war? Drogendealer und Prostituierte. Das ist alles Hörensagen. Sie wissen nicht mit Sicherheit, dass er so viele Drogen konsumiert hat, wie Sie glauben. Sie können nicht einmal sicher sein, dass er die Drogen nicht weiterverkauft hat.«

»Nein, Sir.«

»Sie warten immer noch auf Beweise, nicht wahr?«

»Ja ... aber –«

»So wie ich das sehe, sieht die Sache gut für Sie aus. Sie haben die Person gefunden, die über die Mittel und das Motiv verfügt. Es ist bedauerlich, dass er tot ist, aber es gab nie jemand anderen, der für diese Morde infrage kam, und die Tatsache, dass die Enden nicht alle sauber zusammenpassen, spielt keine Rolle. Finden Sie heraus, ob er ermordet wurde oder ob er sich in den Kanal gestürzt hat, weil er wusste, dass es keinen anderen Ausweg für ihn gab. Ich will so schnell wie möglich einen Bericht, und sobald ich den habe, werde ich die Presse über die Situation informieren.«

Lucy wollte gerade den Mund öffnen, wurde aber erneut von Dan unterbrochen, der mit seinem Zeigefinger wie mit einer Schrotflinte auf sie zielte. »Bringen Sie mir den Bericht. Ich will, dass darin klar und deutlich gesagt wird, dass der einzige Verdächtige in dieser Ermittlung ausfindig gemacht worden ist.«

»Sir.«

Als sie sich zum Gehen wandte, ergriff er erneut das Wort. »Sie wissen, dass das ein gutes Ergebnis für Sie ist, DI Carmichael. Eine Zeit lang sah es ziemlich finster aus. Sie sollten dankbar sein, dass Tommy aus dem Kanal geborgen wurde. Es wäre wirklich eine Katastrophe gewesen, wenn man ihn nicht gefunden hätte.«

Sie verließ das Büro und stapfte zurück in ihr eigenes, wo sie mit geballten Fäusten auf den Schreibtisch schlug. *So sollte man das nicht machen! Dan will, dass die Abteilung gut dasteht, aber wenn wir den Falschen beschuldigen, bedeutet das, dass der wahre Mörder ungeschoren davonkommt oder, noch schlimmer, erneut zuschlägt.*

NEUNUNDZWANZIG
DIENSTAG, 5. NOVEMBER – NACHMITTAG

Natalie war nicht oft bei den Obduktionen im Pathologielabor dabei. Das lag nicht etwa daran, dass sie zimperlich war, sondern daran, dass sie während der Zeit, in der die Obduktionen durchgeführt wurden, immer in die eigentliche Ermittlung vertieft war und keine Zeit zum Überprüfen hatte.

Pinkney arbeitete unter ihr, und durch das Glas des Beobachtungsraumes glitzerten die weißen Wände des Labors wie frisch gefallener Schnee an einem sonnigen Tag. Die silbernen Instrumente und Schalen glänzten, und Pinkney, der Maske und Anzug trug, bewegte sich mit der gleichen Leichtigkeit durch den Raum wie ein erfahrener Tänzer, der alle Bewegungen auswendig kannte und sie mit Präzision ausführte.

Er bemerkte ihr Kommen und begrüßte sie, wobei seine Stimme in dem Raum verstärkt wurde, in dem sie stand und ihn beobachtete. Tommys Leichnam war aufgeschnitten worden, die inneren Organe lagen nun frei, und nachdem er sie entfernt hatte, war Pinkney jetzt dabei, die Lunge zu untersuchen.

»Keine Anzeichen für ein Lungenemphysem«, sagte er. »Euer Mann ist nicht ertrunken. Er war schon tot, bevor er ins Wasser fiel.«

»Kannst du schon Genaueres zur Todesursache sagen?«

»Die Halsstrukturen sind erheblich geschädigt und das Zungenbein ist gebrochen.«

»Also Strangulation?«

»Ganz genau.«

»Und was ist mit all den Spuren auf seinem Körper, den fehlenden Fingern und den abgerissenen Hautfetzen? Sind dafür die Fische verantwortlich?«

»Ich würde sagen, ja. Es gibt keine Anzeichen dafür, dass ein Messer benutzt wurde, und die Risse in der Haut sind fleckenförmig angeordnet, als wäre er angeknabbert worden. An einigen Stellen, an denen die Haut noch intakt ist, sind außerdem winzige Zahnabdrücke zu erkennen. Das sind die Stellen, an denen die Tiere gezerrt und gezogen haben.

»Du bist Hobbyangler, stimmt's?«

»Ja, aber nicht in Kanälen. Ich angle in Flüssen, hauptsächlich in Schottland. Forellen und Lachse.«

»Ist es normal, dass Fische einen Menschen anfressen?«

»Ich habe so etwas erst einmal gesehen – eine Leiche, die mehrere Tage lang im Meer lag. Ich würde nicht erwarten, dass ein einzelner Fisch ein so großes Stück Fleisch wie einen Menschen angreift. Es ist wahrscheinlicher, dass es sich um einen Schwarm von Fischen handelte, vor allem von hungrigen Fischen. Ich würde vermuten, ein riesiger Schwarm großer Fische hat sich über diesen Leichnam hergemacht.«

»Ich hätte nicht gedacht, dass Kanalfische Fleischfresser sind.«

Pinkney sah sie an, die blutverschmierten, behandschuhten Hände in die Hüften gestemmt. »Also, eigentlich sind Fische, die man in einem Kanal findet, wie Schleien, Barsche und sogar Forellen, Fleischfresser, die sich von Wasserinsekten und anderen Fischen ernähren, aber ich glaube, dass diese Zahnabdrücke von Hechten stammen, und bin mir sicher, dass es in diesem Kanal eine große Hechtpopulation gibt.« Er schaute auf die Waage, auf der er die Lunge platziert hatte, und las das Gewicht für das im Hintergrund laufende Aufnahmegerät ab. Natalie verstummte, als er die Lunge anhob und in eine Metallschale legte. Dann glitt er zurück zum offenen Brustkorb, um das Herz zu entnehmen.

»Kannst du irgendwelche Verteidigungswunden erkennen?«

»Nein, aber es gibt jede Menge Blutergüsse, die von Nadeln verursacht wurden. Euer Mann war wirklich schwer drogenabhängig.«

»Danke, Pinkney. Ich werde jetzt gehen und dich in Ruhe weiterarbeiten lassen.«

»Du bleibst nicht für den zweiten Akt?«, scherzte er.

»Wenn es dir nichts ausmacht, würde ich lieber darauf verzichten.«

»Du bist bei meinen Vorstellungen immer willkommen.«

Sie hob eine Hand zum Abschied. Die Tatsache, dass Tommy erdrosselt worden war, bedeutete für sie nur eines: Der Mörder war noch immer auf freiem Fuß.

———

Lucy hatte nicht vor, Dan seinen Bericht zu geben, auch, wenn das bedeuten würde, dass er sie von dem Fall abzog. Es war falsch von ihm, darauf zu bestehen, und da er ihn nicht bekommen konnte, wenn sie außer Haus war, vereinbarte sie für später am Tag einen Termin mit Rachels Freundin Georgina King-White, der Besitzerin des Heaven Scent Spa. Sie machte sich auf den Weg ins Präsidium, um zu sehen, ob das Team der Spurensicherung etwas Interessantes gefunden hatte.

Es fühlte sich seltsam an, wieder in dem alten Gebäude zu sein, mit seinem riesigen Atrium und dem vertrauten Gefühl, das in ihr aufkam. Der Drang, im zweiten Stock anzuhalten, an dem bunten Sofa vorbeizugehen, über das Murray jeden Tag Witze gerissen hatte, und in das Büro zurückzukehren, das sie mit dem alten Team geteilt hatte, war übermächtig. Als der Mitarbeiter am Empfang sie durch die Automatiktüren winkte, sehnte sie sich danach, die Uhren zurückzudrehen. Während sie die breite, sonnenbeschienene Treppe hinaufstieg, durch die großen Fenster auf die darunter liegende Hauptstraße blickte und neben dem Getränke- und Snackautomaten stehen blieb, fühlte sie sich in die Wochen vor dem großen Umzug ins Holborn House zurückversetzt. Damals hatte sich alles aufregend und neu angefühlt. Doch diese Zeit lag nun hinter ihr. Sie hatte sich als Teil des Teams, das hier gearbeitet hatte, zwar einen Namen gemacht, aber die Zukunft lag in ihrem neuen Domizil – dort gehörte sie hin. Mit jedem Gedanken wurde sie größer und aufrechter, und als sie die Laboratorien der Spurensicherung im obersten Stockwerk erreichte, war sie wieder voller Zuversicht.

Der ruhige, aber methodische Darshan Singh, der sich auf forensische Zahnmedizin spezialisiert hatte, war erfreut, sie zu sehen, aber nicht so erfreut wie seine Frau Naomi, eine schlanke Person, die Lucy mit ihrer Größe von einem Meter sechzig nur bis zu den Schultern reichte. Sie schenkte ihr ein strahlendes Lächeln. »Es ist unsere Lieblings-DI. Du hältst uns ganz schön auf Trab. Du bist wie ein Ein-Frau-Kreuzzug, der Leichen aus der ganzen Stadt herbeischafft.«

Lucy lächelte. »Eigentlich sollte ich Kriminelle und keine Leichen herbeischaffen.«

»Eins folgt aufs andere«, meinte Naomi wissend. »Eigentlich kommst du genau zum richtigen Zeitpunkt. Vor etwa fünf Minuten haben wir die toxikologischen Befunde für Katie und Amelia erhalten. Ich hatte noch keine Gelegenheit, sie mir durchzulesen oder dir zu schicken, weil wir mit den Fingerabdrücken und DNA-Proben aus der Herrentoilette im Prince's Park beschäftigt waren.«

»Wie kommt ihr damit voran?«

Naomi schaute zu ihrem Mann hinüber. »Darshan, willst du ihr die guten Nachrichten überbringen oder soll ich das übernehmen?«

»Erzähl du es ihr.«

Naomis Augen leuchteten wie polierter Onyx. »Wir haben mehrere Fingerabdrücke gefunden, die Katie Bray gehören, und ein paar weitere, die von Eugene stammen. Ich zeige sie dir.«

Sie huschte zu ihrem Stuhl hinüber, drückte mehrere Tasten und öffnete das Foto eines weißen Porzellanwaschbeckens, dessen Stöpsel und Kette entfernt worden waren. Die Wasserhähne aus rostfreiem Stahl waren vom Alter zerfressen, und die Buchstaben für heiß und kalt schon lange nicht mehr zu erkennen. Naomi vergrößerte das Foto und zeigte auf die Umrisse, an denen die Abdrücke abgenommen worden waren. »Hier und hier sind deutliche Abdrücke zu sehen«, sagte sie und fuhr mit der Maus über zwei Stellen, die etwa eine Handbreit auseinanderlagen. »Die Abdrücke hier auf der Innenseite stammen von Zeige-, Mittel-, Ring- und kleinem Finger, und hier auf der Außenseite des Beckens sind Daumenabdrücke. Sie alle gehören zu Katie. Die Anordnung der Abdrücke deutet darauf hin, dass sie sich mit beiden Händen am Becken festgehalten hat. Die Abdrücke daneben stammen von Eugene Hardy.«

»Könnte er hinter ihr gestanden haben?«

Naomi nickte. »Ich würde sagen, das ist naheliegend, zumal hier auf dem Boden noch andere Teilabdrücke – Finger- und Handabdrücke – zu sehen sind.« Naomi zoomte die Fliesen näher heran, wo ein Stück Toilettenpapier neben einem Metalleimer lag. »Sie lagen beide auf dem Boden, was wiederum darauf hindeutet, dass er hinter oder auf ihr lag, und schließlich ...« Sie sah Darshan an, der das Wort ergriff:

»Wir haben Glück, dass diese Toiletten anscheinend nicht oft gereinigt oder von der Öffentlichkeit genutzt werden, denn unter all den anderen Spuren haben wir nicht nur diese Abdrücke identifiziert, sondern auch getrocknete Blutstropfen gefunden. Das Blut stimmt mit dem von Katie überein.«

»Dann deutet das darauf hin, dass er mit ihr auf der Toilette brutalen Geschlechtsverkehr hatte«, schlussfolgerte Lucy.

»Wir sind zu einem ähnlichen Ergebnis gekommen, und angesichts der Autopsie-Ergebnisse würde ich sagen, dass kein Zweifel daran besteht, dass Eugene sie vergewaltigt hat.«

»Dann ist es vielleicht kein Zufall, dass er vor den Toiletten getötet wurde. Tommy oder jemand anderes wusste davon.«

»Willst du dir Katies toxikologischen Befund ansehen, wo du schon mal hier bist?«, fragte Darshan, dessen Finger bereits auf der Tastatur des Laptops lagen.

»Auf jeden Fall.« Sie setzte sich zu ihm, atmete seinen frischen Duft ein und beobachtete seine eleganten Finger, während er tippte. Dann las sie den Befund über seine Schulter mit. Naomi beobachtete die beiden, die Arme auf den Schreibtisch gestützt, und wartete darauf, dass jemand sie ins Bild setzte.

Sie beendeten die Lektüre gleichzeitig und Darshan nickte. »Nun, da haben wir es. Hohe Heroinwerte, aber keine Anzeichen von Drogenmissbrauch in der Vergangenheit. Außerdem erhöhte Kokainwerte und Hinweise darauf, dass sie es seit mehreren Monaten genommen hat.«

Lucy starrte an die Wand und versuchte, die Informationen zu verstehen. »Ich vermute, dass sie durch das Kokain so high gewesen war, dass sie gar nicht gemerkt hat, wie viel Heroin sie sich gespritzt hat.«

»Du solltest die Möglichkeit nicht außer Acht lassen, dass jemand anderes es ihr gespritzt haben könnte, während sie *ausgeknockt* war«, meinte Naomi.

»Das tue ich auch nicht. Irgendjemand, vermutlich die

Person, die sie nach ihrem Tod erdrosselt hat, hat die Nadel mitgenommen. Ich frage mich nur, warum?«

»Als Souvenir?«, schlug Naomi vor. »Oder, um darüber hinwegzutäuschen, dass sie an einer Überdosis Heroin gestorben ist.«

»Habt ihr Fingerabdrücke auf der Spritze gefunden, die Natalie in Tommys Küchenmülleimer entdeckt hat?«

»Katie hat sie nicht benutzt. Wir haben zwar einen Teilabdruck genommen, aber wir haben noch kein Gegenstück dazu.«

»Was ist mit Tommy? Ich muss es schnell wissen, denn wenn noch jemand darin verwickelt ist, müssen wir ihn finden.«

»Wir haben noch keine Kopie von Tommys Fingerabdrücken erhalten. Ich werde Pinkney darum bitten«, sagte Darshan.

»Das wäre super. Nochmals vielen Dank, Leute. Wir sehen uns später.«

Entschlossen verließ sie das stille Labor. Es war so gut wie sicher, dass Tommy Eugene hatte erpressen wollen. Aber warum er Rachel und Dominic getötet haben sollte, blieb ein Rätsel, und das ließ Zweifel an Tommys Schuld aufkommen.

———

Bev saß an ihrem Schreibtisch und drehte die Spitze ihres Füllfederhalters zum dritten Mal ab. Den Füller, einen lächerlich überteuerten Montblanc, hatte sie sich als Belohnung für ihre Beförderung zur Chefreporterin beim *Hatfield Herald* gekauft. Sie benutzte ein Laptop für ihre Artikel, doch sie alle begannen in ihrem Reporter-Notizblock, geschrieben mit blauer Tinte. Sie liebte Füllfederhalter, genoss das Gefühl, sie zwischen ihren Fingern zu halten. Der Montblanc hatte sie dreihundert Pfund gekostet, ein Luxus, den sie weder rechtfertigen noch sich leisten konnte, da sie den Großteil ihres Gehalts für die Miete einer Wohnung in der teuersten Gegend von Samford und für Designerkleidung ausgab. Sie wartete gespannt darauf, dass der mysteriöse Anrufer sie zurückrief, und es fiel ihr schwer, sich auf den Artikel zu konzentrieren, den sie eigentlich schreiben sollte. Ihm fehlte die Richtung, was nicht weiter verwunderlich war, da sie sich eigentlich auf die jüngsten Morde konzentrieren wollte.

Das Büro war vollgestopft mit sechs Schreibtischen in drei engen Reihen, die alle so aussahen, als hätten ihre Besitzer den Inhalt ihrer Papierkörbe darauf ausgeleert: bekritzelte Haftnotizen auf jeder sichtbaren Oberfläche, sogar an den Seitenwänden der Computermonitore; aufladende Handys, die mit Kabeln in Wäscheleinenlänge an verschiedenen Wandsteckdosen befestigt waren; halbleere Tüten mit Chips und Süßigkeiten, die zwischen wiederverwendbaren Kaffeebechern eingequetscht waren. Wasserflaschen und Taschen klemmten zwischen Schreibtischbeinen und Stühlen, und an der Wand neben dem Arbeitsplatz hingen die reißerischsten Titelseiten des *Hatfield Herald*, gerahmt für die Nachwelt, um das aktuelle Team zu ermutigen, mehr davon zu produzieren.

Bev hasste das Büro im ersten Stock eines Gebäudes, das wie das Wohnzimmer ihrer Großmutter roch. Das ganze Haus war dringend modernisierungsbedürftig und wäre entkernt worden, wenn sie das Sagen gehabt hätte. Zumindest musste es renoviert werden, und die abscheulichen Magnolienwände brauchten auf jeden Fall einen neuen Anstrich. Aber die Zeitung verdiente nicht genug, um in die Räumlichkeiten zu investieren. Man schaffte es gerade, die Mitarbeitenden zu bezahlen. Es war ein meilenweiter Unterschied zu den geräumigen Büros, die Natalie Ward und ihr Team jetzt bezogen hatten. Sie drehte die Kappe wieder auf ihren Füllfederhalter und seufzte. Hier war sie nun, Chefreporterin in einem vollgestopften Raum mit einem Haufen Kinder, die bis vor Kurzem noch die Schulbank gedrückt hatten, und einem betagten

Sportreporter, der eigentlich in Rente gehen sollte. Das hatte nur wenig mit dem guten Leben zu tun, das sie sich ausgemalt hatte. Dennoch war sie dem Wechsel zu einer größeren Zeitung und einer anderen Position mit viel besseren Verdienstmöglichkeiten einen Schritt nähergekommen. Alles, was sie brauchte, war ein Knüller.

Na endlich! Eine anonyme Nummer leuchtete auf ihrem Display auf. Sie griff nach dem Handy und huschte in den Korridor, wo sie vor neugierigen Ohren sicher war.

»Bev Gardner.«

»Heute Abend, neunzehn Uhr. In der Brache. Schalten Sie Ihr Handy aus und kommen Sie allein. Das ist Ihre einzige Chance. Vermasseln Sie sie nicht, sonst werden Sie sterben.«

Dann war die Leitung tot, und sobald ihr Herzschlag aufhörte, in ihren Ohren zu pochen, schätzte sie die Situation ein. Die Brache, auf der einst ein riesiger Schlachthof existiert hatte, war inzwischen verlassen. Es befanden sich dort lediglich mehrere Hektar Schutt und einige leere Nebengebäuden, die auf eine neue Nutzung warteten. Es war das Zuhause von Drogensüchtigen und Jugendbanden. Ausgebrannte Autos, die gestohlen und zur Belustigung absichtlich abgefackelt worden waren, wurden häufig dort abgestellt, und es gab Berichte über mehrere Vergewaltigungsfälle. Die Fläche galt generell als unsicher und war für alle, die ihr Leben nicht riskieren wollten, tabu. Der Metallzaun, der ursprünglich errichtet worden war, um das Gelände vor Eindringlingen zu schützen, war an mehreren Stellen durchbrochen worden. Es würde dunkel sein und wäre äußerst riskant, sich dort mit einem Mörder zu treffen. Durch die kleine Glasscheibe in der Bürotür beobachtete sie ihre Kollegen, von denen einige auf Bildschirme starrten und andere ihr Telefon unter das Kinn geklemmt hatten. Die Begeisterung war förmlich greifbar. Was würden sie nicht alles dafür geben, ihr diese Story zu klauen ... doch warum hatte der Mörder gesagt, sie sei schuldig? Es war beunruhigend. Konnte sie der Person vertrauen? Sie war sich nicht einmal sicher, ob es sich um einen Mann oder eine Frau handelte. Vielleicht lief sie in eine Falle. Scheiße, was, wenn sie tatsächlich in Gefahr schwebte? Panik ersetzte die Neugier und sie wählte Natalies Nummer. Sofort meldete sich der Anrufbeantworter und die ruhige und angenehme Stimme der Kriminalbeamtin lieferte die übliche Ansage.

»Natalie, hier spricht Bev. Ich mache mir Sorgen. Der Mörder, oder zumindest glaube ich, dass es der Mörder war, hat sich bei mir gemeldet. Ich weiß nicht, wer es ist, oder ob es nur ein Scherz ist. Er beschuldigt mich, genauso schuldig zu sein wie die anderen, aber er würde mir eine letzte Chance geben, mein Leben zu retten ... Ich weiß nicht ... Ich weiß nicht, ob ich in Gefahr bin oder nicht ...«

Die Tür zum Büro flog auf und einer der Nachwuchsreporter mit frechem Gesicht und hellem, rotbraunem Haar stürzte heraus. Er eilte an ihr vorbei und hinterließ den Duft einer Meeresbrise, und der Augenblick verflog. Die Angst, die durch ihren Körper geströmt war, verschwand und sie bedauerte den Anruf sofort. Was würde Natalie schon tun? Außerdem brauchte sie diese Story. Sie tadelte sich selbst, weil sie vorschnell gehandelt und Natalie angerufen hatte. »Ist schon okay. Vergessen Sie einfach, dass ich angerufen habe. Es ist nichts weiter. Nicht so wichtig. Die Panik ist vorbei.« Sie betrachtete die Artex-Decke durch schwere Augenlider und drückte sich selbst die Daumen, dass Natalie sie nicht kontaktieren würde, bevor sie die Gelegenheit gehabt hatte, mit dem Mörder zu sprechen. Doch wenn sie das wirklich vorhatte, musste sie äußerst wachsam sein. Sie durfte kein Risiko eingehen.

———

Whitey wird sich seine Rache irgendwann für die nahe Zukunft aufheben. Das weiß er. Es ist nur eine Frage der Zeit. Er hat noch nichts gesagt, aber die Anspannung liegt in der Luft. Whitey hat seit dem Vorabend nicht mehr mit ihm gesprochen oder ihn in irgendeiner Weise beachtet, und jetzt folgen die anderen in der Kaserne seinem Beispiel. Er kann sich nicht vorstellen, warum sie sich so verhalten. Er hat nichts getan, womit er sie beleidigt haben könnte.

Erst heute Morgen hat er mit der Frau gesprochen, Lorna, die ebenfalls Soldatin ist. Sie haben vor ihrem Quartier gesessen, den Rücken an eine niedrige Mauer gelehnt. Sie erinnert ihn sehr an Felicity, ihr Aussehen, sogar ihr Benehmen, aber sie ist nicht Felicity. Sie ist Lorna, und er hat versucht herauszufinden, ob sie vorhat, Whitey offiziell wegen versuchter Vergewaltigung anzuzeigen ...

Sie schüttelt den Kopf. »Ich kann nicht. Ich will das alles einfach vergessen.«

»Glaubst du denn, dass du das kannst?«

»Ich weiß es nicht, aber wenn ich jemandem davon erzähle, wird die Erinnerung wieder hochkommen und ich ... ich ...« Ihre großen grauen Augen füllen sich mit Tränen und sie hat Mühe, die richtigen Worte zu finden. Er kann sie verstehen. Für sie war es erniedrigend und demütigend, und er hat es mitangesehen.

»Hör mal, wenn du es nicht möchtest, erfährt niemand ein Sterbenswörtchen von mir«, beruhigt er sie.

Noch mehr Tränen steigen in ihr auf, aber sie fließen nicht. Lorna streckt ihre Arme aus, legt sie um seinen Hals und schmiegt sich an ihn. »Danke«, flüstert sie.

Er legt seine Arme ebenfalls um sie. Was soll er sonst tun? Er atmet ihren blumigen Duft ein, der ihn wieder an seine Freundin erinnert, kuschelt sich an ihren Hals, um das Aroma zu inhalieren und wartet, dass sie sich zurückzieht. Das tut sie.

»*Danke, dass du mich gerettet hast und meine Wünsche respektierst. Meinem Seelenheil zuliebe muss ich das Ganze hinter mir lassen. Ich kann es nicht ertragen, jemandem davon zu erzählen. Außerdem fliegt ihr alle in ein paar Tagen zurück nach Großbritannien und wir bleiben hier. Ich werde das schon schaffen. Dann muss ich diesen Mistkerl nicht mehr jeden Tag sehen.«*

Er versteht das. Jeder hat seinen eigenen Bewältigungsmechanismus, und Verleugnung ist ihre Art, diese Situation zu bewältigen. Er nickt und steht auf, lässt sie sitzen, während die Sonne ihr goldenes Haar leuchten lässt. Er denkt an seine Freundin, und kann es kaum erwarten, sie wiederzusehen.

Lorna wird keine Anzeige erstatten und will abstreiten, dass die ganze Sache überhaupt passiert ist. Selbst, wenn er aussagt, wird sein Wort gegen das von Whitey stehen.

Er liegt wach und lauscht den schweren Atemgeräuschen der anderen Männer, die neben ihm schlafen. Whitey hat ihm den Rücken zugewandt und schnarcht leise. Noch kann er ruhig schlafen. Er bleibt mit den Händen hinter dem Kopf liegen und denkt an Felicity, die zu Hause auf ihn wartet. Er kann es kaum erwarten, sie wiederzusehen. Er muss sich entscheiden, wie er sie mit seinem Antrag überraschen will. Wahrscheinlich in einem Restaurant, oder vielleicht sollte er irgendwo hinfahren, wo die Landschaft spektakulär ist – in die Berge oder ans Meer. Bei dem Gedanken wird ihm ganz warm und sein Körper entspannt sich. Der Schlaf überkommt ihn. Als er langsam in die friedliche Dunkelheit hinübergleitet, gibt es einen Augenblick der Stille, von einem Luftzug und einem allgemeinen Rauschen durchbrochen, bevor er von allen Seiten angegriffen wird. Er reagiert zu langsam, als ihm jemand das Laken vom Körper reißt und raue Hände seine Gliedmaßen packen, ihm den Mund zuhalten und ihn zu Boden drücken. Diejenigen, die einmal seine Freunde und Kameraden waren, fesseln ihm die Hände auf dem Rücken, ziehen ihm die Schlafanzughose aus und umwickeln ihn mit Scharfschützenklebeband, das seinen Kopf und seine Augen bedeckt, sodass er weder sehen noch sprechen kann. Sie lachen, drehen ihn um, greifen mit den Fingern nach seinen Geschlechtsteilen und misshandeln ihn auf übelste Weise, bevor sie ihn nach draußen schleifen und immer noch untenrum nackt hilflos auf dem Boden zurücklassen.

DREISSIG

Der Nachmittag verging wie im Flug und das ganze Team fahndete nach Tommys Mörder. Lucy saß einer Frau gegenüber, die eine Pediküre bekam und jedes Mal aufquiekte, wenn die Kosmetikerin mit der Feile über ihre Fußsohlen raspelte. Der Raum war stark parfümiert und unangenehm warm. Lucy konzentrierte sich auf ihr Handy, und versuchte so, die nervigen Laute der Frau auszublenden. *Warum machte man überhaupt eine verdammte Pediküre, wenn man Füße hatte, die so empfindlich auf Berührungen reagierten?* Es gab keine Nachrichten oder verpassten Anrufe. Auch nichts von Dan. Aber das würde sich bald ändern. Sie hatte den Bericht immer noch nicht geschrieben.

Das Heaven Scent Spa war eine kleine, aber beliebte Anlaufstelle für die wohlhabenderen Bürger der Stadt und bot eine Reihe luxuriöser Anwendungen an, darunter eine goldene Gesichtsmaske und eine Kaviarspülung. Lucy konnte sich nicht vorstellen, wie das Einreiben von Fischeiern in die Haut etwas anderes als eklig sein konnte. Sie war nur aus einem Grund hier: um mit Georgina zu sprechen, die mit Rachel Hardy befreundet gewesen war.

Eine hübsche Frau trat aus einer Tür, und nachdem sie mit der Empfangsdame gesprochen hatte, sah sie zu Lucy hinüber und sagte: »DI Carmichael? Würden Sie bitte hier entlangkommen?« Lucy folgte der Frau mit der babyblauen Uniform durch einen duftenden Korridor in einen Behandlungsraum. Dort gab es keine Massageliege, sondern nur einen niedrigen Couchtisch sowie zwei braune Ledersessel. Georgina wählte den am weitesten entfernten und schlug ein Bein über das andere; der Anschein von Gelassenheit wurde durch das Zittern ihrer Lippen getrübt.

»Mein Beileid für Ihren Verlust.«

Sie nickte, unfähig, irgendwas zu erwidern, und griff nach einem Glas Wasser.

»Sie und Rachel standen sich sehr nahe, nicht wahr?«

»Ich kannte sie seit der Schulzeit. Wir haben uns zwar nicht oft gesehen, aber wir waren befreundet. Meine Mutter rief mich an und überbrachte mir die Nachricht von ihrem Tod. Zuerst habe ich ihr nicht geglaubt. Ich habe den ganzen Heimweg über geweint. Ein dreiundzwanzigstündiger Flug. Ich muss meine Mitreisenden in den Wahnsinn getrieben haben. Und ich kann es immer noch nicht fassen.« Ihre Augen wurden feucht.

»Ich leite die Ermittlungen zu ihrem Tod, und um ehrlich zu sein, fällt es uns schwer, herauszufinden, warum es jemand auf sie abgesehen haben könnte. Sie wissen nichts von irgendwelchen Feinden, die Rachel möglicherweise hatte, oder?«

»Nein. Sie kam mit den meisten Menschen gut aus.«

»Was können Sie mir über Dominic Quinn sagen?«

Sie kämpfte mit den Tränen und griff nach ihrem Glas, bevor sie antwortete: »Er war eine Affäre.«

»Hat sie Ihnen das erzählt?«

»Rachel hat ihr Leben genossen. Sie wollte sich nicht binden. Sie hatte einen guten Job, ein tolles Haus, alles, was sie brauchte, und sie war nicht an langfristigen Beziehungen interessiert. Sie traf sich mit einem Mann, hatte Spaß und zog dann weiter.«

»Hat sie über Dominic gesprochen?«

»Sie sagte, der Sex sei fantastisch, nur deshalb hat sie sich weiter mit ihm getroffen. Normalerweise macht sie nach dem dritten oder vierten Date Schluss.«

»Sie hatte aber keine ernsthaften Absichten, was ihn anging, oder?«

»Sie war nicht in ihn verliebt.« Georgina befeuchtete ihre tiefroten Lippen. Sie glitzerten, während sie sprach. »Rachel hat Sex genossen. Sie fand es erregend, wenn sie es in der Öffentlichkeit tat oder an Orten, an denen die Gefahr bestand, erwischt zu werden. Dominic tickte genauso. Er hat sie früh ins Schulgebäude gelassen und sie haben in seinem Klassenzimmer gevögelt, bevor jemand anderes kam.«

»Wurde sie jemals erwischt?«

»Nein, aber es wäre ihr auch egal gewesen, wenn sie jemand erwischt hätte. Sie hat sogar Witze darüber gemacht und sich ausgemalt, wie es wohl wäre, von ihrem Vater dabei ertappt zu werden, während Dominic sie in seinem Büro fickte. Das war auch der Grund, warum sie es dort getrieben hat. Sie wollte seinen Gesichtsausdruck sehen, wenn er hereinkam und sie dabei erwischte. Sie war wild und sorglos. Deshalb hatte ich sie so gern.«

»Ich dachte, sie hätte sich gut mit ihrem Vater verstanden?«

Georgina musterte ihre Nägel. »Die beiden kamen irgendwie klar. Vielleicht nicht so gut, wie sie vorgaben. Vieles davon war nur Show. Ihr Vater bestand darauf, dass sie sich in der Öffentlichkeit präsentierten – Sie wissen schon, Vater und Tochter, die zusammenarbeiten, der Gemeinde helfen und an Wohltätigkeitsveranstaltungen teilnehmen. Sie spielte mit, denn ihr Ziel war es, die Leitung des Hardy's zu übernehmen, und deshalb musste sie vor ihrem Vater gut dastehen. Was sie jedoch nicht davon abhielt, ihn auf die Palme zu bringen. Er war immer sehr angespannt, wenn es um ihre sexuellen Aktivitäten ging, also stellte sie ihre Partner absichtlich vor ihm zur Schau und ließ Männer und Frauen in Springbanks übernachten.«

»Sie stand auch auf Frauen?«

»Auf Dreier. Sie liebte Dreier, und bevor Sie fragen, nein, ich habe nie bei einem mitgemacht.«

Lucy dachte an das Gespräch mit Dominics Freund zurück. »Hat sie je erwähnt, dass sie einen Dreier mit Dominic hatte?«

»Witzigerweise hat sie das tatsächlich. Sie hat mir eine WhatsApp geschickt, während ich weg war. Sie hatten eine junge Frau zu sich in die Schule eingeladen, in der Dominic arbeitete. Sie fand es witzig, weil sie beinahe erwischt worden wäre, als die Direktorin früher als erwartet eintraf. Sie war nicht beunruhigt, aber Dominic ist in Panik geraten. Rachel, die nie um einen Einfall verlegen war, hat die Direktorin davon überzeugt, sie sei eine werdende Mutter, die Dominic zusammen mit ihrer jüngeren Schwester bei der Ankunft in der Schule gesehen und ihn um eine kurze Führung gebeten habe, bevor der Unterricht begann.«

»Und sie hat die Geschichte geglaubt.«

»Sie ist voll und ganz darauf reingefallen. Rachel war gut darin, Menschen zu überzeugen.«

»Ich nehme an, Rachel hat den Namen der jungen Frau nicht erwähnt?«

»Amelia. Sie sagte, die Frau sei so schön gewesen wie ihr Name.«

Eine heftige Erregung hatte die zunehmende Gereiztheit verdrängt, die Lucy nach ihrem Gespräch mit Dan verspürt hatte. Sowohl Eugene als auch Rachel und Dominic hatten sexuelle Fantasien mit Katie oder Amelia ausgelebt. Damit hatten sie eine starke Verbindung gefunden, doch sie wusste, dass Dan diese mit Tommy in Zusammenhang bringen und davon ausgehen würde, dass der Mann wütend auf sie alle gewesen war oder versucht hatte, sie zu erpressen, und dabei gescheitert war. Lucys Bauchgefühl sagte ihr, dass es dabei um mehr ging als um Tommy. Das Verhaltensmuster des Mörders hatte sich verändert, als er anfing, den Opfern das Wort ›SCHULDIG‹ auf die Stirn zu schreiben, und die größte Abweichung bei all dem war die Tatsache, dass Katie *nach* ihrem Tod erwürgt worden war.

Sie kehrte zu ihrem Auto zurück und starrte auf die in Winterkleidung gehüllten Passanten, von denen einige ihre Handys am Ohr hatten, während andere schwer bepackt mit Tüten voller Geschenke die Straße entlang eilten. Weihnachten stand vor der Tür und die Einkaufsstraße profitierte bereits davon. Das erinnerte sie daran, dass sie sich noch nicht entschieden hatte, was sie wem schenken wollte. Sie hatte ja noch Zeit. Das Kaufen von Geschenken hatte für sie keine Priorität, doch der Anblick der Menschen, die auf die Schaufenster starrten, während Rollen von Geschenkpapier aus ihren Plastiktüten ragten, ließ sie ihre Prioritäten infrage stellen. Sie konnte nicht an die Feiertage denken, bevor sie nicht diesen Fall gelöst hatte, und was würde passieren, wenn ein anderer Fall rasch darauffolgte? Die Antwort war klar. Sie hatte sich diese Beförderung verdient und wollte sie nicht wieder verlieren. Bethany wusste, dass Lucy erfolgshungrig war, und hatte ihr ehrgeiziges Streben akzeptiert, lange bevor Aurora geboren worden war. Doch würde sie auch Lucys verzweifeltes Bedürfnis verstehen, sich immer wieder zu beweisen? Sie würde sich nicht damit zufriedengeben, DI zu sein. Sie würde DCI werden wollen und dann würde sie ihre Ziele noch höherstecken. Sie und Bethany mussten ein ernsthaftes Gespräch führen, aber das würde ebenso wie die Weihnachtsgeschenke warten müssen, bis die Ermittlungen abgeschlossen waren.

———

Natalie wartete darauf, dass die zischende Milch in ihrer Tasse aufschäumte und das Zeichen »Tasse entfernen« aufleuchtete. Die hochmoderne Kaffeemaschine war ein Geschenk an die Abteilung von Dan, aber da sie mit Kapseln betrieben wurde, die alle stets zu kaufen vergaßen, wurde sie meistens zugunsten des Cafés eine Straße weiter übersehen. Heute jedoch hatte jemand eine Schachtel mit Kapseln auf die Arbeitsplatte gestellt, und als Natalie das bemerkte, hatte sie sich daraus bedient.

Der Kaffee war zu heiß, um ihn zu trinken, also trug sie ihn aus dem kleinen Personalraum, in dem vor allem die Mitarbeitenden vom Empfang saßen, und schlängelte sich hinaus in den Korridor. Vom Empfang drangen laute Stimmen herüber. »Ich möchte nicht mit Ihnen sprechen. Ich möchte mit dem Beamten sprechen, der die Ermittlungen leitet.«

»Ich fürchte, DI Carmichael ist im Moment nicht da und am Diensttelefon ihres Teams antwortet niemand. Lassen Sie mich Ihren Namen und Ihre Kontaktdaten notieren und einer von ihnen wird Sie in Kürze zurückrufen.«

»Nein, ist auch egal. Vergessen Sie es. Ich rufe vielleicht später noch einmal an.«

»Bitte, geben Sie mir doch Ihre Daten …«

Die Worte des Beamten wurden von klappernden Absätzen übertönt, und eine Frau Mitte fünfzig, die eine silbern glänzende Ski-Jacke, Hose und kniehohe Stiefel trug, war dabei, das Gebäude zu verlassen.

Natalie hielt sie auf. »Kann ich Ihnen irgendwie helfen?«

Die Frau drehte sich um. »Ich wollte dem Team, das den Tod einer Jugendlichen im Prince's Park untersucht, einige Informationen geben, aber außer dem Mitarbeiter am Empfang gibt es hier niemanden, mit dem ich sprechen kann.«

Natalie trat näher und streckte ihre freie Hand aus. »Ich

bin DCI Ward. Ich leite das Team. Vielleicht kann ich Ihnen behilflich sein.«

Die Frau klemmte sich ihre Handtasche unter den Arm. »Ich möchte Ihre Zeit nicht vergeuden. Meine Freundin meinte, es sei wahrscheinlich nicht wichtig, aber ich dachte, ich sollte Sie trotzdem wissen lassen, was wir beobachtet haben.«

»Kommen Sie zu mir in mein Büro. Sie können mir erzählen, was Sie gesehen haben. Möchten Sie einen Kaffee, Tee oder etwas anderes zu trinken?«

»Nein, danke.«

Natalie winkte sie ins Zimmer und nahm gegenüber von ihr Platz. »Wie heißen Sie?«

»Jenny Barchester.«

»Also Jenny, was haben Sie gesehen?«

»Es war Samstag, am späten Vormittag. Meine Freundin Katarina und ich haben im Park einen Spaziergang gemacht, als wir ein Mädchen, das Mädchen, das im Park getötet wurde, vor den öffentlichen Toiletten mit einem Mann sahen, der immer wieder versuchte, ihre Hand zu ergreifen. Es war ihr Gesichtsausdruck, der mich beunruhigt hat. Meine Freundin stimmte mir zu, dass sie verängstigt wirkte und ich etwas unternehmen müsse. Ich fragte sie, ob er sie belästige, und obwohl sie nichts sagte, war es offensichtlich, dass ihr seine Anwesenheit unangenehm war. Ich drohte damit, die Polizei zu rufen, und er verschwand sofort.«

»Sind Sie sicher, dass es dasselbe Mädchen war?«

»Ich habe gestern ihr Foto in der Zeitung gesehen. Das war eindeutig sie. Ich habe mit Katarina gesprochen. Sie hielt es nicht für relevant, aber ich habe jetzt eine Nacht darüber geschlafen und dachte, Sie sollten es wissen.«

»Ich bin froh, dass Sie uns das erzählt haben.«

Die Schultern der Frau entspannten sich bei Natalies Antwort sichtlich.

»Können Sie diesen Mann beschreiben?«

»Nicht bis ins Detail. Ich habe mehr auf das Mädchen geachtet, weil sie so besorgt und verängstigt aussah.«

»Hatte er krauses Haar?«

»Ich weiß nicht, ob sein Haar kraus war. Er trug eine Mütze. Es war aber auf jeden Fall lang. Etwa schulterlang.«

»Was ist mit einem Ohrring, hatte er einen großen Ohrring im linken Ohrläppchen?«

»Nein. Er trug keinen Ohrring.«

»Und seine Kleidung? Können Sie beschreiben, was er anhatte?«

»Sein Mantel war zerrissen und schmuddelig, und er trug einen verblichenen Schal. Um ehrlich zu sein, sah er wie ein Obdachloser aus.«

»Können Sie sich noch an etwas anderes erinnern?«

»Seine Augen. Sie waren ungewöhnlich blau, wie helle Saphire.«

———

Lucy hatte am Prince's Park angehalten und ging zu den Toiletten, die an beiden Türen mit einem Absperrband gesichert waren. Sie schlüpfte in Plastikhandschuhe und öffnete die Tür zur Herrentoilette. Als sie in dem Raum stand, mit der Toilette an einem Ende und dem Waschbecken am anderen, schloss sie die Augen und versuchte, sich den Horror vorzustellen, der sich hier abgespielt haben könnte. Das Türschloss hatte zweifellos für Privatsphäre gesorgt und es Eugene ermöglicht, seine schändlichen Handlungen auszuführen, ohne Angst davor haben zu müssen, unterbrochen zu werden. Jeder, der draußen stand, müsste die Schreie oder Rufe gehört haben, wenn Katie ihn angefleht hatte, aufzuhören. Hatte sie jemand gehört? Sie ging wieder hinaus an die frische Luft und merkte, dass sich alle Muskeln in ihrem Gesicht angespannt hatten. Der Telefonanruf war eine willkommene Abwechslung, die Stimme, die sie hörte, eine Überraschung.

»DI Carmichael. Hier spricht Dee Neilson. Sie haben versucht, mich zu erreichen. Es tut mir leid, aber ich war wegen eines kleinen Eingriffs im Krankenhaus und konnte keine Anrufe entgegennehmen.«

»Danke, dass Sie zurückrufen. Ich wollte noch einmal über Katie Bray sprechen. Sie haben auf der Facebook-Seite der Brays einen Kommentar hinterlassen.«

»Ja. Ich habe sie gesehen. Da bin ich mir sicher.«

»Sie haben das letzte Mal mit DS Andy Foxton gesprochen, nicht wahr?«

»Ja, das ist richtig. Ich habe ihm erzählt, was ich gesehen habe.«

»Ich weiß nicht, ob Sie es schon in den Nachrichten gehört haben, aber ich muss Ihnen leider mitteilen, dass Katie tot aufgefunden wurde.«

Es entstand eine fassungslose Pause. »Ich hatte ja keine Ahnung. Wie furchtbar. Ich bin erst vor ein paar Minuten nach Hause gekommen und habe Sie sofort zurückgerufen. Das arme Mädchen.«

»Sie haben DS Foxton erzählt, Sie hätten Katie in der Marston Street mit einem großen Mann gesehen, der älter als sie war und langes, krauses Haar hatte.«

»Lang, nicht kraus.«

»Sie haben DS Foxton also nicht gesagt, dass sein Haar kraus war?«

Ihre Antwort kam zögerlich: »Nein. Ich habe definitiv lang gesagt. Sein Haar war größtenteils von einer Mütze verdeckt. Ich wäre gar nicht in der Lage gewesen zu sagen, ob es kraus war oder nicht.«

»Trug der Mann einen großen Ohrring in seinem linken Ohrläppchen?«

»Nein. Da war kein Ohrring.«

»Sind Sie sicher?«

»Ja.«

»Was trug er, als sie ihn gesehen haben?«

»Einen schmuddeligen Mantel, einen Schal und Stiefel.«

»Können Sie mir sonst noch etwas über ihn sagen?«

»Tut mir leid, nein. DS Foxton schien zu wissen, wer er war. Er dachte, es könnte Katies Freund gewesen sein, aber ich fand, er sah zu alt für sie aus.«

»Was denken Sie, wie alt er war?«

»Er sah aus wie vierzig, aber mit seinem unrasierten Gesicht war es schwer zu sagen.«

»Gab es irgendwelche besonderen Merkmale, Tätowierungen, Piercings?«

»Nicht, dass ich wüsste.«

»Nochmals vielen Dank für Ihren Rückruf. Vielleicht brauche ich später noch einmal Ihre Hilfe.«

»Jederzeit. Ich bin die nächsten ein oder zwei Wochen zu Hause. Da komme ich nicht weit.«

Nachdem sie aufgelegt hatte, rief Lucy sofort Natalie an.

»Ich glaube, ich habe einen Durchbruch erzielt. Dee Neilson hat Katie wahrscheinlich nicht mit Tommy in der Marston Street gesehen, wie wir zuerst dachten. Der Mann, mit dem sie Katie gesehen hat, war älter, hatte lange Haare und trug keinen Ohrring.«

»Hatte er eine Mütze auf?«

»Ja, woher weißt du das?«

»Ich glaube, wir hatten beide einen Durchbruch. Eine andere Frau hat Katie in der Nähe der Toiletten mit einem älteren Mann gesehen, der wie ein Obdachloser aussah und ungewöhnlich blaue Augen hatte. Lucy, ich glaube, wir müssen Rob Yeomans festnehmen.«

Jemand hat die Fotos mit den Bildunterschriften auf Facebook gepostet. Da liegt er, flach auf dem Rücken, seine Genitalien entblößt, und seine Kameraden, die ihre Gesichter hinter Masken verstecken, zielen mit ihren Waffen auf seinen Kopf. Es widert ihn an, wie schwach er aussieht. Er ist kein Held. Innerlich kocht er vor Scham. Es gibt noch andere Fotos, die sein Selbstvertrauen erschüttern. Obwohl sie in derselben Unterkunft wohnen und im selben Regiment sind, verachtet er die Männer, die er früher einmal geschätzt hat. Sie sind nichts weiter als Tyrannen.

Whitey lacht darüber, wie entsetzt er ist. »Das war doch nur ein kleiner Spaß. Du solltest dir ein Paar wachsen lassen ... Wenn ich mir das Foto so anschaue, solltest du dir wirklich ein Paar wachsen lassen. Die sehen aus wie Haselnüsse, nicht wie Pflaumen!« Gelächter brandet im Raum auf.

Die Scherze, die anfangs neckisch waren, sind mittlerweile regelrecht beleidigend. Die letzten zwei Tage waren die reinste Hölle und trotzdem hat er geschwiegen. Er könnte sich beim Hauptfeldwebel oder einer höheren Stelle in der Befehlskette beschweren, aber er weiß, dass er den Schaden für sich nur noch größer machen würde. Er hat sich für vier Jahre verpflichtet und wird sein Leben mit diesen Männern teilen müssen, vielleicht sogar ernsthafte Konflikte mit ihnen an seiner Seite austragen, und er darf sie nicht vor den Kopf stoßen. Das Beste, worauf er hoffen kann, ist, dass sie die ganze Sache irgendwann fallen lassen. Whitey hat seine Rache bekommen.

Als das Gelächter verstummt, setzt sich Whitey auf sein Bett und lächelt. Seine Stimme klingt verschwörerisch: »Ich habe schlechte Nachrichten für dich, mein Freund. Während ich im Internetcafé online war, habe ich auch Felicity eine E-Mail geschickt. Ich habe ihr geschrieben, dass du es mit einer Soldatin hier getrieben hast und es mir leidtut, dass ich derjenige bin, der ihr die Nachricht überbringen muss. Sie war darüber ziemlich erschüttert.«

»Sie wird dir nicht glauben.«

»Ich befürchte, sie glaubt es schon jetzt. Ich habe ihr ein Foto von dir und dieser Schlampe Lorna geschickt. Du könntest in Erklärungsnot geraten. Eigentlich glaube ich nicht, dass sie eine Erklärung hören will, nachdem ich ihr erzählt habe, was du und Lorna getan habt.«

Er weiß, wie das Foto auf Felicity wirken wird. Er hat seine Arme um Lorna gelegt, sein Gesicht an ihren Hals gepresst. Whitey steht direkt vor ihm, mit glühenden Augen und Spucke an seinem Kinn. Er ballt die Fäuste, seine Nägel graben sich in seine fleischigen Handflächen. Er drückt sie tiefer hinein, in der Hoffnung, der körperliche Schmerz würde ihn von seiner Wut und seinem seelischen Trauma ablenken und ihn in die Gegenwart zurückholen. Er antwortet nicht. Whitey stachelt ihn weiter an. »Ich wusste nicht, dass du auch auf Lorna stehst, Alter. War das der wahre Grund, warum du dich eingemischt hast, hm? Wolltest du ein Stück von ihr abhaben? Du hättest einfach was sagen sollen. Wir hätten es beide mit ihr treiben können. Aber das hättest du wahrscheinlich nicht gekonnt, denn du bist ja 'ne Schwuchtel. Jetzt, wo du echte Männer kennengelernt hast, wirst du wahrscheinlich keinen Bock mehr auf andere Frauen haben.«

»Du Wichser«, knurrt er.

»Pass bloß auf! Wir haben hier jede Menge Zeugen, falls du mich angreifen willst.«

Er lässt die Fäuste sinken. Wie soll er das Problem lösen? Er wird Felicity nicht nur erzählen müssen, dass Whitey Lorna angegriffen hat, sondern auch, dass er von den Männern in seiner Truppe gefesselt und vergewaltigt wurde. Selbst wenn sie ihm glaubt, wird sie ihn nie wieder so ansehen wie früher oder stolz auf ihren Mann sein. Sie hat diese Fotos gesehen und erkannt, dass er schwach ist und von seinen Kameraden verachtet wird. Seine Welt bricht zusammen.

Plötzlich öffnet sich die Tür. »Aufstehen und raus mit euch!«

»Jawohl, Sergeant!«

Sie rennen los, um sich fertig zu machen, verteilen sich auf verschiedene Spinde, greifen nach Stiefeln, Tarnhelmen und Gewehren, bevor sie nach draußen stürmen, um sich den anderen im Regiment anzuschließen. Whitey ist noch nicht fertig mit ihm. »Hab mir gedacht, ich könnte Felicity selbst mal ausführen. Sie scheint mich unbedingt kennenlernen zu wollen.« Whitey gibt ihm einen kräftigen Schubs und er fällt gegen den nächstgelegenen Spind. »Upps!«

»Du Arschloch!«, beginnt er, aber es ist zu spät, denn Whitey ist schon auf dem Weg zu den anderen. Er rennt ihm nach und nimmt seinen Platz ein. Er kommt als Letzter an und das fällt auf. Der Sergeant Major mustert ihn kühl.

»Ich weiß, dass heute der letzte Tag eurer Ausbildung ist, aber wenn ihr gedacht habt, einen schönen freien Tag zu haben, um eure Sachen zu packen und euer Duty Free-Shopping zu erledigen, dann seid ihr gewaltig auf dem Holzweg.« Die Bemerkung, die an ihn gerichtet ist, löst leises Gelächter aus und alle Blicke richten sich auf ihn. Ihre Verachtung ist greifbar und er möchte sich am liebsten verkriechen. Der Sergeant Major lässt *ihn zappeln, bevor er sagt: »Letzter Tag, letzte Übung. Gebt euer Bestes. Sobald ihr auf dem Weg seid, erhaltet ihr genaue Anweisungen. Ab in eure Fahrzeuge!«*

Er rennt zum zweiten Truck, klettert hinein und setzt sich auf die Bank, die sich über die gesamte Länge des Fahrzeugs erstreckt. Whitey, der für das gleiche Fahrzeug eingeteilt wurde, sitzt ihm gegenüber und grinst ihn an – ein eingebildeter, besserwisserischer »Fuck you«-Blick, der die Wut in seiner Brust anschwellen lässt. Er kämpft mit allem, was er hat, um sie zu kontrollieren. Whitey starrt ihn an, zweifellos hofft er, er würde einknicken und auf ihn losgehen. Die anderen, die ihm gegenübersitzen, stoßen sich gegenseitig an und grinsen verschmitzt. Keiner von ihnen wird sich auf seine Seite schlagen. Sie hoffen, dass er Whitey angreift, dann würden sie alle mitmachen und ihn windelweich prügeln. Der Truck schlingert von der Militärbasis weg, durch die Stadt in Richtung Mount Kenya, wo viele der Übungen stattgefunden haben. Die Einheimischen schauen kaum in ihre Richtung, während sie vorbeifahren. Soldaten und Fahrzeuge sind in dieser Gegend ein vertrauter Anblick.

Er wiegt sich im Gleichschritt mit dem Truck, während dieser die Straße entlangrumpelt. Was könnte er Felicity sagen, um ihr klarzumachen, dass sie mit Lügen gefüttert wurde? Wie kann er ihren Respekt zurückgewinnen und Whitey davon abhalten, sich an sie ranzumachen? Sie sind am Stadtrand, als der Truck nach links schlingert und er zu Whiteys Füßen auf dem Boden landet. Seine Ohren klingeln von der Explosion und er schüttelt den Kopf, um die Geräusche loszuwerden, aber es hilft nichts. Die anderen Soldaten schütteln sich und stehen auf. Er ist der Erste, der aus dem Fahrzeug klettert und den Anblick auf sich wirken lässt. Das erste Fahrzeug steht in Flammen, die Leichen liegen auf der Straße verstreut.

Er bewegt sich zwischen den zerstörten Gesichtern, leblosen Augen und zerfetzten Gliedmaßen.

Er sieht Lorna, deren blondes Haar sich aus den Spangen

gelöst hat, ihr Gesicht ist blutig. Er lässt sein Gewehr fallen und beugt sich zu ihr hinunter. »Hilf ... mir.«

Die Worte ersterben auf ihren Lippen. Ihre Augen werden glasig und er kann nicht mehr tun, als ihre Hand zu halten und zu flüstern: »Es tut mir so leid.«

Die Emotionen der letzten Tage überrollen ihn und beginnen, ihn zu ersticken. Sein Körper zittert, während er von heftigen Schluchzern überwältigt wird, und Whitey, der die Szene beobachtet hat, wendet sich mit einem flüchtigen Lächeln auf dem Gesicht ab.

ZWEIUNDDREISSIG

DIENSTAG, 5. NOVEMBER – FRÜHER ABEND

Es war fast halb sechs und Lucy hatte alle ins Holborn House zurückbeordert. Die Techniker hatten ihr genug Informationen über Rob gegeben, um das Team zu briefen. Sie hatten sich wieder im Büro versammelt, eine Gruppe von Menschen mit grauen Gesichtern, die alle eine gute Mahlzeit, eine Dusche und Schlaf brauchten.

Lucy kam aus ihrem Büro und schritt mit neuem Elan über den Teppich zu einem Monitor an der Wand, dem modernen Pendant zu einem Whiteboard. Sie drückte auf den Einschaltknopf und das Foto eines jungen Mannes in Militärkleidung erschien, mit glattem Gesicht und rotblonden Haaren, die Hände hinter dem Rücken, den Blick in die Kamera gerichtet.

»Wir haben eine neue Person von Interesse: den dreißigjährigen Rob Yeomans, ohne festen Wohnsitz, aus Samford. Er wurde im Oktober 1989 geboren und wuchs in Derby auf. Sein Vater, der zweiundsechzigjährige Jay Yeomans, ein ehemaliger Feuerwehrmann, wohnt immer noch dort im Ramsdown Way 28. Seine Mutter, Una Yeomans, ist 2008 verstorben. 2009 trat er in die Armee ein, wurde aber 2010 aus medizinischen Gründen entlassen und zwei Jahre später, im Jahr 2012, auf

Grundlage des Mental Health Act zwangseingewiesen. Zwei Jahre lang war er regelmäßig in der Swanley Clinic in Derby untergebracht. Zwischen 2014 und 2016 lebte er bei seinem Vater im Ramsdown Way und hatte mehrere Jobs, von denen er keinen länger als drei Wochen behielt.

Rob meldete sich zu Beginn der Ermittlungen als Zeuge bei uns. Wir hatten zu diesem Zeitpunkt keinen Grund, ihn zu verdächtigen. Seitdem wurde er mit Katie Bray gesichtet, und obwohl Dee Neilson es nicht bestätigt hat, glauben wir, dass sie ihn vor ein paar Wochen ebenfalls mit Katie in der Marston Street gesehen hat.«

»Ich dachte, sie hätte Katie mit Tommy gesehen«, sagte Andy mit verschränkten Armen und starrem Blick.

Lucy schüttelte den Kopf. »Sie hat einen Mann mit langen Haaren und Mütze gesehen, der definitiv keinen Ohrring trug.«

»Sie sagte mir, er hätte krauses Haar. Von einer verdammten Mütze hat sie nichts gesagt! Sie hat mir Tommy beschrieben.« Andys Stimme wurde vor Empörung immer lauter. Er sah sich im Raum um, wurde aber von den anderen ignoriert.

Lucy ging darüber hinweg. »Jetzt ist nicht der richtige Zeitpunkt, um das zu besprechen, Andy. Wir müssen diesen Mann finden. Ich werde Jay Yeomans aufsuchen, um weitere Informationen über Rob zu bekommen und ein aktuelleres Foto, das ich Dee und unserer anderen Zeugin Jenny zeigen kann, um zu bestätigen, dass es tatsächlich er war, den sie mit Katie gesehen haben. Als wir ihn das letzte Mal befragt haben, hat er uns versichert, dass er die Stadt niemals verlässt und wir ihn unter der Samford Bridge oder in einer der Obdachlosenunterkünfte finden könnten. Versucht es einfach überall. Ich weiß nicht, mit wem wir es hier zu tun haben, ob er uns falsche Informationen über Amelia und Tommy gegeben hat, um sich selbst zu schützen, oder was auch immer dahintersteckt. Aber wenn er der Mörder ist, ist er gerissen, militärisch ausgebildet und rücksichtslos, also seid vorsichtig und passt auf, Leute. Wenn er weiß, dass wir ihm auf der Spur sind, könnte er zu fliehen versuchen oder aggressiv werden. Murray und Celeste, versucht es unter der Brücke und in den Unterkünften. Ian und Andy, ihr übernehmt die Obdachlosenzentren, Straßen und Parks. Wir alle sollten in Kontakt bleiben, und wenn ihr ihn findet, nähert euch ihm vorsichtig.«

Andy und Ian waren die Ersten, die zur Tür hinausgingen. Natalie griff nach ihrem Handy, um Josh mitzuteilen, dass sie eine Weile nicht zu Hause sein würde, und bemerkte zum ersten Mal das blinkende Nachrichtensymbol. Als sie die Mailbox anrief, hörte sie sich die atemlose, stotternde Nachricht ab und beschloss, Bev zurückzurufen. Das Telefon klingelte. Normalerweise hätte sie sich über solche Dinge keine Gedanken gemacht, aber Bev hatte sich in die Enge getrieben und verwirrt angehört, bevor ihre übliche Tapferkeit die Oberhand gewonnen hatte. Sie schnappte sich einen der Techniker, der gerade vorbeikam, und gab ihm Bevs Nummer.

»Überprüf bitte das Handy mal kurz und finde raus, wer zuletzt darauf angerufen hat.«

»Klar.« Er trottete davon und ließ Natalie allein im Flur zurück. Sie konnte nicht nach Rob suchen, bevor sie nicht sicher war, dass Bev in Sicherheit war. Irgendjemand, möglicherweise der Mörder, hatte der Reporterin vorgeworfen, ebenso schuldig zu sein wie die anderen, was Natalie Sorgen bereitete. So sehr ihr die Frau auch zuwider war, sie wollte nicht, dass sie das nächste Opfer wurde.

Sie durchquerte den Flur wie eine Schachfigur, die sich über das schwarz-weiße Feld bewegte, und hielt auf einem weißen Feld inne, während sie Joshs Nummer wählte. Sie lauschte seiner Stimme und wechselte dann zu einem benachbarten schwarzen Feld, als sich der Anrufbeantworter meldete und sie sich sofort an die SMS von Josh erinnerte – er war in die Bibliothek gegangen. Sie hinterließ eine Nachricht, in der sie sagte, dass sie sich verspäten würde und hoffte, dass mit den Hausaufgaben alles gut lief, und verabschiedete sich mit einem »Ich liebe dich«. Eine Vision von Leigh tauchte vor ihrem inneren Auge auf und sie ging zwei Schritte auf den Eingang zu, wo sie Bevs Nummer erneut wählte - mit dem gleichen Ergebnis: Nur die Mailbox ging dran. Es war zwecklos. Sie wurde das Gefühl nicht los, dass Bev in Schwierigkeiten steckte. Mit schnellen Schritten kehrte sie in ihr Büro zurück. Es bestand zumindest eine kleine Chance, dass einer der Reporter noch bei der Arbeit war.

»*Hatfield Herald*, Wesley Pickle am Apparat.« Wesley war ein langhaariger Sportreporter mit einem tief zerfurchten Gesicht, der schon seit vielen Jahren für die Zeitung arbeitete und nicht abgelöst worden war, vor allem wegen seiner knallharten Berichte, in denen er oft über Spieler oder Sportstars herzog.

»Hier spricht DI Ward vom Holborn House. Bev hat mir heute Morgen eine Nachricht hinterlassen und ich kann sie nicht auf ihrem Handy erreichen. Ich nehme an, Sie wissen nicht, wo sie ist oder wie ich sie erreichen kann?«

Er raschelte mit Papieren und erwiderte dann gelangweilt: »Keine Ahnung, wo sie steckt. Ich kann Ihnen nur sagen, dass sie vor etwa fünfzehn Minuten zu einem Termin gefahren ist. Wenn sie wieder auftaucht, werde ich ihr sagen, dass sie Sie zurückrufen soll, ich werde sogar eine Notiz auf ihrem Computerbildschirm hinterlassen.«

»Danke. Sie wissen nicht zufällig, woran Sie gerade gearbeitet hat, oder?«

»Bev würde mir das nicht sagen, selbst wenn ich der letzte lebende Mensch wäre.«

»Könnten Sie nicht einen kurzen Blick auf ihren Schreibtisch werfen und nachsehen, ob sie irgendwelche Hinweise hinterlassen hat?«

»Sie bitten mich gerade, eine Kollegin auszuspionieren. Ich

bin mir nicht sicher, ob das ethisch vertretbar ist.«

»Wesley, ich mache mir Sorgen um ihre Sicherheit und bitte Sie um Hilfe, um sicherzustellen, dass sie sich nicht in Gefahr befindet. Mehr nicht.«

»Da Sie es so formuliert haben, werde ich mich umsehen und Sie zurückrufen.«

»Vielen Dank.«

Ihr siebter Sinn sagte ihr, dass Bev in Schwierigkeiten steckte. Obwohl sie versucht hatte, ihre Nachricht an Natalie mit einem lässigen »Vergessen Sie es einfach« zu beenden, sprach ihr Tonfall eine andere Sprache. Sie war besorgt wegen des Anrufers, der möglicherweise der Mörder war. Und so, wie sie Bev und ihren Ehrgeiz kannte, würde sie die Story sicher weiterverfolgen, wenn sie auch nur die geringste Chance hätte, mit dem Täter zu sprechen oder ihn zu befragen.

Der Beamte war zurück und hielt ein Laptop in den Händen. Natalie konnte sich nicht über das Arbeitstempo dieser technischen Assistenten beschweren. Er stellte den Computer mit einer Liste von Nummern vor ihr auf den Schreibtisch und rückte seine Brille zurecht. »In den letzten vierundzwanzig Stunden gab es eine ganze Reihe von Anrufen von und zu Bevs Handy. Ich hatte noch keine Gelegenheit, sie alle durchzugehen, aber mir sind vor allem diese beiden hier aufgefallen.«

Es gab fünf markierte Spalten, von denen drei eine Nummer zeigten, die Bevs Handy angerufen hatte, und zwei weitere, die eine andere Nummer enthielten, die ebenfalls angerufen hatte. Er deutete auf die letzte Spalte. »Diese Nummer hat sie nur zweimal angerufen, beide Male heute - einmal um halb sechs heute Morgen und ein zweites Mal um zehn vor fünf heute Abend.«

»Augenblick mal.« Natalie warf einen Blick auf ihr eigenes Smartphone, um zu sehen, wann Bev sie angerufen hatte. »Der zweite Anruf kam direkt, bevor sie es bei mir versucht hat. Sie hat mich um 16.53 Uhr angerufen. Hast du eine Anrufer-ID für mich?«

»Es war ein Prepaidhandy.«

»Wie sieht es mit einem Standort aus?«

»Ich versuche noch, den Standort zu bestimmen. Im Moment ist es ausgeschaltet.«

»Und was ist mit der anderen Telefonnummer, die du markiert hast?«

»Die gehört zu einem unserer Handys. Wie du siehst, wurde Bevs Handy am späten Freitagabend angerufen, dann dreimal am Samstag, zweimal am Sonntagmorgen und das letzte Mal am Sonntagabend, eine Viertelstunde, nachdem Lucy alle wegen eines Informationslecks zur Rede gestellt hatte.«

»Der Maulwurf?«

Er nickte. »Ich denke, das könnte er sein.«

»Wer war es?«

»Die Nummer gehört Poppy.«

»Bist du sicher?«

»Daran besteht kein Zweifel.«

»Behalt das erst mal für dich. Ich kümmere mich darum.«

———

Der Ramsdown Way in Derby war eine dicht bebaute Siedlung mit etwa zweihundert Reihenhäusern, die sich an endlosen Straßen entlangschlängelten, die sich wie dicke Spaghetti um die Siedlung wanden. Obwohl sie das Navi zur Hilfe nahm, musste Lucy, die sich in dem Labyrinth aus Straßen mit Namen wie Lark Rise und Swallow Avenue verirrt hatte, ein älteres Ehepaar mit zwei Beagles fragen, in welche Richtung der Hawk's Way lag.

Jay Yeomans wohnte in einem Reihenendhaus mit kaputter Dachrinne, welkem Laub vor der Tür und verblichenen

Vorhängen an den schmuddeligen Fenstern. Nachdem sie auf die rissige Plastikklingel gedrückt hatte, dauerte es eine ganze Minute, bis der Mann öffnete. Er trug einen senffarbenen, von braunen Flecken übersäten Pullover und eine Cordhose, die mindestens zwei Nummern zu groß für seinen abgemagerten Körper war. Er stützte seine Arme auf die Krücken, die ihn aufrecht hielten, und musterte prüfend ihren Dienstausweis.

»Ich muss mit Ihnen über Ihren Sohn sprechen.«

»Rob? Warum denn?«

»Darf ich reinkommen, damit wir das drinnen besprechen können?«

»Ja, aber ich muss Sie warnen, es ist nicht aufgeräumt. Seit meine Knie kaputt sind, fällt es mir schwer, den Haushalt im Griff zu behalten.«

Sie folgte ihm in den engen Flur, zwängte sich an einem Rollator vorbei und betrat das Wohn- und Esszimmer. Auf dem Couchtisch vor dem Fernseher stapelten sich Teller und Tassen. Er nahm eine Fernbedienung, die auf der Lehne eines schäbigen beigen Sessels lag, und schaltete den Fernseher stumm, sodass die Antilopen nun lautlos durch die afrikanische Steppe galoppierten. Mit einem leisen Stöhnen ließ er sich auf den Sessel fallen und ließ die Krücken vor sich auf den Teppich fallen. Lucy hob ein Rätselheft von der Sitzfläche des anderen Sessels und legte es auf den Couchtisch.

»Warum fragen Sie nach Rob?«

»Ich leite eine Ermittlung, bei der es um mehrere Mordfälle in Samford geht. Rob hatte sich ursprünglich als Zeuge gemeldet, aber jetzt ist sein Name im Zusammenhang mit den Morden wieder aufgetaucht, und wir suchen nach ihm. Haben Sie von ihm gehört?«

Er fuhr sich mit den knochigen Fingern über die Stoppeln an seinem Kinn. »Nicht seit dem Tag, an dem er vor drei Jahren verschwunden ist. Glauben Sie, dass er jemanden umgebracht haben könnte?«

Lucy wich der Frage aus. »Im Moment müssen wir einfach mit ihm sprechen. Soweit ich weiß, wurde er aus medizinischen Gründen aus der Armee entlassen und hat einige Zeit in einer Klinik verbracht.«

Er nickte. »Er hätte nie dort eintreten sollen. Es war eine Kurzschlussreaktion auf den Tod seiner Mutter. Sie hatten sich immer nahegestanden und als Una starb, hat ihn das schwer getroffen. Das hat unsere Beziehung nicht gerade gefestigt. Wenn überhaupt, hat es einen noch größeren Keil zwischen uns getrieben, und ich vermute, dass er dachte, er würde mit der Einberufung zur Armee eine Ersatzfamilie finden. Die Grundausbildung lief gut und half ihm tatsächlich, mit Unas Tod fertig zu werden. Er kam während des Urlaubs nach Hause, wir verstanden uns besser und er fing sogar an, mit Felicity auszugehen, einem Mädchen aus der Gegend. Ich dachte, es ginge aufwärts für ihn. Er war verrückt nach ihr und hat sogar mit dem Gedanken gespielt, ihr einen Ring an den Finger zu stecken. Dann ist er zu einem Ausbildungslager nach Kenia gereist. Es dauerte nur ein paar Wochen und ich weiß nicht, was dort schiefgelaufen ist, aber als er nach Hause kam, war er ein anderer Mensch. Er verkroch sich in seinem Zimmer, pflegte keine Kontakte mehr zu anderen Menschen, traf Felicity nicht mehr und weinte. Er hat so viel geweint, ohne Grund. Als wäre er wieder ein Kind. Und egal, wie sehr ich versuchte, ihn dazu zu bringen, sich zu öffnen, er wollte nicht. Er wurde entlassen, die Armee sorgte für psychiatrische Hilfe, und er wurde für neunzig Tage in eine Klinik eingewiesen.«

»Er hatte ein paar schwierige Jahre: Kliniken, Sitzungen, Krankenhausaufenthalte, Psychiater. Nichts davon hat wirklich geholfen. Er hat sich rumgetrieben, hatte ein paar Jobs, die alle nicht funktionierten, und vor drei Jahren erklärte er, er würde es nicht mehr aushalten. Wir wussten beide, dass wir am Ende des Weges angekommen waren. Ich konnte seine Launen nicht ertragen und er konnte es nicht ertragen, hier zu leben, besonders nicht, nachdem Felicity geheiratet hatte. Ich dachte, er würde neu anfangen und sich wieder melden, sobald er sich eingelebt hat, aber das ist nicht passiert. Seitdem habe ich nichts mehr von ihm gehört. Da er sich nicht meldete, dachte ich, er sei ins Ausland gegangen und nicht nach Samford. Samford ist gar nicht so weit weg.«

»Er hat Ihnen also nie erzählt, was in Kenia passiert ist?«

»Nein, aber was auch immer es war, es hat ihn verändert.«

»Warum, glauben Sie, brach er den Kontakt zu Ihnen ab?«

Jay zögerte, befeuchtete seine Lippen und sah sie traurig an. »Wir waren an einem Punkt angelangt, an dem wir unseren gegenseitigen Anblick nicht mehr ertragen konnten. Er konnte nicht begreifen, dass ich mit ihm durch die Hölle gegangen war, in der ich zusehen musste, wie er sich selbst zerstörte, und ihm nicht helfen konnte. Wir brauchten beide eine Pause voneinander.«

»Aber drei Jahre lang keinen Kontakt zu ihm haben?«

»Sie können nicht verstehen, wie es für mich war. Es war schon schwer genug, Una zu verlieren, aber ihm dabei zuzusehen, wie er in eine Abwärtsspirale geriet, und weiter an der Beziehung arbeiten zu müssen, während er selbst alles aufgegeben hatte – mich, die Arbeit und das Leben –, das war zu viel für mich. Am Ende hatten wir nichts mehr gemeinsam, zwei Männer, die sich umkreisten, anknurrten, schwiegen oder stritten, bis ich ihm die Ohren abreißen wollte. Es war verdammt hart!« Er stieß einen langen Seufzer aus. »Als er mir sagte, dass er gehen wolle, fiel eine große Last von mir ab. Ich habe meinen Sohn geliebt, aber den Fremden, zu dem er geworden war, habe ich weder geliebt noch gemocht. Ich habe es versucht, aber es ging einfach nicht.« Sein Blick wanderte zum Fernsehbildschirm und zu der umherstreifenden Löwin, die plötzlich aus dem langen, trockenen Gras nach vorne stürzte, sich an der Kehle einer kleinen Gazelle festbiss und das strampelnde, wehrlose Tier zu Boden warf.

»Gibt es jemanden aus der Zeit in Kenia, mit dem ich sprechen kann und der wissen könnte, was damals passiert ist?«

Er antwortete, ohne den Kopf vom Bildschirm abzuwenden, auf dem die Löwin gerade ihre Beute in Stücke riss, Nase und Zähne mit rotem Blut befleckt. »Sie könnten es bei Felicity versuchen. Sie hat einen der Jungs aus seinem Regiment geheiratet.«

»Haben Sie sie nie danach gefragt?«

Er schüttelte den Kopf. »Wenn Rob mir nicht sagen konnte, was los war, dann nur, weil er nicht wollte, dass ich es erfuhr. Wäre seine Mutter noch am Leben gewesen, wäre die Sache anders gelaufen. Ihr hätte er alles erzählt. Sie war der einzige Mensch, dem er sich öffnete. Ich bezweifle, dass er mit Felicity gesprochen hat, aber Sie könnten sie fragen. Sie wohnt nicht weit weg. Nightingale Square, Nummer 37.«

»Ich werde es versuchen. Darf ich Sie fragen, wie Rob war, bevor er zur Armee ging?«

Er blickte ins Leere, verloren in den Tiefen der Vergangenheit, dann kam ein einziges Wort heraus: »Sensibel.«

»War er jemals aggressiv?«

»Rob? Nein. Er war gutmütig. Ich war überrascht, dass er der Armee beitreten wollte. Ich hätte nicht gedacht, dass er überhaupt Rückgrat hat. Una hat ihn verhätschelt. Er war ein kränkliches Kind und sie hat ihn bis zu ihrem Tod in mütterliche Watte gepackt.« Er lächelte traurig und seine Augen wurden feucht. »Sie war eine großartige Mutter und Ehefrau. Wir haben sie beide schrecklich vermisst. Seit sie diese Welt verlassen hat, geht es für uns beide bergab.« Seine Stimme war belegt vor Kummer.

»Haben Sie aktuelle Fotos von ihm?«

»Nicht, seit er der Armee beigetreten ist. Das letzte wurde bei seiner Abschiedsparade aufgenommen. Ich habe es noch.« Er griff nach einer Krücke, kämpfte sich auf die Beine und durchquerte das Zimmer, bis er neben der Schreibtischschublade stand. Er zog ein Fotoalbum heraus und starrte auf den kastanienbraunen Einband.

»Ich schaue es mir ab und zu gerne an«, sagte er und reichte es ihr.

Sie stand auf und nahm das Album aus seiner ausgestreckten Hand entgegen. Sie schlug es auf und betrachtete ein Foto eines kleinen Jungen und seiner Mutter, die rechts und links neben einem lächelnden Schneemann standen. Sie blätterte die Seiten um, jedes Bild eine wichtige Erinnerung an Robs Leben, bis sie zu einem Foto eines jungen Mannes mit rotblonden Haaren und blauen Augen gelangte, der den Arm um ein blondes Mädchen in einem geblümten Kleid gelegt hatte.

»Das Foto hatte ich ganz vergessen. Es wurde am Tag vor seiner Abreise nach Afrika aufgenommen. Das ist Felicity.«

»Darf ich mir das für eine Weile ausleihen?«

»Wenn Sie versprechen, es zurückzugeben.«

»Sie haben mein Wort.«

Sie nahm das Bild heraus und gab ihm das Album zurück.

»Er hat nichts Schlechtes im Leib«, sagte Jay. »Ich weiß nicht, was er Ihrer Meinung nach getan hat oder wie sehr er in Ihre Ermittlungen verwickelt ist, aber ich bin mir sicher, dass er immer noch derselbe sensible, gutmütige Riese ist wie früher.«

»Vielen Dank für Ihre Zeit. Ich werde all das im Hinterkopf behalten, wenn ich mit ihm spreche.«

»Bitte tun Sie das und … würden Sie ihn von mir grüßen? Ich würde ihn gern wiedersehen. Das würde ich wirklich gern. Bitte sagen Sie ihm, dass er aufhören soll, vor irgendetwas davonzulaufen, und mich besuchen oder wieder Kontakt aufnehmen. Er fehlt mir.«

»Ich werde es ihm ausrichten.« Sie machte sich hastig auf den Weg zur Tür. Vielleicht konnte Felicity mehr Licht in die ganze Angelegenheit bringen.

Der Wohnblock, in dem Bev lebte, war einer von mehreren in einer ruhigen Sackgasse, etwa zehn Autominuten von den Räumlichkeiten der Zeitung entfernt, in der sie arbeitete. Natalie war aus einer Laune heraus dorthin gefahren, doch nachdem sie dreimal auf den mit Bevs Namen markierten Summer gedrückt hatte, musste sie feststellen, dass die Reporterin nicht zu Hause war. Sie wollte gerade gehen, als Wesley sie anrief.

»Tut mir leid, dass ich mich nicht früher bei Ihnen gemeldet habe. Ich konnte weder auf ihrem Schreibtisch noch in ihren Schubladen etwas finden, aber ich habe es geschafft, auf ihren Computer zuzugreifen und es scheint, als würde sie an einem Artikel über den Mörder arbeiten, der auf freiem Fuß ist. Ich kann nichts finden, was darauf hindeutet, wo sie ist, obwohl sie ›19 Uhr‹ auf ihren Notizblock gekritzelt hat, mit einem Fragezeichen daneben.«

»Steht ein Wochentag oder ein Datum dabei?«

»Nein, nur die Uhrzeit.«

»Wenn sie auftaucht, sagen Sie ihr bitte, dass sie mich sofort anrufen soll.«

»Wird gemacht.«

Natalie warf einen Blick auf ihr Handy. Es war kurz vor halb sieben. Bev hatte nicht grundlos 19 Uhr notiert. Es wäre Wahnsinn, wenn sie einem Treffen mit dem Mörder zugestimmt hätte. Selbst die sensationshungrige Bev würde nicht so dumm sein, ihr Leben aufs Spiel zu setzen.

Sie hörte die Nachricht von Bev noch einmal ab – der Mörder hatte ihr vorgeworfen, schuldig zu sein, genauso schuldig wie die anderen. Wenn Tommy nicht für die Morde verantwortlich war, steckte er vielleicht auch nicht hinter den Erpressungsdrohungen, was bedeutete, dass es jemand anderes war. Im Moment könnte dieser Jemand durchaus Rob sein. Hatte er vor, Bev zu erpressen oder sie gar zu töten? So oder so, wenn Bev zugestimmt hatte, sich mit ihm zu treffen, schwebte sie ernsthaft in Gefahr. Natalie rief in der technischen Abteilung an.

»Irgendwelche Treffer beim Prepaidhandy?«

»Es ist noch nicht wieder eingeschaltet worden. Wir haben aber den Standort der Anrufe ermittelt, die von dort aus an Bevs Handy getätigt wurden. Der erste war in der Nähe der Samford Bridge. Der zweite in der Nähe des Prince's Park. Ich durchsuche das Videomaterial der Überwachungskameras, um zu sehen, ob ich Rob oder irgendjemand anderen, mit dem wir während der Ermittlungen gesprochen haben, an einem dieser Orte und zu diesen Zeiten sehen kann.«

»Was ist mit den Live-Aufnahmen?«

»Die gehen wir gerade durch. Wir haben ihn noch nicht gesichtet.«

»Ich weiß, dass das für euch noch mehr Arbeit bedeutet, aber haltet auch nach Bev Ausschau.«

»Soll ich versuchen, ihren Wagen ausfindig zu machen?«

»Würdest du das tun?«

»Wird gemacht. Ich werde allen hier Bescheid geben, dass wir auch nach ihr suchen.«

Natalie steckte ihr Smartphone wieder ein und überlegte, was sie noch tun sollte oder konnte. Solange niemand mit Informationen über Bev zu ihr zurückkam, war sie machtlos. Sie hoffte inständig, Bev wäre nicht so dumm, sich mit einem Mörder zu treffen, doch insgeheim wusste sie, dass nichts, nicht einmal die Angst vor einem Angriff, die Frau aufhalten würde.

———

Lucy klopfte an die Tür der Hausnummer 37 im Nightingale Square. Das Wohngebäude war dem Haus, in dem Jay wohnte, nicht unähnlich, wenn auch in weitaus besserem Zustand. Eine blonde Frau, die so aussah wie auf dem Foto, das Lucy aus Jays Album mitgenommen hatte, öffnete die Tür, eine Hand auf die Rundung ihres dicken Bauches gelegt. Lucy stellte sich vor und erklärte, warum sie hier war, und wurde sofort ins Haus gebeten.

Im Inneren war es warm und gemütlich und es duftete nach Kräutern. »Whitey! Besuch für dich!«, rief Felicity und watschelte ins Wohnzimmer, in dem ein niedriger, viereckiger Hocker vor einem dunkelblauen Sofa platziert worden war. Sie ließ sich auf die Kissen sinken und schwang ihre Beine darauf. »Das Baby wiegt eine Tonne. Ich glaube, es könnte ein Elefant sein und gar kein Mensch. Whitey sagt, wenn ich die Füße nicht hochlege, bekomme ich Krampfadern.«

»Haben Sie noch lange vor sich?«

»Zwei Wochen, wenn es pünktlich kommt.«

»Ist es Ihr Erstes?«

»Mmmmh. Ich wollte keine Kinder haben, solange Whitey noch bei der Armee war. Wir haben gewartet, bis er aus dem Dienst entlassen war.«

Ein gutaussehender Mann in den Dreißigern erschien und wischte sich die Hände an einem Geschirrtuch ab. »Hallo, ich bin Chris Whitefield, aber alle nennen mich Whitey.«

Lucy erklärte erneut, wer sie war und die Gründe für ihren Besuch. Whitey setzte sich neben seine Frau und legte ihr eine Hand auf den Oberschenkel. »Armer Rob. Er hat so eine schlimme Zeit bei der Armee hinter sich. Er hat es nicht verkraftet. Seitdem ist er nicht mehr ganz richtig im Kopf.« Er umfasste Felicitys Finger mit seinen eigenen und schenkte ihr ein schwaches Lächeln. »Trotzdem war sein Verlust mein Gewinn.« Er hob ihre Hand an seine Lippen.

»Können Sie mir sagen, was mit ihm passiert ist?«

»Ich bin mir nicht sicher, ob ich erklären kann, was geschehen ist, aber ich kann Ihnen die Fakten nennen. Wir waren im selben Regiment, sogar beste Freunde. Zumindest, bis ich ihn dabei erwischte, wie er versucht hat, eine Soldatin zu vergewaltigen, nicht nur zu vergewaltigen ... er war ... nun ja ... es war ... wie auch immer, ich kam zufällig vorbei, hörte Lornas Schreie und griff ein. Ich habe ihn von ihr runtergezogen. Er war betrunken, total durchgeknallt und stinksauer auf mich. Er ging auf mich los, und während wir kämpften, rannte Lorna weg. Er bestritt, sie angegriffen zu haben, und sagte, es sei einvernehmlich gewesen, was nicht stimmte.«

»Felicity, Robs Vater hat mir erzählt, dass er mit Ihnen ausgegangen ist, bevor er nach Kenia ging. Haben Sie sich vor seiner Abreise getrennt?«

»Nein. Das hat es ja noch schrecklicher gemacht. Ich dachte, zwischen uns würde es wirklich gut laufen. Ich hatte keine Ahnung, dass er sich hinter meinem Rücken mit einer anderen traf, und als ich von der versuchten Vergewaltigung erfuhr ... nun, ich wollte ihn nicht wiedersehen.«

»Hat er je versucht, Sie zu besuchen?«

»Einmal, nachdem er zurückkam, aber er war ein Wrack ... weinte und schluchzte und bettelte um Vergebung. Es war erbärmlich.«

Whitey drückte erneut ihre Hand. »Für Felicity war das eine furchtbare Tortur. Sie hatte es nicht verdient, schlecht behandelt zu werden, und was Lorna betrifft ...« Er blinzelte die Tränen weg.

»Hat sie gegen ihn ausgesagt?«

»Sie hatte es vor. Es erforderte Mut, sich einzugestehen, was passiert war, aber sie hatte unsere Unterstützung. Die von uns allen, die ihn kannten und die mit ihm im selben Quartier wohnten. Wir standen geschlossen hinter ihr. Dann ...«

Jetzt war Felicity an der Reihe, die Hand ihres Mannes zu drücken und zu sprechen: »Es war nicht leicht für Whitey. Er und Rob traten zur gleichen Zeit in die Armee ein und durchliefen die Ausbildung gemeinsam, aber er wusste, dass es nicht richtig war, ihn mit so etwas Schrecklichem davonkommen zu lassen. Lorna wollte nach einer Übung den ranghöchsten Offizier treffen, aber das Fahrzeug, in dem sie und einige andere unterwegs waren, wurde in einen Unfall verwickelt und sie hat es nicht geschafft.«

»Sie ist gestorben?«

Felicity biss sich auf die Unterlippe und nickte.

Whitey erklärte mit krächzender Stimme: »Und Rob ist zusammengebrochen. Ich weiß nicht, ob es Schuldgefühle waren oder ob seine geistige Gesundheit allmählich nachließ. Ich vermute, es war Letzteres. Die Art und Weise, wie er sich in Kenia verhielt, war untypisch für ihn. Wir alle haben die Veränderungen an ihm bemerkt. Es war keine Überraschung, als er aus medizinischen Gründen entlassen wurde.«

»Und Sie haben ihn nicht mehr gesehen, seit er bei Ihnen war, Felicity?«

»Nein.«

»Und Sie, Whitey?«

»Nein.« Ein Backofen-Timer piepste und Whitey erhob sich. »Tut mir leid. Ich muss mich um das Essen kümmern. Ich bin heute Abend für das Kochen zuständig. Ich muss dafür sorgen, dass Felicity sich ausruht.«

Er verließ den Raum und Lucy stand auf. »Vielen Dank für

Ihre Zeit. Ich nehme nicht an, dass Sie mir noch etwas über Rob erzählen können?«

Felicity neigte den Kopf leicht zur Seite, öffnete den Mund, hielt inne und sagte dann: »Ich habe nie ganz verstanden, was über ihn gekommen ist und warum er versucht hat, Lorna zu vergewaltigen. Er war immer sanft und schüchtern. Er und ich haben nie miteinander geschlafen. Er wollte, dass wir damit warten, bis wir verheiratet oder zumindest verlobt sind.«

»War er noch Jungfrau?«

»Ja. Das waren wir beide. Das erste Mal sollte für ihn etwas ganz Besonderes sein, mit jemandem, dem er sich verbunden fühlte. Bevor er nach Afrika aufbrach, hat er sogar Andeutungen gemacht, dass er diese Verbindung bei seiner Rückkehr eingehen würde.«

Whitey kam mit einem dampfenden Teller köstlich duftenden Essens auf einem Tablett zurück. »Sie haben doch nichts dagegen, wenn wir anfangen, oder? Das Essen ist fertig und ich will nicht, dass es kalt wird.«

»Ich werde jetzt gehen. Nochmals vielen Dank. Ich finde selbst hinaus.«

Sie ließ Whitey zurück, der sich um seine Frau kümmerte, und machte sich auf den Weg zur Tür. Irgendetwas war mit Rob während seiner Zeit in Afrika passiert und hatte ihn verändert. Lucy hatte ebenfalls den Eindruck gewonnen, dass er sanftmütig und ruhig war, als sie zu Beginn des Falls mit ihm gesprochen hatte. Und als er entschieden geleugnet hatte, Sex mit Amelia gehabt zu haben, hatte sich sein Gesicht bei dem Gedanken daran vor Entsetzen verzogen. Rob, die Jungfrau, der wollte, dass seine erste sexuelle Erfahrung etwas Besonderes war, mit einer Frau, die er liebte, und Rob, der Vergewaltiger. Das passte nicht zusammen. Und es gab noch etwas, das sie störte: Whitey, der jetzt mit der Freundin seines besten Freundes verheiratet war. Obwohl seine Geschichte über die Vergewaltigung möglicherweise wahr war, gab es niemanden, der sie bestätigen konnte. Lucy war lange genug Polizistin, um zu spüren, wenn Menschen logen. Und das Einzige, worauf sie sich verlassen konnte, waren handfeste Beweise. Doch im Fall der angeblichen Vergewaltigung gab es keine, nicht einmal ein Opfer, das etwas aussagen konnte.

———

Unter durchsichtigen Überdachungen drängten sich Gruppen von Fahrgästen mit erschöpften Gesichtern, die über Handys gebeugt auf ihre Weiterreise warteten. Der Busbahnhof war vor Kurzem modernisiert worden, und neongrüne Schrift blinkte auf Informationstafeln neben einem verglasten, gut beleuchteten Warteraum für diejenigen, die länger warten mussten oder einen Sitzplatz vorzogen, der vor der Kälte geschützt war.

Murray und Celeste passierten einzelne Personen, die ziellos vor dem Gebäude herumliefen und mit gedämpften Stimmen mit unsichtbaren Personen am anderen Ende eines Telefons sprachen. Der Warteraum war leer, bis auf eine Ecke, in der eine in eine schwarz-weiße Decke gehüllte Gestalt auf einem Sitz kauerte. Neben ihr lag eine braune Take-Away-Papiertüte. Murray betrat den Raum als Erster und näherte sich der Person.

»Entschuldigen Sie bitte. Ist mit Ihnen alles in Ordnung?«

»Gehen Sie weg.«

»Wir sind von der Polizei. Könnten Sie bitte die Decke runternehmen und mit uns sprechen?«

Die Stimme war männlich, heiser und wütend. »Ich tue nichts Ungesetzliches.«

»Das hat auch niemand behauptet. Wir sind auf der Suche nach einem Obdachlosen namens Rob Yeomans.«

Die Decke blieb, wo sie war. »Der Name sagt mir nichts. Lassen Sie mich in Ruhe.«

»Warum verstecken Sie sich da drunter?«

»Damit mich das Licht nicht wachhält.«

»Aber jetzt gerade versuchen Sie doch nicht zu schlafen, sondern reden mit mir. Nehmen Sie die Decke runter.«

»Ich fühle mich krank. Mir ist eiskalt. Gehen Sie weg.«

»Ich gehe nirgendwohin, bis Sie die Decke runternehmen und von Angesicht zu Angesicht mit mir sprechen.«

»Ich habe es Ihnen doch gesagt, ich bin krank.«

»Wenn es Ihnen nicht gut geht, sollten Sie einen Arzt aufsuchen, und nicht hier im Warteraum herumhängen. Der ist für Reisende.«

»Ich tue niemandem weh.«

»Sie nutzen hier eine öffentliche Einrichtung zu unerlaubten Zwecken. Dieser Raum ist für Busreisende gedacht. Wenn Sie Ihre Identität nicht preisgeben wollen, erwecken Sie Sicherheitsbedenken, und wir haben keine andere Wahl, als Sie mit auf das Revier zu nehmen, um sicherzustellen, dass Sie keine Gefahr für die Öffentlichkeit darstellen.«

»Ich bin keine verdammte Gefahr für die Öffentlichkeit.«

Celeste trat vor und zerrte an der Decke, was ihn dazu veranlasste, zu fluchen und die Decke festzuhalten.

»Jetzt reicht's!«, sagte Murray in einem Ton, der nichts Gutes verhieß. »Nehmen Sie die Decke runter, und zwar sofort!«

Die Decke wurde fallen gelassen und enthüllte zuerst eine schmutzige Mütze und dann das Gesicht eines jungen Mannes im späten Teenageralter. Seine Wangen waren eingefallen, sodass spitze Knochen hervortraten, und seine Augen glichen blutunterlaufenen Nadellöchern in großen grauen Höhlen. Der saure Geruch von schlechtem Atem schlug ihnen beiden entgegen.

»Wie heißen Sie?«

»Kirk.«

»Kirk, und wie weiter?«

»Einfach nur Kirk.«

»Okay, einfach nur Kirk, wie alt sind Sie?«

»Neunzehn.«

»Haben Sie einen Ausweis dabei?«

»Nein, aber ich *bin* neunzehn.« Seine Stimme war heiser, was auf eine Erkältung oder Schlimmeres hindeutete.

Murray musterte das trotzige Gesicht. Der Junge war kaum älter als sechzehn. Trotzdem war er nicht hier, um Obdachlose aufzuspüren, sondern nur einen bestimmten. »Wir suchen nach einem großen, kräftigen Mann mit langem, rotbraunem Haar und ungewöhnlich blauen Augen. Manchmal schläft er unter der Samford Bridge, nutzt aber auch die Notunterkünfte. Haben Sie ihn in letzter Zeit gesehen?«

Der Junge starrte sie an, die anfängliche Überheblichkeit war jetzt, wo sein Gesicht sichtbar war, verflogen. »Ja. Ich habe ihn gesehen.«

»Sind Sie sicher?«

»Ja. Er sah aus wie ein Wilder aus dem Wald. Aber Sie haben recht, was seine Augen betrifft. Die sind auffällig blau. Zuerst dachte ich, es könnten Kontaktlinsen sein, aber Obdachlose tragen normalerweise keine Kontaktlinsen.«

»Wo haben Sie ihn gesehen?«, fragte Murray.

Obwohl es im Warteraum warm war, klapperten die Zähne des Jungen ein wenig, ein weiteres Zeichen von Krankheit. »Haben Sie Geld für eine Tasse Tee?«

Murray kramte in seiner Tasche, zog drei Ein-Pfund-Münzen hervor und hielt sie ihm hin. Die Hand des Jungen schlängelte sich unter der Decke hervor, schnappte sich das Geld und schlüpfte zurück unter die Decke, bevor es ihm jemand wieder wegnehmen konnte. Murray wiederholte die Frage: »Wo haben Sie den Mann gesehen?«

»In dem leeren Lagerhaus in der Nähe des Hauptbahnhofs. Ich wollte dort ein Nickerchen machen, aber er ist wie aus dem Nichts aufgetaucht und sagte mir, ich solle weitergehen.«

»Und warum?«

Kirk wischte sich mit dem Handrücken über seine gerötete Nase. »Er hat mich husten hören und meinte, ich sei zu krank, um dort zu bleiben, und solle in eine Notunterkunft oder ein Ausweichquartier gehen. Er sagte, er würde dort schlafen und wolle mir nicht die ganze Nacht beim Husten zuhören.«

»Und Sie sind gegangen?«

»Ja.«

»Sie sind einfach aufgestanden und gegangen, ohne viel Aufhebens?«

»Darauf können Sie wetten. Er war ziemlich unheimlich. Außerdem hat er mir das Fahrgeld für den Bus gegeben, damit ich nicht in der Kälte herumlaufen muss, weil ich krank bin und so.«

»Er hat Ihnen Geld für den Bus gegeben?«

»Und er hat mich zur Haltestelle begleitet, um sicherzustellen, dass der Fahrer mich auch einsteigen lässt.«

»Also doch nicht so unheimlich?«

»Doch, unheimlich war er trotzdem.«

»Haben Sie eine Ahnung, um wie viel Uhr das alles passiert ist?«

»Nein, ich habe weder ein Handy noch eine Uhr. Als ich im Lagerhaus ankam, war es schon dunkel. Ich war etwa zehn, vielleicht fünfzehn Minuten dort und habe nach einem Platz gesucht, an dem ich die Nacht verbringen kann, bis er aufgetaucht ist. Innerhalb von zwei oder drei Minuten ist er mit mir zur Bushaltestelle geeilt. Ich bin vor etwa zehn oder fünfzehn Minuten hier angekommen ... Ich bin noch nicht lange hier.«

»Wo sind Sie in den Bus gestiegen?«

»An der Haltestelle vor dem Bahnhof.«

Murray warf einen Blick auf den Busfahrplan an der Wand, prüfte die Ankunfts- und Abfahrtszeiten für jede Haltestelle und rechnete aus, dass Kirk Rob zuletzt gegen halb sieben an der Bushaltestelle gesehen haben musste.

»Hat er mit Ihnen geredet, als Sie zur Bushaltestelle gelaufen sind?«

»Ja. Er hat mir einen Vortrag darüber gehalten, dass ich nicht auf der Straße sein sollte – dass sie für jeden gefährlich sei, vor allem für Kinder wie mich. Er hat mir geraten, ich solle darüber nachdenken, wieder nach Hause zu gehen.«

»Hat er etwas von sich erzählt?«

»Nein. Sonst hat er nicht viel gesagt, nur, wie beschissen es wäre, auf der Straße zu leben.«

»Woher kommen Sie, Kirk?«

»Das spielt keine Rolle. Ich werde nicht dorthin zurückkehren.«

»Haben Sie jemanden, den Sie kontaktieren können?«

»Verdammte Scheiße. Was soll das jetzt? Ich habe Ihnen gesagt, was Sie wissen wollten, und jetzt verpissen Sie sich und lassen Sie mich in Ruhe.« Die Wut war zurück.

»Okay. Aber es gibt Menschen, die Ihnen helfen können. Er hatte recht mit den Unterkünften, und es gibt Hilfsorganisationen für Obdachlose wie Sie. Gehen Sie zur Deaver Road und fragen Sie dort in der Unterkunft nach. Es ist nicht weit entfernt, die nächste Straße auf der linken Seite. Dort wird man für Sie einen Platz finden, wo Sie heute Nacht schlafen können.«

»Wie Sie meinen.«

Murray war sich ziemlich sicher, dass der Junge seinen Rat nicht beherzigen würde.

»Hey, Sie haben nicht zufällig noch etwas Geld, oder? Ich könnte einen Burger und ein paar Pommes vertragen.«

Murray kramte erneut in seiner Tasche und zog einen Fünf-Pfund-Schein heraus. »Das ist alles, was ich bei mir habe. Aber kaufen Sie sich wirklich eine Mahlzeit dafür.«

Das Gesicht des Jungen hellte sich auf, als er nach dem Schein griff.

Murray hielt ihn von ihm weg. »Essen«, wiederholte er.

»Ja, ja.« Kirk schnappte sich den Schein.

»Und jetzt verschwinden Sie aus diesem Warteraum, bevor Sie jemand wegen verdächtigen Verhaltens meldet und die Antiterroreinheit eintrifft.«

»Ich bin kein Terrorist!«

»Ich bin mir sicher, dass Sie keiner sind, aber wenn Sie sich an einem öffentlichen Ort unter einer Decke verstecken, macht das die Leute nervös. Melden Sie sich in der Unterkunft, besorgen Sie sich etwas zu essen ... und gehen Sie zum Arzt.«

Der Junge rappelte sich auf, schlang sich die Decke um die Schultern, griff nach der Papiertüte und schlurfte unter den aufmerksamen Blicken von Murray und Celeste davon.

»Er ist doch noch ein Kind«, sagte Celeste.

»Das sind viele von ihnen. Komm mit. Wir müssen das Lagerhaus überprüfen. Wenn Kirk die Wahrheit sagt, dann hat er Rob zuletzt vor etwa einer halben Stunde gesehen, und er könnte zu seinem Platz im Lagerhaus zurückgekehrt sein.«

»Es ist seltsam, dass er Kirk das Fahrgeld für den Bus spendiert hat.«

»Wahrscheinlich hatte er Mitleid mit dem Jungen.«

»Trotzdem ist es seltsam.« Celeste folgte Murray zum Auto und drehte sich gerade rechtzeitig um, um zu sehen, wie die gebeugte Gestalt mit der Decke aus ihrem Blickfeld verschwand.

VIERUNDDREISSIG

DIENSTAG, 5. NOVEMBER – SPÄTER ABEND

Frustriert darüber, dass es keine Neuigkeiten gab, und besorgt um Bevs Sicherheit, hatte sich Natalie dem Team im Obergeschoss des Holborn House angeschlossen. Die Schwarz-Weiß-Bilder auf den Monitoren wechselten von einer Straße zur anderen und die Mitarbeiter zoomten immer wieder einzelne Personen heran, um sie zu identifizieren. Weder von Rob noch von Bev gab es irgendeine Spur. Sie hatte es noch einmal auf dem Handy der Reporterin versucht, aber wieder hatte sich niemand gemeldet, und die Sorge nagte an ihr.

»Da!« Eine Beamtin in den Zwanzigern ließ den Bildschirm einfrieren und zeigte auf das Nummernschild eines schwarzroten Mini-Cabrios, der von der Hauptstraße in den Juniper Drive einbog.

Natalie schaute sich das Kennzeichen an. »Das ist eindeutig ihr Auto. In der Gegend gibt es nichts – keine Häuser, keine Geschäfte, nur die Brache. Sie würde doch nicht dorthin fahren, oder? Dort ist es ziemlich gefährlich, vor allem nach Einbruch der Dunkelheit. Um wie viel Uhr wurde das aufgenommen?«

»Vor vierzig Minuten, um 18.50 Uhr.«

»Vielleicht ist sie den Juniper Drive weiter entlanggefahren und am anderen Ende wieder herausgekommen?«

»Der Weg würde sie bis zur Schnellstraße und der Unterführung leiten. Vor der Unterführung gibt es keine Kameras, und ich kann ihr Auto nicht sehen. Nein. Da ist es nicht.«

Während die junge Beamtin nach dem Wagen Ausschau hielt, starrte Natalie auf den Monitor und hoffte, dass Bevs Mini wieder auftauchen würde, bevor sie schließlich den Kopf schüttelte. »Nein. Wenn sie die Schnellstraße und die Unterführung hätte nehmen wollen, hätte sie einen direkteren Weg von zu Hause genommen. Wenn sie sich um sieben Uhr mit jemandem verabredet hat, dann spricht die Tatsache, dass ihr Auto um zehn vor sieben abbiegt, für die Annahme, dass das Treffen irgendwo am Juniper Drive stattfinden sollte. Das gefällt mir gar nicht. Ich werde das überprüfen.«

»Brauchst du Verstärkung?«

»Ich sorge dafür, dass die anderen mich dort treffen. Du behältst die Monitore im Auge und gibst mir Bescheid, wenn ihr Auto wieder auftaucht oder du Rob findest.«

———

Lucy war gerade am Stadtrand von Samford angekommen, als sie den Anruf von Murray erhielt.

»Wir haben einen Jungen gefunden, der vor einer halben Stunde am alten Lagerhaus der Bahn mit Rob gesprochen hat. Wir sind jetzt auf dem Weg dorthin.«

»Wir treffen uns dort. Achte darauf, den Wagen außer Sichtweite zu parken. Ich weiß nicht, was ich von Rob halten soll, aber während seiner Zeit bei der Armee ist irgendetwas passiert, was dafür gesorgt hat, dass er ausgerastet ist.« Sie fasste ihre Gespräche mit Robs Vater, Felicity und Whitey kurz für ihn zusammen.

»Das passt doch nicht zusammen, oder? Er hatte ernsthafte

Absichten, was Felicity anging, und wollte keinen Sex haben, bevor sie nicht eine feste Bindung eingegangen waren, aber hat versucht, eine Soldatin zu vergewaltigen, kurz bevor er nach Hause kommen sollte?«, fasste Murray zusammen.

»Ich nehme an, es würde schon Sinn ergeben, wenn er eine Art Nervenzusammenbruch erlitten und die Kontrolle verloren hätte. Wie auch immer, denkt dran, dass er aggressiv werden könnte, wenn er in die Enge getrieben wird. Also stellt den Wagen ein Stück weit vom Lagerhaus ab und wartet dort auf mich.«

Ihr Handy vibrierte erneut, um ihr zu signalisieren, dass ein weiterer Anrufer in der Leitung war. »Ich muss auflegen, Natalie versucht gerade, mich zu erreichen ... Hallo, Natalie.«

»Ich bin auf dem Weg zur Brache. Ich vermute, dass Bev sich dort mit dem Mörder trifft.« Sie erklärte ihre Theorie und erzählte Lucy von der Nachricht auf ihrer Mailbox.

»Ich bin mir nicht sicher, ob dem wirklich so ist. Wir haben herausgefunden, dass Rob sich nachts im verlassenen Lagerhaus der Bahn rumtreibt. Er war vor einer halben Stunde dort und wurde zuletzt an der Bushaltestelle vor dem Bahnhof gesehen. Wir glauben, dass er zurück zum Lagerhaus gegangen ist. Die Brache ist ein ganzes Stück weit vom Lagerhaus und dem Bahnhof entfernt, und ich glaube nicht, dass ein Bus in diese Richtung fährt.«

»Ich kann nicht außer Acht lassen, dass sie mich aus der Sorge heraus angerufen hat, weil angeblich der Mörder sie kontaktiert hat, und ich sie jetzt nicht erreichen kann.«

»Wir reden hier über Bev, den Rottweiler unter den Spürhunden. Sie ist wahrscheinlich in irgendeiner schäbigen Bar unterwegs, um ein paar arme, ahnungslose Seelen mit Schmutz zu bewerfen. Sie muss mit jemand anderem verabredet sein. Selbst sie wäre nicht verrückt oder sensationsgeil genug, um sich allein in der Brache mit einem Mörder zu treffen.«

»Ich weiß nicht, Lucy. Ich habe kein gutes Gefühl bei der Sache.«

»Wie wäre es, wenn du nachsiehst, ob ihr Auto an der Straße in der Nähe der Brache parkt? Aber mach dich nicht allein auf die Suche. Wir müssen das Lagerhaus überprüfen. Wir können anschließend rüberkommen, wenn du nicht sofort unsere Hilfe brauchst.«

»Ich komme schon klar. Ich schaue mich zur Sicherheit mal um und rufe Verstärkung, wenn ich glaube, dass ich sie benötige. Wir sehen uns später.«

Als das Gespräch beendet war, gab Lucy Gas und konzentrierte sich darauf, das Lagerhaus zu erreichen und ihre Zielperson zu finden. Es gab keine anderen Verdächtigen, und Versagen war für Dan keine Option. Alles hing von Rob ab, doch während sie auf die vernachlässigte Seite von Samford zusteuerte, musste sie sich einfach fragen, was einen derart sanftmütigen Mann zum Töten getrieben haben könnte.

———

Die Brache lag unsichtbar hinter einem hohen Maschendrahtzaun verborgen. Natalies Auto fuhr langsam daran entlang, vorbei an zerstörten »Betreten verboten!«-Schildern, die zusammen mit Teilen des Zauns auf dem Boden lagen. Sie spähte hinaus in die Dunkelheit. Auf beiden Seiten der Straße rührte sich nichts, und die nächsten Häuser, die von hohen Maschendrahtzäunen umgeben waren, befanden sich in einiger Entfernung auf weiterem Land, das auf seine Entwicklung wartete. Die einzigen Lebenszeichen waren die Lichter, die gelegentlich aus den Fenstern der oberen Stockwerke schienen, die zu weit entfernt waren, als dass irgendjemand, der sich dort aufhielt, sie hätte sehen können. In der Ferne donnerte der Verkehr vorbei, und sie konnte die Scheinwerfer der Autos erkennen, die auf der um die Stadt herumführenden Schnellstraße unterwegs waren. Es war zwecklos. Von ihrem Wagen aus konnte sie nichts ausmachen und es bestand die Möglichkeit, dass Bev auf das Grundstück gefahren war. Sie hielt an, stellte den Motor ab, schnappte sich ihre Taschenlampe und trat hinaus in die kalte Dunkelheit.

Langsam ging sie die Straße hinunter, schwenkte den Lichtstrahl der Taschenlampe über den Boden hinter dem Zaun und entdeckte die mit Graffiti beschmierten Fassaden der Nebengebäude. Es gab kein Lebenszeichen, keine Motorräder oder Gruppen von Teenagern, niemanden. Der Lichtstrahl huschte über zerbrochene Fenster und Türen und landete auf der Stoßstange eines Kleinwagens, der an der Rückseite eines der Gebäude parkte. Von dort, wo sie stand, konnte sie weder die Marke noch das Modell erkennen, aber es war wahrscheinlich dort hineingefahren, wo der Maschendrahtzaun zerrissen worden war. Mit ihrer Taschenlampe entdeckte sie frische Reifenspuren in der schlammigen Erde, die zu dem Fahrzeug zu führen schienen, und sie folgte ihnen, den Blick geradeaus gerichtet, auf der Suche nach irgendeiner Bewegung.

Die Versuchung, Bevs Namen zu rufen, war groß, aber sie tat es nicht. Stattdessen schlich sie auf das Gebäude zu, drückte sich gegen die Wand und lauschte auf jegliches Geräusch. Sie hörte ein leises Husten, dann ein Räuspern, und sie erstarrte. Da war jemand. Sie schlich vorwärts mit dem Ziel, das Gebäude von außen zu umrunden und nachzusehen, ob es Bevs Auto war, das sie entdeckt hatte. Dann würde sie, wenn nötig, Verstärkung rufen. Jede ihrer Bewegungen war verstohlen, jeder Schritt vorsichtig, und sie lauschte aufmerksam, ob sie erneut ein Hüsteln oder eine Stimme wahrnehmen würde. Doch außer dem ständigen Brummen des Verkehrs war kein weiteres Geräusch zu hören. Als sie näher kam, spürte sie hinter sich ein leichtes Rauschen kühler Luft, dann explodierte ein Feuerwerk vor ihren Augen und sie sackte zu Boden.

———

Lucy hielt hinter Murrays Wagen, hundert Meter von dem heruntergekommenen Lagerhaus entfernt. Das dreistöckige Gebäude war noch weitgehend intakt, obwohl das walisische Schieferdach witterungs- und altersbedingte Schäden davongetragen hatte. Im neunzehnten Jahrhundert war das Untergeschoss und die erste Etage für die Lagerung von Waren genutzt worden, während die obere Etage als Getreidespeicher gedient hatte. Sie war mit Kornrutschen und Hydraulikkränen ausgestattet. Heute wartete das Gebäude, wie viele andere in Samford, auf ein zweites Leben und auf Investitionen. Hinter dem dunkelgrünen Efeu, der die Wände und Fensterbänke überwucherte, befanden sich Pop-Art-Wandmalereien, die mit dem Künstlernamen »Banksys of Samford« signiert waren. Ihnen waren die Verwitterung und das Alter deutlich anzusehen. Jedes einzelne der vierundzwanzig verglasten Fenster darüber war zerbrochen und gab den Blick auf blanke Eisenträger frei.

Lucy sprach in ihr Funkgerät, über das sie mit dem gesamten Team kommunizieren konnte. »Ich würde vorschlagen, dass wir uns aufteilen, die Zugangspunkte bestimmen, einschließlich der beiden Haupttore, die den Bahngleisen am nächsten liegen, und auf mein Kommando das Gebäude betreten und durchsuchen.«

»Ja.«

»Verstanden.«

»Die Techniker haben uns Fotos von einer Website für Liebhaber des viktorianischen Zeitalters gemailt. Wenn ihr sie euch anschaut, seht ihr die beiden Haupteingänge, aber es gibt auch Seitentore oder Tore, die nur für Anlieferungen genutzt wurden. Überprüft sie alle für den Zugriff. Die Innenaufnahmen zeigen, dass die Treppen in einem schlechten Zustand sind und der Bodenbelag teilweise eingebrochen ist. Ich möchte euch daran erinnern, besonders vorsichtig zu sein.«

»Rein logisch betrachtet, wird Rob eher im unteren Stockwerk nächtigen, aber das Leben ist nicht immer logisch, und da er über eine militärische Ausbildung verfügt, könnte er sich auch woanders im Gebäude versteckt halten. Außerdem solltet ihr darauf achten, dass möglicherweise noch andere dort schlafen. Gibt es noch Fragen?«

Es gab keine. Das Gebäude war riesig, viel größer als Lucy es in Erinnerung hatte, und im warmen Licht der Straßenlaternen leuchteten die roten Ziegel, als hätte sie jemand in einem Ofen erhitzt. Wenigstens würden sie sich so hier zurechtfinden können und nicht über Betonbrocken oder Schutt stolpern. Sie ließ allen eine Minute Zeit, um die Fotos zu studieren, und als sie die Bestätigung erhielt, dass sie bereit waren, gab sie den Befehl zum Aufbruch.

Die fünf Polizeibeamten in Schutzwesten glitten lautlos aus den Fahrzeugen, eilten auf das Gebäude zu und teilten sich in drei Teams auf. Lucy ging allein, dicht gefolgt von Ian und Andy, die ihre Schusswaffen in Bereitschaft hielten. Sie erreichte das Gebäude und wartete mit dem Rücken zur Wand gepresst auf die anderen. Ian und Andy bogen nach rechts ab und blieben stehen, um zu überprüfen, ob sich jemand Zutritt über die Liefertore verschafft hatte, bevor sie sich einen Weg zur Rückseite des Gebäudes bahnten.

Lucy rannte los, so schnell sie konnte. Ihre Füße flogen förmlich über das Unkraut und das Gestrüpp, während sie zum Ende des Gebäudes stürmte, um sich von der gegenüberliegenden Seite aus der Vorderseite zu nähern. Murray und Celeste waren ihr auf den Fersen und blieben nur kurz stehen, um flüchtige Blicke durch zerbrochene Fensterscheiben und Ritzen zu werfen, in der Hoffnung, Rob irgendwo zu entdecken.

Lucy bog um die Ecke, bemerkte die Bahngleise vor sich

und drosselte ihr Tempo. Andys Stimme war laut in ihrem Ohrstöpsel zu hören. »Kein Zugang von der Seite. Ich gehe jetzt zur Vorderseite, Chefin.«

Murray und Celeste hatten sie eingeholt. Murray schüttelte den Kopf, um zu signalisieren, dass sie keine anderen Zugangspunkte gefunden hatten.

Lucy flüsterte: »Ich nehme den Eingang vorne rechts.«

Sie stürmte los und entdeckte Ian und Andy, die sich vom gegenüberliegenden Ende her näherten. Sie ahmte ihre Bewegungsabläufe nach und fand sich vor einer mit Brettern vernagelten Tür wieder. Ein Spalt unter dem unteren Brett ermöglichte den Zugang.

Sie ging in die Hocke. Bereit zuzuschlagen. »In Position.«

»Negativ«, antwortete Andy. Sie hatten keine Zugangsmöglichkeit gefunden. Lucy wartete, bis sie sich zu dem Trio gesellt hatten, das an der Wand stand. Dann nickte sie ihnen zu und betrat das Gebäude als Erste.

Nachdem sie sich unter der Tür hindurchgeschlängelt hatte, fand sie sich im Halbdunkel eines riesigen Raumes wieder. Der Betonboden war staubig und mit Fußabdrücken übersät. Stahlsäulen ragten in die Höhe, und eine Stahlwand in der Mitte des Raumes machte es unmöglich, jemanden auf der anderen Seite zu erkennen. Sie kniff die Augen zusammen, bis sich ihr Nachtsichtgerät einschaltete und die Größe des Innenraums erkennen ließ. Vor ihren Augen tauchten Figuren auf. Murray und Celeste durchsuchten die andere Seite und blieben stehen, um mit den Füßen zurückgelassene Kleidung, weggeworfene Essenspakete und schmutzige Decken zur Seite zu schieben. Andy und Ian steuerten auf die Metallwand in der Mitte zu. Die Taschenlampen flackerten über die Wände, während sie sich durch ähnliche Müllberge kämpften. Lucy folgte dem Verlauf der Wand, ihr eigener Taschenlampenstrahl führte sie in dunkle Ecken und zu Stapeln leerer Pappkartons, hinter denen ein alter, kaputter Tisch und drei Stühle standen, die nicht zueinander passten. Es dauerte mehrere Minuten, bis sie den ganzen Raum durchkämmt hatten und die nächste Etage in Angriff nahmen.

Der linke Treppenaufgang war in zu schlechtem Zustand, um ihn zu betreten, denn es fehlten Stufen und abgebrochene Holzteile baumelten von der Treppe herunter. Lucy wies das Team an, den anderen Aufstieg zu nehmen, während sie in Position blieb, um auf plötzliche Bewegungen oder das Auftauchen von Rob zu achten. Sie stand mit dem Rücken zur Wand und hielt die Augen offen. Sie konnte nicht hören, wie ihre Beamten leise über ihr herumliefen, doch eine Staubwolke löste sich von der Decke und landete auf ihren Schultern. Sie hoffte, dass niemand in den morschen Dielen einbrechen würde. Sie hatte alle gewarnt, vorsichtig zu sein. Plötzlich ein Geräusch. Sie erstarrte, wappnete sich und richtete ihre Taschenlampe auf die Decken, die Murray bereits durchsucht hatte. Da, eine kleine Bewegung. Es konnte nicht sein, dass sich Rob so gut versteckt hatte, dass Murray ihn übersehen hatte, oder doch? Wieder ein Zucken unter der Decke und ihr Handgelenk verkrampfte sich. Sie wollte gerade eine Warnung brüllen, als sich eine haarige Schnauze durch die Falten schob und eine Ratte zum Vorschein kam, deren langer, dicker, schwarzer Schwanz über die Oberfläche der Decke glitt, bevor sie zu einer nahen Verpackung huschte und wieder verschwand. Ein Schauer der Abscheu durchfuhr ihren Körper. Nie im Leben würde sie in diesem Lagerhaus schlafen.

Sie spitzte die Ohren, aber abgesehen von einem kaum hörbaren Schritt war alles still über ihr, und langsam verließ sie der Mut. Sie waren schon mindestens zehn Minuten hier drin und es gab keine Spur von Rob.

Vielleicht war er nie hier gewesen und Kirk hatte ihnen falsche Informationen gegeben.

Schnelle, leichte Schritte, gefolgt von einem gezischten »Chefin«, erregten ihre Aufmerksamkeit. Ian winkte ihr zu. Sie huschte zu ihm hinüber und folgte ihm in die obere Etage. Frisch aufgewirbelter Staub lag in der Luft und blieb ihr im Hals stecken. Sie unterdrückte den Hustenreiz, und während sie sich ihren Weg durch die Schächte und Stahlträger bahnte, erkannte sie, warum sie herbeigerufen worden war. Murray zeigte auf die Stelle, an der zwei Decken perfekt gefaltet übereinandergelegt worden waren. Daneben befanden sich drei Paar Socken und zwei schmuddelige graue Unterhemden, ebenfalls perfekt gefaltet. Oben auf dem ordentlich zusammengelegten Paket prangte das zerknitterte Foto eines Paares. Lucy beugte sich vor, um es zu betrachten.

»Felicity.« Das Bild musste vor zehn Jahren aufgenommen worden sein, aber weder an der Identität der Frau, mit der sie kürzlich gesprochen hatte, noch an der des Mannes mit den rotblonden Haaren und den stechend blauen Augen bestanden irgendwelche Zweifel. Das war Robs Schlafplatz.

»Und dann ist da noch das hier«, sagte Ian und leuchtete mit seiner Taschenlampe über eine gesteppte schwarze Lederumhängetasche von Kate Spade sowie drei Handys, die in einer Reihe nebeneinander lagen.

Lucy streifte Handschuhe über, öffnete die Tasche und holte zuerst ein Mobiltelefon und dann eine Geldbörse heraus, die sie öffnete und fünf Zwanzig-Pfund-Noten und eine Zehn-Pfund-Note zählte. Die Kreditkarten liefen auf Rachels Namen, ebenso wie der Führerschein.

Murray untersuchte das erste der drei Handys, ein billiges Nokia. Als er es einschaltete, zeigte es ein Foto von Amelia und Tommy, die beide lächelten. Ian schaltete das iPhone ein. Es gehörte Eugene. Auf dem letzten Smartphone gab es weder Fotos noch sonstige Hinweise auf den Besitzer.

»Das hier könnte Rob gehören«, meinte Andy.

Lucy starrte auf den leeren Startbildschirm. »Warum hat er es dann nicht mitgenommen?«

Andy zuckte mit den Schultern. »Vielleicht hatte er nicht vor, weit weg zu gehen?«

»Nun, hier ist er jedenfalls nicht«, erwiderte Murray.

Lucy stellte die Tasche wieder dorthin auf den Boden, wo sie sie gefunden hatten, und wies ihre Beamten an, es ihr gleichzutun. »Er wird sein Hab und Gut nicht zurücklassen. Wahrscheinlich ist er nicht weit weg und kommt bald zurück. Wir warten lieber draußen auf ihn, sonst könnte er uns hören und sich aus dem Staub machen.«

Sie zogen sich in die untere Etage zurück und gingen zur Tür. Lucy war in Gedanken bei Rob, dem ehemaligen Militär, dessen Besitztümer so aufgereiht waren, als wäre er immer noch ein Soldat, der seine Ausrüstung in seiner Kaserne deponiert. Es war seltsam, dass er Trophäen aufhob, aber das Geld in Rachels Geldbörse nicht ausgegeben hatte. Noch merkwürdiger war das Foto von Felicity. Es bedeutete ihm offensichtlich sehr viel, sonst hätte er es nicht all die Jahre aufbewahrt. Sicherlich würden nicht viele Leute die morsche Treppe hinaufsteigen, um zu sehen, was sich im obersten Stockwerk befand, aber das Foto wäre zweifellos sicherer, wenn er es bei sich tragen würde. Ein anderer Gedanke traf sie wie ein Schlag ins Gesicht. Natalie! Natalie hatte sich auf die Suche nach Bev gemacht. Was, wenn Rob unterwegs zur Brache war? Der Drang, Natalie zu kontaktieren, übertraf alle anderen Gefühle und sie zwängte sich durch den Spalt unter der mit Brettern vernagelten Tür, um ihre Vorgesetzte zu kontaktieren. Plötzlich blieb sie stehen. Eine Gestalt schlurfte an den Bahngleisen entlang und kickte herumliegende Steine beiseite. Lucy flüsterte den anderen zu, zu bleiben, wo sie waren, und stand regungslos da. Sie beobachtete den Mann, der sich mit gesenktem Kopf und den Händen in den Taschen näherte. Es war Rob.

»Rob.« Sie brauchte seinen Namen nicht laut zu rufen.

Sein Kopf schnellte nach oben und er hob die Hände, um sich zu ergeben.

»Keine Bewegung!«, rief Lucy.

»Das habe ich auch nicht vor. Ich habe das Weglaufen und das Versteckspiel satt.«

Andy, der hinter ihr aufgetaucht war, rappelte sich auf und stürmte nach vorne, bis Rob rief: »Bleiben Sie weg! Lassen Sie mich zuerst reden. Ich werde Ihnen alles sagen, was Sie wissen wollen.«

Lucy gab Andy ein Zeichen, dort zu bleiben, wo er war. »Wir können nicht hier stehen und uns gegenseitig anschreien.«

»Sie können ruhig etwas näherkommen, dann erzähle ich Ihnen alles, was ich weiß.«

»Meine Leute kommen jetzt zu Ihnen rüber.«

»Sagen Sie Ihnen, dass sie wegbleiben sollen.«

»Das kann ich nicht tun.«

»Dann werden Sie die Wahrheit nie erfahren.«

»Doch, werden wir. Sie werden es uns erzählen.«

»Ich werde beim Verhör nicht einknicken. Ich schwöre, wenn einer Ihrer Beamten aus dem Lagerhaus kommt, werden dies die letzten Worte sein, die Sie von mir hören.« Er zeigte auf Andy. »Sorgen Sie dafür, dass er genau da bleibt, wo er ist, und ich werde mit Ihnen reden, aber nur mit Ihnen.«

Lucy knurrte leise und machte einen Schritt auf ihn zu, doch er ergriff erneut entschieden das Wort: »Ich gestehe den Mord an Eugene und Rachel Hardy und ihrem Freund. Ich weiß, wer Amelia und Katie getötet hat. Ich bin sicher, Sie wollen wissen, wer dafür verantwortlich ist, und Sie wollen auch andere Antworten – beispielsweise, warum ich meinen Opfern das Wort schuldig auf die Stirn geschrieben habe.«

»Das können Sie uns auf dem Revier erzählen«, sagte Lucy schroff und machte erneut Anstalten, auf ihn zuzugehen.

Er schüttelte den Kopf, als wäre er zu schwer, um ihn zu bewegen. »Sie verstehen nicht. Wenn Sie mich jetzt mitnehmen, werde ich Ihnen gar nichts sagen. Sie können das hier auf meine Art machen oder gar nicht.«

Lucy schwieg, verwirrt von seinen Forderungen. Warum sollte er hier gestehen, aber nicht, wenn sie ihn mit auf das Revier nahmen?

»Sie wollen doch die Wahrheit hören, nicht wahr, DI Carmichael? Sie wollen Ihren Vorgesetzten erzählen können, warum ich diese Menschen ermordet habe und wer die Mädchen getötet hat. Kommen Sie näher, damit Sie hören, was ich sage. Sechs Schritte. Mehr nicht. Die anderen müssen bleiben, wo sie sind. Ich werde nirgendwo hinlaufen.«

Lucy wandte sich an ihr Team: »Bleibt alle zurück. Andy, ich verlasse mich darauf, dass du wachsam bleibst und eingreifst, wenn du meinst, dass es nötig ist.« Langsam ging sie sechs Schritte nach vorne und wartete auf Robs Reaktion.

Er rieb sich den Nacken und ließ den Kopf auf die Seite fallen. »Ich bin müde, DI Carmichael. Ich habe das alles so satt. Es ist Zeit, dass ich mein Gewissen erleichtere.«

»Wenn Sie weder Amelia noch Katie getötet haben, wer dann?«

Er stieß ein lautes, qualvolles Keuchen aus. »Tommy.«

»Woher wissen Sie das?«

»Nach Katies Tod habe ich die Wahrheit herausgefunden. Sie war noch ein halbes Kind, eine Ausreißerin, die mit diesem Mistkerl Tommy an einem schrecklichen Ort festsaß. Ich habe versucht, sie zu überreden, wieder nach Hause zu gehen, aber sie hat sich für einen anderen Ausweg entschieden.«

»Was meinen Sie damit ...?«

Es gießt in Strömen und Rob durchstöbert den Mülleimer nach Essensresten. Normalerweise lässt einer der Arbeiter, die ihre Mittagspause im Park verbringen, ein halb aufgegessenes Sandwich oder Ähnliches zurück, aber heute scheint niemand seine

Mittagspause im Park verbracht zu haben. Kein Wunder bei diesem Mistwetter. Er gibt es auf, in leeren Dosen, Hundekotbeuteln und Zigarettenschachteln herumzuwühlen, und schlurft, begleitet von Magenknurren, zum nächsten Mülleimer. Er hat seit zwei Tagen nichts mehr gegessen, aber das ist eine Strafe, die er verdient. Er verdient es, zu leiden. Er ist ein Niemand, ein Schwächling, ein Versager, und er ist dazu verdammt, bis ans Ende seiner Tage das harte Leben zu fristen, das er sich ausgesucht hat. Nacht für Nacht sieht er Lornas Gesicht in seinen Albträumen. Er hat sie vor Whitey gerettet, aber niemand konnte sie oder die anderen im Truck vor der Explosion bewahren, als der Fahrer die Kontrolle über das Fahrzeug verlor und in einen Tankwagen gerast ist. Er hatte es nicht geschafft, sie zu retten, und er hatte es nicht geschafft, die Liebe der Frau zurückzugewinnen, die ihm einmal alles bedeutet hat - Felicity, die später Whitey geheiratet hat. Im Leben gab es eben Menschen, die schwach waren. Er war einer von ihnen. Er hatte nicht hart genug für das gekämpft, woran er geglaubt hatte. Er hatte versucht, sie zu warnen.

Er sieht Tommy, der betrunken auf sie zukommt. Wenn Tommy sie angreift, wird er einschreiten. Der Mann ist gefährlich, wenn er high ist, und so wie er herumtorkelt, ist das auch jetzt der Fall. Auf der Straße wird gemunkelt, er habe Amelia getötet, und Rob wünscht sich bereits, er hätte eingegriffen. Er hat den Streit der beiden mitbekommen und nichts unternommen. Er hat versagt. Schon wieder. Rob Yeomans, der Feigling. Er verachtet seine eigene Feigheit. So kann es nicht weitergehen. Er muss etwas unternehmen. Er weiß Dinge. Furchtbare Dinge, gegen die er etwas unternehmen könnte, wenn er nur nicht so ein erbärmlicher Versager wäre.

Er richtet seinen Blick auf Tommy, der vor Katie stehen bleibt. Er geht vor ihr in die Hocke, springt dann auf, schlägt sich die Hände vor den Kopf und geht in einem engen Kreis um sie herum, bevor er sich zu ihr hinunterbeugt und sie an den

Schultern packt. Ihr Kopf wackelt locker wie der einer Stoffpuppe.

»Wach auf, du dämliche Schlampe!«, brüllt er.

Selbst von dort, wo Rob steht, erkennt er, dass Katie nie wieder aufwachen wird. Der Regen prasselt unaufhörlich auf sie alle nieder. Nasse Haarsträhnen kleben in Katies Gesicht und Tommy hebt einen Gegenstand hoch und starrt ihn an. »Das war mein Zeug. Meins! Du hattest kein Recht, es zu stehlen. Und jetzt sieh dir an, was passiert ist, du bescheuerte, dämliche Schlampe. Warum?«

Rob versucht zu erkennen, mit was er da vor dem Gesicht des toten Mädchens herumfuchtelt, und stellt fest, dass es eine Spritze ist. Tommy schimpft weiter wie verrückt. Soweit Rob das beurteilen kann, hat sie eine Überdosis von Tommys Drogen genommen.

Tommy steht wieder auf, tritt Katie gegen den Fuß, steckt die Spritze und ein Plastikbeutelchen in seine Tasche und rennt davon. Der Regen fällt unaufhörlich auf Robs Kopf. Tommy ist für ihren Tod verantwortlich. Er hat ihr zwar nicht die Drogen verabreicht, aber er ist schuld daran, dass sie tot ist. Rob muss das wiedergutmachen und es gibt nur einen Weg. Er wird sich ein Beispiel an Whitey nehmen, der ihn erfolgreich reingelegt hat. Er wird dafür sorgen, dass die Polizei nach der richtigen Person fahndet.

Er vergewissert sich, dass der Park menschenleer ist, und geht auf Katie zu. Er kann ihr nicht ins Gesicht sehen, und obwohl sie bereits tot ist, verachtet er sich selbst für diese Tat. »Es tut mir leid. Das ist die einzige Möglichkeit.« Er legt seine starken Finger um ihren Hals und drückt zu.

Rob breitete seine Arme aus. »Ich wollte, dass Sie ihn bestrafen, aber er ist untergetaucht.«

»Haben Sie ihn getötet?«

»Ja. Er hat versucht, sich unter die Obdachlosen zu mischen, aber ich habe ihn unter der Samford Bridge aufgespürt. Er wusste nicht, wer ich war, dachte, ich sei ein Niemand. Ich sagte ihm, ich wüsste, wo ich ihm Drogen besorgen könnte, und er folgte mir wie ein eifriges Hündchen. Er ist zu schnell gestorben. Er hätte mehr leiden müssen, so wie Katie. Ich habe ihn in den Kanal geworfen.«

»Was ist mit den anderen?«

»Wie ich schon sagte, ich habe sie alle getötet – Eugene und Rachel Hardy und ihren Freund Dominic. Sie wissen, wie ich es getan habe. Ich habe sie erwürgt.«

»Warum?«

Rob entfernte sich ein paar Schritte von ihr, ging hinüber zu den Bahngleisen, und starrte ins Leere. »Weil sie schuldig waren.«

»Warum waren sie schuldig?«, fragte Lucy.

Er antwortete nicht, schien in Gedanken meilenweit entfernt zu sein.

»Rob?«

»Ich habe es satt, ich zu sein. Ich habe zu viele Menschen enttäuscht.«

»Wen haben Sie enttäuscht?«

»Lorna und Felicity.«

»Lorna. Die Frau, die Sie vergewaltigt haben.«

Er schüttelte traurig den Kopf. »Sie denken das also auch. Ich habe sie nicht vergewaltigt. Das war Whitey. Ich habe versucht, ihn aufzuhalten, aber indem ich sie beschützte, wurde ich selbst das nächste Opfer. DI Carmichael, wussten Sie, dass es Tausende von Menschen gibt, die von anderen kontrolliert werden, die mental stärker, gerissener, bösartiger und manipulativer sind? Diese Menschen spielen kein faires Spiel, und auf die eine oder andere Weise halten sie ihre Opfer gefangen. Tommy war ein solcher Mensch. Weder Katie noch Amelia konnten ihn verlassen, obwohl er sie benutzt und missbraucht hat. Opfer von körperlichem und geistigem Missbrauch werden durch ihre eigene Unfähigkeit, sich zu befreien, stranguliert. Aus irgendeinem unerfindlichen Grund glauben sie, sie hätten den Hass, die Schläge und die sexuelle Erniedrigung verdient. Sie verlieren ihr Selbstwertgefühl bis zu dem Punkt, an dem sie fest daran glauben, wertlos zu sein und es zu verdienen zu leiden.« Er presste seine Lippen fest aufeinander und starrte Lucy in die Augen. »Ich habe niemanden vergewaltigt. Ich hatte noch nie Sex mit einer Frau. Nachdem ich Lorna vor Whitey gerettet hatte, wurde ich von meinen Kameraden körperlich und seelisch misshandelt und war nicht in der Lage, mich gegen sie zu wehren. Ich konnte es nicht einmal jemandem erzählen, weder den Ärzten noch meinem Vater, und schon gar nicht Felicity. Ich habe mich viel zu sehr geschämt.« Er machte eine leichte Drehung, den Blick auf einen weit entfernten Punkt an der Bahnstrecke gerichtet.

»Diesmal wollte ich es wiedergutmachen, und ich glaube, das habe ich auch getan. Ich habe meinen Frieden gefunden.«

»Sie sprechen in Rätseln. Ich werde Sie über Ihre Rechte aufklären müssen. Wir können das im Holborn House besprechen.« Lucy hatte kaum den hohen Pfeifton gehört, da wurde ihr plötzlich klar, was als Nächstes passieren würde. Sie stürzte nach vorne und schrie: »Nein!«, aber Rob lächelte nur still, trat von ihr weg und stürzte sich auf die Bahngleise. Sie lief weiter, wurde aber sofort durch das plötzliche Dröhnen des Hochgeschwindigkeitszuges zurückgeworfen, der einen Warnton abgegeben hatte, um seine bevorstehende Durchfahrt durch den Bahnhof von Samford anzukündigen. Als sie die Augen wieder öffnete, war Rob verschwunden.

FÜNFUNDDREISSIG

ROB

Das ist das Ende der Reise. Danach ist alles vorbei. Die Erleichterung erscheint vor seinem inneren Auge und wartet darauf, wie eine gelbe Plastikente an den Haken genommen zu werden. Eine Vision von schillernden Jahrmarktlichtern, unbeschwerter Karussellmusik, dem Surren der Fahrgeschäfte und Freudengeschrei; er sieht die Plastikente, die am Ende seiner Angel baumelt, und seine Mutter, die ihm zu seinem Gewinn gratuliert - dem Hauptgewinn, einem riesigen Plüschtier. Wie immer verursacht die Erinnerung an seine Mutter bei ihm einen Kloß im Hals. Das passiert jedes Mal, wenn er an sie denkt. Es sind glückliche Erinnerungen, die durch die Tatsache getrübt werden, dass sie ihm und seinem Vater viel zu früh genommen wurde. Seine Mutter war die gütigste Seele der Welt gewesen, sie hatte ihn dazu erzogen, andere zu respektieren und sich um sie zu kümmern; eine Vorschullehrerin mit goldgelbem Haar, die ihn von ganzem Herzen geliebt hatte.

Seine Gedanken schweifen ab zu Felicity, die zwar keine exakte Kopie seiner Mutter darstellt, doch ebenfalls voller Güte und Liebe ist. Felicity, die er gewonnen und dann wieder verloren hat. Die Schande über das, was ihm in der Kaserne widerfahren ist, windet sich immer noch in seinem Bauch wie eine rastlose Schlange. Im Laufe der Jahre hat sie sich immer weiter in ihn hineingefressen und ihn innerlich ausgehöhlt. Jetzt ist nichts mehr übrig, und nach dem Treffen mit der Reporterin wird er endlich loslassen können, um wieder mit seiner Mutter vereint zu sein, an irgendeinem fernen Ort. Er glaubt nicht an einen Allmächtigen, an irgendeine himmlische Präsenz, die über die Menschen und das Universum wacht. Der Mensch besteht aus Energiemolekülen, die sich auflösen, wenn das Leben erloschen ist, und irgendwo da draußen wird eines seiner Energiemoleküle seine Mutter finden. Er hat genug von all dem. Er ist zu lange umhergewandert und hat sich verirrt. Die Ziellosigkeit brachte ihn fast um, aber in den letzten Wochen hat er einen Grund gefunden, weiterzumachen. Zuerst hat er versucht, junge Menschen auf der Straße davon zu überzeugen, nach Hause zurückzukehren, und jetzt ist er dabei, Unrecht wiedergutzumachen.

Er stellt sicher, dass alle Gegenstände, die er seinen Opfern abgenommen hat, an ihrem Platz sind. Vielleicht entdeckt sie ein anderer Obdachloser und freut sich darüber und über das Geld in Rachels Geldbörse. Es war nie seine Absicht, etwas davon zu behalten. Wenn Bev ihre Arbeit richtig macht, wird die Polizei hier alles finden, auch die Halskette, die er Katie vom Hals genommen hat. Die Kette sollten ihre Eltern bekommen.

Er faltet die Decken so, wie er es jeden Tag tut, seit er die Armee verlassen hat – saubere Quadrate mit akkuraten Kanten –, und verstaut den Rest seiner Sachen in fest zusammengerollte Bündel. Den letzten Gegenstand, das Foto, das er seit dem Tag, an dem er sich bei der Armee gemeldet hat, in seiner Tasche trägt, legt er obenauf. Es ist an der Zeit, sich endgültig von Felicity zu verabschieden.

Das Geräusch überrascht ihn. Für Drogensüchtige im Lagerhaus war es noch zu früh. Sie tauchten normalerweise erst nach zehn Uhr auf, wenn Rob sich im obersten Stockwerk versteckt hat. Niemand steigt jemals die Treppe hinauf, aus Angst, herunterzufallen. Schlurfende Schritte. Dann ein Husten. Es ist ein anderer Obdachloser. Er kann nicht zulassen, dass jemand heute Abend hier im Lagerhaus bleibt. Das hier ist die letzte Etappe seiner Reise und er muss diesen Weg allein gehen.

Er steigt die Stufen hinab und sieht die gebeugte Gestalt, die, auf der Suche nach einem geeigneten Schlafplatz, an den Kisten herumzerrt.

»Hier kannst du nicht bleiben.«

Die Gestalt dreht sich um. Es ist ein Junge, dünn und verdreckt, seine Augen sind rotgerändert vor Kälte.

Robs Herz wird schwer. »Nachts kann es hier gefährlich sein.«

»Wo soll ich denn sonst hin?« Die Stimme klingt trotzig und belegt vom Schleim.

»In die Notunterkunft. Du bist krank. Du solltest drinnen im Warmen sein.«

»Ich komme schon klar.«

»Hier, nimm das für deine Busfahrkarte. Die Haltestelle befindet sich vor dem Bahnhof. Ich begleite dich und sorge dafür, dass der Fahrer dich mitnimmt. Steig am Busbahnhof aus und geh zur Deaver Street. Dort wird man sich um dich kümmern.« Die zwei Pfund in seiner Tasche sind die Hälfte des Fahrpreises, den er braucht, um mit dem Bus so nah wie möglich zum Juniper Drive zu fahren, wo er sich mit Bev treffen will. Jetzt muss er die Strecke zwischen einer weiter entfernten Haltestelle und seinem Ziel joggen, um sie noch rechtzeitig zu erreichen. Der Junge braucht das Geld dringender als er. Das könnte sein vorletzter Akt der Freundlichkeit sein. Er wünschte, er könnte mehr tun.

Der Junge, Kirk, sitzt mit gesenktem Kopf im Bus. Rob hat kein Wort des Dankes von ihm gehört, aber wenigstens weiß er, dass der Kleine es heute Nacht warm haben wird, sofern er seinen Rat befolgt. Ihm bleibt keine Zeit, darüber nachzudenken, denn er muss sich mit Bev treffen. Sein eigener Bus kommt ratternd zum Stehen und er steigt ein, ohne die eisigen Blicke der anderen Fahrgäste zu beachten. Daran ist er gewöhnt. Während der Bus sanft schaukelnd wieder anfährt, überlegt er, was er Bev erzählen wird. Seit er auf der Straße lebt, hat er schreckliche Dinge gesehen, und es ist an der Zeit, dass die Menschen aufwachen und erfahren, was passiert. Er schließt die Augen, um die Erinnerungen an Amelia wachzurufen ...

Rob schlendert die Straße gegenüber vom Parkplatz der Samford Primary School entlang. Es ist noch früh und er nimmt sich einen Augenblick Zeit, um das alte Gebäude zu betrachten. Schulen wie diese erinnern ihn an seine Mutter, und obwohl er sich nicht gerne in der Nähe aufhält, wenn der Schultag begonnen hat und die Kinder dort sind, ist jetzt ein guter Zeitpunkt, um innezuhalten und die Erinnerungen an seine Kindheit zu genießen. Er ist überrascht, als ein Auto vorfährt und ein Mann aussteigt, um den Zugangscode einzugeben. Er setzt sich wieder auf den Fahrersitz und wartet, bis sich das Tor so weit geöffnet hat, dass das Fahrzeug hindurchfahren kann. Der Mechanismus surrt immer noch, als das Fahrzeug vor dem Gebäude hält. Rob beobachtet die Insassen, die unbemerkt von seiner Anwesenheit aussteigen. Er erkennt eine von ihnen, Amelia, er hat sie schon öfter in der Stadt gesehen. Sie ist eine Nutte, ein junges Mädchen, das weinend auf dem Bürgersteig herumläuft und sich selbst beschimpft, wenn sie allein ist. Er weiß, dass sie unglücklich ist, aber er kann nichts tun, um ihr zu helfen. Amelia sagt etwas zu dem Mann und der Frau, die sie hergebracht haben, und will weggehen, doch die Frau packt sie am Handgelenk und zieht sie zur Tür. Sie streiten und die Frau verpasst Amelia eine kräftige Ohrfeige. Sie fängt an zu weinen, wird aber ins Schulgebäude gezerrt.

Vor lauter Sorge um das junge Mädchen springt Rob auf, überquert die Straße und betritt den Schulhof durch das sich langsam schließende Tor. In einem Klassenzimmer wird das Licht angeknipst, sodass es einfacher ist, herauszufinden, wo sie sind. Er späht hinein. Sie verschwenden keine Zeit. Sie befehlen Amelia, sich auszuziehen, und starren sie unverhohlen an, während sie sich ihrer Kleidung entledigt. Dann muss sie sich nackt auf einen Stuhl stellen. Die Frau greift nach einem roten Boardmarker und schreibt damit das Wort »SCHLAMPE« in Großbuchstaben auf die Brust des Mädchens. Was dann folgt, ist Missbrauch. Amelia bekommt Schläge aufs Hinterteil und wird mit einem Holzlineal auf den Bauch und die Oberschenkel geprügelt, bevor der Mann sie quer über seinen Schreibtisch zieht. Sie weint leise, während sie weiter erniedrigt und körperlich misshandelt wird. Schließlich lassen sie sie los, führen sie zur Tür und sagen ihr, sie solle verschwinden. Sie bittet um ihr Geld, doch bekommt nichts als Drohungen zu hören. Beschämt und gedemütigt rennt sie davon, und Rob schäumt an ihrer Stelle vor Wut.

Bev wartet mit laufendem Motor in ihrem Mini Cooper. Sie hat ihn entdeckt, ist aber nicht ausgestiegen. Rob klopft an die Scheibe und sie öffnet das Fenster einen Spalt weit. »Sind Sie ...?«

»Ja. Ich bin Rob Yeomans.«

Bev nickt kurz. Sein Gesicht kommt ihr bekannt vor. »Ich kenne Sie. Sie haben mich auf der Straße angehalten und versucht, mich dazu zu bringen, einen Artikel über Obdachlose zu schreiben.«

»Und Sie haben mich ignoriert.«

»Ist es das, worum es hier geht - um Obdachlose?«

»Es geht um mehr als nur Obdachlose oder Mädchen, die auf

der Straße arbeiten. Es geht um vermeintlich ehrliche Bürger, die die Menschen ausnutzen, die durchs Raster fallen.«

»Und warum sollten sich meine Leser für eine solche Story interessieren?«

»Das wissen Sie doch genau. Versuchen Sie nicht, mich für dumm zu verkaufen. Die Leute, um die es hier geht, sind angeblich barmherzige Samariter – privilegierte, respektable Menschen, die diejenigen, die weniger Glück haben als sie selbst, wie Dreck behandeln ... und dann ist da noch die Tatsache, dass ich sie getötet habe.« Die gebeugte Haltung, die er während des Gesprächs durchs heruntergelassene Fenster einnimmt, lässt seinen Rücken schmerzen. Ihm bleibt nicht mehr viel Zeit. Er muss zurück zum Lagerhaus, bevor der Hochgeschwindigkeitszug vorbeifährt. Er kramt in seiner Tasche nach dem Notizblock, auf dem steht, was er gesehen hat, einschließlich der schrecklichen Schilderung dessen, was Eugene Katie angetan hat. »Ich habe alles aufgeschrieben. Ich habe nicht viel Zeit. Ich dachte, wir könnten diese Zeit nutzen, damit Sie mir Fragen stellen können.«

Bev wirft ihm einen finsteren Blick zu. »Warum sollte ich Ihnen trauen?«

Er zuckt mit den Schultern. »Ich brauche Sie, um diese Geschichte zu drucken. So einfach ist das.«

»Und wenn ich mich weigere?«

»Dann können Sie davonfahren, der Polizei von mir erzählen und über etwas anderes schreiben.«

»Sie werden nicht versuchen, mich zu töten?«

»Nein, werde ich nicht.«

»Was ist mit dem ›Sie sind genauso schuldig wie die anderen‹-Scheiß?«

»Ich musste Sie dazu bringen, sich mit mir zu treffen. Ich dachte, das würde Sie ködern, Ihr Interesse wecken, und ich hatte recht. Sehen Sie, ich bin ein Mörder. Ich habe nicht nur einen dreckigen Zuhälter umgebracht, sondern auch einen prominenten Bürger der Stadt, dessen Tochter und einen Grundschullehrer. Wie oft haben Sie schon die Gelegenheit, einen Killer zu interviewen, der auch noch bereit ist, zu gestehen?«

Sie schien die Frage zu überdenken. »Okay, aber ich bleibe in meinem Auto und Sie halten sich fern.«

»Ich kann nicht so gebückt hier stehen bleiben. Das ist unbequem.«

»Hocken Sie sich da drüben am Zaun hin und ich öffne das Beifahrerfenster. Sollten Sie eine plötzliche Bewegung machen, bin ich weg.«

»Okay. Ist Ihr Handy ausgeschaltet, so wie ich es verlangt habe?«

Sie hebt ihr Handy hoch, um ihm das schwarze Display zu zeigen. »Ich würde das Gespräch aber gerne aufzeichnen.«

»Nein. Sie müssen sich auf Ihr Gedächtnis und meine Notizen verlassen. Sie können sie haben, wenn wir fertig sind.«

»Sie sind ein harter Verhandlungspartner.«

»Wir machen das hier auf meine Art oder gar nicht.«

»Dann auf Ihre Art.«

———

Es dauerte nicht lange und Bev hatte ihre Story. Sie hat sie für lesenswert befunden und versprochen, sie zu drucken. Sie ist gefahren und hat den Kugelschreiber mitgenommen, mit dem er seine Geschichte aufgeschrieben hat. Er hat ihn in ein schmutziges Taschentuch gewickelt und ihn ihr mit der Anweisung ausgehändigt, ihn der Polizei zu übergeben. Die Kugelschreibertinte wird mit der übereinstimmen, mit der die Botschaft auf der Stirn seiner Opfer geschrieben wurde, und beweisen, dass er sie ermordet hat.

Er ist aufgeregt und kann es kaum erwarten, ins Lagerhaus zurückzukehren und der traurigen Geschichte, die sein Leben ist, ein Ende zu setzen. Er will gerade zurücklaufen, als er

Lichter sieht. Ein Fahrzeug kommt langsam, zu langsam, auf ihn zu. Er schlüpft durch eine Lücke und auf die Brache, bevor der Lichtkegel der Scheinwerfer auf ihn fällt. Bev muss die Polizei gerufen und ihn verraten haben. Sie sind auf der Jagd nach ihm. Das wird seinen Plan durchkreuzen, zum Lagerhaus zurückzukehren und alles zu beenden – den Schmerz, die Traurigkeit, den Selbsthass. Er lauert in der Dunkelheit und beobachtet, wie eine Frau aus dem Auto steigt. Er erkennt sie sogar im schummrigen Licht, das im Innenraum des Wagens leuchtet. Es ist die DCI, die ihm die zwanzig Pfund gegeben hat. Wenn sie hier ist, werden ihr schon bald andere folgen, und sie werden ihn holen kommen. Er wird auf keinen Fall ins Gefängnis gehen. Das wäre wie bei der Armee. Die Aussicht darauf lässt ihn erschaudern, und als sie mit der Taschenlampe in Richtung der Nebengebäude leuchtet, folgt er ihr. Er muss dafür sorgen, dass sie und ihr Team ihn nicht aufhalten.

SECHSUNDDREISSIG

DIENSTAG, 5. NOVEMBER – SPÄTER ABEND

Lucy stützte ihren Kopf auf die Unterarme, die auf dem Lenkrad ruhten. Rob hatte ihr nur die halbe Geschichte erzählt. Er hatte die Morde gestanden und ihr gesagt, warum er Tommy getötet hatte, aber er hatte ihr keine Gründe genannt, warum er Eugene, Rachel oder Dominic ermordet hatte.

Mühsam richtete sie sich auf. Sie war todmüde, erledigt von den Ermittlungen, doch jetzt hatte sie Papierkram zu erledigen und musste sich vor ihren Vorgesetzten verantworten, die sie möglicherweise fragen würden, warum sie Rob nicht verhaftet und ihn auf dem Revier zu einem Geständnis gebracht, sondern ihm stattdessen erlaubt hatte, in der Nähe der Bahngleise zu bleiben. Sie hatte es verbockt. Sie wählte Natalies Nummer, erreichte die Mailbox und hinterließ eine Nachricht mit der Bitte, sie zurückzurufen. Dann warf sie einen letzten Blick auf das Lagerhaus, startete den Motor und fuhr davon.

Sie würde sich dafür rechtfertigen müssen, warum sie ihrem Team nicht befohlen hatte, Rob zu umzingeln und festzunehmen. Außerdem musste sie erklären, warum er vier Menschen ermordet hatte. Auch, wenn einer der Gründe darin bestand, dass er, der selbst Opfer von Missbrauch geworden war, in Amelia und Katie Leidensgenossinnen gesehen und sie gerächt hatte, gab es andere mögliche Erklärungen für sein Verhalten. Unter anderem bestand die Möglichkeit, dass er eine Art weiteren Zusammenbruch erlitten hatte und sogar das ganze »Opfer«-Szenario nur erfunden hatte, um seine Taten zu rechtfertigen. Es wurmte sie, dass sie nie die ganze Wahrheit erfahren würde.

Der Anruf eines Mitarbeiters des technischen Teams riss sie aus ihren trüben Gedanken.

»Hi, Lucy. Bev Gardner hat versucht, Natalie zu erreichen. Sie sagt, es sei dringend und habe etwas mit Rob Yeomans zu tun, will aber nur mit Natalie sprechen und mit niemandem sonst. Ich kann sie nicht erreichen. Es meldet sich nur die Mailbox. Ist sie bei dir?«

»Nein.«

»Wir dachten, sie wäre bei dir. Sie hat gesagt, sie würde dich anrufen.«

»Sie hat mich auch angerufen. Sie wollte kurz nachsehen, ob Bevs Auto in der Brache steht und gegebenenfalls Verstärkung anfordern, aber ich habe nichts weiter von ihr gehört und angenommen, sie hätte dort nichts entdeckt. Willst du mir damit sagen, dass sie sich nicht mehr gemeldet hat, seit sie losgefahren ist, um Bev zu suchen?«

»So ist es.«

»Verdammter Mist. Sie hat mich vor etwa zwei Stunden angerufen. Kannst du ihr Handy orten?«

»Nein, es ist ausgeschaltet.«

»Was ist mit ihrem Festnetzanschluss?«

»Da meldet sich niemand.«

»Kannst du ihren Wagen orten?«

»Der ist nicht mit einem Peilsender ausgestattet.«

Es sah Natalie nicht ähnlich, so vom Radar zu verschwinden. »Ruf Mike an und frag ihn, ob sie sich bei ihm gemeldet hat. Ich fahre zur Brache.« Lucy rief Murray an, der auf dem

Weg nach Hause war. Sie hörte Heavy-Metal-Musik im Hintergrund seines Autos. Murray hörte immer Heavy Metal und sang laut mit, wenn er gestresst war. »Wir können Natalie nicht erreichen. Sie ist vor ein paar Stunden zur Brache gefahren, um nach Bev zu suchen, ihr Handy ist ausgeschaltet und niemand weiß, wo sie ist. Ich bin auf dem Weg zum Juniper Drive. Können wir uns dort treffen?«

»Klar. Ich werde auch Ian informieren. Er kann noch nicht weit sein.«

Sie kämpfte gegen die Panik an, die in ihr aufstieg. Wenn Natalie etwas zugestoßen war, würde sie sich das nie verzeihen. Es war eine Sache, eine Untersuchung zu vergeigen, aber eine Kollegin zu vernachlässigen ... Ein schrecklicher Gedanke schoss ihr durch den Kopf, der ihr das Blut in den Adern gefrieren ließ und dafür sorgte, dass sie beinahe gegen den Bordstein fuhr. Was, wenn es zwei Mörder gab, und Bev sich mit einem von ihnen getroffen hatte, während Natalie ...? Sie musste ihre Fantasie zügeln. Wahrscheinlich gab es eine einfache Erklärung. Ihr Handy klingelte. Es war der Beamte, mit dem sie eben gesprochen hatte.

»Mike hat nichts von Natalie gehört.«

»So eine Scheiße!«

»Wir haben ihr Auto erfasst, als sie um 19.04 Uhr in den Juniper Drive einbog, aber danach fehlt jede Spur von ihr. Dasselbe ist zuvor mit Bevs Auto passiert, allerdings haben wir es später auf der Schnellstraße in Richtung ihres Hauses fahren sehen. Natalies Auto hingegen wurde von keiner der Kameras erfasst. Sie hat weder die Unterführung benutzt noch ist sie in dieselbe Richtung gefahren wie Bev. Sie muss noch irgendwo da draußen sein.«

»Okay. Das ist sehr hilfreich. Ich werde die Augen offenhalten.« Lucy beendete das Gespräch und überlegte, ob sie Josh anrufen sollte, entschied aber dann, dass es besser war, ihm keinen Anlass zur Sorge zu geben. Er hatte in letzter Zeit genug durchgemacht, da musste er jetzt nicht auch noch Angst davor haben, dass seiner Mutter etwas zugestoßen sein könnte. Sie wischte sich erst mit der einen, dann mit der anderen Hand über die Hose, um den Schweißglanz zu entfernen. Sie hätte sich bei Natalie melden sollen. Sie war so schockiert von Robs Handeln gewesen, dass sie sie völlig vergessen hatte.

Der Juniper Drive war nur noch wenige Meter entfernt. Sie bog in die dunkle, unbeleuchtete Straße ein und fuhr langsam den Bordstein entlang, während ihr Herz in der Brust laut pochte. Natalies Auto war weit und breit nicht zu sehen. Rob war um 19.40 Uhr noch nicht am Lagerhaus gewesen, als sie und ihr Team angekommen und aus ihren Fahrzeugen gestiegen waren, um sich Zugang zu verschaffen. Er war erst etwa fünfzehn bis zwanzig Minuten später aufgetaucht. Hatte er genug Zeit gehabt, um Natalie etwas anzutun? Die Antwort konnte nur Ja lauten, vor allem, wenn er anschließend ihr Auto benutzt hatte, um zum Lagerhaus zu fahren.

Sie machte am Ende der Straße eine Kehrtwende und fuhr zurück, dabei drehte sie den Kopf nach links und rechts und versuchte, etwas in der Dunkelheit hinter dem baufälligen Metallzaun zu erkennen. Es war Lucys Vorschlag gewesen, dass Natalie nach Bevs Auto suchen sollte, obwohl sie eigentlich die Bedenken ihrer Kollegin wegen der Reporterin hätte zerstreuen und sicherstellen sollen, dass sie wartete, bis sie das Lagerhaus überprüft hatten, bevor sie hierherkam. Lucy hatte als Teamleiterin versagt. Natalie mochte zwar DCI sein, aber Lucy leitete die Ermittlungen und deshalb lag die Verantwortung bei ihr.

Sie stoppte den Wagen, stieg aus und vergewisserte sich, dass sie eine Hand an ihrer Schusswaffe hatte. »Ist da jemand? Natalie?«

Sie hörte nur das Quietschen der Reifen, als ein anderes Fahrzeug in die Straße einbog und sich mit blinkenden Warnlichtern näherte. Murray war da. Er bremste scharf ab und sprang aus dem Wagen, um sich ihr anzuschließen. »Ich habe Ian angerufen. Er ist unterwegs.«

»Du glaubst also nicht, dass ich überreagiere?«

»Ganz und gar nicht.«

»Ich hätte früher nach ihr sehen sollen.«

»Sie ist eine erfahrene Detective und keine x-beliebige Polizistin, die noch grün hinter den Ohren ist.«

»Dadurch fühle ich mich nicht besser.«

»Solltest du aber. Du hast sie nicht hergeschickt. Sie ist aus freien Stücken gekommen. Sie kennt die Risiken, die ein Alleingang an einem Ort wie diesem mit sich bringt.«

»Sie sollte Verstärkung rufen, wenn sie welche braucht.«

»Hör auf, dich verrückt zu machen, okay? Sie hatte offensichtlich nicht das Gefühl, dass Verstärkung nötig war.«

Wieder erhellten Scheinwerfer die Straße. Ian war eingetroffen.

Lucy knabberte an ihrer Unterlippe. Wenn Natalie etwas zugestoßen war, würde sie sich das nie verzeihen, ganz gleich, was Murray sagte. Sie wartete im Schein der Autolichter und wusste nicht, wo sie mit der Suche nach Natalie anfangen sollte. Die Brache war eine riesige Fläche, die in völlige Dunkelheit gehüllt war, was die Aufgabe, Natalie zu finden, zusätzlich erschwerte. Der Gedanke, dass sie irgendwo verletzt lag oder gar tot sein könnte, war zu viel für Lucy. Sobald Ian neben ihnen war, knipste sie ihre Maglite-Taschenlampe an und bewegte den Lichtkegel über den eingedrückten Maschendrahtzaun. »Sieht aus, als wäre jemand genau darübergefahren.«

Ian meinte: »Die Leute zerstören den Zaun immer wieder, um ihren Müll illegal hier abzuladen. Kaum hat die Stadtverwaltung den Zaun wieder aufgebaut, schneidet irgendein Schlaumeier ein Loch in den Draht oder reißt den Zaun um, damit er auf das Grundstück fahren kann.«

»Du fängst hier an«, sagte Lucy und leuchtete mit der

Taschenlampe über den unebenen Boden in Richtung der Nebengebäude, die verstreut vor ihnen lagen. »Murray und ich werden weiter die Straße entlanggehen und andere Zugänge überprüfen – so können wir eine größere Fläche abdecken.«

Ian begann, sich durch das unebene Gelände einen Weg zu den Gebäuden zu bahnen, wobei er über Erdhügel stieg und Müllhaufen umrundete. Lucy und Murray liefen weiter, wobei Lucy sich fünfzig Meter entfernte, bis an die Stelle, wo der Zaun eingedrückt war. Der Strahl ihrer Taschenlampe landete auf löchrigen Sofas und ausrangierten Haushaltsgeräten. Große Plastiktüten, die von Wildtieren aufgerissen worden waren, lagen zu schwarzen Haufen aufgetürmt, während sich deren Inhalt auf dem Boden verteilte. Sie zwang sich, jede einzelne Stelle zu überprüfen, um sicherzugehen, dass niemand Natalie dort zurückgelassen hatte. Dann lief sie mit klopfendem Herzen zu den heruntergekommenen Nebengebäuden. Murray, der einen anderen Zugang zum Grundstück gefunden hatte, rief: »Da ist ein Auto!« Lucy konnte nicht erkennen, was er gesehen hatte, aber sie rannte mit neuer Energie zu ihm hinüber, begleitet von einem Schnaufen und den leisen Schritten von Ian, der hinter ihr herlief. Murray erreichte das Gebäude als Erster und stand niedergeschlagen vor dem Fahrzeug.

»Es wurde schon eine Weile nicht mehr bewegt«, sagte Ian, holte Luft und starrte auf den verlassenen, ausgebrannten Wagen.

»Natalie!« Der Wind trug Lucys Stimme davon.

Die Nebengebäude aus Beton sahen alle gleich aus, lang und mit flachen Dächern. »Das sind ziemlich viele Gebäude. Wir werden sie alle überprüfen müssen«, meinte Murray und richtete seinen Blick auf die offene Tür des ersten. »Was war hier früher? Ein Gefängnis?«

»Früher wurden hier Tiere untergebracht, bevor sie zum Schlachthof kamen«, erwiderte Ian.

Murray ging hinein und Lucy folgte ihm dicht auf den Fersen. Die Maglite-Taschenlampen flackerten über die mit Graffiti beschmierten Wände. »›Lisa-Anne lässt sich in den Arsch ficken‹, ›GG lutscht Schwänze‹, wie romantisch«, murmelte Murray, als er über eine Ansammlung von Spritzen und leeren Glasflaschen kletterte, die mit einer gelblichen Flüssigkeit gefüllt waren, bei der es sich sicherlich nicht um Gin oder Wodka handelte, wie die Etiketten vermuten ließen.

Lucy durchquerte den ersten Raum und betrat den zweiten, an dessen Wand ein Betontrog hing, der mit Zigarettenstummeln und weiteren leeren Flaschen gefüllt war. »Hier ist nichts.«

Sie verließen das Gebäude und Lucy rief: »Natalie! Wo bist du?« Mit ihren Worten blies sie eine Wolke warmer Luft aus, die sich augenblicklich in den Nachthimmel verzog. Es war hoffnungslos. Falls Natalie hier war, konnte sie nicht antworten.

»Wir werden sie finden.«

Murrays Worte beruhigten sie nicht und Lucy schleppte sich auf das nächste Gebäude zu, voller Sorge, was sie dort entdecken könnte. Plötzlich wurde die Stille von schnellen Schritten durchbrochen, die auf sie zustolperten.

»Hier lang. Die Tür ist verschlossen, aber ich glaube, da steht ein Auto drin.« Ian rannte wieder davon, weiter zu einem anderen Gebäude. Lucy blieb ihm dicht auf den Fersen. Murray rannte hinter ihr her, seine schweren Stiefel polterten über den Boden, während sie um die Müllberge herum zu Ian hinüberliefen. Der Lagerschuppen war höher als die anderen Gebäude, hatte breite Türen und war vermutlich früher dazu genutzt worden, Landmaschinen darin unterzustellen.

»Hilf mir mal eben«, sagte Ian, schob seine Finger in den Spalt zwischen den Türen, griff nach einer und zerrte daran. Die Tür, die am Boden fest verankert war, ließ sich kaum öffnen. Sie knarrte und ächzte, während er daran zog. Murray packte die Tür oberhalb von Ians Händen, und gemeinsam rissen sie sie auf. Ein Hämmern in Lucys Ohren ließ ihre Worte zu einem schwachen Piepsen zusammenschrumpfen. »Das ist Natalies Auto.« Kaum hatten die Worte ihren Mund verlassen, rannte sie auch schon auf den Audi zu. »Natalie!« Sie rüttelte am Türgriff, doch die Tür blieb verschlossen. Dann drückte sie ihr Gesicht gegen die Scheibe und ihr warmer Atem ließ das Glas beschlagen. Natalies Handy lag auf dem Fahrersitz und drehte ihr höhnisch das dunkle Display zu.

Ein dumpfes Geräusch aus dem Inneren des Wagens – ein Pochen - ließ sie alle innehalten. »Natalie! Ich bin's, Lucy.«

Sie wurde mit einem weiteren dumpfen Pochen belohnt.

»Im Kofferraum.« Ian war schon am hinteren Teil des Wagens und griff nach dem Riegel. Fluchend zog er daran. Murray suchte nach etwas, mit dem er das Schloss aufbrechen konnte, und entdeckte den Schlüsselbund, der neben dem Auto an einem Nagel an der Wand hing. Lucy erkannte den blassblauen Lederschlüsselring sofort. Auf ihm war der Buchstabe N eingraviert.

Der Kofferraum öffnete sich knarrend und Natalie kam zum Vorschein. Sie war an Händen und Füßen mit einer alten Schnur gefesselt und mit einem Schal geknebelt, der einst Rob gehört hatte. Lucy löste den Schal und zog ihn weg. Natalie spuckte Wollfetzen von ihren Lippen und rang mehrmals nach Luft. Murray griff nach ihren Händen, löste die Knoten und befreite sie.

Sie bedankte sich keuchend. »Ich habe mir langsam Sorgen gemacht ... dass mir ... die Luft ausgeht.«

Die Hände waren endlich frei und sie rieb sich vorsichtig die Handgelenke, die an den Stellen, an denen sie versucht hatte, sich aus ihren Fesseln zu befreien, wund und blutig waren. »Habt ihr ihn?«

»Zuerst müssen wir dich hier rausholen.«

Mit einem Taschenmesser schnitt Murray die Schnur um

ihre Knöchel durch und zusammen mit Ian hob er sie unter den Achseln hoch und zog sie vorsichtig aus dem Fahrzeug. Sie war nicht dazu in der Lage, sich allein aufrechtzuhalten, sodass die beiden sie zum vorderen Teil des Autos trugen und auf den Fahrersitz sinken ließen.

»Hast du Wasser dabei?«, fragte Lucy.

»Im Handschuhfach.«

Lucy griff nach dem Klappdeckel und öffnete das Fach, in dem eine Safttüte lag. Sie steckte den Strohhalm hinein und reichte sie ihrer Kollegin, die gierig trank.

Als Natalie sich wieder gefasst hatte, ergriff Lucy das Wort: »Rob ist tot.«

»Was ist passiert?«

»Er hat sich vor einen Zug geworfen. Er hat gestanden, Eugene, Rachel, Dominic und Tommy getötet zu haben, aber wir werden nie die ganze Wahrheit erfahren. Tommy war für den Mord an Amelia verantwortlich, während Katie durch eine Überdosis Heroin gestorben ist. Es gibt jedoch keine Beweise, nur Robs Geständnis sowie meine und Andys Aussage. Wir waren die Einzigen, die gehört haben, was er zu sagen hatte.«

»Scheiße.«

»Ich habe echt Mist gebaut. Ich hätte ihn über seine Rechte aufklären, ihm Handschellen anlegen und ihn auf das Revier bringen sollen. Er hat mich reingelegt. Hat behauptet, er würde mir die Wahrheit nie erzählen, wenn ich ihn nicht an Ort und Stelle auspacken lasse. Ich bin darauf eingegangen und habe seine Absichten erst durchschaut, als es zu spät war, um ihn aufzuhalten.«

Murray räusperte sich. »Sie geht zu hart mit sich ins Gericht. Es war nicht ihre Schuld. Niemand konnte ahnen, was er vorhatte.«

Ian sprang ihm bei. »Das stimmt. Wir haben alle gehört, wie Rob Lucy gesagt hat, dass er nicht reden würde, wenn sie ihn mit auf das Revier nimmt.«

Lucy warf ihnen beiden ein kleines, dankbares Lächeln zu.

»Wir müssen das Beste aus dem machen, was wir haben«, sagte Natalie. Sie rieb sich die Handgelenke und zuckte zusammen.

Lucy entdeckte Blut an ihrem Hinterkopf. »Du bist verletzt. Du musst dich untersuchen lassen. Was genau ist passiert?«

»Rob hat mich angegriffen. Er hat mir einen Schlag auf den Kopf verpasst. Hat mich bewusstlos geschlagen. Als ich wieder zu mir kam, lag ich im Kofferraum, gefesselt an Händen und Füßen ...«

Natalie kämpft darum, das Bewusstsein zurückzuerlangen. Ihr Kopf pocht und sie kann sich nicht bewegen. Ihre Hände sind hinter ihrem Rücken verschränkt und fest zusammengeschnürt, genau wie ihre Füße. Etwas bedeckt ihren Mund, ein dicker Stoff, der übel riecht und schmeckt. Sie blinzelt. Es ist dunkel, aber als sie wieder zu sich kommt, sieht sie blaue Augen, die sie beobachten. Rob ergreift das Wort.

»Es tut mir leid. Ich wollte Ihnen wirklich nicht wehtun, besonders, nachdem Sie so freundlich waren und mir Geld gegeben haben. Manche Menschen sind wie Sie und versuchen zu helfen, aber andere, die es besser wissen sollten, gehen an mir und meinesgleichen vorbei. Sie sehen uns nicht. Doch ich sehe sie und ich weiß um ihr schmutziges Leben und ihre Verdorbenheit. Ich habe gesehen, was Rachel und Dominic mit Amelia gemacht haben. Sie haben sie misshandelt, und nachdem sie sie ausgenutzt hatten, weigerten sie sich, sie zu bezahlen. Ich weiß auch, was Eugene Katie angetan hat.« Sein Mund verzieht sich zu einer dünnen, missbilligenden Linie, und es entsteht ein kurzer Augenblick unangenehmen Schweigens, bevor er fortfährt: »Ich musste irgendetwas tun, um zu helfen. Es tut mir leid, dass Sie da hineingeraten sind.«

Sie kann nicht die Fragen stellen, die sie gerne stellen würde. Durch den Knebel bekommt sie kaum Luft. Sie wirft ihm flehende Blicke zu und er schenkt ihr ein freundliches Lächeln.

»Danke, dass Sie mich bemerkt haben. Ich werde dafür sorgen, dass man Sie findet.«

Er legt eine Hand auf den Kofferraumdeckel. Sie versucht zu schreien, ihn davon abzuhalten, sie einzusperren, aber die Woll-fasern des Schals lassen sie husten und spucken, und ihre Augen beginnen zu tränen. Als sie die Lider wieder öffnet, ist der Deckel geschlossen, und sie muss auf Hilfe warten, wobei sie sich fragt, ob diese jemals kommen wird oder ob er gelogen hat. Sie wagt es nicht, an Josh, Mike oder David und Leigh zu denken. Dann könnte sie die Tränen nicht länger zurückhalten. Sie versucht, ihre Angst zu unterdrücken, atmet langsam, damit die Luft länger reicht, und betet, dass Rob tatsächlich so ehren-wert ist, dafür zu sorgen, dass sie gerettet wird.

»Wie ist dein Auto hierhergekommen?«, fragte Ian.

»Ich nehme mal an, er ist damit hierhergefahren, während ich bewusstlos war. Er hat aber niemanden geschickt, um mir zu helfen, oder?«

»Vielleicht wollte er Bev anrufen, um ihr zu sagen, wo du bist. Sein Handy wurde zertrümmert auf den Bahngleisen gefunden.« Lucy wusste nur, dass Rob ihr gegenüber Natalie mit keinem Wort erwähnt hatte.

Natalie antwortete: »Ich weiß nicht, was mit Bev passiert ist. Als ich herkam, gab es keine Spur von ihr. Hast du mit ihr gesprochen?«

»Sie hat auf dem Revier angerufen, wollte aber nur mit dir reden. Sie wollte mit dir über Rob sprechen.«

»Dann sollte ich sie besser zurückrufen. Vielleicht ist sie ja einmal in ihrem Leben für etwas nützlich.«

SIEBENUNDDREISSIG

DIENSTAG, 6. NOVEMBER – NACHT

Bev Gardner lehnte sich in ihrem Stuhl zurück, in einer Hand hielt sie ein Glas Wasser, als würde sie für die Titelseite einer Zeitschrift posieren. Der Artikel sollte in fünf Teilen veröffentlicht werden, der erste davon in wenigen Stunden, und er würde mit seiner Schlagzeile auf die Titelseite kommen: SIE SIND SCHULDIG!

Ihre Entwürfe lagen auf dem Schreibtisch, zusammen mit einem alten Foto des blauäugigen Rob und einem Bild des Notizblocks mit seinem Geständnis. Der erste, knallharte Artikel würde genau erklären, was Rob, einen ehemaligen Soldaten, der während seiner Zeit bei der Armee gedemütigt und erniedrigt worden war, zum Morden getrieben hatte. Er enthüllte die Wahrheit über die versuchte Vergewaltigung von Lorna durch Chris »Whitey« Whitefield und enthielt einen von Robs Kommentaren, der in vergrößerter Schrift fettgedruckt auf einem DIN-A4-Blatt zu lesen war:

»Sehen Sie sich um. Wissen Sie wirklich, welche dunklen Geheimnisse Ihr Nachbar, Ihr Mann oder Ihre Tochter verbergen? Sie beurteilen Menschen danach, wie sie aussehen oder

wie sie anscheinend ihr Leben führen, aber wenn Sie für eine Stunde in meine Haut schlüpfen und sehen könnten, was wirklich vor sich geht, wären Sie entsetzt. Wirklich entsetzt.«

Jetzt hatte Lucy ihre Antworten. Sie verstand, was Rob zum Mörder hatte werden lassen, und verfügte über das schriftliche Geständnis, das sie brauchte, um die Ermittlungen abzuschließen, zusammen mit dem Kugelschreiber, den er benutzt hatte, um seinen Opfern auf die Stirn zu schreiben. Sie hatten auch eine Verbündete in Bev, die von der Nachricht, dass Natalie sich auf die Suche nach ihr gemacht hatte, weil sie um ihre Sicherheit besorgt gewesen war, zutiefst beschämt war.

»Wissen Sie, Sie sehen furchtbar aus«, sagte Bev und betrachtete Natalies erschöpftes Gesicht.

»Das würden Sie auch, wenn man Sie k.o. geschlagen hätte und Sie stundenlang in Ihrem eigenen Kofferraum gelegen hätten«, erwiderte Lucy verärgert. Natalie antwortete nicht. Sie war zu müde, um sich darum zu kümmern.

Bev zuckte zusammen. »Ich fühle mich wirklich schlecht wegen dieser Sache. Vor allem, weil Sie gekommen sind, um mir zu helfen, Natalie.«

Lucy hatte nicht vor, Bev zu schonen, auch wenn in dem Artikel die Arbeit der Kriminalbeamten und ihre Entschlossenheit, alle Morde mit demselben Augenmaß zu behandeln, gelobt wurden. »Denken Sie lieber daran, in Ihrem Artikel zu erwähnen, dass DCI Ward sich selbst in Gefahr gebracht hat, um Sie vor Ihrer tollkühnen Aktion zu retten.«

Bev nippte lässig an ihrem Glas, bevor sie brummte: »Ich habe Vorsichtsmaßnahmen getroffen. Ich habe dafür gesorgt, dass ich sicher in meinem verschlossenen Auto saß, während ich ihn befragt habe. Wenn Sie zufrieden mit dem sind, was ich schreiben will, kann ich mich dann an die Arbeit machen? Ich habe nicht mehr viel Zeit bis zur ersten Deadline.«

Natalie blinzelte plötzlich, als ihr ein Gedanke durch den

Kopf schoss. »Sie schulden dem Team auch eine schriftliche Entschuldigung. Sie haben Poppy benutzt, um an Informationen über den Fall zu gelangen. Was Sie getan haben, war hinterhältig, und Sie haben sie grundlos in Schwierigkeiten gebracht – so sehr, dass sie darüber nachdenkt, wegen dieser Sache zu kündigen.«

»Oh, um Himmels willen! Was für ein dummes Mädchen. Sie hat mir doch kaum etwas erzählt.«

»Das sieht sie allerdings anders. Sie ist von Schuldgefühlen zerfressen und hat sich deshalb sogar krankschreiben lassen. Sie hat das Gefühl, das ganze Team im Stich gelassen zu haben. Sie sind dafür verantwortlich, dass eine vielversprechende Laufbahn ruiniert wurde, also finde ich es nur fair, dass Sie die Sache wieder geradebiegen.«

»Wie Sie meinen! Ich werde für die morgige Ausgabe eine Entschuldigung als Nachwort verfassen. Mir macht das nichts aus, aber ich musste sie wirklich bearbeiten, um überhaupt etwas aus ihr herauszukriegen.«

»Das sollten Sie unbedingt tun.«

Bev trank ihr Wasser aus und erhob sich. »Einverstanden.«

Natalie nickte ihr zu.

Die Reporterin trottete aus dem Raum und ließ einen Hauch von frischem Blumenduft zurück.

Natalie verschränkte ihre Arme und lehnte sich zurück. Lucy wartete, bis die Tür hinter Bev fest geschlossen war, bevor sie das Wort ergriff.

»Was hat es mit der Sache mit Poppy auf sich?«

»Das haben die Techniker herausgefunden. Ich hatte noch keine Gelegenheit, Poppy darauf anzusprechen, aber nach dem, was Bev uns erzählt hat, kann ich mir vorstellen, dass sie Poppy überrumpelt hat.«

»Und Poppy ist krankgeschrieben, weil sie glaubt, dass sie uns in den Rücken gefallen wäre?«

Natalie zuckte die Achseln. »Ich habe gehört, sie hätte die Grippe, aber wer weiß das schon so genau?«

»Du hast Bev Halbwahrheiten aufgetischt, oder? Du wolltest eine Entschuldigung.«

»Warum auch nicht? Es ist doch schön, sie ab und an mit ihren eigenen Waffen zu schlagen, oder? Außerdem wird es Dan gefallen, dass wir gewonnen haben und das Team gelobt wird.«

»Ich habe es trotzdem vergeigt.«

»Das haben wir alle. Das Wichtigste ist, dass man aus seinen Fehlern lernt. So wie ich das sehe, respektiert dich dein Team und du hast es gut geführt. Ich bin zufrieden und weiß, dass es Dan auch sein wird.«

»Ich werde Murray in meinem Bericht erwähnen. Er verdient Anerkennung für all seine Bemühungen.«

»Prima, und ja, das tut er. Er wird seine Chance auf eine Beförderung bekommen, Lucy.«

»Das hoffe ich wirklich, und zwar bald.« Lucy zwang sich aufzustehen. »Ich muss noch die Berichte schreiben. Ich werde sie dir per E-Mail schicken, sobald sie fertig sind.«

»Sehr gut. Ich fahre jetzt nach Hause. Ich brauche ein heißes Bad. Meine Muskeln haben sich verkrampft. Wir sehen uns morgen früh.«

»Kannst du denn fahren? Ich kann dich auch zu Hause absetzen.«

»Der Arzt hat mir die Erlaubnis gegeben. Es geht mir gut.«

»Wenn du ...«

»Ja, ich bin mir sicher.« Natalie trat hinaus in den Flur. Sie hatte mit Mike gesprochen und ihn beruhigt. Dan war zufrieden, dass sie sich vorbildlich verhalten hatten, und Rob ... nun ja, Rob war eine verlorene Seele. Er hatte auf seine eigene Weise Frieden mit der Welt geschlossen. Am nächsten Morgen würde sie mit Poppy sprechen und dafür sorgen, dass sie lernte, wie sie in Zukunft mit der Presse umzugehen hatte.

———

Lucy schlich durch die Haustür. Ihr Kopf pochte. Sie brauchte ein paar Aspirin und eine Mütze Schlaf. Dieser Fall war wirklich zermürbend gewesen. Sie streifte ihren Mantel ab und hängte ihn auf, zog ihre Stiefel aus und wollte gerade die Treppe hinaufgehen, als sie oben eine Gestalt sah.

»Du hast also beschlossen, nach Hause zu kommen?« Die Stimme klang gereizt.

»Hör auf damit. Die letzten Tage waren hart.«

»Und was ist mit meinen Tagen? Die waren auch hart. Ich habe zwar keine Verbrecher gejagt, aber trotzdem einen wichtigen Job gemacht.«

Lucy begann, die Treppe hinaufzusteigen, Bethanys Stimme hallte über sie hinweg. Sie war zu müde, um zu streiten oder zuzuhören. Erst als sie im oberen Stockwerk ankam, bemerkte sie, dass Bethany weinte, und sah ihre geröteten Augen.

»Was ist denn los?«

Bethanys Schultern zitterten. »Ich komme einfach nicht klar. Aurora hat fast den ganzen Tag geweint und nichts, was ich gemacht habe, war richtig und ... als Mutter bin ich eine totale Versagerin!«

»Nein, bist du nicht. Es liegt wahrscheinlich daran, dass sie zahnt und du müde bist.«

»Nein, es liegt an mir. Ich bin zu nichts zu gebrauchen. Ich dachte, ich könnte es schaffen, aber ich kann es nicht, und sieh mich an. Ich bin ein verdammtes Wrack.«

Lucy betrachtete das strähnige Haar und die Augenringe. »Du bist kein Wrack. Du bist eine müde Mutter. Das ist alles.«

Bethany schniefte unglücklich. »Ja, kann schon sein.«

»Wir standen in letzter Zeit beide ziemlich unter Druck. Wir brauchen ein paar Tage Auszeit, als Familie. Wie wäre es, wenn wir uns für ein paar Nächte in einem Cottage in Buxton einmieten? Wir gehen wandern, wie in alten Zeiten, nur dass wir neue Erinnerungen erschaffen werden. Aurora wird es dort gefallen. Natalie hat mir von einem Zoo in Buxton erzählt. Es wird uns beiden guttun, an die frische Luft zu kommen und uns eine Pause zu gönnen.«

Das Schniefen wurde leiser. »Ja. Vielleicht.«

Lucy lächelte schwach. Bethany hatte die Chance, wegzufahren, nicht gerade beim Schopfe gepackt, und das stimmte sie traurig. Beide Seiten mussten sich anstrengen, damit ihre Beziehung funktionierte, und im Moment war Bethany eine emotionale Belastung und kostete sie Energie. Sie begleitete Bethany ins Schlafzimmer und war sich nicht sicher, wie lange sie ihre Rolle noch durchhalten konnte. Das würde nur die Zeit zeigen.

Es war kurz vor Mitternacht und alles, woran Natalie denken konnte, waren ein heißes Bad und ein Bett. Die Arbeit im Team hatte sie erfüllt, doch jetzt war sie bereit, sich aus dem Außendienst zurückzuziehen. Sie musste an Mike, Josh und Thea denken, und sich in gefährliche Situationen zu stürzen, kam nicht mehr infrage. Während sie im Kofferraum eingesperrt gewesen war, hatte sie Zeit zum Nachdenken gehabt. Der Job als DCI passte zu ihr. Sie konnte die ganze Action den anderen überlassen.

Sie verließ den Parkplatz und fuhr auf die Hauptstraße. Diese Zeit, in der die Straßen abgesehen von gelegentlichen Gassigängern oder Leuten, die von einem nächtlichen Ausflug heimkehrten, menschenleer waren, hatte etwas Beruhigendes an sich. Sie gähnte, dabei dehnte sie den Mund weit und presste die Lippen fest zusammen. Sie konnte immer noch den Schal schmecken, den ihr Rob ums Gesicht gewickelt hatte, und sie ertappte sich dabei, wie sie in den Schatten nach den Menschen suchte, die auf der Straße lebten. Der Artikel würde auf ihre Notlage aufmerksam machen und das Gewissen der Leute aufrütteln. Jeder, der auf den Straßen von Samford von der Hand in den Mund lebte, hatte eine Geschichte zu erzählen – manche waren auf der Flucht vor Gewalt, andere hatten schlechte Zeiten hinter sich, und wieder andere waren verwirrte Teenager wie Katie und Amelia.

Ihre Gedanken schweiften ab zu Katie und ihrer Schwester Sophia, und sie fragte sich, was aus den beiden geworden wäre, wenn sie Tommy nie kennengelernt und sich nicht wegen ihm gestritten hätten. Dann wäre Katie heute mit Sicherheit noch am Leben.

Sie gähnte erneut. Es war nicht mehr weit. Die Ampel sprang auf Rot und sie hielt an, wobei ihr Blick sofort auf den Volvo fiel, der gegenüber von ihr wartete. Die Gesichter der Insassen waren im Schein der Straßenlaternen zu erkennen. David unterhielt sich angeregt mit einer blonden Frau. Er reichte ihr die Hand und küsste sie, was ihren Verdacht bestätigte, dass es sich um seine neue Freundin Sara handeln musste. Natalie überlegte, ob sie ihre Warnleuchte einschalten sollte, um ihn auf sich aufmerksam zu machen und ihm zuzuwinken, bis die Realität sie einholte. Sie war sich nicht sicher, ob es daran lag, dass sie müde war oder weil ihre Gedanken bei den Bray-Schwestern waren, aber sie war überzeugt davon, dass ihr die Frau, die neben David saß, bekannt vorkam – sehr bekannt. Die Erkenntnis tropfte wie Regentropfen aus einer rissigen Dachrinne und brachte die schreckliche Wahrheit mit sich. Ihr Gesicht war reifer geworden, ihr Haar länger und es hatte goldene Strähnen, aber die grauen Augen waren die gleichen und auch das Lächeln hatte sich nicht verändert.

Die Ampel schaltete auf Grün und der Volvo fuhr weiter. David hatte sie nicht bemerkt und wandte seinen Kopf leicht von ihr ab, während er plauderte. Natalie rührte sich nicht vom Fleck. Ihre Aufmerksamkeit war auf Davids Beifahrerin gerichtet. *Frances*. Was hatte sie mit David zu schaffen? Sie sollte doch in Aftonbury sein. Zahlreiche Szenarien krachten und klapperten wie ein Orchester aus Beckentellern, während sie versuchte, sich einen Reim darauf zu machen. Ein winziger Schmetterling der Hoffnung stieg in ihr auf. Als das Auto an ihr vorbeifuhr, sah sie der Frau direkt in die Augen und erkannte, dass sie sich getäuscht hatte. Die Ähnlichkeit war da, aber das war auch schon alles. Eine Ähnlichkeit. Das war nicht Frances, sondern Sara. Daran bestand kein Zweifel.

Sie legte den ersten Gang ein, während ihr Herzschlag noch immer in ihren Ohren pochte. Der Vorfall hatte sie umgehauen, ebenso wie die Erkenntnis, dass ein kleiner Teil von ihr insgeheim gehofft hatte, es würde sich um ihre Schwester handeln und sie sie nach all den Jahren wiedersehen. Die tragische Geschichte zwischen Katie und Sophia hatte ein gewisses Mitgefühl für ihre eigene Schwester in ihr geweckt, das sie sich nicht hatte eingestehen wollen. Natalie hatte keine Ahnung, was ihre Schwester in den letzten Jahrzehnten durchgemacht haben mochte, aber eines war ihr jetzt klar: Das Leben war zu kurz, um sich über eine Zeit zu ärgern, in der sie und Frances grundverschiedene Menschen gewesen waren. Der Brief lag in ihrer Schreibtischschublade, und das Erste, was sie tun würde, wenn sie nach Hause kam, war, die Nummer zu wählen, die unten auf dem Blatt stand. Es wurde Zeit, zu vergeben.

Hallo, liebe Leser:innen,

ein herzliches Dankschön dafür, dass ihr euch entschieden habt, *Jemandes Tochter* zu lesen. Ich hoffe, das Buch hat euch gefallen.

Wenn ihr über alle meine Neuerscheinungen auf dem Laufenden bleiben möchtet, meldet euch einfach über den folgenden Link an. Eure E-Mail-Adresse wird nicht weitergegeben und ihr könnt euch jederzeit wieder abmelden.

www.bookouture.com/bookouture-deutschland-sign-up

Die Inspiration für die Haupthandlung von *Jemandes Tochter* stammt aus einem Zeitungsartikel, den ich vor einiger Zeit gelesen und für eine zukünftige Geschichte gespeichert hatte. Ich habe mehrere Wochen damit verbracht, über Obdachlose, Prostituierte und das Leben auf der Straße zu recherchieren, und habe mich dabei besonders mit jungen Menschen beschäftigt.

Kurz nachdem ich mit dem Schreiben des Buches begonnen hatte, ging ich im Stadtzentrum von Solihull einkaufen, wo ich zufällige Akte der Freundlichkeit von Fremden beobachten konnte, die sich die Mühe machten, für Menschen, die in der Stadt verstreut auf der Straße lebten, einen Imbiss oder eine Tasse Kaffee zu kaufen. Die »Geschenke« wurden in jedem Fall mit ehrlicher Dankbarkeit entgegengenommen. Als ich mit einigen der Obdachlosen ins Gespräch kam, fand ich heraus, dass sie in vielen Fällen durch unglückliche Umstände obdachlos geworden waren, auf die sie keinen Einfluss hatten.

Dieses Erlebnis und meine Nachforschungen haben mir die Augen geöffnet und mich dazu gebracht, zweimal darüber nachzudenken, ob ich an denjenigen vorbeigehe, die in den Eingängen sitzen und auf Hilfe hoffen, sei es Geld oder ein Sandwich und eine Tasse Tee. Ein klein wenig Freundlichkeit kann immer einen Unterschied machen.

Eines der Hauptthemen in diesem Buch ist die Unehrlichkeit. Nachdem ihr nun wisst, warum Natalie und ihre entfremdete Schwester nicht mehr miteinander reden, frage ich mich, ob ihr schon einmal etwas Ähnliches erlebt habt, etwa einen Streit, der eine Beziehung zwischen Menschen zerstört hat, die sich einmal sehr nahestanden. Findet ihr, Natalie sollte ihrer Schwester verzeihen und die Vergangenheit ruhen lassen? Wir werden abwarten müssen, wie sich das Ganze entwickelt.

Zum Schluss noch eine Bitte: Wenn euch *Jemandes Tochter* gefallen hat, würde ich mich sehr über eine Bewertung freuen, selbst, wenn es nur ein paar Worte sind. Eure Empfehlungen sind sehr wichtig und bedeuten mir viel.

Herzlichen Dank,

eure Carol

www.carolwyer.co.uk

DANKSAGUNG

Zunächst möchte ich euch dafür danken, dass ihr dieses, das siebte Buch der Natalie Ward-Serie, gekauft und gelesen habt. Seit »Der Geburtstag« war es ein weiter Weg, und es ist euch und eurer Unterstützung zu verdanken, dass Natalie noch immer mit neuen Fällen konfrontiert wird.

Ein herzliches Dankeschön geht an alle siebzig Mitglieder meines Street Teams auf Facebook, die mich auf Schritt und Tritt aktiv unterstützen und großzügig ihre Freizeit opfern, um meine Bücher zu rezensieren und bekannt zu machen. Sie alle sind einfach fantastisch und halten mich auf Trab, wenn ich ins Stocken gerate. Ich kann sie nicht alle aufzählen, aber ein paar von ihnen möchte ich unbedingt erwähnen: Jen Med, Nicola Southall, Nigel Adams, Ann Jones, Jeanne McAvoy, Julie Lacey, Steph Lawrence, Emma Clark, Kate Eveleigh, Donna Maguire, Steph Lee Sanabria, Zoe-lee O'Farrell, Shell Baker, Helen Green, Julia Davies, Nilisha Vijaya, Nikki Jablonski und die wirklich wunderbare Alison Daughtrey-Drew.

Noch einmal ein riesiges Dankeschön an das gesamte Verlagsteam von Bookouture. Hinter den Kulissen wird so viel Arbeit geleistet, von der wir Autor:innen nur sehr wenig mitbekommen, aber das Ergebnis sind fantastische Cover, Titel, Beschreibungen für den Einzelhandel und großartige Bücher – ganz zu schweigen von dem Team, das sich um das Marketing und die Werbung kümmert. Herzlichen Dank euch allen. Zweien von euch möchte ich ganz besonders danken: meiner Lektorin DeAndra Lupu, die all meine Tippfehler und

Irrtümer (und davon gibt es mehr als genug) aufdeckt und korrigiert, und meiner Lektorin Lydia Vassar-Smith, die mir während der gesamten Serie stets mit Rat und Tat zur Seite gestanden hat und deren Geduld grenzenlos ist. Vielen Dank, Lydia.

Und zum Schluss ein herzliches Dankeschön an das gesamte PR-Team, allen voran Kim Nash, die rund um die Uhr erreichbar ist und sich nicht nur um die Werbung kümmert, sondern auch dafür bekannt ist, unsere Hand zu halten, wenn uns Selbstzweifel oder Aufregung plagen.

www.ingramcontent.com/pod-product-compliance
Lightning Source LLC
Chambersburg PA
CBHW050852210726
48290CB00004B/1203